Heimatkrimi

Der Tod trinkt gerne Frankenwein

regional – humorvoll - spannend

Wolfgang Wallenda

Heimatkrimi

Der Tod trinkt gerne Frankenwein

regional – humorvoll - spannend

Impressum:

© 2024 Wolfgang Wallenda

Titelbild und Rückseite:

Fotos/Bilder:

ai-generated-9141406_1280
https://pixabay.com/de/service/license-summary/

Mit bestem Dank an: Deepai
https://deepai.org/terms-of-service/terms-of-service

sowie Privatarchiv d. Autoren

Weitere Mitwirkende:

Umschlaggestaltung und Verlag:

BoD · Books on Demand GmbH,
In de Tarpen 42, 22848 Norderstedt,
bod@bod.de

Druck:

Libri Plureos GmbH,
Friedensallee 273, 22763 Hamburg

ISBN: 978-3-7693-1326-0

Überarbeitete Neuauflage des Romans: Soko: weiß-blau-rosa Fränkisches Blut, W. T. Wallenda, Himmelstürmer Verlag Hamburg, 2014

„Ich lebe nicht, um so zu sein wie andere
mich gerne hätten.
Ich bin einfach nur ich selbst.
Alles andere ist hausgemachter Schmarrn."

Oberkommissar Gschwendtner

„Geh deinen Weg, auch wenn er manchmal
nicht einfach ist."

Kommissar Emre Gümüs

„Viele Menschen wünschen dir Erfolg,
allerdings nur bis zu dem Tag, an dem du ihn hast."

Kriminalobermeisterin Mandy Hammerschmidt

Handlung und Personen sind frei erfunden. Jegliche Ähnlichkeiten mit realen Personen wären rein zufällig.

© Autor – Festung Marienberg Würzburg

Prolog

Das Haus, soweit das steinerne Gebilde mitten im unter-fränkischen Meer der Weinreben diese Bezeichnung überhaupt verdiente, war nicht wirklich groß. Es erinnerte eher an eine ver-fallene Wochenendhaus-Baracke, als an ein dauerhaft wohnge-nutztes Gebäude. Anhand der Außenmaße konnte man auch ohne Architekturstudium feststellen, dass die inneren Räumlich-keiten leicht überschaubar waren. Es gab eine Toilette mit Waschbecken, eine winzig kleine Küche, wobei Kochnische wohl treffender formuliert wäre, und ein einziges Zimmer. Die-ses wurde als Wohn- und Schlafraum genutzt. Das war alles. Das Modernste in dem dünnwandigen Bau waren fließend Wasser, wenn auch nur kalt, und natürlich Strom. Die Leitungen hierfür wurden erst vor kurzem erneuert. Das war allerdings im Rahmen einer fälligen Brandschutzsanierung erfolgt. Eine Aufwertung der Lebensverhältnisse für die Bewohner war nicht vorgesehen.

Das Anwesen wirkte von außen sehr heruntergekommen, die Lage hingegen war wunderschön und schier unbezahlbar. Wer hier wohnte, besaß den sogenannten Millionärsausblick.

Die Bruchbude befand sich weit abseits des Ortes, mitten in einem Weinberg oberhalb des Mains. Der Fluss schlängelte sich gemächlich von dem Städtchen Ochsenfurt kommend, entlang der Bundesstraße 13, in Richtung Würzburg. Auf seinem nassen Rücken spiegelte sich das Sonnenlicht und verwöhnte die Re-ben. Seit einer Schenkung Karls des Großen im 8. Jahrhundert, wird in dieser Region Wein angebaut. Die Muschelkalkböden der teils sehr steilen Weinberge im Maindreieck sind das Ge-heimnis des wohl weltweit besten Silvaners. Dies wird zumin-dest von Weinkritikern aller Couleur behauptet. Schriftlich be-urkundet ist Franken seit 1659 die Heimat des Silvaners.

Die Geschichte des Häuschens reicht nicht so weit zurück. Es hat lediglich einige Jahrzehnte auf dem Buckel. Erbaut wurde es vom Urgroßvater des heutigen Eigentümers. Man munkelte damals, dass er es als Liebesnest für seine Affären nutzte, was allerdings nie bestätigt wurde. Später wohnte ein mittelloser Onkel jahrelang darin. Nach dessen Ableben standen die Räume lange Zeit leer. Schließlich ging man dazu über, das Häuschen an Tagelöhner und Saisonarbeiter zu vermieten. Und genau diesen Zweck erfüllt es noch heute. Nur eben nicht für einen oder zwei Saisonarbeiter, sondern zeitgleich für sechs anspruchslose Männer.

Die derzeitigen Mieter stammen ausnahmslos aus Südosteuropa. Sie verdingen sich im europäischen Schlaraffenland Deutschland als moderne Sklaven. Ihr Ziel war zwar niemals die illegale Schwarzarbeit, doch irgendwie waren sie in diesen Strudel der Ausbeutung geraten und kamen nicht mehr heraus. Und dennoch war dieser Moloch für einige von ihnen immer noch besser als die menschenunwürdige Armut in ihren Heimatländern. Sie leisteten einen Frondienst, der ihnen zumindest Hoffnung auf eine bessere Zukunft in Aussicht stellte.

Trotz des geöffneten Fensters war die Luft in dem zwölf Quadratmeter großen Raum zum Schneiden dick. Unter der Zimmerdecke waberte immer noch die bläuliche Dunstwolke etlicher gerauchter Zigaretten. Auf einem billigen Campingtisch aus Kunststoff stand ein mit Kippen überfüllter Aschenbecher. Nur ganz langsam, beinahe so behäbig wie der Ortswechsel eines Faultiers, suchte der kalte Rauch den Weg nach draußen. Schon seit Tagen hielten die tropischen Temperaturen eines Azoren-Hochs Mainfranken fest im Griff. Wer tagsüber hoffte, die Nacht könnte mit ihrer Dunkelheit die Skala am Thermometer absenken, täuschte sich. Auch nach Sonnenuntergang war keine nennenswerte Abkühlung zu spüren.

Die schwül-warme Luft trieb Schweiß aus jeder Pore der sechs Männer, die sich das kleine Zimmer teilten. Ioan Agulescu lag im Stockbett. Seine Augen waren geschlossen. Das Licht nervte, doch er sagte nichts. Er wollte seine angetrunkenen Zimmergenossen nicht reizen. Bis vor wenigen Minuten hatten die anderen Arbeiter Karten gespielt. Lautstark diskutierend gingen sie endlich ins Bett. Zu guter Letzt schaltete jemand das grellbläuliche Licht der nackten Energiesparlampe ab, stieß beim Zubettgehen gegen einen Stuhl, fluchte und schob das Hindernis geräuschvoll beiseite. Es folgte ein langgezogenes Gähnen, dann kehrte Ruhe ein.

Ioan schlug die Augenlider auf. Er war unruhig. Lange würde es der junge Rumäne hier nicht mehr aushalten. Ein hochtöniges Geräusch nahm für Sekunden seine Aufmerksamkeit in Anspruch. Eine Stechmücke surrte am Ohr vorbei. Er vertrieb den Blutsauger mit einer schnellen Handbewegung. Das Summen verschwand. Der Moskito schwirrte weiter und suchte sich ein anderes Opfer. Tausend Gedanken rasten durch Ioans Gehirnwindungen. Die hintergründige Geräuschkulisse von einschlafenden Männern wuchs langsam an. Aus der gegenüberliegenden Ecke des Zimmers entwickelte sich aus einem sonoren Schnaufen ein fürchterliches Schnarchen.

Tack tack tack

Jemand klopfte gegen das metallene Bettgestell, woraufhin das Schnarchen wieder verstummte. Der Schnarcher drehte sich um und verursachte hierbei ein schon obligatorisches Quietschten der in die Jahre gekommenen Bettfedern.

Die Betten haben ihre eigenen Melodien, dachte Ioan.

Er konnte das Geräusch einwandfrei zuordnen. Jedes der rostigen Flechtgitter, auf denen die ausgeleierten Matratzen lagen, erzeugte einen anderen Ton. Ioan wusste bei jedem Geräusch sofort, um welches Bett es sich handelte. Das letzte metallene Quietschen kam vom Bett des dicken Kerls aus Bukarest. Er war es auch, der jede Nacht grunzte wie ein Hausschwein. Noch war der Bukarester ruhig, doch erfahrungsgemäß hielt die Ruhepause nicht lange an. Bereits in wenigen Minuten würde es wieder losgehen. Ioan kannte das Spiel. Er hatte sich längst daran gewöhnt. Ein Gesicht tauchte in seinen Gedanken auf. Es war sie. Seine große Liebe. Sein Ein und Alles.

„Halte aus! Nur noch einen Monat", hatte sie zu ihm gesagt. Sehnsucht erfüllte ihn. Als er an sie dachte, fing sein Herz an, wild herumzuspringen. Sie war so nah und doch so unerreichbar weit entfernt. Noch mussten sie ihre Liebe geheim halten, doch bereits in einem Monat würde sie mit ihm weggehen. Die Vorbereitungen zur Flucht liefen. Alles war perfekt geplant.

Die Geschichte hatte vor vier Monaten begonnen. Ioan lernte sie in den Weinbergen kennen. Niemals hätte er gedacht, dass sie ihn überhaupt beachten würde, doch dann trafen sich ihre Augen. Immer wieder sah sie zu ihm herüber. Als beide etwas später gemeinsam eine Trinkpause einlegten, sprach sie ihn an. Die junge Frau war erstaunt, dass Ioan die deutsche Sprache gut beherrschte. Der Rumäne redete zwar mit starkem Akzent und manche Worte fielen ihm nicht auf Anhieb ein, doch er war mit dieser Sprache aufgewachsen. „Ich komme aus Siebenbürgen. Meine Vorfahren stammen aus Deutschland und meine Eltern halten die alten Traditionen unserer Vorfahren immer noch hoch", hatte er lächelnd erklärt.

Ioan sah gut aus. Er hatte glänzend schwarzes Haar, sanfte braune Augen und eine sonnengebräunte Haut. Der Oberkörper verlief von den Schultern zur Hüfte hin V-förmig und verlieh dem jungen Mann damit eine athletische Figur. Es stimmte proportional betrachtet einfach alles. An diesem Nachmittag verliebten sie sich ineinander. Das Paar traf sich nur heimlich. Niemand sollte von ihrer Liebe erfahren. Anfangs dachte Ioan, dass es so sein musste, weil er mittellos war, doch scheinbar lag er falsch. Sie machte ein großes Geheimnis aus der Sache und er akzeptierte es.

Wochenlang war das Leben unbeschwert, doch vor zehn Tagen fing es an. Sie veränderte sich, fühlte sich verfolgt und beobachtet. Ioan spürte ihre Angst und stellte sie schließlich zur Rede. Ihre Antwort beunruhigte ihn.

„Es ist gefährlich. Nicht für mich, sondern für dich."

„Was ist gefährlich?"

„Ich werde es dir später erklären", hauchte sie in sein Ohr, bevor sie ihn zärtlich küsste. „Wir müssen aufpassen, sonst kommen sie und holen dich. Dann werden wir uns nie wieder sehen. Du würdest nicht zurückkommen. Niemand ist bisher zurückgekommen."

„Wer soll mich holen? Ich lasse mich nicht holen. Von niemandem. Ich bleibe bei dir. Für immer."

„Ioan, du musst mir vertrauen. Sei vorsichtig."

Die Angst, die in ihrer Stimme mitschwang, trieb ihm Gänsehaut über den Rücken. Der Rumäne drückte sie fest an sich. Er spürte das leichte Beben ihres Körpers. Sie zitterte, als sie ihren Kopf an seine Schulter legte. Ihr Haar war blond und weich. Er roch den Duft ihrer Haut. Ioan küsste sie auf die Wange und schmeckte Salz. Sie weinte. Er festigte den Druck seiner Umarmung, um Geborgenheit, Sicherheit und seine endlose Liebe zu zeigen.

„Ioan, versprich mir, dass uns niemand entdeckt. Ich möchte dich nicht verlieren."

„Du wirst mich nicht verlieren. Niemals. Ich schwöre es."

„Ich gehe mit dir weg. Dann kann uns keiner mehr trennen."

„Weggehen? Wo sollen wir hin?"

Sie drückte seine Hand ganz fest. „Das ist mir egal. Europa ist groß. Ich habe ausreichend Geld für uns beide gespart. Ein Jahr können wir locker damit auskommen. Das einzige Problem ist, dass es fest angelegt ist. Ich benötige noch etwas Zeit, um an es heranzukommen. So lange müssen wir aushalten."

Geld! Das war das große Problem. Er war nach Deutschland gekommen, um gutes Geld zu verdienen, doch er landete in der Hölle einer modernen Sklaverei. Viel Arbeit für wenig Lohn. Ausgebeutet!

„Ioan", presste sie über ihre Lippen, „wenn sie kommen, musst du weglaufen! Hörst du? Du musst verschwinden, sobald sie da sind! Sei immer wachsam und lauf, wenn es so weit ist."

„Von wem sprichst du?"

Noch mehr Tränen schossen in ihre Augen. „Ich muss zurück bevor sie bemerken, dass ich weg bin", schluchzte sie.

„Sag schon! Vor wem soll ich Angst haben? Vor deinem Vater? Hast du einen anderen Freund, oder bist du verheiratet?"

„Sie kommen nachts", warnte sei ein letztes Mal, dann löste sie sich aus der Umarmung, schob ihn zur Seite, drehte sich um und rannte weg.

Immer wieder hallten ihre letzten Worte durch seinen Kopf. Was verschwieg sie ihm? Ioan quälte sich. Er konnte nicht einschlafen. Das komische Verhalten seiner großen Liebe malträtierte sein Herz. Er zerfetzte und zermarterte sein Gehirn. Mehr als eine Stunde verging. Längst schnarchte der Dicke aus Bukarest wieder und erhielt hierbei grandiose Unterstützung von dem Bulgaren, der im Bett gegenüber lag.

Gerade in dem Moment, in dem Ioan langsam wegschlummerte, hörte er Motorengeräusche. Der unverwechselbare Sound mehrerer Motorräder wurde immer lauter. Ob es wieder die Jugendlichen waren, die schwarz, also ohne Führerschein, mit ihren Geländemaschinen in den Weinbergen herum bretterten? Nein! Dieses Mal klang es anders. Viel voluminöser und tiefer. Dem Dröhnen nach waren es schwere Maschinen.

Ioan setzte sich auf, rieb sich kurz die Augen und sah zum Fenster. Das Licht von vier oder fünf Scheinwerfern rauschte den geteerten Weg hoch und beleuchtete nur einen Augenblick später das kleine Haus. Sie stellten sich in einer Reihe auf. Zwei der Biker spielten kurz mit dem Gas, drehten ein paarmal auf, um ihre Auspuffe röhren zu lassen, dann verstummten die Motoren. Stimmen waren zu hören. Die Motorradfahrer sprachen miteinander. Es hörte sich nicht wie eine normale Unterhaltung an. Einer schien das Kommando zu haben. Seine bassartige Stimme stach deutlich hervor. Befehle wurden erteilt. Ioan spürte, dass etwas nicht stimmte. Es roch förmlich nach Ärger. Niemand besuchte die Arbeiter um diese Uhrzeit. Es waren sicherlich auch keine Polizisten. Sie kamen nicht mit Motorrädern, sondern mit Autos und Bussen. Die warnenden Worte seiner geliebten Freundin wiederholten sich echoartig in Ioans Gedanken.

„Sie holen dich nachts und jagen dich davon. Du musst weglaufen, bevor sie dir weh tun!"

Hatte sie es gewusst? Wer waren diese Leute? Warum kamen sie nachts? Der junge Mann sprang aus dem Bett. Die Biker näherten sich dem Haus. Aus dem anfänglichen Unwohlsein wurde Furcht. Der Rumäne schlüpfte blitzschnell in seine Jeans, packte das schmutzige T-Shirt und ging zur Tür. Seine rechte Hand wanderte zur Klinke, dann hörte er sie. Sie waren bereits vor dem Eingang. Ioan eilte zurück ins Zimmer. Ihre Worte klangen dumpf, waren aber dennoch gut zu verstehen.

„Ist die Tür offen?"

„Checke ich ab", kam als Antwort.

Eine Hand betätigte die Türklinke. Sekunden später kam die Bestätigung. „Ja, ist offen!"

Das Quietschen der alten Eingangstür war zu hören.

„Wie viele Kanaken hausen eigentlich in diesem Puff?"

Das war unverkennbar der Boss der Gruppe. Ioan erkannte ihn an der unverwechselbaren tiefen Stimme.

„Es müssten sechs Männer sein."

„Einer soll hinten herumgehen, nicht dass der Penner abhaut."

„Bin unterwegs."

Der Rumäne streifte panisch das T-Shirt über, verzichtete darauf, seine Schuhe anzuziehen und sprang aus dem Küchenfenster. Es war unangenehm steinig, als seine nackten Füße den Boden berührten. Leises Knirschen war zu hören. Ioan erschrak, als die Silhouette eines Mannes zu sehen war. Er hörte schnelle Schritte. Der Kerl schoss blitzartig ums Eck und kam direkt auf ihn zugelaufen. Dabei hielt er etwas Langes in der Hand. Das Ding wurde hin und her geschwenkt. Ioan erkannte, dass es sich um einen Baseballschläger handelte. Spätestens jetzt war klar, dass die Situation brandgefährlich war.

Der Rockertyp war dunkelhäutig. Er hetzte auf Ioan zu und plärrte: „Hier möchte einer abhauen."

Der Rumäne spürte blankes Entsetzen. Sein Körper wurde von einem Mantel der Angst umschlungen, der sich hauteng anlegte und ihm die Luft abschnürte.

Sie sind hier. Sie möchten mich holen! Was hat mir mein Darling verschwiegen? Wer sind diese Männer?

Er begann zu laufen. Hastig setze er einen Fuß vor den anderen und folgte dem unbefestigten Schotterweg, der in den Weinberg führte. Ioan bereute sofort seine Schuhe nicht angezogen zu haben. Scharfkantige Steine schnitten Fußsohlen und Zehen auf. Der Schmerz wurde verdrängt. Todesangst trieb ihn an.

Eine Stimme hallte durch die Nacht: „Halt! Bleib stehen, du Sau!"

Das Knirschen von Kieselsteinen unter Stiefelschritten war deutlich zu hören. Schnelle Tonfolge, harte Tritte. Er wurde im Laufschritt verfolgt.

„Beeilt euch! Der Kanake … rennt … wie ein … Karnickel", keuchte der Jäger, dessen Stimme mit jedem Schritt leiser wurde.

Ioan gewann Abstand. Er war schlank und sportlich. Das war sein größter Trumpf. Nur noch ein paar Hundert Meter, dann konnte er sich über die Bruchsteinmauer schwingen und zwischen den Weinreben untertauchen. Das durch seine Nervenbahnen jagende Adrenalin ließ ihn immer noch jegliches Schmerzgefühl ignorieren. Die Wunden an seinen Sohlen würden heilen. Er musste laufen, musste schneller als die anderen sein.

Wumm

Ein Schuss zerfetzte die Stille der tropischen-schwülen Nacht. Peitschenartig hallte das Echo wider. Ioan zuckte zusammen.

Was soll das? Ich habe doch nichts getan.

Der Gehetzte wünschte sich zu Hause zu sein. Er sehnte sich in diesem Moment zurück nach Siebenbürgen. Nach seinem Dorf, dem Eselkarren, dem alten Holzhaus und dem Duft von

14

frischem Heu und Ziegenkäse. Er hörte das Plätschern des Baches hinter seinem Elternhaus und bildete sich ein weiches Gras unter den Füßen zu spüren. Ioan beschleunigte. Er holte alles aus seinem Körper heraus. Sämtliche Kraftreserven wurden angezapft. Die Lungenflügel brannten wie Feuer. Seitenstechen bahnte sich an. Schweißflecken breiteten sich unter den Achseln und auf dem Rücken des T-Shirts aus. Von der Stirn des Gejagten tropften glänzende Schweißperlen herab. Ein großer Teil davon war purer, kalter Angstschweiß.

Durchhalten!

Ein Motor jaulte auf. Einer der Männer hatte sich auf seine Maschine geschwungen und fuhr beschleunigt los. Wenige Sekunden später schwoll das tief tuckernde Geräusch bedrohlich an. Die schwere Maschine näherte sich rasant.

Ich schaffe es! Ich schaffe es!

Ioans Körper befand sich plötzlich im Lichtkegel eines Scheinwerfers. Die Beine wurden nur noch gefühllos nach vorn geschleudert. Todesangst schüttete noch mehr Adrenalin aus und jagte es durch seine Adern. Der Überlebensinstinkt arbeitete auf Hochtouren. Die nackten Fußsohlen waren inzwischen gefühlstaub geworden. Ioan spürte nicht, dass sich die Bodenstruktur geändert hatte. Die Tortur des kieselsteinigen Schotterweges war zu Ende. Barfüßig rannte er über einen geteerten Weg. Mit jedem Schritt hinterließ der Rumäne blutige Abdrücke auf dem Asphalt. Sein Ziel lag unmittelbar vor ihm. Nur noch zehn Schritte, fünf Schritte, drei Schritte.

Das Motorrad holte rasend schnell auf. Der Motor brüllte so laut wie ein Löwe. Ioan hatte es fast geschafft. Keuchend stand er vor den gemauerten Bruchsteinen. Seine linke Hand krallte sich an einem der leicht vorstehenden Steine der brusthohen Mauer fest. Er musste sie überwinden.

Wrrooommmm – dröhnte es.

Das Raubtier holte zum Prankenschlag aus.

Der Flüchtende zog sich ein Stück nach oben, holte mit dem

rechten Bein Schwung, um das Hindernis gänzlich zu überwinden. Es passierte während dieser Bewegung. Bevor Ioans Bein halt fand, fuhr ein höllischer, lähmender Schmerz durch seinen Körper. Es fühlte sich, als hätte ihn eine schwingende Abrissbirne erfasst, er wusste aber, dass es ein Baseballschläger war. Die Krallen des Löwen hatten sich in seinen Rücken gebohrt.

Atemnot. Alles drehte sich. Ein weiteres Motorrad raste auf ihn zu. Die Schmerzwelle, die sich über Ioans Rücken ausbreitete, sabotierte für Sekunden sämtliches Handeln. Er knallte unweigerlich gegen harten Stein, schlug sich den Kopf an und rutschte an der Mauer ab. Aufgeschürfte Haut. Aus der Kopfplatzwunde trat Blut aus und verklebte die Haare. Es pochte unangenehm in den Schläfen. Auf dem harten Asphalt kauernd, hechelte der Rumäne nach Sauerstoff. Seine Lungenflügel brannten wie Feuer. Er glaubte, dass ein oder zwei Rippen gebrochen waren. Hatte er noch einmal die Kraft aufzuspringen und seine Flucht fortzusetzen?

Der zweite Scheinwerfer erfasste ihn. Der Lichtkegel breitete sich aus. Die Maschine näherte sich zusehends und bremste schließlich hart ab. Der Soziusfahrer sprang herunter und rannte auf Ioan zu. Dieser biss die Zähne zusammen, stand auf und versuchte erneut die Mauer zu überwinden. Im Augenwinkel erkannte er wieder einen Baseballschläger. Ioan wusste, dass er einen zweiten Schlag nicht mehr wegstecken konnte. Ein weiterer Treffer würde unweigerlich das Ende der Flucht bedeuten.

Ich muss schneller sein, als der Schläger, schoss durch seinen Kopf.

Er verlangte sich alles ab, sprang hoch, krallte sich an der Mauer fest und wollte sie endlich überwinden. In diesem Augenblick krachte hartes Holz gegen sein rechtes Bein. Es knackte hörbar. Blitze zuckten vor seinen Augen auf.

„Ahhh", stieß der Rumäne schmerzvoll aus.

„Du Drecksack bleibst da", brüllte jemand mit starkem fränkischem Akzent.

Gleichzeitig wurde Ioan von hinten gepackt und zu Boden

gezogen. Der Fahrer des zweiten Motorrads war abgestiegen und ging langsam auf Ioan zu. Die Maschine tuckerte im Leerlauf, der Scheinwerfer beleuchtete die Szenerie.

Ioan lag auf dem Boden und zitterte vor Angst. Er konnte seine schlotternden Knie nicht mehr kontrollieren. Zusätzlich trieben ihn die Schmerzen des zerschlagenen Schienbeins an den Rand des Wahnsinns.

„Gut gemacht", lobte der gerade angekommene Motorradfahrer, es handelte sich hierbei unverkennbar um den Typen mit der tiefen Stimme.

Das ist der Boss! Ihm bin ich ausgeliefert.

Ioan sah nach oben und betrachtete den Mann mit unterwürfigem Blick. Er war sehr muskulös und trug um seinen nackten Oberkörper nur eine ärmellose Lederweste.

„Wohin so schnell, mein kleiner Freund?", fragte der Riese hämisch.

Mit jeder Bewegung seiner Arme schienen sich kiloweise Muskelfasern hin und her zu bewegen. Allein das Zusammenspiel von Bizeps und Trizeps ließen jeden Gegner dieses Hünen vor Ehrfurcht schaudern.

Nach und nach trafen auch die anderen Verfolger ein. Ioan war binnen kurzer Zeit komplett umringt. Er kramte in seinem tiefsten Inneren und suchte nach Antworten auf seine offenen Fragen.

Wer sind diese Männer? Habe ich in der Vergangenheit eine Dummheit begangen? Vielleicht aus Versehen? Oder handelt es sich um rechtsradikale Rocker, die auf der Jagd nach Ausländern sind? Gehört ihnen das Haus in dem Ioan und die anderen Arbeiter wohnen? Quatsch. Das Haus gehört dem Chef des Weinguts.

Der Rumäne versuchte zu erkennen, ob die Motorradfahrer einer bekannten Rockergruppe angehörten. Nein. Sie trugen keine Clubjacken. Man erkannte keine Embleme.

„Wer hat denn den Stinker erwischt?", fragte einer von ihnen.

17

„Ich", tat sich jemand hervor, der mit einem Baseballschläger bewaffnet war.

Ioan sah Sternchen vor den Augen tanzen. Sukzessiv schwand die Kraft aus seinem geschundenen Körper. Eigenartig! Er spürte das verletzte Bein nicht mehr. Dafür schmerzten die gebrochenen Rippen bei jedem Atemzug bestialisch. Es war, als würde er die glühende Luft eines gewaltigen Vulkans einatmen.

„Ist er das?", fragte der nächste Schlägertyp.

„Das ist er", kam es von einem Zweiten. „Günni, zeig doch noch einmal das Foto her."

„Wir haben den Richtigen erwischt. Ich bin weder blind noch blöd", meckerte der Biker, der den anderen Baseballschläger hielt. Er zog ein Foto aus seiner Jeans und hielt das zerknitterte Bild seinem Nebenmann hin. Dieser betrachtete es trotz des Scheinwerferlichts zusätzlich im Schein der Flamme eines Zippo-Feuerzeugs. Er beugte sich zu Ioan herab, hielt das brennende Feuerzeug dicht an das Gesicht des Rumänen und nickte. „Kongo hat den richtigen Kanaken erwischt."

„Das ist er, Chef! Hundertprozentig", tönte Günni nach.

„Sehr gut", klang der Bass des Anführers. Er musterte den Verletzten abschätzend. „Bist 'n hübsches Kerlchen. Warum hast du es so eilig?"

Es waren weder Rocker noch eine Skinhead-Gang. Es war ein Schlägertrupp. Sie hatten gezielt nach ihm gesucht. Besaßen sogar sein Bild. Woher hatten sie es?

Verdammt, warum werde ich wie ein Tier gejagt?

„Was … wollt … ihr?", keuchte Ioan.

„Dich!"

„Warum?"

Der Boss lachte hämisch. „He, he … kennst du *Pulp Fiction*?"

Ioan kannte den Film nicht. Er wusste nicht, was sein Peiniger meinte und schüttelte mit dem Kopf.

Diese unerträglichen Schmerzen.

„Nein? Kennst du nicht? Hätte mich auch gewundert. Ihr scheißt in Rumänien ja immer noch in Erdlöcher, lebt vom Klauen und wollt unsere Mädels abschleppen, um euch ins gemachte Nest zu setzen. Ihr seid Abschaum. Nichts als europäischer Abfall. Rumänien ist der Misthaufen Europas. Weißt du, weshalb wir euch in die EU geholt haben, mein kleiner braun gebrannter Freund?"

Schweres Schnaufen. Ioan war unfähig etwas zu sagen.

Der Boss wartete nicht auf eine mögliche Antwort. Er gab sie gleich selbst. „Euer Land soll die Müllkippe Europas werden. Ihr seid die menschlichen Kakerlaken, die in dieser Müllkippe leben, sonst nichts."

Schallendes Gelächter erklang.

Ein anderer mischte sich ein. „Und mit unserem Abfall, natürlich frei Haus geliefert, geht es euch noch besser als jemals zuvor."

Ioan dachte an Rumänien, an Siebenbürgen, an die Karpaten und die Schönheit der naturbelassenen Gebiete. Ein Paradies für wilde Tiere. Ein Glücksfall für das industrielle Europa. Wie gern wäre er jetzt in dieser Wildnis. Er hörte die Männer immer noch reden und lästern.

Warum diese Fremdenfeindlichkeit?

Ioan war ein anständiger Mensch. Er hatte ehrliche Arbeit gesucht. War das so schlimm? Für das, was einige wenige Kriminelle machen, konnte er doch nichts. Diese Menschen waren auch in Rumänien kriminell. Ioan mochte sie auch nicht. Nicht hier und nicht in der Heimat. Er erinnerte sich an ein Sprichwort.

Nur ein Tropfen Gift macht einen ganzen Brunnen unbrauchbar!

„Du hättest mal besser deine dreckigen Finger von unseren Mädels gelassen."

Dieser Satz traf ihn wie ein Vorschlaghammer. Wie sollte er reagieren? Sollte er seine Liebe leugnen? Vielleicht half es.

„Ich ... ich ... habe keine ... Freundin", schob Ioan hastig vor.

Niemand konnte das von ihm und ihr wissen. Er hatte das Geheimnis immer sorgfältig gehütet.

Der Boss übernahm wieder das Wort. „Kommen wir auf *Pulp Fiction* zurück. Ist 'n guter Film. Echt stark! Ein paar Szenen haben mir es besonders angetan. Die spielen wir jetzt nach. Nur du und ich. Beachte die anderen gar nicht. Wir beide tun jetzt so, als ob die Jungs gar nicht hier wären."

„Mein Bein … ich spüre … mein Bein nicht mehr."

„Für das, was ich mit dir vorhabe, mein Freund … ha ha ha", wieder dieses hämische Lachen, „… brauchst du kein Bein." Der Boss zeigte auf ihn und zwei Mann hievten Ioan hoch.

„Bitte nicht", jammerte er.

Der Boss kam ganz nah an Ioan heran. Er roch nach Alkohol und Nikotin. „Meine Freunde hier werden dich festhalten, den Rest erledige ich. Ich stehe auf sportliche Südländer. Du hast übrigens die Rolle von Marcellus aus Pulp Fiction."

Ioan zitterte nun vollends. Die Todesangst war in jeden Winkel seines Körpers gekrochen. Er wollte nicht sterben, hatte unendliche Furcht vor Qualen.

Der große Kerl baute sich demonstrativ auf und ließ die Knöchel seiner Fäuste knacken. „Dreht ihn um und schön festhalten!"

„Nein", jammerte Ioan. Er erkannte etwas Sadistisches in den Augen seines Peinigers.

„Chef, muss das sein? Wir haben hier herumgeballert. Wenn das jemand gehört und die Bullen gerufen hat, sind sie gleich hier", haspelte der, den sie Günni nannten. „Wir sollen den Kanaken doch bloß verschwinden lassen."

„Halts Maul!"

Günni zuckte zusammen. „Schon gut."

Sie packten Ioan fester und drehten ihn herum. Der Schmerz trieb den Rumänen an den Rand der Bewusstlosigkeit. Er schrie laut auf. Das Schreien verkam zu einem Jammern und dieses zu einem Winseln. Wieder tanzten Sterne vor seinen Augen. Dieses Mal ein ganzes Meer davon.

„Was machen wir nachher mit ihm?", fragte der Dunkelhäutige.

Der Rockerboss öffnete seine Hose. „Wenn ich mit ihm fertig bin, entsorgen wir ihn im Main. Und jetzt haltet endlich die Klappe. Ich möchte das hier genießen."

Goßmannsdorf ist ein kleines Dorf am Ufer des Mains. Niemand würde das fränkische Nest kennen, wäre dort nicht eine Staustufe des Rhein-Main-Donau-Kanals. Die Staustufe sorgte dafür, dass Goßmannsdorf immer wieder mal in der größten Tageszeitung Würzburgs, der *Main-Post*, erwähnt wurde. Meistens handelte es sich bei den Meldungen um makabre oder lustige Funde im großen Rechen der Staustufe.

Helmut Klein war hier seit drei Jahren Schleusenwärter. Eigentlich war die Tätigkeit recht eintönig. Einzig die Reinigung der Schleusenbecken bot etwas Abwechslung. Das wiederum hatte mit den Funden zu tun und der damit verbundenen Möglichkeit einmal im Leben mit einem Foto in der Main-Post zu erscheinen. Kuriose Funde gab es immer wieder. Vor ein paar Jahren hatte sich mal ein fast drei Meter großer Waller im Rechen verfangen. Der damalige Schleusenwärter war damit groß herausgekommen und so etwas wie ein Lokalheld geworden. Zweimal wurde darüber berichtet. Einmal vom Fang des Wallers, dann noch einmal darüber, wie viele Portionen ein Würzburger Koch von dem Fisch auf die Teller gezaubert hatte. Diesen Status möchte Helmut Klein auch erreichen, doch bislang fand er nie etwas Außergewöhnliches.

Routinemäßig ging Klein an die Arbeit. Während er mit einer Holzstange ein paar Äste aus dem Wasser hievte, dachte er darüber nach, ob er später seine Frau anrufen sollte. Wegen des Mittagessens. Irgendwie hatte er Hunger auf Schnitzel mit Kartoffelsalat bekommen.

Ja, das werde ich machen, beschloss er und stocherte weiter im Rechen der Staustufe herum.

Hinter ein paar Ästen hatte sich etwas Treibgut verheddert. „Was ist denn jetzt schon wieder los?", moserte Klein. „Heute läuft es überhaupt nicht rund."

Der Schleusenwärter fuhrwerkte an einem länglichen Ding herum, rutschte ab und versuchte es erneut. Es bewegte sich endlich und gab den Blick auf etwas anderes frei.

„Da ist was Großen drin", stieß er aus.

Klein betrachtete das Teil argwöhnisch. Die anfängliche Freude, es könnte ein Riesenfisch sein, verflüchtigte sich schnell. Das Stück hatte eher das Aussehen einer Mumie. Eigentlich das eines Schlafsackes, aber Mumie war der spannendere Begriff für jemanden, der auf eine Sensation wartete. Gedanklich schweifte der Franke ab. In großen Lettern las die fiktive Schlagzeile: *Mumie gerettet! Dem Schleusenwärter Helmut Klein ist es gelungen, eine verschollene Mumie aus dem Main zu ziehen. Das Artefakt verschwand vor zwei Monaten spurlos ...*

Das Teil bewegte sich nicht. Die imaginäre Schlagzeile verpuffte. „So ein Mist."

Der Schleusenwärter ging mit schnellen Schritten zum Lager, holte die Stange mit dem langen Dreizack-Haken und stürmte zurück zum Schleusenbecken.

„Da hat doch jemand einen Schlafsack weggeworfen", sagte er leise zu sich selbst. Klein starrte das Ding im Wasser an und grübelte. „Hm ... vielleicht ist er noch brauchbar und ich nehme ihn mit nach Hause."

Er versuchte das halb unter Wasser schwimmende Teil mit dem Dreizack zu erwischen. Der Schleusenwärter benötige mehrere Versuche, bevor sich die spitzen Enden des Geräts endlich fest eingehakt hatten. Längst war die anfängliche Neugier und in eine gewisse Art von Jagdfieber umgeschlagen. Geschickt bugsierte der Staustufenmitarbeiter den Schlafsack an den Rand des Schleusenbeckens. Klein stutzte. Vor ihm schwamm kein leerer, sondern ein gefüllter Mumienschlafsack. Verlegen kratzte er sich mit der linken Hand am Hinterkopf.

„Es wird doch keinen von den Campern ins Wasser gelassen haben", stöhnte er.

Klein vermutete stark, dass ein betrunkener Camper mitsamt seinem Schlafsack in den Main gefallen und ertrunken war. Campingplätze gab es genug am Ufer des Flusses. Gesoffen wurde auch immer. Oder fiel der Kerl von einem der Binnenschiffe? Klar! So musste es gewesen sein. Das lag auf der Hand. Schließlich hat er noch nichts von einem vermissten Camper gelesen. Das wäre ihm aufgefallen. Sein Dienst begann schließlich jeden Tag mit einer Tasse Kaffee und dem Studium Main-Post. Man musste schließlich informiert sein.

„Fall gelöst. Kommissar Helmut Klein hat's wieder mal herausgefunden", murmelte er. „Aufgrund der Hitze schlief einer der Binnenschiffer an Deck seines Kahns und fiel ins Wasser."

Die drei Haken lagen goldrichtig am Schlafsack.

Den kann ich jetzt mühelos im Wasser umdrehen, meinte Klein.

Das Ganze erwies sich jedoch schwieriger, als gedacht, da die Haken festsaßen. Allerdings wäre Helmut Klein nicht Helmut Klein, wenn er nach dem ersten Fehlversuch sofort aufgegeben hätte.

„Ich bin ein fränkischer Sturschädel", stieß er mit einem lauten Schnaufen aus.

Landestypisch für den Dialekt betonte der Franke sowohl das ‚t', als auch das ‚p' extrem weich.

Klein rüttelte ein weiteres Mal heftig an dem Fund. Dieses Mal lösten sich die spitzen Haken vom Stoff. Geduldig und äußerst geschickt hantierte der Schleusenwärter mit seinem Arbeitsgerät und bugsierte den schwimmenden Fund herum. Schließlich drehte sich der Schlafsack im Wasser einmal um seine eigene Achse. Freudestrahlend und voller Neugier begutachtete der Schleusenwärter das Teil. Woher kam das gute Stück? Hatte sich jemand einen Scherz erlaubt?

Plötzlich gefror das Lachen im Gesicht des Franken. Was

sich da in dem Schlafsack befand, war weder ein Scherz noch ein guter Fund. Es war eine Leiche. Man hatte Helmut Klein schon vieles über Wasserleichen berichtet, doch der Anblick eines von Wasser aufgedunsenen und halb von Fischen zerfressenen Gesichts ließ den Magen des Finders unverzüglich rebellieren. Das unbändige Gefühl, sich übergeben zu müssen breitete sich aus. Eine ganzkörperübergreifende Übelkeit überkam Klein, dennoch saugten sich seine Augen an dem grauenhaften Fund fest.

Fleischfetzen hingen an Knochen. Der Mund des Toten war zu einem schauerlichen Grinsen geöffnet. Ein paar Wasserschnecken hatten sich festgesetzt. Helmut Klein beschloss in diesem Moment sein Pausenbrot wieder mit nach Hause zu nehmen. Gedanklich wurde auch das Schnitzel mit Kartoffelsalat von der privaten Speisekarte gestrichen. Weiterhin entschied sich der Schleusenwärter in genau diesem Moment nie wieder einen Zombie-Film anzusehen.

Als ein aalartiges Tier durch eine der offen liegenden Augenhöhlen schlüpfte und im Wasser verschwand, gewann das flaue Bauchgefühl den Kampf gegen die Körperbeherrschung. Der Schleusenwärter musste sich übergeben. Mit leerem Magen und zittrigen Fingern wählte er nur wenige Minuten später im Büro den Polizeinotruf.

Vermisst im Paradies

Der wachhabende Polizist der Würzburger Polizeiinspektion stöhnte, als er das ältere rumänische Ehepaar zum dritten Mal in dieser Woche auf der Wartebank im Vorraum sitzen sah. „Jetzt sind die Rumänen schon wieder hier. Ich habe ihnen doch erst vorgestern erklärt, dass wir ihnen nicht helfen können", meinte er zu seiner Kollegin und deutete mit einem kurzen Wink in den Vorraum.

Seine Kollegin war gerade dabei, eine Unfallskizze zu erstellen. Sie blickte kurz hoch und zur gläsernen Tür, die die Wache vom Vorraum trennte.

„Du meinst die beiden Alten dort draußen?"

„Ja", kam es leicht genervt. „Die suchen ihren Sohn. Angeblich soll er irgendwo hier im Landkreis arbeiten."

„Und?", fragte die Polizistin. „Hast du seine Personalien mal durch den Computer gejagt?"

Der angesprochene Polizist verließ den Wachraum, um sich aus der gleich nebenan befindlichen Küche eine Tasse Kaffee zu holen. Die Kaffeemaschine lief laut und röchelnd. Eine kleine Dampfwolke schwebte über ihr. Der Polizist wartete auf das gewohnte letzte Blubbern. „Die müssen wir auch bald ersetzen", rief er in den Wachraum.

„Hast du, oder hast du nicht?", wollte die Kollegin wissen.

„Was denn?"

„Den Sohn von den beiden Alten überprüft."

„Natürlich habe ich."

„Und?"

Er nahm die Kaffeekanne aus der Maschine und goss etwas in seine Tasse. „Du regst mich ganz schön auf, mit deiner ständigen Fragerei. Ich habe nichts gefunden."

In seiner Antwort lag eine aussagekräftige Schroffheit. Kurzum, der Wachhabende zeigte wenig Lust und Arbeitsmoral. Er ließ unmissverständlich erkennen, dass er nicht gewillt war,

25

mit dem älteren Paar ein weiteres Gespräch zu führen.

Seine Kollegin blieb allerdings hartnäckig. „Was machen wir mit den beiden? Können die überhaupt deutsch?", hakte sie nach.

Nachdem er seine Tasse eingeschenkt hatte, fragte er: „Willst du auch einen Kaffee? Ist die neue Packung, ganz frisch geöffnet."

„Ja, bitte. Schwarz."

Kurz darauf kam der Beamte wieder in den Wachraum. Er trug zwei Tassen, aus denen es dampfte. Der Duft von frisch gebrühtem Kaffee breitete sich aus. „Hier."

„Danke schön."

Er nahm einen Schluck. „Sind sie noch da?"

Sie sah zum Vorraum. „Ja."

„Verdammt", fluchte er. „Du, Christine, ich packe das nicht in aller Frühe. Kannst du mal mit ihnen sprechen?"

Die Polizistin war leicht genervt. „Ich muss die Skizze noch fertig machen. Der Unfallvorgang muss heute raus."

Er senkte seine Stimme und lächelte. „Dauert bestimmt nicht lange."

Christine schnaufte kräftig durch und deutete auf ihre Skizze. Das Telefon läutete. Er ging ran. „Polizei Würzburg."

Sie stand etwas genervt auf. „Also gut, ich kümmere mich um die beiden, aber der nächste Fall gehört dir."

Er hob den Daumen nach oben.

Die Polizistin nahm einen Schluck Kaffee und verzog sofort das Gesicht. „Igitt! Wer hat denn den aufgesetzt?"

Ihr Kollege hielt die Hand vor die Sprechmuschel und sagte kurz: „Das war Werner. Beschweren musst du dich später. Sie mussten zu einem Einsatz ausrücken."

Sie stellte die Tasse ab. „Sorry, aber den kann man wirklich nicht trinken. Sag Werner, er soll künftig die Finger von der Kaffeemaschine lassen."

Die Polizistin stand auf und ging zum Tresen. Dort betätigte sie einen Schalter. Es summte. Das wartende Pärchen stand auf, drückte gegen die schwere Glastür und betrat den Wachraum. Sie stellten sich vor der Polizistin an den Tresen. Der Mann grüßte höflich. „Gutään Morgään."

„Morgen", erwiderte die Beamtin.

„Wir heißän Agulescu. Wir suchän unserän Soohn. Habän sie ihn gefundän? Sie habän mir versprochän, dass Sie ihn suchän. Sie wolltän Mäldung schreibän."

Sie drehte sich zu ihrem Kollegen um. Dieser zuckte lediglich mit den Achseln. „Du Arschloch", formte sie tonlos mit den Lippen, dann wendete sie sich wieder den beiden Rumänen zu. „Wie heißt er denn?"

„Das wissän Sie doch."

„Entschuldigung, aber wir hatten einen Computerabsturz. Ich möchte noch einmal alles prüfen", wurde als Ausrede vorgeschoben.

Die Frau öffnete eine Tasche und zog ein Bild heraus. „Das ist är. Das ist unsär Ioan. Einä gutä Jungä."

Der Mann legte zusätzlich die Kopie einer Geburtsurkunde auf den Tisch. Daneben seinen eigenen Ausweis. „Unsär Sohn ist vor einäm Jahr hierhär gekommän. Är hat geschriebän, dass är einä gutä Arbeit gäfundän hat."

„Bei einäm Winzär", ergänzte seine Frau mit dem gleichen harten Akzent.

Die Polizistin stellte anhand des Geburtsdatums im Ausweis des Anzeigeerstatters fest, dass die Eltern des Vermissten jünger waren, als sie aussahen. Das harte Landleben und die rumänische Sonne hatten beide sehr gezeichnet. Das karge, arbeitsreiche Dasein forderte seinen Tribut. Die braune, faltige, wettergegerbte Haut zeugte jedenfalls davon.

Ein Anflug von Mitleid überkam die Beamtin. Sie nahm das Foto in die Hand und betrachtete es. Der junge Rumäne sah gut aus, fast wie ein Model. Sein Lächeln war sympathisch. „Sie sprechen unsere Sprache gut. Wie lange sind Sie schon hier?"

„Wir stammän aus Siebenbiergän. Das ist in Rumänien. Deitsch ist unserä richtigä, alte Muttersprachä."

„Aha, äh, ja klar doch."

Erinnerungen aus dem Geschichtsunterricht schossen nach oben. Sie waren irgendwo tief zwischen Algebra und dem Schulenglisch der *lesson eight*, begraben. Donauschwaben, Siebenbürgen. Deutsche Siedler ins wilde Land. Siebenbürgische Sachsen usw.

„Einen Moment bitte."

Der Rumäne nahm die Hand seiner Frau und hielt sie fest.

Die Polizistin ging zu ihrem Kollegen und flüsterte ihm ins Ohr: „Was hast du bisher gemacht?"

Er schüttelte nur mit dem Kopf. „Nichts! Schau dir doch mal das Foto an. Das ist bestimmt ein Stricher, schwirrt am Bahnhof herum oder lässt sich von einem Dauer-Freier aushalten. Er hat schlichtweg vergessen, sich bei seinen Eltern zu melden. Das ist alles."

Blut schoss in die Wangen der Polizistin. Es war Zornesröte. „Du hast keine Vermisstenanzeige aufgenommen?"

„Nö!"

„Spinnst du? Was hat der Chef dazu gesagt?"

Der arbeitsscheue Polizist begann sich zu rechtfertigen und argumentierte mit erhobener Stimme. „Jetzt hör mal auf so blöd zu fragen. Weißt du, wie es am Montag hier zugegangen ist?"

Sie starrte ihn vorwurfsvoll an. „Und was war dann am Dienstag? Du hast vorhin gesagt, dass sie zum dritten Mal hier sind. Oder ist das heute schon das vierte Mal?", überrollte sie ihren Kollegen.

„Ich ... also, jetzt stell dich doch nicht so an", stotterte er und senkte seine Stimme wieder.

Sie stemmte ihre Hände in die Hüften. „Ich kümmere mich jetzt um die beiden und du gehst dort rüber, zeichnest die Skizze fertig und schreibst den Unfallbericht!"

Er schüttelte mit dem Kopf. „Nö, das war dein Fall."

„Gut, dann gehe ich sofort zum Dienstgruppenleiter und sage ihm, wie du die beiden besorgten Eltern vertröstet und die Anzeige abgewimmelt hast."

Sie drehte sich demonstrativ um und machte einen Schritt nach vorn.

„Warte!"

„Was ist?"

„Okay, ich stelle den Unfall fertig, aber du kümmerst dich um die zwei Patschaken."

„Das sind Rumänen aus Siebenbürgen, keine Patschaken! Und wenn du nicht aufhörst, so zu reden, werde ich definitiv ein Gespräch mit der Führung suchen. Du bist ein faules Riesenarschloch."

„Okay, okay. Fahr runter. Ich habe es kapiert", versuchte er die Sache herunterzuspielen und stand missmutig auf.

„Beim nächsten Mal decke ich dich nicht noch einmal", warnte sie und ging zurück zum Tresen. Der grantige Gesichtsausdruck verschwand und sie versuchte zu lächeln. „Kommen Sie bitte herein. Ich werde mich um Sie kümmern."

„Dankäscheen."

Trauer war in den Augen der besorgten Eltern zu erkennen. Die Polizistin zeigte auf zwei Stühle. „Setzen Sie sich bitte hierhin."

Sie kamen der Aufforderung nach. „Wir wolltän uns mit unseräm Sohn träffän. Är ist nicht gekommän. Är mäldät sich nicht mähr."

Der Anzeigenbildschirm öffnete sich. „Wissen Sie, wo genau er Arbeit gefunden hat? Oder können Sie uns eine Wohnadresse geben?"

„Er hat geschriebän einä Adrässä", sagte Herr Agulescu, während seine Frau einen Brief hervorkramte. Sie suchte die betreffende Zeile und legte den Finger darauf. Dazu zeigte sie zusätzlich auf den handschriftlich notierten Absender auf dem Briefumschlag.

„Weingut Aberle", las die Polizistin laut vor. „Ein gutes Haus. Haben Sie dort schon nachgefragt?"

„Sie sagen, Ioan war nie da."

„Komisch. Geben Sie mir mal die Geburtsurkunde."

Die Routinearbeit begann. Personalien wurden erhoben sowie Fragen bezüglich des Vermissten und dessen Gewohnheiten gestellt. Schließlich erkundigte sich die Beamtin über den letzten bekannten Aufenthaltsort von Ioan Agulescu. Eine Stunde später war die Vermisstenanzeige erstellt.

„Wo kann ich Sie finden? Ich meine, falls ich Informationen für Sie habe."

„Wir habän kleinä Pänsion gefundän. Ist in Vorort von Wirzburg. Wir bleibän noch zwei Wochän. Dann missän wir zurieck nach Hausä."

Sie notierte die Anschrift und Telefonnummer der Pension. „Ich werde die Vermisstenanzeige sofort an das zuständige Fachkommissariat weiterleiten. Vielleicht wissen wir morgen schon mehr. Hier ist meine Karte."

„Dankäscheen. Wir kommän morgän wiedär här."

Sie standen auf, schüttelten die Hand der Polizistin und verließen die Wache.

Nachdem die schwere Glastür ins Schloss gefallen war, murrte ihr Kollege: „Da kommt doch ohnehin nichts dabei raus."

Christine war jetzt mehr als wütend. „Du bist noch mehr, als ein Riesenarschloch. Ab heute möchte ich nicht mehr mit dir zusammen eingeteilt werden! Sag das dem Diensteinteiler oder ich werde es tun. Und wenn ich es tue, werde ich auch jedem den Grund dafür nennen und zugleich sagen, was für ein Idiot du bist!"

„Der Unfall ist fertig. Magst du die Skizze noch einmal prüfen?", kam es vollkommen belanglos. Es schien so, als hätte er die Worte seiner Kollegin nicht verstanden.

Der Ton der Polizistin wurde schärfer. „Hast du eine Ahnung, was die beiden Alten überhaupt mitmachen?"

„Nö! Ich habe schließlich keinen Stricher als Sohn."

„Ich werde die Vermisstenanzeige sofort zum Fachkommissariat bringen lassen."

Jemand räusperte sich. „Gibt es Stress?"

Beide fuhren herum. Der Dienstgruppenleiter war unbemerkt in den Wachraum gekommen und hatte das Gespräch mitgehört.

„Christine hat nur 'ne läppische Vermisstenanzeige aufgenommen, während ich den komplizierten Unfall mit Personenschaden komplett allein geschrieben habe."

Die Polizistin war sprachlos. Ihre Wangen röteten sich.

Der Dienstgruppenleiter sah beide nacheinander an. „Hans, ich habe mitbekommen, worum es hier heute Morgen ging. Ich wollte dir zeitgleich mitteilen, dass ich bezüglich der Abordnung zum Verkehrsdienst eine Entscheidung getroffen habe. Es hat dich erwischt. Du wirst gehen! Am besten siehst du gleich mal nach, ob dir dein Verkehrsmantel noch passt."

Der arbeitsscheue Kollege stand auf. „Aber du weißt doch, dass ich diesen Scheiß hasse. Ich habe keine Lust bei Wind und Wetter Verkehr zu regeln."

„Dann kündige!"

„Ich bin in der Gewerkschaft! Ich werde dagegen vorgehen."

„Ich bin auch in der Gewerkschaft, falls dich das beruhigt. Und nur noch mal zur Kenntnis. Gegen eine zeitlich begrenzte Abordnung kannst du gar nichts machen."

Die Polizistin grinste, ihr Kollege verlor indessen sämtliche Gesichtsfarbe. Im Nu war er beinahe leichenblass.

Der Dienstgruppenleiter wendete sich der Beamtin zu. „Gute Arbeit, Christine. Ich werde die Anzeige gleich weiterleiten. Ist sie fertig?"

Sie nickte. „Hier, Chef. Ausgedruckt und unterschrieben."

Der Dienstgruppenleiter nahm die Akte entgegen. Dann wendete er sich noch einmal Hans zu. „Ich werde übrigens prüfen lassen, ob wir gegen dich ein Disziplinarverfahren einleiten. So manche Sprüche von dir sind mir ziemlich aufgestoßen. Wenn du nach der Abordnung zum Verkehrsdienst zurückkommen solltest, dann wirst du definitiv nicht mehr in meine Gruppe kommen. Ich werde mich später mit dem Dienststellenleiter über dich unterhalten. Solche Mitarbeiter brauchen wir nicht."

Bereits drei Stunden später lag die Vermisstenanzeige auf dem Schreibtisch von Hauptkommissar Peter Fischer. Argwöhnisch betrachtete der Kriminalbeamte die Akte und öffnete sie. Routiniert las Fischer die Grunddaten.

„Hast du mir die Sache von diesem Rumänen auf den Tisch gelegt?", fragte er seine Sekretärin.

„Nein! Ein Kollege vom Revier hat sie vorbeigebracht. Ich dachte, dass es vielleicht eilig ist."

„Eilig? Wie kommst du darauf?"

„Weil die Akte per Bote zu uns gebracht wurde. Sonst flattern sie doch immer per Dienstpost hier ein."

Der Kripobeamte nickte zustimmend. „Das ist in der Tat ein Argument. Ich flieg mal schnell drüber. Vielleicht ist es ein Botschafter oder so etwas in dieser Richtung, der vermisst wird. Kann sein, dass die Presse auf erste Informationen wartet", antwortete Fischer und begann nochmals von vorn zu lesen. Gleich nach der ersten Seite wusste er allerdings, dass sich um keinen ausländischen Diplomaten oder Politiker, sondern um einen jungen Rumänen handelte. Nach Angaben seiner Eltern war der Vermisste auf Arbeitssuche und hatte auch eine feste Anstellung gefunden. „Ioan Agulescu", murmelte der Hauptkommissar leise, blätterte um und betrachtete das beigelegte Foto. „Keine Daten im Einwohnermeldeamt, kein Eintrag bei der AOK, keine Daten beim Finanzamt, nichts."

„Hast du was gesagt, Peter?", rief die Sekretärin, die im Büro nebenan einen Bericht für die Staatsanwaltschaft fertigstellte.

„Ich denke nur laut."

„Wenn du mich brauchst, dann sag es ruhig. Ich bin gleich fertig mit dem Bericht."

„Wenn das so ist, könntest du mal die Datenbanken abchecken. Als Zeitraum kannst du die letzten sechs Monate eingeben."

Die Angestellte war mit den üblichen Standartrecherchen bestens vertraut und hatte in der Vergangenheit schon mehrfach kriminalistischen Scharfsinn bewiesen. „Mach' ich. Gib mir zwei Minuten und dann die genaue Personenbeschreibung mit Grunddaten."

Fischer nahm das Personenbeschreibungsblatt und trug es ins benachbarte Büro, das nur durch eine Zwischentür von seinem eigenen Arbeitszimmer getrennt war. „Hier." Er legte es auf den Schreibtisch der Angestellten.

„Danke sehr, ich bin gleich so weit."

„Nur nicht hetzen. Wir sind im Dienst, nicht auf der Flucht", schmunzelte Fischer und ging zurück.

Auf dem Fensterbrett aalte sich ein stattlicher Philodendron im Sonnenlicht. Neben der Pflanze stand ein Radiogerät. Das Einschalten des Radios und der prüfende Blick, ob die Pflanze Wasser benötigte, gehörten längst zur obligatorischen Büroroutine. Die Erde war ausreichend feucht. Der eingestellte Klassik-Sender spielte eines von Fischers Lieblingsstücken. „Ah, Mozart. Die kleine Nachtmusik", schwärmte er und summte mit. „Kennst du das?", fragte er Helga.

Lachen kam aus dem Nachbarbüro. „Das hätte sogar mein Neffe erraten. Er ist jetzt in der ersten Klasse."

„Wenn dir Mozart gefällt, kannst du gern mit mir ins Konzert gehen. Nächsten Monat in der Kongresshalle …"

„Keine Zeit für sowas. Sorry."

Peter Fischer grinste, als er sich an seinen Schreibtisch setzte. Er kannte die Antwort dieser rhetorischen Frage. Helga hatte für bevorstehende Konzertbesuche grundsätzlich nie Zeit. Zumindest, wenn es sich um klassische Musik handelte. Obwohl ihre Antworten schon im Vorfeld bekannt waren, konnte es sich der Klassik-Fan nicht verkneifen, die Angestellte immer wieder zu fragen, ob sie ihn nicht begleiten möchte. Fischers Blick fiel auf die Akte.

Wo war ich gleich wieder, fragte er sich im Stillen und blätterte zur gesuchten Stelle.

Die ersten beiden Felder des nächsten Formblattes waren nicht beschrieben. Es folgte die Spalte, in der ein angeblicher Arbeitgeber eingetragen war. Fischer las den Eintrag zweimal hintereinander. Er wurde stutzig. Irgendetwas war im Hinterstübchen seines Gehirns geweckt worden. Es rumpelte, konnte aber nicht zugeordnet werden.

„Helga, sag mal, hatten wir neulich nicht schon mal einen Fall, in dem das Weingut Aberle auftauchte?"

„Keine Ahnung", tönte es durch die offenstehende Verbindungstür. „Das letzte Mal, als ich mit Aberle zu tun hatte, war Fasching. Da habe ich zwei Flaschen Silvaner getrunken, war dicht ohne Ende und weiß heute noch nicht, wer mich nach Hause gebracht hat."

„So genau wollte ich es gar nicht wissen."

„Hast du schon die neue Suchmaske ausprobiert?"

„Welche neue Suchmaske?"

Lachen. „Ich frage mich, was ihr macht, wenn ihr auf Lehrgang seid."

„Bestimmt keine Suchmasken ausfüllen."

Die Sekretärin druckte den Bericht für die Staatsanwaltschaft aus. Ging zum Drucker, holte den Stapel Papiere und blieb kurz im Türrahmen stehen. „Ich meine das neue CC-Programm. Wie heißt es doch gleich wieder?", grübelte sie ein paar Sekunden. „Ach ja, Connect-Case-Programm. Muss ja heutzutage alles in Englisch sein, sonst ist es nicht cool."

Fischer hob den Kopf. „Kenne ich nicht."

„Kennst du schon", widersprach sie. „Es wurde uns schon vorgestellt. Das Programm befindet sich immer noch im Probelauf und es sind noch nicht alle Fälle eingestellt, aber die Datenbank ist schon enorm groß. Es wird alles erfasst, was möglich ist. Bei Recherchen werden sämtliche Parallelen angezeigt. Du kannst zum Beispiel nach bestimmten Tätowierungen suchen. Man gibt meinetwegen Suchworte, wie Blume oder Anker ein und zack, der PC spuckt dir alle Fälle von Personen aus, die mit einer Blume oder einem Anker tätowiert sind."

„Ich habe aber nichts von einem Tattoo gelesen."

„Typisch Beamter. Geistig vollkommen unbeweglich. Wozu auch? Das Gehalt kommt pünktlich", gluckste die Angestellte über ihren Gag.

Fischer reagierte mit einem nachgeahmten Lachen. „Ha, ha. Wie witzig."

Helga überging die Antwort und erklärte weiter. „Man kann ebenso Haarfarbe, Automarken, Uhrenmarken, aber auch Arbeitgeber und andere Dinge eingeben. Je mehr Kleinigkeiten von einer Person erfasst sind, umso mehr Informationen werden bei etwaigen Suchanfragen ausgespuckt."

„Von dem Programm habe ich echt noch nie etwas gehört", redete sich der Hauptkommissar heraus.

„Quatsch! Du hast dich letztes Mal nur vor dem Unterricht gedrückt. Unser PC-Guru hat es doch ganz stolz vorgestellt."

„Da musste ich zum Zahnarzt."

„Und danach hast du es geflissentlich unbeachtet links liegen lassen, weil es neu ist und mit einem Computer zu tun hat. Gib es doch zu! Das sind zwei Komponenten, die im Leben eines Peter Fischer nur schwer zu integrieren sind."

Fischer druckste ein wenig herum. Die Sekretärin wurde konkreter. „Peter, ich warte auf dein Angebot."

„Was meinst du damit?"

„Ich zeige dir das Programm und wie man Eingaben macht und du lädst mich dafür heute nach Dienst zum Italiener ein."

„Den Italiener muss ich streichen. Heute ist Probe beim Polizeichor, aber ich gehe rüber zum Konditor und spendiere dir eine leckere Sahnetorte."

„Einverstanden. Schwarzwälder-Kirsch oder Nuss-Sahne."

Der Kripobeamte strahlte. „Also, wo finde das Ding?"

„Erst die Torte. Ich kenne dich. Wenn du erst mal am PC sitzt, kommst du so schnell nicht mehr davon weg."

Fischer rollte mit dem Bürostuhl nach hinten und stand auf. „Das ist Erpressung", schmunzelte er. „Ich hoffe, du kümmerst dich zwischenzeitlich um frischen Kaffee."

Eine halbe Stunde später befanden sich nur noch Brösel auf den Kuchentellern. Genüsslich schluckte Helga den letzten Bissen ihrer Torte hinunter. „Die besten Torten der ganzen Stadt", schwärmte sie.

Fischer nahm einen Schluck Kaffee, stellte die Tasse ab und kratzte mit der Gabel die letzten Krümel zusammen. „Mmmh, lecker. Aber bei den Preisen kann man das wohl auch erwarten."

Sie zeigte auf den Bildschirm. „Los geht's!"

Der Hauptkommissar konzentrierte sich. Die Anmeldung im System war kein Problem. Allerdings blieb die Maske beim ersten Klick auf das Return-Feld hängen.

„Noch einmal bestätigen, dann kannst du loslegen."

Eine Suchmaske öffnete sich. „Wo kann ich den Zeitkorridor eingeben?"

„Anfangs noch gar nicht. Den gibst du erst ein, sobald Ergebnisse auftauchen. Damit kannst du die Trefferquote einschränken."

„Hier auf der Grundseite muss ich demzufolge lediglich meine Suchwörter eintippen, sonst nichts?"

„Jep!"

Fischer verzog das Gesicht. „Jetzt fängst du auch schon damit an."

„Ein bisschen moderner Zeitgeist würde dir auch nicht schaden, du Grufti."

„Komm, machen wir weiter, du Ulknudel."

Helga blickte über die Schulter des Ermittlers. „Damit die Datensätze nicht überhandnehmen, also pro Anfrage zehntausend Treffer oder mehr ausspucken, sind die Filter für die einzelnen Kommissariate voreingestellt. In unserem Fall auf Vermisstenfälle, gekoppelt mit Schwerkriminalität. Alles andere wird ausgeblendet."

„Ist wirklich kinderleicht." Fischer tippte *Weingut Aberle* ein und drückte auf Enter. Ein grüner Balken lief am oberen Bildschirmrand entlang. Als er das Ende eines grau hinterlegten Kastens erreichte, öffneten sich drei weiter Felder, die farblich markiert blinkten.

„Ich glaube es ja nicht. Drei Treffer. Sie werden in Ampelfarben aufgezeigt."

Die Sekretärin staunte ebenfalls. Sie putzte die Gläser ihrer Brille, setzte die Sehhilfe wieder auf und starrte auf den Bildschirm. „Der obere Fall ist deiner. Das ist unser Aktenzeichen. Die untere Sache ist keine Vermissung, sondern ein Querverweis auf ein anderes Delikt. Beim mittleren Fall scheint es sich um eine unbekannte Leiche zu handeln."

„Wie? Was heißt hier unser Fall? Woher weiß dieses Programm das schon wieder? Wir haben noch gar nichts eingestellt."

Der Hauptkommissar stockte, neigte den Kopf zur Seite und sah die Sekretärin an. „Oder hast duhuu?", kam es fragend, wobei das *du* sehr lang gezogen ausgesprochen wurde.

Helga schüttelte den Kopf. „Nein! Das passiert ganz automatisch. Mit dem neuen Anzeigenprogramm werden Schlagwörter gesetzt. Das Probe-Modul des Programms ist auch nicht für alles freigeschaltet. Es läuft erstrangig probeweise für Vermisstensachen, findet ferner aber auch schon bei Gewalt- und Sexualdelikten Verwendung."

„Was es nicht alles gibt?", staunte Fischer und wendete sich wieder dem Bildschirm zu. „Woher weiß ich, was zu welchem Fall gehört? Worauf muss so ein Computer-Depp wie ich achten?"

„Schau auf die Farben! Grün steht für Vermissung. Rot ist ein Gewaltdelikt. Gelb sind unbekannte Leichen. Schau her …", erklärte die Sekretärin und deutete auf ein angezeigtes Kästchen, „… einer der beiden Querverweise leuchtet rot und der mittlere Fall leuchtet gelb. Klicke einen der Hinweise an, dann erscheinen die jeweiligen Grunddaten auf dem Bildschirm."

Fischer war begeistert. „Diese Blechkästen sind ziemlich schlau. Früher mussten wir dafür tagelang Akten wälzen."

„Früher hattet ihr auch noch Telefone mit Wählscheiben, im Fernsehen gab es drei Programme in Schwarz-Weiß und die

Welt war in West und Ost aufgeteilt, was gleichzusetzen war mit Gut und Böse."

„Ja, so war es. Und es war eine bessere Zeit."

„Vergiss es, Peter. Die Welt war schon immer schlecht. Das habe ich bereits feststellen müssen, als ich vor zehn Jahren hier bei der Kripo angefangen habe. Außerdem zappe ich gern zwischen den rund 100 Fernsehsendern herum, die ich zu Hause empfange. Bei nur drei Programmen würde ich sterben. Von einer Wählscheibe brauchen wir gar nicht erst zu sprechen. Bei den vielen Telefonaten, die ich täglich führe, hätte ich bei Wählscheiben schon längst Hornhaut an den Fingerkuppen."

Diesmal lachte der Hauptkommissar. „Schon gut", meinte er, „komm wieder zur Sache."

Sie griff zur PC-Maus. Der Pfeil wanderte über den Bildschirm und blieb an einem Button hängen. Helga klickte einmal auf die linke Maus-Taste. Ein neues Fenster öffnete sich.

„Unbekannte Wasserleiche", flüsterte Fischer, las den Text und betrachtete die eingestellten Fotos.

„Ekelhaft", stieß Helga angewidert aus und ging wieder zurück an ihren Arbeitsplatz. „Ab hier musst du allein zurechtkommen."

Fischer hörte die Worte nicht. Der Kriminalpolizist hatte sich in die online-Akten vertieft. „Gefunden in der Staustufe Goßmannsdorf", sagte Fischer und schnappte sich einen Bleistift. Er notierte wichtige Details, um sie anschließend mit der vorliegenden Vermisstenanzeige abzugleichen. Eine halbe Stunde später stand er vor Helgas Schreibtisch. „Wasserleichen geben spurentechnisch nicht viel her, aber ich bin sicher, dass es unser Vermisster ist. Es könnte tatsächlich Ioan Agulescu sein. Glaubst du, die Eltern wären mit einem DNA-Test einverstanden?"

„Woher soll ich das wissen? Ruf doch die Kollegin an, die den Fall aufgenommen hat."

„Das wäre mein nächster Gedanke gewesen."

Helga lächelte. „Manchmal komme ich mir vor wie Miss

Marple. Ich löse die schwierigsten Fälle und ihr steckt die Lorbeeren dafür ein."

„Dann weißt du sicher auch die Nebenstelle der Kollegin auswendig, die die Anzeige erstellt hat."

„Ist ja wirklich nicht schwer. Die Wache der Inspektion hat die Nebenstelle 2105."

„Danke. Und weil du so nett bist und ich schon beim Konditor war, darfst du auch anrufen. Du kannst mir das Gespräch dann rüber zu meinem Schreibtisch legen."

Die Finger der Sekretärin flogen förmlich über die Tasten. Noch bevor der Hauptkommissar wieder an seinen Platz saß, klingelte sein Telefon.

„Fischer, Vermisstensachen."

„Konrad, Dienstgruppenleiter Wache. Kollege, du wolltest Christine sprechen?"

„Ja, es geht um die Vermisstensache mit dem Rumänen."

„Sie ist schon nach Hause gegangen. Morgen früh ab sieben Uhr ist sie wieder im Dienst. Gibt es ein Problem? Ich bin ihr Vorgesetzter."

„Nein, nein. Im Gegenteil. Sehr saubere und gute Arbeit. Ich wollte sie nur etwas zu den Eltern des Vermissten fragen. Das kann ich aber auch morgen Vormittag erledigen. Bis dahin rührt sich ohnehin nichts."

„Der Fall ist direkt brandheiß, so frisch ist er noch. Hast du schon etwas erreicht?"

Fischer schnaufte tief ein. „Ich habe einen Verdacht."

„Prima! Da wird sich Christine freuen. Und die beiden alten Rumänen erst recht. Kollege, das nenne ich mal gute Kripo-Arbeit. Sag mal. Kann es sein, dass es ein Stricher ist und er bei seinem Freier lebt? Es wurde von einem anderen Kollegen so ein Verdacht …"

„Vermutlich eine Wasserleiche", kam es trocken. „Keine guten Nachrichten, ich weiß. Die Sache muss ich aber noch prüfen. Fototechnisch geht da nichts mehr. Eine Identifizierung ist nur über das Zahnschema oder DNS möglich."

Die Euphorie des Dienstgruppenleiters war auf einen Schlag verflogen. „Wann bist du morgen erreichbar? Ich werde Christine darum bitten, dich so früh wie möglich zurückzurufen."

Fischer nannte seine Nebenstelle.

„Wann kann sie dich am besten erreichen?"

„Ich bin so gegen acht Uhr im Büro. Danke und Servus", beendete er das Gespräch und legte auf. Sein Blick glitt über den dunklen Bildschirm. Bildschirmschoner. Er stieß die Maus an und die Fotos der Wasserleiche tauchten wieder auf. Der Kriminalpolizist scrollte weiter. Das war keine normale Wasserleiche. Der Bericht las sich auch nicht wie ein Unfall. Ein Gewaltdelikt stand im Raum. Ein weiterer Hinweis blinkte ständig auf. Neugierig öffnete Fischer auch diesen.

„Identische Adresse", las er laut, drehte sich um, doch Helga war nicht im Büro. „Das bekomme ich auch allein hin", murmelte er, klickte auf ein Feld und öffnete damit einen weiteren Fall. Die angezeigte Adresse leuchtete rot. Es handelte sich um das Weingut Aberle. „Da schau her. Was es so alles gibt", stieß der Kriminalbeamte erstaunt aus und las sich auch in diesen Fall ein. Flink flogen die Augen über den Bildschirm.

Vor einem Jahr fand ein Zuckerrübenbauer beim Pflügen seines Ackers eine verscharrte Leiche. Es handelte sich um den polnischen Fuhrunternehmer Piotr Rosellski.

Der Kriminalpolizist griff wieder zum Bleistift und machte Notizen. Gewohnheitsgemäß las er laut mit. „Ermittelnde Behörde ist das Morddezernat Würzburg. Nach Sachlage wird davon ausgegangen, dass Rosellski ausgeraubt und ermordet wurde. Es fehlte sämtliches Bargeld, eine Armbanduhr und ein Transporter der Marke Ducato. Beim Toten fand man eine Visitenkarte vom Weingut Aberle, dort wollte man Rosellski aber nicht gekannt haben. Nachforschungen in Polen führten zu keinem Erfolg. Der Fall wurde auch in der Fernsehsendung *Aktenzeichen xy-ungelöst* ausgestrahlt, jedoch verliefen die spärlichen Hinweise im Sand."

Fischer lehnte sich zurück und klopfte mit dem Bleistift im Takt von *Dvoráks slawischen Tänzen,* die gerade im Klassik-Radio gespielt wurden, auf den Schreibtisch.

Immer noch blinkte *identische Adresse* auf. „Verflucht, das habe ich doch schon weggeklickt", schimpfte Fischer und drückte erneut auf das Feld. Eine weitere Akte öffnete sich. Dies Mal handelte es sich um einen fünfzehn Jahre zurückliegenden Suizid. Ein Würzburger Student hatte sich am Kranenkai erhängt.

Ach ja, ich kann mich noch erinnern. Das war wie in einem gruseligen Edgar Wallace Film. Nebel über dem Main. Am alten Kran baumelte die Leiche. Die Main-Post brachte die Sache auf Seite 1. Aber warum ist der Fall noch nicht bei den Akten? Das war doch ein Suizid.

Fischer klickte sich durch. Schließlich fand er den Abschlussbericht des damaligen Sachbearbeiters, der zwar den Fall als Suizid nach außen deklarierte, jedoch persönlich bis zuletzt Zweifel daran hatte. Irgendwie hatte er es geschafft, den Fall vor dem Datenlöschen zu bewahren und ihn einfach in das neue Portal eingestellt.

„Der Datenschutzbeauftragte wird dir auf die Finger klopfen", lachte Fischer.

„Führst du Selbstgespräche?"

Der Polizist zuckte erschrocken zusammen. „Mein Gott, Helga. Du hast mich zu Tode erschreckt."

„Bist du immer noch an der Sache des Rumänen?"

Fischer nickte. „Da gibt es zwei weitere Hinweise auf das Weingut Aberle."

„Was denn?"

„Einen ermordeten polnischen Fuhrunternehmer und einen erhängten Studenten. Letzteres ist gute fünfzehn Jahre her."

„Ich schätze, die Mordkommission wird dir die Sache aus der Hand nehmen."

Kopfschütteln. „Zu dünn!"

„Wie meinst du das?"

„Der Pole wurde ausgeraubt und hatte lediglich eine Visitenkarte des Weinguts dabei. Dort wollte man ihn allerdings nicht gekannt haben."

„Und der Student?"

„Warte mal."

Fischer las sich in den Text ein. Mit Denkfalten an der Stirn wendete er sich der Sekretärin zu. „Der Student hatte ebenfalls eine Visitenkarte des Weinguts dabei."

„Was ist daran markant?"

„Er hatte sie im Mund."

„Das ist wirklich kurios", staunte Helga.

„Warum erhängt sich einer und frisst eine Visitenkarte?", fragte der Kriminalbeamte.

„Diese Frage kann ich dir leider nicht beantworten. Außerdem gehe ich jetzt nach Hause."

„Tschüss, bis morgen."

Im Türrahmen drehte sich Helga noch einmal kurz um. „Bleibst du noch lange?"

„Nee."

„Ach, was mir gerade einfällt, wenn die Sache solche Ausmaße annimmt, könntest du Hilfe vom LKA bekommen."

Fischer wurde hellhörig. „Hilfe vom LKA? Wie meinst du das?"

„Dachte ich mir es doch. Du hast keine Ahnung."

„Rede nicht um den heißen Brei herum. Sag's einfach!"

„Vor einem halben Jahr gab's mal ein Fernschreiben. Die Präsidien sollten kuriose Altfälle dem LKA zukommen lassen. Dort wurde die *Soko: weiß-blau-rosa* gegründet, die sich um solche Sachen kümmern."

„Soko: weiß-blau-rosa. Was für ein idiotischer Name. Weiß-blau klingt noch bayrisch, aber das rosa? Da steckt doch bestimmt wieder so 'ne Frauenbewegung dahinter."

Helga machte eine wischende Handbewegung. „Du kennst doch den Fall von Wessobrunn, oder?"

„Wessobrunn. Natürlich. Das war doch der Paukenschlag

aus Oberbayern. Die Kollegen hatten einen mörderischen Hexenring oder was immer das war, gesprengt und wären dabei selbst fast draufgegangen."

„Richtig. Und ich glaube so etwas, wie unsere Fall-Kombinationen, wäre vielleicht auch etwas für diese Sonderkommission."

„Helga, bis ich das ganze Zeug zusammengeschrieben habe. Das dauert. Und dann muss ich es vom Chef abzeichnen lassen. Und bis ich den ganzen Sums dann nach München verschickt habe ...", stöhnte Fischer.

Die Sekretärin runzelte die Stirn und rollte mit den Augen. „Dann ruf doch einfach an und frage nach. Die Soko-Mitarbeiter findest du auf der Homepage des LKA. Fragen kostet nichts."

Fischers Gesichtszüge erhellten sich wieder. „Woher weißt du das alles? Also, das mit der Homepage?"

„Weil ich damals wissen wollte, wer in Bayern in Hollywood-Manier Kriminalfälle löst. Ich habe einfach mal nachgesehen."

„Und? Wer macht so was?"

Helga verzog das Gesicht. „O Mann, du kannst vielleicht nerven. Irgendein türkeistämmiger Kommissar ist der Chef. Dann ist da noch eine junge Kollegin dabei, so ein hübsches Püppchen. Der Dritte im Bunde war so ein bulliger Kerl. Gschwindler oder so ähnlich, hieß dieses typisch oberbayrische Biergartengesicht."

„Du meinst jetzt aber nicht Gschwendtner?"

„Bingo! Genauso hieß der Typ. Gschwendtner!"

Schlagartig durchströmten Fischer zig Gedanken. Er konnte es kaum glauben, aber dieser Sonderermittler war kein anderer, als sein alter Lehrgangskollege. Sie hatten sich im Laufe der Jahre aus den Augen verloren. Nun ist er wieder da. „Das glaube ich nicht. Der alte Gschwendtner ist jetzt beim LKA."

Helga war verwundert. „Kennst du ihn?"

„Wir waren zusammen auf dem Anstellungslehrgang. Damals vor 30 Jahren. Wir teilten uns sechs Monate lang ein Zimmer. War 'ne lustige und auch anstrengende Zeit. Gschwendtner ist ein klasse Kerl. Also zumindest, wenn er sich nicht geändert hat."

„Wenn du die Homepage des LKA öffnest und nach dieser Soko suchst, findest du ihn. Ruf diesen Gschwendtner einfach mal an. Wenn du ihn ohnehin kennst, wäre das der kurze Dienstweg", zwinkerte Helga. „Wie auch immer, ich bin jetzt weg. Feierabend, und zwar endgültig."

Peter Fischer war zufrieden. „Bis morgen, Helga."

„Ja, tschüss, dann."

Fischer öffnete die Homepage des LKA Bayern.

„Gschwendtner", flüsterte er grinsend.

Hase und Igel

Der Park des Nymphenburger Schlosses in München erstreckt sich innerhalb seiner historischen Mauern über eine Fläche von 180 Hektar und ist von atemberaubender Schönheit. Als Vorbilder für den ursprünglichen Barockgarten dienten die angelegten Gärten der französischen *Schlösser von Vaux-le-Vicomte* und *Versailles*. Es ist schwierig in Deutschland eine vergleichbare Gartenbaukunst zu finden, denn der Nymphenburger Schlosspark bildet mit seinen Bauten eine beinahe kosmische Einheit zum Hauptschloss selbst.

Er ist und bleibt wohl eine der schönsten grünen Oasen der bayrischen Landeshauptstadt und ein Idyll, mitten in Stadt.

Der erholungssuchende Spaziergänger entdeckt die Amalienburg, die Pagodenburg, die Badenburg, aber auch den Apollotempel, das sogenannte Dörfchen, die sehenswerten Kaskaden, diverse Wasserspiele, Teiche, Seen und Kanäle, Statuen, historische Gewächshäuser, eine Menagerie und vieles mehr.

Fast alle Besucher erleben hier pure Erholung. Einige wenigen Menschen jedoch findet hier die pure Hölle. Einer von ihnen ist Oberkommissar Gschwendtner. Zumindest, wenn er nicht als Spaziergänger hier ist, sondern sich zum Dienstsport im Park befindet.

Der schwergewichtige Polizist lehnte schweißüberströmt an einem Baum und japste nach Sauerstoff. Ihm war die Schönheit, die ihn umgab, in diesem Augenblick nicht bewusst. In diesem Moment hasste er den Park, denn die grüne Lunge des Münchner Westens war für den Cop in diesen Minuten mit nichts anderem, als mit enormer Anstrengung verbunden.

„Scheiß-Sport … ich werde nie wieder joggen", beschloss er gegenwärtig.

Mandy und Emre waren längst außer Sichtweite. Sie waren jung und sportlich. *Früher*, dachte er, *früher wäre das für mich ein Kinderspiel gewesen, aber heute – heute ist es pure, unnütze*

Qual.

„Ich ... kann ... nicht ... mehr", ächzte er.

Der Idiot, der die jährlichen Sportleistungen abverlangte, sollte ans Kreuz geschlagen werden. Gschwendtner hatte in puncto Sport seine eigene Meinung. Für ihn stand fest, dass Sport mit einem Ball zu tun haben musste. Alles ohne Ball war demnach auch kein Sport. Er hätte auf seine Kollegin hören sollen, als sie ihm die angebotenen Ersatzsportarten aufgezeigt hatte.

„Du kannst ja walken. Nordic-Walking schont die Gelenke und hält mindestens genauso fit, wie laufen", war Mandys Vorschlag.

„Nordic-Walking", äffte er nach und zog Grimassen. „Ich renne doch nicht wie ein Depp mit Stecken im Wald herum."

„Das machen viele Kolleginnen und Kollegen in deinem Alter."

„Was soll das heißen? Ich bin zwar über fünfzig, aber ich benötige noch lange keine Stöcke zum Gehen", kam die überhebliche Antwort.

„Du läufst also mit uns?", fragte Emre erstaunt.

„Du meinst Joggen?"

„Die Bezeichnung *Joggen* ist ein Überbleibsel aus den 80er Jahren. Heutzutage heißt es Laufsport. Das hört sich viel besser an."

„Laufsport hört sich schw...", Gschwendter unterdrückte gerade noch die letzte Silbe und änderte das beabsichtigte *schwul* in *schwachsinnig* ab, „... schwachsinnig an."

Gedanklich atmete er auf. Fast hätte er seinen türkischstämmigen Kollegen, genauer gesagt dessen sexuelle Orientierung, wieder einmal herablassend behandelt. Natürlich war Laufsport nicht schwul. Wie denn auch? Laufsport war eben Laufsport, sonst nichts. Es war einfach eine blöde Angewohnheit des urbayrischen Eigenbrötlers aus seiner Sicht nicht alltägliche Dinge, und da gehörte Laufen dazu, als schwul zu bezeichnen oder ihnen andere Schimpfwörter aufzusetzen.

Früher war diese unnütze Angewohnheit extrem ausgeprägt. Da waren bei Gschwendtner alle Synchronschwimmer, Turmspringer oder Dressurreiter schwul. Ebenso waren Wollwürste, Knorpel und Äpfel schwul. Es gab schwule Fernsehsendungen, schwules Wetter und schwule Lieder.

Seit er mit Emre zusammenarbeitet, hat sich seine Wortwahl schon wesentlich gebessert, doch ganz konnte der Brummbär seine Unart bisher nicht ablegen.

„Wozu müssen wir den Mist überhaupt machen?", schob Gschwendtner nach.

„Das weißt du doch. Der jährliche Sportnachweis. Ist aber ganz easy. Wir drehen eine große Runde durch den Park, lassen die Zeit vom Sportleiter stoppen und haben die Jahresleistung erfüllt. Beim Nordic-Walking hättest du dir schön Zeit lassen können."

Gschwendtner plusterte sich auf, zog seinen stattlichen Bierbauch ein und meinte: „Ich jogge mit euch. Ihr werdet zwar etwas schneller als ich sein, aber ich war früher ein guter Läufer. So etwas verlernt man nicht. Das ist wie Fahrrad fahren."

Er hatte sich getäuscht. Es war nicht, wie Fahrrad fahren. Überhaupt stand der ganze blöde Sporttag unter einem schlechten Stern. Es hatte gestern schon zu Hause angefangen. Nachdem der ehemalige Zivilfahnder seine alten Sportklamotten im Schrank, natürlich ganz hinten, ganz unten, im letzten Eck, gefunden hatte, musste er feststellen, dass sie nicht mehr passten. „Die sind eingegangen", war sein Kommentar.

Seine Frau stand kopfschüttelnd neben ihm. „Nein, mein Lieber, du bist fett geworden. So schaut's aus."

Er starrte auf die alten Klamotten. „Krampf! Das war bestimmt so ein billig-Stoff-Gelump aus dem Ausland."

„Das ist Markenware."

„Dann hatten die eben eine miserable Lieferung bekommen oder das Zeug ist beschissen verarbeitet worden, basta! Das darf bei teuren Markenklamotten nicht passieren."

„Teuer war nur der Speckrand um deine Hüften. Knödel,

Schweinebraten und eine große Menge an Weißbier."

„Stopp", erhob der Oberkommissar protestierend Einspruch. „Ich trinke nicht nur Weißbier, auch mal ein Pils, ein Helles oder ein Glas Wein."

„Richtig, mein lieber Mann. Serviert mit *Ente a lá orange*, Rouladen oder Burgunderbraten."

„Und was ist mit meinem Trinkwasserverbrauch? Der kommt gar nicht zur Sprache. Mindestens eine Kiste Wasser geht wöchentlich auf mein Trink-Konto."

„Meinst du den Wasserverbrauch, um den morgendlichen Brand nach deinem Schafkopf-Abend zu löschen oder das Spülwasser aus dem Toilettenkasten, wenn du dich wieder mal überfressen hast und dreimal am Tag auf dem Thron sitzt?"

Er gab das Zwiegespräch mit seiner Frau schließlich auf, zog los und kaufte sich im Outlet von *Trigema* einen neuen Trainingsanzug.

Gschwendtner schwor auf *Made in Germany*. Außerdem bekam er hier auch die Größe XXL in Markenausführung mit garantiertem Schlapperlook, genauso, wie er es mochte.

Als er an der Kasse stand und den Rechnungsbetrag sah, meinte er bleiläufig. „Das ist nun mal kein Asien-Schrott."

Die Verkäuferin nickte. „Da haben Sie recht. Das ist absolut hochwertige Markenware." Sie betrachtete ihren Kunden von oben bis unten und fügte an: „Das ist sehr bequem. Damit können Sie locker auf dem Sofa sitzen und Fußball anschauen."

Gschwendtner gab keine Antwort, zahlte und verließ den Laden.

Was die Turnschuhe anging, wurde der Einkauf zum Problem. Die ersten billig-Schuhläden hatten wirklich nur Müll auf Lager. Entweder passten die Schuhe nicht genau oder sie sahen aus wie die *Moonboots* aus den Siebzigerjahren, nur eben ohne Schaft. Beratung? Fehlanzeige.

Es half alles nichts. Gschwendtner musste zu einem Sport-Fach-Geschäft. Er fuhr in die Münchner Innenstadt, fand einen guten Parkplatz und marschierte schnurstracks in das nächste

McDonalds-Restaurant um sich zu stärken. Fünf Cheeseburger und eine große Cola ohne Eis später, ging er weiter und steuerte geradewegs auf sein Ziel zu. *Sport Schmidt & Partner.* Hier war er richtig. Diesen Laden hatten ihn Emre und Mandy empfohlen.

Im Geschäft ging es eher gemächlich zu. Der Kripobeamte sah allerdings weder Herrn Sport-Schmidt, noch einen seiner Partner. Irgendwo zwischen Langlauf-Skiern und Snowboard-Jacken tippelte eine voluminöse Verkäuferin auf ihn zu. „Kann ich Ihnen helfen?"

„Ich benötige Turnschuhe."

Die Antwort war kurz und wurde mit einer Handbewegung in Richtung Rolltreppe ergänzt. „Schuhe sind im Basement."

Einen Stock tiefer staunte der Polizist darüber, wie viele verschiedene Arten von Sportschuhen angeboten wurden. Und dann gab es von jeder Art noch unterschiedliche Markenhersteller. Allerdings waren auch hier weder Herr Sport Schmidt, noch seine Partner zu finden. Bei der Suche nach einem Verkäufer entdeckte der Polizist eine junge Frau, die Fußballschuhe in ein Regal räumte. Er ging hin.

„Tschuldigung, wo finde ich Turnschuhe?"

Die Angestellte blickte nach oben. Während das blondierte, Haar auf der einen Seite noch schulterlang war, hatte sie die andere Schädelhälfte kahl rasiert. Am Hals ragte ein Tattoo hervor. Es könnten die oberen Schwingen eines Vogels sein. Vielleicht die eines Adlers, vielleicht auch die Flügel eines Drachen. Gschwendtner fragte sich, an welcher Körperstelle sich denn die Krallen Tieres befanden. Er wiederholte sein Anliegen. „Ich suche Turnschuhe."

„Hab´ ich schon verstanden! Bin doch nicht schwerhörig", kam es zwar leicht patzig, aber dennoch mit einem gewissen Charme. Zumindest lächelte die Verkäuferin. Sie stand auf. „Outdoor, Indoor, Fahrrad, Walken oder Laufschuhe?", fragte sie eher gelangweilt.

Es war wohl der berühmte Satz, den sie zweihundert Mal am Tag über ihre Lippen pressen musste.

Auf dem Namensschild, das die Verkäuferin am Revers ihrer Bluse trug, konnte Gschwendtner ablesen, dass sie Corinna Simmerling hieß und Auszubildende war.

„Haben Sie nicht einfach einen gut aussehenden Turnschuh, den ich zu allen Sportarten anziehen kann?"

„Ist der Schuh für Sie?"

Gschwendtner drehte sich um und warf demonstrativ einen Blick über seine Schulter. „Ich sehe hier sonst niemanden."

„Könnte ja sein, dass Sie ihn für jemanden kaufen möchten. Zum Beispiel als Geschenk für Ihren Sohn oder Ihre Tochter."

„Nö."

Sie nahm sich kein Blatt vor den Mund. Wieder setzte sie dieses charmant-freche Lächeln auf, als sie sagte: „Tschuldigung, aber Sie sehen nicht so aus, als ob Sie sportlich sehr aktiv sind."

Das hatte gesessen. Immer noch darüber grübelnd, ob er sich über die halb-Punkerin bei der Geschäftsleitung beschweren oder sie einfach nur beleidigen sollte, folgte er ihr. Die Auszubildende führte ihn um zwei Schuh-Regale herum. Sie zeigte auf ein paar ultra-hässliche, neongelbe Markenschuhe und erklärte spontan: „Die hier sind top angesagt. Aber ganz unter uns, die sitzen nicht richtig, sehen bekloppt aus und binnen kürzester Zeit bekommen Sie in den Schuhen krasse Käsefüße. Wenn Sie kein Spitzensportler sind, würde ich einen Allrounder empfehlen. Die kosten nicht annähernd so viel wie unsere Top-Modelle, sind aber wirklich robust. Mein Dad trägt die Teile schon seit drei Jahren. Daddy joggt zwar nicht, stammt aber aus der Jeans- und Turnschuh-Generation. Er zieht zumindest nichts anderes an."

Jetzt hatte die kleine Punk-Lady gepunktet. Sie war Gschwendtner wieder sympathisch geworden. Er beschloss sich weder über das lose Mundwerk von Corinna Simmerling zu beschweren, noch ein beleidigendes Wort über die Rattenfrisur abschießen.

„Ihre Schuhgröße?"

„42. Oder warten Sie vielleicht eher 43."

„Also 42/43?", fragte sie frech grinsend.

„Ja, genau."

„Wie bei meinem Alten. Seine Füße sind im Laufe der Jahre mit dem Bauch mitgewachsen", kicherte sie. „Zumindest in die Breite. Haben Sie auch Spreizfüße?"

Gschwendtner war amüsiert. „Sie haben 'ne ganz schön kesse Lippe."

„Nicht bei jedem. Sie sehen cool aus. Opas spreche ich ansonsten immer förmlich an. Ganz besonders, wenn sie mit ihren aufgetakelten Fregatten von Ehefrauen einkaufen. Aber Sie haben ein richtiges Duz-Gesicht." Sie griff in ein Regal, zog einen Schuh heraus und fragte: „Wäre der gut?"

Der Polizist nahm das Lob gerne an. Er wurde zwar als Opa betrachtet, was der Altersunterschied zur Azubine wohl rechtfertigte, aber ebenso betitelte sie ihn als *cool*. Jetzt war die ausgeflippte Nudel ihm sogar noch einmal sympathischer als eine Minute zuvor. Er nahm ihr den Schuh aus der Hand, schlüpfte hinein und fühlte sich wohl. Bevor er den Zweiten verlangen konnte, hatte Corinna ihn bereits hingestellt. Gschwendtner zog ihn an und ging ein paar Meter auf und ab. „Passen super. Die nehme ich."

„Kann ich noch etwas für Sie tun?"

„Nein Danke, aber wenn ich wieder mal Turnschuhe benötige, komme ich hierher und verlange von Frau Simmerling bedient zu werden."

Jetzt lächelte sie richtig nett. „Dann viel Spaß damit. Die Kasse ist oben."

Gschwendtner war perfekt für den Sporttag ausgerüstet. Siegesgewiss und sogar ein wenig gut gelaunt machte er die Aufwärmübungen mit. Allerdings stellte er schon nach wenigen Minuten fest, dass Sport anstrengend war. Der beleibte Cop reduzierte die Übungen sofort auf ein Mindestmaß und führte sie lediglich zu geschätzten 30 bis maximal 50 Prozent aus.

Als sie endlich aufgewärmt waren und losliefen, zischten

Emre und Mandy ab wie Pfeile. Sein eiserner Wille, der neue Trainingsanzug und die passenden Schuhe nutzten dem Oberkommissar nichts. Sein Vorhaben, an den jungen Hüpfern auf Sichtweite dranzubleiben, wurde unverzüglich wieder gestrichen.

Schon nach wenigen Hundert Metern war Gschwendtner am Ende seiner Laufkunst angekommen. Er lehnte an einem der Bäume und schnaufte wie ein gestrandetes Walross. Er schätzte die bewältigte Laufstrecke auf maximal 800 bis allerhöchstens 1000 Meter. Genausoweit war es also wieder zurück zum Ausgang. Dort wartete dieser perverse, unbestechliche Sportleiter mit einer Stoppuhr in der Hand.

Was hatte er gesagt? Sie mussten bis zum großen See beim Apollotempel laufen, diesen umkreisen und die gleiche Strecke wieder zurück.

Gschwendtner erinnerte sich an die Geschichte vom Hasen und vom Igel. Er beschloss der Igel zu sein, und wartete. Damit er vom Sportleiter nicht gesehen wurde, verschwand er gänzlich im Gebüsch. Es dauerte geschätzte zwanzig Minuten bis Emre und Mandy wieder auftauchten. Gschwendtner konzentrierte sich. Er musste den richtigen Moment abwarten, die beiden vorbeilaufen lassen und sich einfach mit entsprechendem Abstand dranhängen. Aus dem dichten Grün heraus beobachtete er seine Kollegen. „Wie die jungen Götter", flüsterte er. Sie liefen im Takt und hielten exakt das Tempo. Als sie sich auf seiner Höhe befanden, hörte er Emre sagen: „Und jetzt Abschlussspurt."

Gschwendtner erklärte gedanklich den türkeistämmigen Kommissar für verrückt und Mandy ebenso, da auch die Ostdeutsche plötzlich zum Schlussspurt ansetzte und durchstartete. Emre zog sofort nach. Beide mobilisierten genau die Reserven, die Gschwendtner nicht besaß.

Der Oberkommissar kämpfte sich aus dem Unterholz, schnaufte einmal kräftig durch und fiel in eine Art Laufschritt. Der Stil war eigenartig. Es gab dafür keine Beschreibung und daher keine spezielle Bezeichnung. Falls jemand einen Namen für Gschwendtners Laufstil erfinden würde, käme er um Namen wie: *Nilpferd-Gang* oder *lahmender Büffel-Stil*, nicht herum.

Fuß vor Fuß, gleichmäßig atmen, Rhythmus finden, hämmerte durch den Kopf des ungeübten Läufers.

Für den Bruchteil einer Sekunde spielte der Fahnder mit dem Gedanken, ebenfalls zum Spurt ansetzen und das Tempo zu erhöhen. Er beabsichtigte den Abstand zu Mandy und Emre nicht allzu groß werden zu lassen, doch ein letzter Hauch von Vernunft unterdrückte das Vorhaben, ehe es zur Umsetzung überhaupt den Bereich zwischen Großhirnrinde und Kleinhirn überwunden hatte.

Erneut drückten Gschwendtners Schweißdrüsen ordentlich etwas ab und nässten seinen Körper ein. Nach rund 400 Metern musste sich der Vorzeige-Bayer bereits mit Durchhalteparolen zum Weiterlaufen zwingen. Er versprach sich im Erfolgsfall eine Radler-Maß. Natürlich seine Mischung. Ein knapper Liter kaltes Bier mit einem kleinen Schuss Zitronenlimonade. Nicht zu viel und nicht zu wenig. Auch die Schaumkrone musste stimmen. Und natürlich die Temperatur. Gutes Bier wird mit maxial 6 - 8 Grad vom Fass gezapft. Ideal sind sogar nur 2,8 Grad. Wenn dann die Maß den Gast erreicht, hat das Bier die gewünschte Temperatur von 6 Grad erreicht. Goldfarben, weißer Schaum. Augenblicklich wurde der Mund des Läufers trocken. Die Zunge klebte am Gaumen und lechzte nach Flüssigkeit.

Mandy und Emre befanden sich bereits im Ziel. Sie unterhielten sich mit dem Zeitnehmer. Alle drei beendeten ihre Unterhaltung, als Gschwendtner, natürlich mit stark reduzierter Geschwindigkeit, lautem Keuchen, schweißnass und fast gänzlich kraftlos die letzten 100 Meter absolvierte. Sie fingen an ihn anzufeuern.

„Gschwendtner, Gschwendtner!"

Er hasste in diesem Moment seine Kollegen. Die Situation war mehr als nur peinlich. Eine Spaziergängerin mit Dackel blieb stehen und starrte den Polizisten mit großen Augen an. Ihr Hund pinkelte gegen einen Baumstamm und flog dabei fast um, als er sein Bein etwas zu weit nach oben hob, um die Markierung eines größer gewachsenen Konkurrenten zu übertreffen.

„Gschwendtner! Gschwendtner!", tönte es im Takt.

Jetzt klatschten sie dabei auch noch in die Hände. Wut kam auf. Eine Gruppe Nordic-Walker verharrte für einen Moment. Lachen war zu hören. Seine Wut wuchs.

Sie sollen ihren Mund halten! Verfluchte Kacke! Himmelherrgottkruzifixscheißdreckverreckternocheinmal!

Am liebsten hätte er es ihnen entgegengeschrien, doch Gschwendtner hatte keine Luft übrig. Er war temporär nicht in der Lage Sauerstoff mittels sprechen oder gar fluchen zu vergeuden.

Mit der Geschwindigkeit einer 90-jährigen Großmutter am Rollator erreichte er endlich das Ziel. Schweiß rann in Strömen von der Stirn, die Wangen glühten, die Beine waren schwer wie Blei. Das älteste Team-Mitglied der Soko: weiß-blau-rosa lehnte sich an die Schlossmauer und rang nach Sauerstoff. Er hatte es geschafft und war die 800 Meter am Stück durchgelaufen. Keiner hatte etwas von der *Hase und Igel*-Nummer bemerkt.

Zwei, drei Minuten vergingen. Die Atmung normalisierte sich langsam. Zwar sehr langsam, aber sie normalisierte sich. Der Mann mit der Stoppuhr kam auf ihn zu.

„Prima, Herr Oberkommissar", lobte der Sportleiter, doch der Gesichtsausdruck passte nicht zu einem Lob. Und dann kam es. Das befürchtete und gehasste: *aber*!

„Aber es reicht leider nicht ganz. Sie sind zwei Minuten über die Zeit. Ich glaube, Sie müssen den Lauf wiederholen. Tja, da hilft wohl nur üben, üben, üben", meinte der Sportleiter ganz salopp und blickte auf seine Stoppuhr.

Das hätte er besser nicht sagen sollen. Gschwendtner löste sich von der Mauer und ging auf den Zeitnehmer zu. Bevor der Sportleiter die Stoppuhr in die Hosentasche stecken konnte, griff Gschwendtner zu und packte das Handgelenk des Sportleiters. Er riss die Uhr aus der Hand seines Kollegen, hielt sie an sein Ohr und meinte lediglich: „Diese Uhr funktioniert nicht. Ich war in der Zeit!"

Dann flog die Stoppuhr gegen die Schlossmauer und zerschellte in Hunderte Teile.

„Ich habe diese blöde Übung bestanden!"

Der Sportleiter starrte auf die Teile der Stoppuhr. „Was soll das? Das war meine Uhr."

„Du blutarmer Willi kannst mich mal. Diese Stoppuhr ist defekt, kapiert? Ich habe meine Runde gedreht und wenn du zu dumm zum *auf-die-Uhr-schauen* bist, kann ich das nicht ändern. Dann solltest du statt Sportleiter lieber Handtuchrollentauscher werden. Entweder du erkennst die Zeit an, die ich gelaufen bin oder ich werde mit dir ein paar Runden drehen. Allerdings nicht hier, sondern im Boxring!"

Mandy und Emre standen laut lachend neben dem Sportleiter. Sie hielten sich die Bäuche und zogen Grimassen.

Gschwendtner verstand die Welt nicht mehr. „Lacht nicht so blöd! Sagt dem Fuzzi, dass ich bestanden habe. Ich bin kurz nach euch ins Ziel gelaufen."

Beide brachten kein Wort heraus. Tränen schossen aus ihren Augen.

„Ich … hmpff", grummelte der Sportleiter, bevor auch er lauthals zu lachen anfing.

Gschwendtner stemmte seine Hände in die Hüften. Dabei presste er unabsichtlich den voluminösen Bierbauch noch weiter heraus. „Habt ihr etwas geraucht? Ihr spinnt doch alle zusammen."

Mandy lachte schrill, der Sportleiter hoch und Emre brachte vor Bauchkrämpfen zeitweise gar keinen Ton heraus. Es dauerte ein paar Minuten, bevor die drei mit feuchten Augen den Oberkommissar ansahen und ihn aufklärten. „Es gibt gar keine Prüfung. Das war mal vor Urzeiten so. Die Abschaffung ist aber an dir vorbeigegangen, weil du ohnehin nie Dienstsport gemacht hast."

„Wie? Es gibt keine Prüfung?"

„Der Sportleiter hier ist Harry Pfänder vom Labor. Dr.

Harry Pfänder. Ich kenne ihn vom Polizeisportverein. Er hat die Gaudi mitgemacht", erklärte Emre.

Wäre Gschwendtner nicht ohnehin vom Laufen hochrot, würde er vor Wut knallrot anlaufen. „Ihr habt mich verarscht? Ich hätte gar nicht laufen müssen?"

Wieder lachten alle drei.

Mandy fing sich als Erste ein. „Nein! Hättest du nicht. Aber die acht Kilometer durch den Park haben dir nicht geschadet", meinte sie und klopfte demonstrativ auf ihren Waschbrettbauch.

Emre lobte. „Aber alle Achtung. Du hast wirklich bis zum Schluss durchgehalten."

Mandy fügte hinzu: „Und die Zeit war gar nicht schlecht. Du bist zwar platt wie ein Pfannenkuchen und schwitzt wie zehn Sumo-Ringer nach einem Saunabesuch, aber du hast dich gut geschlagen."

Jetzt grinste Gschwendtner. „Ihr seid mir so Früchtchen. Mein Gott, wenn ich nicht Hase und Igel gespielt hätte, wäre ich jetzt mehr als sauer."

„Hase und Igel?", fragte Emre erstaunt.

Gschwendtner winkte ab. „Schon gut. Das erkläre ich euch später."

„Die Uhr ist futsch", meinte Dr. Harry Pfänder und hob ein paar größere Einzelteile auf.

„Sorry. Ich kaufe Ihnen natürlich ´ne neue. Aber in dem Moment konnte ich nicht anders."

„Ich bin Harry. Den Doktor und das *Sie* schenken wir uns, okay?"

Der Oberkommissar schlug in die ihm entgegengestreckte Hand ein. „Gschwendtner."

„Die Uhr war ohnehin schon alt. Ich weiß gar nicht, ob sie überhaupt noch funktioniert hat. Ein Ersatz ist geschenkt. Das war mir die Gaudi allemal wert. Ich hätte nur das Gesicht fotografieren sollen. Dieser Gesichtsausdruck war unbezahlbar."

„Also gut, Harry, keine neue Stoppuhr, aber ich zahle 'ne Runde im Biergarten."

Der Chemiker aus dem Polizeilabor war einverstanden. „Diese Einladung nehme ich gerne an."

Emre und Mandy stimmten ebenfalls sofort zu. „Wohin gehen wir? Ich habe unendlich viel Durst."

Der Oberkommissar musste nicht lange überlegen. „Wir gehen rüber in den königlichen Hirschgarten. Jeder von euch hat 'ne Radler-Maß frei."

„Gschwendtner, mit dir gehen wir jetzt immer zum Laufen."

„Vergesst es! Und zwar ganz schnell. Sport ist Mord!"

Der Platz unter der großen Kastanie war traumhaft. Die ausladenden Äste spendeten angenehmen Schatten. Gschwendtner hatte vier Radler-Maß bezahlt, Mandy und Emre spendierten etwas zum Essen.

„Obatzter, Wurstsalat und Brez'n", sagte die Ostdeutsche.

„Dein Dialekt wird auch immer besser", lobte Emre.

„Welcher Dialekt?", schob Gschwendtner nach und hob seine Maß hoch. „Prost ihr miesen Halunken."

„Prost!"

„Wo warst du eigentlich im Urlaub?", fragte Mandy.

Gschwendtner antwortete zuerst. „Kroatien. Wir haben dort ein Ferienhaus gemietet. Was anderes kann ich mir mit meiner Familie nicht leisten."

„Und wo dort?"

„Hrobki! Die Lage ist super. Istrien, Hinterland. Wir hatten es zwei Kilometer bis zum Meer und unsere Ruhe. Ich fühlte mich dort um 50 Jahre zurückversetzt. In Hrboki geht es heute noch genauso gemütlich zu, wie damals in den alten *Don Camillo und Peppone*-Filmen."

„Und du?", wollte sie von Emre wissen.

Die Augen des sportlichen Südländers leuchteten. Bei der Frage schossen sofort Urlaubserinnerungen hoch. „Ich habe im *Spartacus* einen Geheimtipp gefunden und bin nach Rhodos geflogen. Es war echt klasse."

„Haste auch ´nen Urlaubsflirt gehabt?", zwinkerte Mandy etwas schelmisch.

Gschwendtner stieß die gutaussende Kollegin leicht an. „Sei doch nicht so neugierig."

Emre druckste zwar etwas herum, doch er musste es sagen. „Er heißt Freddy und ist Friseur." Jetzt war es raus und es fühlte sich gut an.

Gschwendtner lachte ganz kurz, dann kam etwas süffisant: „War doch klar, was soll er sonst von Beruf sein?"

Mandys mahnender Blick traf ihn wie ein Pfeil, woraufhin der Oberkommissar sofort verstummte und sich verlegen räusperte. Die Polizistin wendete sich wieder ihren homosexuellen Kollegen zu. Sie lächelte und ließ dabei auf charmante Art ihre Neugier durchschimmern. „Lass dir doch nicht alles aus der Nase ziehen. Erzähle uns was. Ich platze gleich …"

Emre machte eine abwinkende Handbewegung. „Ich komme mir ein wenig blöd vor."

„Warum?", hakte die Ostdeutsche nach.

Sein Zögern dauerte nur ein paar Sekunden. Emre vertraute seinen Kollegen, die in den vergangenen Wochen und Monaten zu wirklich engen Freunden geworden waren. Der Drang, sein Erlebnis zu erzählen, war ohnehin groß. Es brannte ihm richtig auf der Zunge. „Also, zuerst war ich eine Woche allein unterwegs. Ich habe ein Motorrad gemietet und damit tourenmäßig die Insel erkundet. Echt geiler Ort. Ich könnte mich an das Klima und die gefühlte Freiheit gewöhnen."

„Weiter", drängte Mandy.

„Dann habe ich im Club einen irren Abend erlebt. Ihr kennt so etwas bestimmt. Man geht irgendwohin, feiert gelassen, lernt Leute kennen, trinkt noch mehr, ist frei, beschwingt und plötzlich … Filmriss! Jedenfalls bin ich am nächsten Morgen neben Freddy aufgewacht."

Gschwendtner verzog das Gesicht. „Igitt! Dazu fällt mir spontan eine kleine Anekdote ein. Darf ich damit dazwischen platzen?"

„Nur zu", gewährte Emre.

„Wenn ich mir das so vorstelle …", sinnierte Gschwendtner, „… fällt mir eine Geschichte ein, die mir als junger Kerl passiert ist. Ich war mit Kumpels in Spanien unterwegs. Es gab noch kein Aids und wenn man ohne Gummi poppte, musste man lediglich vor einer Vaterschaft, vor Sackratten, Syphilis oder ´nem Tripper Angst haben."

Emre zog die Augenbrauen hoch. „Angeber."

„War eben so", ein entsprechender Gesichtsausdruck untermalte die Feststellung. „Wie beinahe jeden Abend, sind wir gegen Ende unserer Kneipentour in einer Bar gelandet. Gute Mucke, gutes Publikum. Wir hockten also für einen kleinen Absacker an der Theke. Plötzlich kam so Tussi an und wollte mich abschleppen. Ich war schon ziemlich angetrunken und hatte, sagen wir mal, Sprachverlust. Mein Kumpel Sigi war notgeil. Er hat die Situation ausgenutzt und mir das rassige Mädel ausgespannt. Sigi ist mit ihr abgezogen. Ich trank aus und ging dann ebenfalls ins Hotel. Mein Zimmer befand sich neben dem von Sigi. Die Wände waren dünn wie Papier. Anfangs hörte ich das übliche Herumalbern, dann rumpelten Möbel und später stöhnte jemand recht lautstark. Ich hoffte auf eine schnelle Nummer der beiden, weil ich pennen wollte. Plötzlich ließ Sigi einen gewaltigen Schrei aus. Ich hörte wieder Möbelrücken, nur etwas hektischer. Als Nächstes knallte seine Zimmer und schon trommelte es an meiner. Als ich öffnete, stand Sigi splitterfasernackt vor mir. Die Tussi, die er abgeschleppt hatte, tauchte auf und rief ihn. Ich war baff. Sie hatte genau das zwischen den Beinen hängen, was Sigi dort nicht vermutet hatte. Er hat eine Vollblut-Transe abgeschleppt. Das war ihm peinlich! Ich hatte natürlich allerhöchste Schweigepflicht, die ich mir in Form von Freibier immer wieder mal bestätigen ließ."

Die Runde lachte herzhaft.

Als Emre sich gefangen hatte, erzählte er weiter. „So schlimm war es bei mir nicht. Da befand sich alles an seinem Platz. Na ja – einen Haken hatte es aber schon. Das Dumme an der ganzen Sache ist nur, dass ich mich an nichts mehr erinnern kann. Und zwar rein an gar nichts. Ich weiß nicht einmal mehr, ob wir intim waren. Freddy musste am selben Tag abreisen, steht aber seither über WhatsApp und E-Mail mit mir in Kontakt. Er sieht gut aus."

Mandy bohrte nach. „Wo lebt er denn?"

„In Würzburg."

Das Läuten eines Mobiltelefons störte die einträchtige Runde.

„Ist das Dienst-Handy", sagte Emre, zog das Smartphone aus der Hosentasche und nahm das Gespräch an. „Kommissar Gümüs", meldete er sich, hörte dem Anrufer kurz zu und reichte das Handy an Gschwendtner weiter. Dieser winkte heftig ablehnend mit den Händen, da er einen Anruf seiner Frau vermutete. Emre ließ ihm jedoch keine Chance. „Er ist hier, kleinen Moment bitte."

„Wer?", fragte Gschwendtner im Flüsterton.

„Ein Kollege aus Würzburg möchte mit dir sprechen."

„Würzburg", entfuhr es Dr. Harry Pfänder. „Wenn man vom Teufel spricht. Das ist doch ein Zeichen, Emre. Du solltest diesen Freddy mal treffen. So weit ist das Frankenland auch nicht weg."

Gschwendtner hielt das Handy an sein Ohr und brummte leicht genervt seinen Namen. Ohne Vorankündigung prasselte ihm ein Wortschwall entgegen, der ihn bereits nach den ersten beiden Sätzen ins Grübeln brachte. Der Anrufer sprach mit fränkischem Dialekt. „Grüß dich, du alter Sack. Biste doch kein Pflastertreter geworden, wie es unser alter Polizeilehrer immer prophezeit hat?" Er lachte herzhaft. „Weißt du noch, was er immer sagte? Gschwendtner, kauf dir 'nen Hund und werde Hundeführer, der kann für dich das Denken übernehmen." Kurze Pause. „Na, weißt du wieder, wer ich bin? Wie geht's dir denn?"

In Gschwendtner Kopf ratterte es. Seine Miene hellte sich auf. Er kannte diese Stimme und konnte sie mit dem unverkennbaren Dialekt in Verbindung bringen. Damals, beim Polizeianstellungslehrgang, bezeichnete einer der Lehrer jeden der Polizeischüler in Anspielung auf den uniformierten Streifengang als Pflastertreter. „Fischl? Bist du das wirklich?"

„Wer sonst?"

„Das ist ja eine halbe Ewigkeit her. Bist du in München?"

„Nein! Ich sitze hier im schönen Würzburg, höre Klassik-Radio und genieße die Aussicht über die Innenstadt."

„Alter Taugenichts, was liegt an?", fragte der Oberkommissar sichtlich gut gelaunt.

Fischer redete erst gar nicht um den heißen Brei herum. „Bist du immer noch bei dieser neu gegründeten Sonderkommission für besondere Altfälle?"

„Klar!"

„Ich hätte da vielleicht was für euch."

Gschwendtners Gesichtsausdruck wurde augenblicklich ernst. Er setzte sich aufrecht hin. Sein Tonfall hatte sich leicht verändert und wirkte jetzt mehr oder weniger dienstlich. „Schieß los!"

Peter Fischer begann zu erzählen. Am Ende seiner Ausführungen bedankte sich Gschwendtner für die Informationen und meinte: „Fischl, das klingt nach einem Fall für uns. Kannst du das alles per Mail direkt an mich senden? Wir sehen uns die Unterlagen heute Nachmittag im Büro genauer an. Wenn so weit alles passt, stehe ich morgen Vormittag beim Chef auf der Matte. Mal sehen, ob wir eine Dienstreise nach Würzburg bezahlt bekommen."

„Das wäre gut. Ich glaube, da muss jemand von außen ran. Rufst du mich morgen an, ob ihr übernehmt?"

„Klar! Ich melde mich, sobald ich grünes Licht habe."

Der Anrufer war hörbar erleichtert. „Soweit das dienstliche Palaver. Jetzt zu dir. Was hast du die letzten rund 30 Jahre so getrieben?"

Die ehemaligen Lehrgangskollegen plauderten über ein paar private Dinge und erzählten sich stichpunktartig, wie es ihnen bisher dienstlich ergangen war. Dann beendeten sie ihr Gespräch in der Hoffnung, sich bald persönlich zu treffen.

„Was gibt's?", wollte Mandy sofort wissen.

„Wir haben vielleicht einen neuen Fall. Das war mein alter Lehrgangskumpel Peter Fischer. Er arbeitet in Würzburg beim Kommissariat für Vermisstenfälle und stieß bei seinem aktuellen Fall auf einige Ungereimtheiten."

„Kannst du etwas genauer werden?", hakte Emre nach.

Gschwendtner umriss die ganze Geschichte und weckte sofort die Neugierde seiner Team-Mitglieder.

„Lasst uns gleich ins Büro fahren", schlug Mandy vor.

Gschwendtner warf ihr einen *bist-du-total-bescheuert* Blick zu und griff demonstrativ zu seiner Radlermaß. „Ohne Mampf kein Kampf! Das war schon die Weisheit der alten Germanen. Abgesehen davon, bin ich von dem Sport-Event immer noch ziemlich dehydriert. Mein stählerner Body benötigt unbedingt Flüssigkeitszufuhr und Muskelnahrung."

„Der Obatzte ist hervorragend", lobte Harry Pfänder.

Gschwendtner war dankbar für die Unterstützung. „Der Mann weiß, was wichtig ist."

Emre brach sich ein Stück Breze ab. „Guten Appetit."

Beim Essen wollte Gschwendtner etwas mehr über Harry und dessen Tätigkeitsfeld wissen. „Labor?", fragte er. Der Oberkommissar fühlte sich pudelwohl. Ein guter neuer Fall, eine kühle Radler-Maß und eine deftige Brotzeit. Was konnte es im Leben eines Kriminalbeamten Schöneres geben?

Pfänder nickte und nahm einen Schluck aus dem Maßkrug.

Diese Frage war somit beantwortet, die nächste kam. „Doktor der Chemie?"

Wieder bestätigte Pfänder mit einer Kopfbewegung. „Täglich verschollen in den tiefen Kellern des Landeskriminalamts."

Die beiden Männer begannen eine Unterhaltung und der Chemiker berichtete von seinem Tätigkeitsfeld. Schließlich fragte der Polizist: „Hast du deine Karte hier? Ich meine wegen der Nebenstelle. Oder noch besser kannst du deine Handy-Nummer aufschreiben?"

„Klar doch. Ich habe 'ne Visitenkarte im Auto. Wenn wir zurück ins Büro fahren, bekommst du alles."

Mit nicht enden wollenden Appetit widmete sich der Oberkommissar nach dem Obatzten den Wurstsalat. „Sieht wirklich gut aus."

Mandy stupste Emre an. „Wenn wir tatsächlich in Würzburg ermitteln, dann triffst du ja deinen Freddy wieder."

Emre was das etwas peinlich. „Das ist nicht mein Freddy. Wir kennen uns nur flüchtig."

„Flüchtig", schmatzte Gschwendtner. „Und dann in einem Bett aufwachen."

Emre schoss etwas Farbe ins Gesicht. „Ist dir so etwas noch nie passiert? Ich meine, dass du angetrunken bei jemand übernachtet hast und nicht mehr weißt, ob ihr …"

Der Oberkommissar schluckte den Bissen hinunter. „Doch, aber darüber spreche ich nicht, weil man mich sonst pausenlos verarschen würde."

„Erzähl doch mal", säuselte Mandy.

„Nicht im Traum", schüttelte er den Kopf und lenkte sofort vom Thema ab. „Wo warst du eigentlich im Urlaub, Mandy?"

„Auf Korsika."

„Allein?"

„Mit 'ner Freundin."

„Biste jetzt auch auf dem anderen Ufer unterwegs", grinste Gschwendtner.

„Nö? Aber dir werde ich meine intimsten Geheimnisse auch nicht verraten."

„Was ist denn jetzt mit eurem Fall in Würzburg und was hat es mit dieser Sonderkommission eigentlich auf sich?", fuhr Harry Pfänder interessiert dazwischen.

Der Spezialist des Landeskriminalamts wurde von Gschwendtner umfänglich aufgeklärt, während Emre und Mandy leise tuschelnd über ihre Urlaubserlebnisse quatschten.

Dr. Pfänder hörte dem Oberkommissar aufmerksam zu. Dessen Ausführungen zur Folge, war ihre Sonderkommission letzten Winter neu gegründet worden. Ihre Aufgabe bestand darin, bislang ungelöste Altfälle im Bereich der Schwerstkriminalität neu aufzurollen und mithilfe der neuesten Kriminaltechniken nach Möglichkeit zu lösen.

Geführt wurde die Soko von Kriminalkommissar Emre Gümüs, einem homosexuellen türkeistämmigen jungen Absolventen der Polizeifachhochschule.

Das kleine Team bestand zudem aus der aufstrebenden Kriminalobermeisterin Mandy Hammerschmidt und dem langjährigen Zivilfahnder und Eigenbrötler Oberkommissar Gschwendtner.

Er war ein Ermittler-Urgestein der bayrischen Polizei. Der Bilderbuchbayer brachte 90 plus viele x Kilo auf die Waage. Gschwendtner verfügte über mehr als 30 Jahre Diensterfahrung und war der eigentliche Kopf der Gruppe. Zum Unmut seiner bisherigen Vorgesetzten löste er brenzlige Fälle mit seinen eigenen Methoden, die zwar effektiv, aber nicht immer ganz gesetzeskonform waren.

Die Soko war beim bayrischen Landeskriminalamt angesiedelt und dort dem Sachgebiet von Kriminaloberrat Reinhard Leinweber unterstellt.

Bereits der erste Fall, den Kommissar Gümüs und sein Team bearbeiteten, war brisant. Letzten Winter konnten sie in der tief verschneiten kleinen oberbayrischen Gemeinde Wessobrunn eine Mordserie klären, deren Anfänge beinahe 30 Jahre zurücklagen. Sie entkamen nur knapp dem Tod und füllten mit ihrem Erfolg die Titelseiten etlicher Zeitungen. Lokale Nachrichtensender in Funk und Fernsehen berichteten fast eine Woche lang ausführlich darüber und der Innenminister klopfte dem Präsidenten des bayrischen Landeskriminalamts auf die Schulter.

Die *Soko: weiß-blau-rosa* hatte sich auf Anhieb etabliert und sollte bis auf Weiteres bestehen bleiben.

Nach dem ersten großen Fall war erst einmal Routinearbeit angesagt, was nichts anderes bedeutete, als wochenlang Akten zu wälzen.

Die drei Soko-Mitglieder lechzten nach einem neuen Einsatz, der sie von ihren Bürostühlen zurück auf die Straße katapultieren würde. Nach dem Anruf aus Würzburg witterten sie einen großen Fall und brannten darauf, wieder ausrücken zu können. Raus aus dem Büro, raus aus München, raus aus dem Alltag.

„Erfordert der Fall eine Ermittlung vor Ort?", kam es nach einiger Zeit von Mandy, die sich irgendwann bei Gschwendtners Ausführungen zuschaltete.

„Auf jeden Fall", schmatzte Gschwendtner, verschlang das letzte Scheibchen Wurst und spülte alles mit einem kräftigen Schluck aus seiner Radler-Maß hinunter. „So wie sich Fischl, also Hauptkommissar Fischer, angehört hat, ist sogar eine gewisse Brisanz geboten. Trinkt aus, wir packen es an!"

Die Kriminalobermeisterin sah freudestrahlend zu ihrem schwulen Kollegen. „Siehst du Emre, das mit deinem Freddy hat etwas zu bedeuten."

Zurück im bayrischen Landeskriminalamt loggte sich Gschwendtner sofort in seinen dienstlichen E-Mail-Account ein. Fischers Nachricht mit diversen Anhängen war bereits im Postfach.

„Du kannst sie sofort an uns weiterleiten, dann können wir uns gleichzeitig in die Materie einlesen", schlug Emre vor.

Die Finger des Oberkommissars rutschten erstaunlich flink über die Tastatur. „Schon passiert."

Eine knappe Stunde später hatte sich Team eingelesen und Feuer gefangen. Sie setzten sich zusammen und gingen einige Fakten gemeinsam durch.

„Da stinkt etwas gewaltig. Emre, kannst du das für den Chef aufarbeiten? Wir müssen im Raum Würzburg ein paar Altfälle und mindestens eine neue Straftat zusammenführen und offiziell die Ermittlungen übernehmen. Außerdem benötigen wir noch das Okay für die Dienstreise nach Unterfranken und eine Unterkunft."

Der Kommissar stöhnte und wandte sich an seine Kollegin. „Mandy, das könntest du doch machen. Ich muss heute etwas eher weg. Ihr wisst doch, dass mein Bruder heiratet. Ich muss noch etwas besorgen. Bitte, bitte, bitte!"

„Ist die Hochzeit schon dieses Wochenende?"

Emres Gesichtszüge wirkten auf einen Schlag, wie versteinert. „Ihr habt das doch nicht vergessen? Meine Mutter besteht darauf, dass ihr beide mitkommt. Ihr seid hochoffiziell eingeladen. Wenn ihr kneift, wäre das eine heftige Beleidigung."

„Natürlich haben wir das nicht vergessen", brummte Gschwendtner. „Wie könnte man dieses Event vergessen? Ich weiß noch ganz genau, wie es war, als deinem bescheuerten Bruder die Braut versprochen wurde."

Emre sah verlegen zu Boden. Er selbst hätte mit Ülüsü zwangsverheiratet werden sollen. Na ja – Zwangsheirat ist wohl ein leicht übertriebener Ausdruck, aber dennoch hatten die Familien beide zur Hochzeit gedrängt. Emre hatte nahezu kein Veto-Recht. Ülüsü hingegen war es recht.

Emres Bruder Murat und ihr Vater Mustafa, ein wohlhabender Gemüseladenbetreiber, fanden damals zu Hause in Emres Zimmer einschlägige homosexuelle Literatur. Um die Familienehre zu retten, fuhren die Gümüses nach Weilheim in Oberbayern. Emre ermittelte dort gerade in einem Mordfall. Die Familie stürmte frühmorgens in die Pension, in der die Soko untergebracht war. Sie wollten den vermeintlichen Schandfleck der Familie zur Rede zu stellen und notfalls mit harten Mitteln die Familienehre wieder herstellen.

Doch das Schicksal hatte mit dem homosexuellen Kommissar gut gemeint. Er teilte sich das Hotelzimmer mit seiner Kollegin Mandy. Der Verdacht der Homosexualität war augenblicklich ausgeräumt. Alle glaubten fest, dass Emre mit Mandy liiert waren. Allerdings benötigten Vater und Großvater Gümüs einen neuen Ehemann für Ülüsü. Sie beschlossen spontan, dass Murat der richtige Mann für die Türkin war. Emres Bruder rückte an dessen Stelle. Ülüsü war auch mit diesem sehr zufrieden.

„Du hast mich doch nicht schon wieder als deine Freundin ausgegeben", sprudelte Mandy los.

„Was heißt hier schon wieder?" Die letzten beiden Worte betonte der türkeistämmige Kommissar besonders intensiv. „Ich habe es lediglich nie dementiert. Sie denken immer noch, dass wir ein Paar sind."

„Oh mein Gott, was für ein Scheiß", rutschte es Mandy heraus. „Du hast solch ein Glück, dass ich momentan solo bin."

Emre druckste etwas herum, dann sagte er: „Meine künftige Schwägerin wollte dich mal etwas näher kennenlernen."

„Ülüsü?"

Der Kommissar nickte.

„Kann sie zwischenzeitlich deutsch?"

„Ich möchte es mal so ausdrücken", erwiderte Emre, „sie steht meinem Bruder in nichts nach."

Gschwendtner mischte sich grinsend in das Gespräch ein. „Du meinst, sie steht ihm im modernen Satzbau in nichts nach? Also Subjekt, Prädikat, Beleidigung, Alta?"

Alle drei lachten über die typische Gschwendtner-Bemerkung.

„Na ja, so schlimm ist es auch wieder nicht. Ülüsü ist zwar ein einfaches Mädel vom Land, spindeldürr und sehr altmodisch erzogen, aber sie ist alles andere als dumm. Meine künftige Schwägerin hat Murat absolut im Griff. Sie ist glücklich."

„Geh nur, Emre, mein homosexueller Liebling und Traummann. Ich werde den Bürokram erledigen", säuselte Mandy.

„Wenn ich Murat wäre, würde ich jetzt sagen", Emre ahmte mit verstellter Stimme seinen Bruder nach, „Weissu, Alte, du kannst misch nischt produzieren, du bist blöd und so und nur weil isch schwul und sensibel bin, denkst du, du bist wer, aber vergiss es, Alte, hey! Du bist nix. Du bist weniger als nix. Du bist nämlich garnix! Und wenn du zum Arzt musst und so, stellt er in deinem Kopf Diagnose fest, Alte! So blöd bist du." Während er sprach, fuchtelte Emre wild mit den Händen herum, als würde er einen Rap-Song vortragen.

Gschwendtner klatschte lauthals brüllend Applaus, Mandy lachte Tränen.

„Wenn du diese Nummer bei der Hochzeit bringst, zahle ich deine Zeche am ersten Abend in Würzburg", japste Gschwendtner.

„Emre, warum bist du kein Komiker geworden. Echt klasse, Prolo, Alta, hey!"

Der Deutsch-Türke hob winkend die Hand, grinste und meinte: „Tschüss, ich muss los."

Kriminaloberrat Leinweber lehnte sich zurück. Eigentlich verhielt es sich so, dass die bayrischen Präsidien ihre ungelösten Fälle, also diejenigen, die in das Aufgabenmuster der Soko: weiß-blau-rosa passten, aufbereitet dem LKA zukommen ließen. Diese Akten wurden dann von Leinweber persönlich gesichtet, und je nach Wertigkeit, seinem Team zur Bearbeitung übergeben. Diese Vorgehensweise eindeutig geregelt.

Immer wieder streifte der Blick des höheren Beamten den Aktendeckel. In der Tat. Das, was ihm hier vorgelegt wurde, war interessant. Sogar hochinteressant. Und mit dem Vermisstenfall des jungen Rumänen, der kurz vor der Aufklärung zu stehen schien, besaß die Sache auch eine gewisse Brisanz.

Leinweber stand im Visier des Präsidenten. Er aalte sich immer noch im Ruhm des Wessobrunner Falls. Das war ein unheimlicher Karriereschub für die bevorstehende Beurteilung des karrierefokussierten Beamten. Gedankenspiele. Was war jetzt förderlich? Sollte er der Soko weiterhin einfache Fälle zur Bearbeitung geben, die sie bravourös vom Schreibtisch aus lösen konnten oder sollte er das Team erneut in die bayrische Provinz senden? Dieses Mal nicht in die südliche, sondern in die nördliche bayrische Hemisphäre? Würde er selbst mit dieser Entscheidung eher gewinnen oder verlieren? Eines störte den Oberrat. Es passte ihm gar nicht, wenn sich jemand in seinen Kompetenzbereich einmischte und den sogenannten *kurzen Dienstweg* suchte.

„Was bildet sich dieser fränkische lumpige Hauptkommissar eigentlich ein? Nein!", sagte er laut zu sich selbst. „Das sollen die Franken mal schön allein lösen."

Es klopfte an der Bürotür.

„Herein!"

Gschwendtner betrat das Büro.

„Ah, Herr Gschwendtner. Kommen Sie rein. Was kann ich für Sie tun?" Leinweber deutete auf den freien Stuhl vor seinem Schreibtisch. „Setzen Sie sich."

„Ich bin wegen des Falles hier."

„Die Sache im Würzburger Land?"

„Ja, genau."

Der Oberkommissar nahm Platz.

„Wissen Sie, mein lieber Gschwendtner, wir haben hier jede Menge offizielle Anfragen. Ich glaube, wir müssen den Fall ablehnen. Die Franken haben sicher selbst genügend freie Ressourcen, um sich darum zu kümmern. Zudem ist die Vermisstensache auch brandaktuell und kein ungelöster Altfall. Somit ist das nichts für die Soko."

„Genau darum geht es."

Leinweber lehnte sich zurück, nahm einen Kugelschreiber in die rechte Hand und spielte nervös damit herum. „Ich sehe, wir verstehen uns, Herr Gschwendtner. Ich konnte aus den Akten entnehmen, dass Sie den Würzburger Sachbearbeiter persönlich kennen. Nun, da fällt es oftmals schwer *nein* zu sagen. So ist das nun mal, wenn man Freundschaftsdienste erbringen soll. Was die Ablehnung des Falls betrifft, stehe ich voll und ganz hinter Ihnen. Ich übernehme auch gerne mal ein paar unangenehme Dinge. Ich werde das abwiegeln. Auf Chef-Ebene. Dann stehen Sie bei Ihrem Bekannten gut da und ich habe die Rolle des Bösewichts übernommen", grinste der Kriminaloberrat süffisant.

Gschwendtner erkannte sofort die Marschrichtung seines Sachbereichsleiters. Jetzt war Taktik gefragt. Es musste blitzschnell gehen, sonst war der Fall weg. Alles lief wieder auf das alte Spiel hinaus. *Hase und Igel.* Dieses Mal nur auf einer anderen Ebene.

„Binnen eines halben Jahres zweimal positiv groß in die Schlagzeilen zu kommen, wirbelt ohnehin nur unnötig Staub auf. Ich glaube, Sie haben recht, Chef. Damit würde die Erwartung an den von Ihnen geführten Sachbereich enorm steigen. Sie, oder falls Sie eine Beförderung mit anderen Führungsaufgaben erhalten würden, ihr Nachfolger, müsste dem dann wiederum gerecht werden." Gschwendtner war mit seiner Wortwahl zufrieden. Er rückte mit dem Stuhl nach hinten und wollte aufstehen. „Na dann", setzte er an.

„Moment", fuhr Leinweber dazwischen und setzte sich aufrecht hin. Seine Gesichtszüge änderten sich leicht. „Wie meinen Sie das, Herr Gschwendtner? Lassen Sie mich doch an Ihren Gedanken teilhaben."

Der Oberkommissar versuchte so desinteressiert wie möglich zu wirken. „Ach, nur so. Mein alter Lehrgangskamerad, Hauptkommissar Fischer, ist ja einer der Sachbearbeiter und voll im Fall drin, wenn Sie wissen, was ich meine. Er sieht die Sache schon auf internationaler Ebene herumschwirren und somit als Politikum. Derjenige, der das Ding löst, katapultiert das Ansehen des Innenministers steil nach oben. Rumänische und polnische Interessen werden von bayrischen Polizisten ...", er legte für einen Sekundenbruchteil eine Pause ein, um den Halbsatz wirken zu lassen, „... also falls man den Fall löst, Sie wissen, was ich meine? Das wird ein ganz großes Ding. Da werden die Botschafter der beiden Länder beim Ministerpräsidenten zum Kaffeekränzchen geladen und so weiter."

An Leinwebers Stirn hatten sich erste Denkfalten gebildet.

„Wie …hmhm", er räusperte sich und begann den Satz noch einmal. „Wie schätzen Sie ganz persönlich die Sache ein?"

„Meinen Sie auf internationaler Ebene?"

„Nein, die Auflösung? Soweit ich die Akten studiert habe, gibt es keine hinreichenden Spuren. Zumindest nichts Verwertbares. Und der einzige Hinweis auf mögliche Verbindungen der einzelnen Fälle beruht lediglich auf einer einzigen Adresse. Sie war allen Toten bekannt, sonst nichts. Das ist dünn, Herr Gschwendtner, sehr dünn. Pergamentpapier ist dicker."

Der erfahrene Fahnder beugte sich vor und senkte seine Stimme etwas. „So dünn, dass wir nicht verlieren können."

Leinweber stand auf und ging nervös hinter seinem Schreibtisch auf und ab. „Erläutern Sie das."

Das *Hase und Igel-Spiel* funktionierte. Der Hase war aufgescheucht und längst am Igel vorbeigeprescht. Dieser musste nur noch gemächlich ins Ziel watscheln und hatte gewonnen.

„Ganz einfach. Entweder wir können die Beweiskette schließen und kommen voran, dann knacken wir den Fall oder wir können sämtliche Verquickungen aus strafrechtlicher Sicht ausräumen, dann haben wir ebenfalls gewonnen. Es handelt sich dann um unglückliche Einzelschicksale. Auch damit sind die Herren in den Ledersesseln zufrieden. Es geht unterschleifend um das politische Motto, das Bayern das sicherste Bundesland der Republik ist und bleibt."

Leinweber war sichtlich zufrieden. Hinter seiner Stirn ratterte es. „Der alte Fuchs weiß, wo er sich auf Lauer legt. Sie sind ein guter Fahnder, Gschwendtner. Ich weiß schon, warum ich Sie für die Soko mit an Bord genommen habe. Und dass trotz aller Einwände Ihres ehemaligen Vorgesetzten." Leinweber warf einen Blick auf seine Armbanduhr. „Ich werde Sie in der Kaserne der Würzburger Bereitschaftspolizei unterbringen. Dort gibt es Gästezimmer für Kollegen auf Dienstreisen. Das senkt die Budgetkosten."

Oberkommissar Gschwendtner wäre vor Freude am liebsten aufgesprungen, doch er zwang sich ruhig zu bleiben. „Nun, das Hilton oder so etwas in der Art wäre mir lieber gewesen, aber ein Zimmer in der Kaserne ist auch in Ordnung."

„Ich werde mich um die Formalitäten kümmern. Am Montag ist Abreise. Sie werden sich um 14 Uhr bei Hauptkommissar Fischer einfinden. Wenn Sie vorher bei der Bereitschaftspolizei die Zimmer beziehen möchten, fahren Sie entsprechend zeitig los."

„Alles klar, Chef." Gschwendtner stand auf und ging zur Tür.

„Und diesmal möchte ich, dass der Dienstwagen heil bleibt!"

Der Oberkommissar drehte sich noch einmal um. „Es war nicht unsere Schuld, dass der Verrückte unseren BMW abgefackelt hat."

„Das ist mir egal. Sollten Sie abermals ohne Fahrzeug zurückkommen, können Sie künftig die öffentlichen Verkehrsmittel benutzen."

Gschwendtner rief sich zur Besinnung und blieb ruhig. „Wir sind uns einig."

„Vergessen Sie nicht, dass ich wieder einen täglichen Bericht verlange!"

„Geht klar."

„Was ihre Rückkehr nach München angeht, so lasse ich das Ende mal offen", schob Leinweber nach.

Das klang genial. „Prima, Chef."

„Das heißt aber nicht, dass Sie ewig ermitteln können. Wir verlängern je nach Ermittlungsstand um jeweils eine Woche. Mehr als vier Wochen möchte ich allerdings nicht ansetzen."

Es gab also doch eine Obergrenze. So ein Volldepp! „Das wird zumindest für die Vorermittlungen reichen."

Gschwendtner grinste und war mit dem Erfolg mehr als zufrieden.

„Sagen Sie mal, freuen Sie sich?"

„Rein dienstlicher Natur, Chef. Endlich ist wieder mal etwas geboten."

„Das ist kein Abenteuerurlaub. Ich möchte Ergebnisse sehen."

„Haben wir Sie jemals enttäuscht?"

Zum ersten Mal huschte ein Lächeln über Leinwebers Gesicht. Der Sachbereichsleiter beantwortete die letzte Frage nicht. Sichtlich entspannt änderte sich seine Stimmlage, als er sagte: „Gschwendtner."

„Ja."

„Bleiben Sie gesund. Kommen Sie alle drei wieder heil zurück. Das ist wichtiger als Erfolg."

Jetzt war Leinweber wieder Mensch. Das war der Unterschied zu allen bisherigen Vorgesetzten des Oberkommissars. Sie waren mehr Maschinen als Menschen. Leinweber wollte zwar auch hoch hinaus, aber seine beiden Füße bleiben immer in Bodenhaftung. Dem zollte Gschwendtner Loyalität.

Er verließ triumphierend das Büro. Noch im Flur zückte er sein Smartphone. Erst rief er Mandy, dann Emre und schließlich Peter Fischer an. Jeweils begann er das Gespräch mit: „Grünes Licht!"

Kaum hatte der Polizist das letzte Gespräch beendet, trudelte eine WhatsApp-Nachricht ein. Sie stammte von Mandy.

Mandy: Ist das eine echte türkische Hochzeit? Ich meine, weil Emres Familie doch deutsche Pässe hat. Was soll ich anziehen? Was schenke ich den Brautleuten?

Kopfschüttelnd schrieb Gschwendtner die Antwort.

Gschwendtner: Mandy. Das ist 'ne Hochzeit und sonst nichts. Was soll da schon anders sein als bei unseren Hochzeiten?

Er setzte ein Smiley dahinter und schickte die Nachricht ab.

Kurz darauf meldete sich Emre. Mandy hatte eine Chatgruppe erstellt.

Emre: Thxs für die Anfrage – für euch zur Info - geschenkt wird hauptsächlich Geld – ist Tradition bei uns Türken – macht euch keinen Kopf – und steckt 'nen Fuffi oder so etwas in der Richtung in ein Kuvert. Das passt dann schon.

Es folgte das Symbol einer Braut und das Dollar-Zeichen.
Mandy: Kleid? Kostüm? Leger oder dicht geschlossen?
Gschwendtner: ich Lederhose – du Dirndl
Mandy: Du Arsch!!! Ich meine das ernst.
Gschwendtner: Ich auch!
Mandy: Das ist keine bayrische Hochzeit.
Gschwendtner: das sind bayrische Türken!
Emre: Hört auf zu streiten, ihr Nerds! Zieht euch vernünftig an. N Kleid wäre super, nicht so weit ausgeschnitten!
Gschwendtner: Ich habe kein Kleid.
Emre: Du Arsch!!!
Mandy: Dann kommst halt doch in Tracht!
Gschwendtner: Na also!
Mandy: Hab mal gehört, dass es auf türkischen Hochzeiten keinen Alkohol zu trinken gibt.
Sie setzte ein Smiley mit Heiligenschein.
Gschwendtner: Ich kann doch nicht kommen, habe plötzlich Rücken!
Emre: Mandy hat recht!
Gschwendtner: Muss ins Krankenhaus. Sorry.
Er setzte das Zeichen des Krankenwagens.
Emre leitete seine Antwort mit den Zeichensymbolen für Bier, Wein und Sekt ein. Dazu schrieb er:
Emre: Aber wir sind voll integriert – das heißt, wir haben auch andere deutsche Freunde – die kommen ebenfalls – ihr seid demnach nicht die einzigen „nicht-Türken" – es gibt Alk!
Gschwendtner: Mir geht es schon viel besser
Emre: Papa wird mit dir sicherlich einen Raki trinken.
Gschwendtner: Ich komme definitiv
Emre: Morgen halb zehn vorm LKA – ich hole euch ab.
Gschwendtner fuhr gut gelaunt nach Hause. „Ist schon irre, dieses neumodische Telefonzeug."

türkische Hochzeit

Das komplette Hochzeitsprozedere sollte traditionell ablaufen. Nun ja, nicht ganz traditionell, sondern etwas beschleunigt, denn Ülüsü war schwanger und die Hochzeitsgesellschaft sollte das auf gar keinen Fall mitbekommen. Auch nicht ansatzweise.

Also war Papa Gümüs mit einer kleinen Familienabteilung in die Türkei gereist, um das *kiz istme*, den Bewilligungsbesuch, durchzuführen. Wie es der alte Brauch vorsah, hielt Mustafa Gümüs im Namen seines Sohnes Murat um die Hand von Ülüsü an.

Die Sache wäre um ein Haar schiefgegangen, denn es gehört ebenfalls zur Tradition, dass der Bräutigam beim gemeinsamen Kaffeetrinken leiden muss. Der türkische Kaffee des künftigen Ehemannes wird hierbei mit Salz, Pfeffer, Zitrone und diversen weiteren Gewürzen verfeinert. Dieser Kaffee muss ausgetrunken werden. Der Bräutigam beweist damit, dass er bereit ist für die Braut wirklich alles zu tun.

Murat wusste wohl nichts von dem alten Brauch, nahm einen kräftigen Schluck Kaffee, verzog das Gesicht und wollte die Brühe sofort ausspucken. Sein Vater deutete allerdings unmissverständlich an, dass Murat den Kaffee hinunterzuschlucken hatte. Was dieser aus Furcht vor Mustafa auch machte, ohne jedoch die Bemerkung fallen zu lassen: „Leck misch am Arsch hey, was war das für eklige Kacke? Isch glaub, isch muss kotzen, Alta! So 'ne Kaffee brauchst du escht nimma zu kochen, hey Schatz. Isch kauf uns 'ne Kaffeemaschine."

Vater und Großvater Gümüs schlossen die Augen und schickten Stoßgebete in den Himmel.

Murat entging einer schallenden Ohrfeige nur aus einem Grund. Niemand aus der Brautfamilie sprach Deutsch und Ülüsü schwieg.

Mustafa zischte seinem Sprössling unmissverständlich und absichtlich in deutscher Sprache ein: „Trink aus oder du stirbst!"', entgegen.

Mit einem Zwangslächeln griff der Sohnemann zur Tasse und trank alles, inklusive des Kaffeesatzes, aus. Er stellte die Tasse ab und erntete lobende Blicke. Murat hielt noch zwei Minuten durch, dann verschwand er für einige Zeit auf der Toilette, um leichenblass zurückzukehren.

Einen Tag später folgte bereits das *söz kesme*, das Heiratsversprechen. Wiederum zwei Tage später gab es die *Nisan*, die Verlobungsfeier.

Damit konnten die eigentlichen Hochzeitsvorbereitungen beginnen und Familie Gümüs, nebst Großvater, Großmutter und Ülüsü wieder zurück nach Deutschland reisen. Die Brautfamilie folgte kurz vor der Hochzeit.

Emre parkte ein. Gschwendtner und Mandy warteten schon.

„Hi", grüßte Mandy.

Sie sah bezaubernd aus. Das beigefarbene Kleid war extrem figurbetont. Ein freier Rückenteil und der akzeptable Ausschnitt vereinten edle Eleganz mit einem Hauch Sexappeal. Zum Kleid trug die Polizistin hochhakige Schuhe in der passenden Farbe.

„Wow, du siehst scharf aus. Wenn ich nicht auf Männer stehen würde, könnte ich dich glatt heiraten", schoss Emre staunend als Kompliment ab.

Hinter Mandy tauchte Gschwendtner auf. „Und was sagt ihr zu mir?", fragte er.

Emre musterte seinen Kollegen. Wie zu erwarten, war der Urbayer in Tracht gekommen. Er trug Haferlschuhe, eine speckige, knielange Lederhose und ein weißes Leinenhemd. „Unser Paradebayer. Da hat der Besuch aus der Türkei etwas zum Bestaunen und zum Schmunzeln."

„Schmunzeln", äffte Gschwendtner nach. „Ich hau' dir gleich eine über die Rübe. Wir sind hier in Bayern. Wo ist deine Lederhose, die Flachlandtiroler? Oder soll ich Flachlandtürke sagen?"

Alle drei lachten.

„Ich hätte da schon was in Leder im Schrank hängen. Arschfrei. Aber wenn ich das anziehe, würde mich mein Vater gleich abstechen", lachte der Kommissar. Er musterte Gschwendtner. „Dir könnte es auch stehen."

Mandy krümelte sich, als sie sich ihren älteren Kollegen im Homo-Leder-Outfit vorstellte.

„Ich will nichts mehr hören, gar nichts wissen und erst recht nichts sehen. Dein Anzug steht dir wirklich ausgezeichnet", beendete Gschwendtner das Thema und setzte sich auf den Beifahrersitz.

„Sag mal ein paar Worte zum Ablauf der Hochzeit. Ich möchte nichts falsch machen."

„Im türkischen Generalkonsulat München wird das Brautpaar standesamtlich getraut. Anschließend ziehen wir mit einem Autorkorso durch die Stadt. Später findet die große Hochzeitsfeier in einem eigens angemieteten Saal statt", erklärte Emre.

„Wo?"

„Schloss Nymphenburg, in einem Seitentrakt."

„Habe die Ehre. Ihr lasst euch das etwas kosten."

„Papa ist heilfroh, dass er diesen Schwachkopf von Murat unter die Haube gebracht hat. Er hatte lange Angst, dass Murat eines Tages so eine Hartz IV-Tussi aus seiner Clique schwängert und als Braut mit nach Hause bringt. Für den Notfall, also um Murat freizukaufen, besser gesagt, um die befürchteten Alimente zu zahlen, hat Papa immer etwas Geld auf die Seite gelegt. Das verprasst er jetzt mit der Hochzeit. Meine Eltern sind glücklich. Ülüsü ist genau die Richtige für Murat. Papa hat wirklich tief in die Schatulle gegriffen. Es ist für alles gesorgt. Eine solche Hochzeit habt ihr sicher noch nie erlebt."

Mandy meldete sich zu Wort. „Und das ist auch alles freiwillig? Ich meine, für eine Hochzeit sprechen deine Eltern da ein gewaltiges Wort mit."

Emre überlegte kurz, wie er die Antwort am elegantesten formulieren sollte. „Das ist vergleichbar mit Tinder oder einem anderen Portal. Zwei Menschen werden sich gezeigt und finden

Gefallen aneinander. Weder Ülüsü noch Murat wurden wirklich gezwungen. Vielleicht gab es hier und da ein kleines Versprechen oder leichten positiven Druck mittels einer winkenden Belohnung, aber von Zwang, zumindest was wir unter einer Zwangsehe verstehen, ist das alles weit entfernt."

„Aha", brummte Gschwendtner.

„So, so …", kommentierte Mandy.

Emre versuchte locker zu wirken. „Hey Leute, da ist wirklich alles in Ordnung. Die Brautwahl ist eine Art moderne Tradition. Würde einer der beiden wirklich nicht wollen, fände die Hochzeit nicht statt."

„Wenn du sagst, dass es in Ordnung ist. Ich glaube dir", meinte Gschwendtner.

„Na ja, dann nehme ich das auch mal so hin", fügte Mandy hinzu.

Emre setzte den Blinker und scherte in den fließenden Verkehr ein.

Mustafa Gümüs konnte es kaum erwarten, Murat endlich auf eigenen Beinen stehen zu sehen. Mit Ülüsüs Mitgift sollte sein etwas schwieriger Sohn endlich seine eigene Dönerbude eröffnen. Ülüsü war klug und würde die Fäden im Hintergrund schon ziehen. Sie war eine gute Frau. Perfekt für seinen Sohn.

Murat war das krasse Gegenteil von Emre. Förderschule statt Abitur, nicht bestandene Kaufmannslehre in Papas Gemüseladen, statt erfolgreichem Studium an der Beamtenfachhochschule. Zwei Welten trafen aufeinander. Einer auffallend simpel, der andere elegant und eloquent. Einer ein Büffel, der andere ein Gentleman. Einer hetero, der andere homosexuell.

Emre verbarg seiner Familie gegenüber seine sexuelle Neigung immer noch. Diesbezüglich war sie viel zu traditionell eingestellt. Eleganter ausgedrückt, viel zu altmodisch, beinahe mittelalterlich denkend.

Ein Coming-out würde Emres familiären Tod bedeuten. Lediglich seine Mutter wusste es. Sie war eine liebevolle, wunderbare Frau und stand zu ihrem Sohn. Ihr gegenüber hatte er sich zu seiner Homosexualität bekannt.

Vor dem türkischen Generalkonsulat war einiges los. Ameisenhaufengleich lungerten zig Hochzeitsgäste herum. Auf dem mit Sperrgittern abgegrenzten Areal war kaum mehr ein Stehplatz zu bekommen. Alle waren da. Freunde und Verwandte. Selbst der alte Haudegen Gschwendtner hatte einen solchen Auflauf bisher nicht gesehen. „Heiratet dein Bruder eine Prinzessin oder so was?"

Emre strahlte. Er war stolz auf seine Familie. Das war einer der Momente, in denen er solche negativen Dinge wie Blutrache und Familienehre vergaß. Das war Leben, das war Zusammenhalt, das war Lebensfreude.

„Sie kommen", rief jemand, als eine gemietete Strech-Limousine vorfuhr.

Ülüsü sah anders aus, als sie Gschwendtner und Mandy in Erinnerung hatten. Sie hatte ein paar Kilo zugenommen, war aber immer noch recht schlank. Eben nur kein dürres Klappergestell mehr. Als sie lächelte, strahlten weiße und goldene Zähne hervor. Ihr schlechtes Gebiss gehörte nach etlichen Zahnarztsitzungen der Vergangenheit an. Das Haar war hochgesteckt. Sie trug ein weißes Kleid mit roter Schärpe. Am schleierähnlichen Kopfschmuck waren Blumen im Farbton der Schärpe angebracht.

„Murat hat ihr Gebiss renovieren lassen", grinste Emre.

„Das war nicht billig", flüsterte Gschwendtner.

„Hat sich rentiert", kam es anerkennend von Mandy.

Nach der Braut stieg Murat aus. Er trug einen gestreiften Anzug und Lackschuhe. Die Haare waren mit Gel nach hinten geklatscht. Der junge Türke strahlte. „Leute, hab isch coole Karre, da glotzt ihr Bausteine odda so. Alta, isch bin Aal Carpone, so wie der Mafia-Boss. Voll krass, hey."

Einige Kinder und ein paar Verwandte umringten das

Brautpaar zur herzhaften Begrüßung. Händeschütteln, Küsse, Umarmungen.

„Hey Leute, isch geh´ jetzt da rein und dann komm isch als Ehemann wieder raus. Heute gibt's Party. Murat ist der Größte!"

Mustafa ging zu Murat und flüsterte ihm etwas ins Ohr. Verdruckst winkte der angehende Ehemann den Gästen zu, nahm Ülüsü an der Hand und verschwand im Konsulat.

Als beide etwa zwanzig Minuten später wieder herauskamen, wurden Blumen überreicht. Ein paar ältere Frauen weinten vor Freude. Fotos wurden geschossen, zig Smartphones nahmen die Szene auf. Es wurde applaudiert.

Den Autokorso fand Gschwendtner unheimlich langweilig und er bereute es, sich keine Flasche Bier als Wegzehrung mitgenommen zu haben. Irgendwann war das Leiden vorbei und die Autoschlange parkte endlich bei der Feierörtlichkeit ein.

Lediglich die Braut-Limousine, die den Korso angeführt hatte, fuhr noch einmal weg.

„Fototermin bei ´nem Profi", flüsterte Emre und führte seine Begleiter in den Saal. Die beiden Brauteltern begrüßten jeden Gast am Eingang persönlich. Emre stellte Gschwendtner und Mandy noch einmal vor.

„Sie beide haben meinem Sohn das Leben gerettet. Ich bin mehr als dankbar und froh, dass Sie an seiner Seite arbeiten", sagte Mustafa. „Als wir uns in dieser Pension kennenlernten, war das kein guter Moment. Ich hoffe, wir können das heute wiedergutmachen."

„Passt schon", winkte Gschwendtner ab.

Mandy hingegen war etwas verlegen. Die Polizistin wusste nicht, ob sie Emres Freundin spielen sollte oder nicht. Als sie Mustafa die Hand gab, beugte dieser sich vor und flüsterte.

„Auch wenn Sie die Freundin meines Sohnes sind, bitte ich Sie heute Abend damit, etwas zurückhaltend umzugehen. Wir haben viele Gäste aus der Türkei, die etwas altmodisch denken. Würden Sie mir diesen Gefallen tun?"

Mandy war erleichtert. „Aber sehr gern. Das ist überhaupt kein Problem."

Beide waren erleichtert.

Es gab Sekt und kleine Häppchen. Wer sich nicht kannte, wurde einander vorgestellt.

Als nach einer guten Stunde das Brautpaar bei der Gesellschaft ankam, spielten zwei türkische Musikanten auf. Sie begrüßten Ülüsü und Murat, trällerten drei Lieder und begleiteten das Paar in den Saal.

An die 400 Gäste waren hier. Alle standen auf und applaudierten. Murat nahm Ülüsüs Schleier ab und küsste die Braut auf die Stirn. Das bedeutete, dass der Bräutigam seine zukünftige Ehefrau als sein Schicksal angenommen hat und dieses Schicksal das Paar für immer zusammenhalten lassen soll.

Die beiden Musiker waren auf eine kleine Bühne gegangen. Dort warteten ihre Band-Mitglieder.

„Live-Musik. Das wird ein heißer Abend", sagte Gschwendtner.

Mandy nickte stumm.

Das Brautpaar eröffnete mit einem Tanz das Fest. Schnell füllte sich die Tanzfläche.

„Darf ich bitten?", fragte Emre seine Kollegin.

„Jederzeit."

Gschwendtner setzte sich. Ihm war nicht entgangen, dass tatsächlich über ihn, genauer gesagt sein bayrisches Outfit, getuschelt wurde. Junge Mädchen kicherten. Fotoapparate blitzten. Die bayerische Tracht wirkte auf die Türken sympathisch und positiv. Nach anfänglicher Skepsis fühlte er sich wohl.

Nach fast zwei Stunden pausierte die Band. Das Essen wurde aufgefahren. Ein türkischer Partyservice brachte allerlei Spezialitäten. Gschwendtner aß nach diversen Vorspeisen erst Huhn, dann Schnitzel, um später noch zwei kleine Lammkoteletts zu verdrücken. Alles mit diversen Beilagen.

Nach dem Essen ging es kurz mit Musik und Tanz weiter. Es folgte der *Taki*, die Geschenkübergabe. Murat und Ülüsü stellten sich zur Musikgruppe auf die Bühne. Über das Mikrofon wurde jeder Gast aufgerufen, ging nach vorn und überreichte sein Geschenk. Meistens war es Bargeld. Es wurde aber auch Silber- und Goldschmuck verschenkt.

Gschwendtner und Mandy gingen gemeinsam zum Brautpaar. Murat betrachtete die Polizistin so lange und so auffällig, dass Ülüsü ihn einen Stoß in die Seite gab.

„Hey, Alte, isch hab damlas escht gedacht, du bist so 'ne Mannfrau mit Titten. Tut mir escht leid und so. Abba wenn du disch in misch verguckst, haste jetzt Pech, weil isch bin ab heute vergeben, weissu", sagte er und zwinkerte Mandy zu.

„Keine Angst, Murat. Wir beide wären schon aufgrund unterschiedlicher Intelligenzebenen kein Paar geworden."

Murat hatte die kleine Wortattacke zwar nicht kapiert, lachte aber kurz. Er wendete sich Gschwendtner zu. „Hey Alta, du schaust aus, wie so ein Eingeborener, ha ha. Hassu gedacht, dass Oktoberfest ist odda sowas? Stark! Mussu auf die Braut hier aufpassen", er zeigte auf Mandy. „Heißer Feger, abba isch bin raus aus der Nummer", gleichzeitig deutete Murat per Kopfnicken zu Ülüsü und zwinkerte. „Isch werde Papa."

Die Türkin sah ihren frisch angetrauten Ehemann schräg an. Gschwendtner überreichte den Umschlag mit dem Geldgeschenk.

„Danke schön, Alta."

„Ich bin Gschwendtner, den *Alta*, vergisst du mal ganz schnell, sonst rücken wir beide irgendwann zusammen."

Murat schwieg, Ülüsü lächelte. Der nächste Gast wurde aufgerufen und begrüßt.

„Sie hat keinen Ton verstanden. Ich glaube aber, sie denkt, dass du Alta heißt", grinste Mandy.

„Und er bekommt später ein Problem mit seiner Frau, denn er hat sich mehr mit deinem Ausschnitt als mit deinem Gesicht unterhalten", entgegnete Gschwendtner. „Ülüsü hat's gesehen und war nicht begeistert."

Nach der Geschenkübergabe war der offizielle Teil vorbei. Das Fest ging richtig los.

Gschwendtner erklärte gerade mit Händen und Füßen zwei ausschließlich türkisch sprechenden Damen, warum er Tracht trug und war froh, als Mustafa ihm zu Hilfe kam. Er klärte seine Cousinen über die Tracht auf, erzählte noch ein paar Worte über den Gast und packte schließlich den Polizisten an der Schulter, um ihn an eine Art Bar zu führen.

„Meine Cousinen fanden Sie toll", verriet er.

Gschwendtner winkte höflich ab. „Ich bin verheiratet."

„Das sollte ein Mann in ihrem Alter auch sein." Mustafa zeigte dem Mann hinter der Bar zwei Finger. „Zwei Raki für zwei Väter."

Ein Barkeeper stellte zwei Gläser vor die Männer und schenkte ein.

„Den hier trinken wir auf Emre und darauf, dass Sie meinem Sohn das Leben gerettet haben."

Beide tranken das Glas auf einem Zug leer. Eine Handbewegung des Türken reichte und es wurde nachgeschenkt. „Es ist Brauch, auf jedes seiner Kinder zu trinken. Ich habe vier Söhne. Bis auf Emre sind jetzt alle verheiratet."

„Tut mir leid, aber da kann ich nicht mithalten."

„Sie armer Mann. Sie sind verheiratet und haben keine Kinder? Sind sie krank?"

Gschwendtner lachte. „Nein, aber wenn ich auf jedes meiner Kinder trinken würde, wäre die Flasche schnell leer. Ich habe drei Söhne."

„Einen weniger als ich. Allah hat dir eine gute Gesundheit mitgegeben."

„Gesundheit?"

Mustafa grinste. „Unten herum."

„Ach so. Ja, da fehlt sich nichts."

„Also drei Raki." Mustafa hob erst drei Finger, dann sagte er: „Lassen Sie die Flasche bei uns stehen."

„Und dann habe ich noch drei Töchter."

Mustafa betrachtete den Polizisten erstaunt von oben nach unten. „Wie viele Frauen?"

„Nur eine. Ich bin altmodisch."

Mustafa schüttelte den Kopf. „So unterschiedlich sind wir gar nicht. Sechs Kinder, bei Allah, haben Sie keinen Fernseher?"

Gschwendtner lachte. „Jetzt schon."

Mustafa lachte jetzt ebenfalls lautstark mit.

„Es hilft alles Jammern nichts. Ich muss zu meinem Wort stehen", seufzte der Türke und schenkte nach.

„So viel vertrage ich nicht", wehrte sich Gschwendtner.

„Sechs Kinder, sechs Raki! Sie wollen doch meine Gastfreundschaft nicht …"

„Niemals!"

„Prost!"

Der zweite Raki schmeckte schon etwas besser als Nummer eins. Der Dritte kam gut. Nach dem vierten Schnaps versuchte Gschwendtner Türkisch zu sprechen, gab es aber nach dem fünften Raki wieder auf. Als das sechste Glas geleert war, sangen Mustafa und Gschwendtner gemeinsam das Lied von Anton aus Tirol. Es war, wollten sie gegen die Bank ansingen, die etwas anderes spielte.

„… ich bin so schön, ich bin so toll, ich bin der Anton aus Tirol …"

Gefolgt wurde der Volksfest-Hit vom Schmachtfetzen der Kastelruther Spatzen *Sierra Madre*.

Hierbei wollten sich die begnadeten Suff-Sänger gegenseitig toppen und jeder versuchte lauter zu singen, als der andere. Wobei das Wort singen die falsche Bezeichnung war. Plärren war der wohl bessere Ausdruck.

„Sierra … Sierra Madre del suuuuun …"

Nachdem alle Schnäpse vernichtet waren, bewahrte ein Höhepunkt der Veranstaltung die beiden neuen besten Freunde davor, sich in die zweistellige Anzahl an Schnäpsen hoch zu trinken.

Das Licht ging aus und ein Spot strahlte auf eine füllige

Türkin, deren Kopfschmuck golden glänzte. Bekleidet war sie mit hauchdünnem Stoff.

Die Musiker wechselten teilweise die Instrumente. Rasseln und einsetzende Flötenmusik ließen auch das letzte Gemurmel der Hochzeitsgäste verstummen. Im Takt klatschend, standen alle auf und bewegten sich zur Saalmitte. Die orientalische Musik, in Verbindung mit den vielen Schnäpsen, vermittelten Gschwendtner das Gefühl von tausendundeiner Nacht.

„Bauchtanz, mein Freund. Komm mit nach vorn."

Mustafa packte den bulligen Polizisten an der Schulter. Die gut angetrunkenen Männer kämpften sich leicht schwankend durch das Gewühl der anderen Gäste. Plötzlich standen sie in der ersten Reihe. Die Sicht auf die Bauchtänzerin war frei.

Ihr fülliger Körper bewegte elegant zur Musik. Ein Schleier wurde gekonnt geschwungen, die Körperteile im Takt so bewegt, dass man sich den wabbelnden Schwingungen nicht entziehen konnte.

Gschwendtner wusste nicht, ob es der Alkohol oder die Erfahrung von etwas Neuem war, das die Sache interessant machte. Ihm gefiel, was er sah. Leise summte er die Melodie mit. In seinen Gedanken war er in diesem Augenblick eine Mischung aus *Lawrence von Arabien* und *Kara Ben Nemsi Effendi* aus einem Karl May-Roman.

Die Türkin tanzte sich in Ekstase und brachte ihren Body in Stellungen, die Gschwendtner vorher aus rein physischer Sicht für nicht machbar gehalten hatte. Eine Spur von Begeisterung zischte durch den ansonsten eher auf das bayrische Brauchtum fixierten Polizisten. Die Melodie war mehr als rhythmisch. Er konnte sich ihrem Bann nicht entziehen. Gschwendtner vergaß für einen Augenblick, dass er nur einer unter vielen Gästen war und spreizte die Arme. Fingerschnipsend trat er vor und bewegte sich, natürlich immer noch leicht schwankend, in einem eigens kreierten Sirtaki-Schritt auf die Bauchtänzerin zu. Die Hochzeitsgesellschaft applaudierte dem Mann, der aus ihrer Sicht sehr auffällig gekleidet war, heftig zu.

Ülüsüs Vater stand neben Emre und fragte in türkischer Sprache. „Sag mal, ist das ein Ureinwohner von hier?"

Emre lachte. „Treffender könnte man es nicht ausdrücken."

„Warum ist dieser Mann so seltsam gekleidet?"

„Das ist Tracht. Die Einheimischen tragen es seit jeher und sind stolz auf ihre Lederhosen."

„Aha."

Beide starrten auf Gschwendtner, der sich wie ein Gockel um die Bauchtänzerin bewegte. Die Gäste feuerten ihn an, indem sie immer wieder tosend applaudierten. Jedes Mal, wenn der beleibte Lederhosenträger in die Knie und wieder nach oben ging, sich seitlich um die Bauchtänzerin schlängelte, mit ausgebreiten Armen im Takt mit den Fingern schnipste und ein kräftiges: „Hossa", plärrte, heimste er unzählige Jubelgeschrei ein.

„Ich wusste gar nicht, dass in Deutschland auch Bauchtanz gepflegt wird. Allerdings erscheint mir das etwas griechisch angehaucht zu sein. Ist nicht wirklich ästhetisch."

Emre musste lachen. Er erspähte Mandy, die mit ihrem Smartphone die Szene filmte. „Das ist nur eine besondere Art des Tanzes. Der Mann ist bekannt für besondere ... hm ... Vorgehensweisen."

Ülüsüs Vater hakte nach. „Du kennst ihn?"

„Ich arbeitete mit ihm zusammen. Er ist nicht nur ein Kollege, sondern auch ein enger Freund geworden. Ein sehr enger Freund."

„Du bist auch Tänzer?"

„Nein, ich bin Polizist."

„Und das ist ein traditioneller Polizei-Tanz?"

Wieder lachte Emre. „Nein, das ist nur zu viel Raki."

Jetzt lachten beide.

„Du hast lustige Freunde."

Durch die Anfeuerungen animiert, tanzte Gschwendtner immer schneller. Die Bauchtänzerin war stehen geblieben und wirbelte den mittleren Teil ihres Körpers blitzschnell umher. Sie hatte angefangen, mit Gschwendtner eine Art Wettkampf zu führen. Die Gäste waren begeistert.

„Ausziehen", rief jemand aus der Menge. Es war Murat. Der Bräutigam stand breit grinsend da und applaudierte heftig. „Der Cop ist cool, Alta. Ein tanzender ACAB. Isch muss das in you-tube einstellen und so, Alta. Voll krass, meine Hochzeit. Bayrische Folklore und so, weissu Schatz."

Ülüsü nickte, verstand aber nichts.

Gschwendtner sah das Hin und Her wedelnde Bauchspeck-Paket und die nachschwappenden Hüften der Tänzerin.

„Das kann ich auch", brüllte er, zog die Hosenträger der Lederhose über die Schultern, ließ sie fallen und knöpfte das Hemd auf.

Schreie, Pfiffe und Applaus. Die Masse war begeistert. Blitzlichtgewitter folgte, als Hemd und Unterhemd zur Seite folgen. Ohne den Halt der Hosenträger rutschte die Lederhose ein Stück herunter und gab Gschwendtner Maurer-Dekolleté frei. Jetzt kreischten vorwiegend die weiblichen Gäste.

Die Band beschleunigte den Takt, die Bauchtänzerin konnte das Tempo mithalten, während Gschwendtner seine Grenze erreicht hatte. Damit die Lederhose nicht vollends über das Gesäß rutschte, stellte sich der Bayerntänzer für einen Moment breitbeinig hin, zog lässig die Hosenträger über die Schultern und streckte dabei den ohnehin schon unübersehbaren Bauch weit vor. Dann begann er seinen eigenen Bauchtanz vorzuführen.

„Hossa", schmetterte er und stellte sich der Tänzerin gegenüber. Beide schwangen im Takt ihrer Proportionen von links nach rechts. Während die Tänzerin hierbei eine gute Figur machte, wirkten die Bewegungen des Bayern eher ungelenk und damit urkomisch.

Die Musik stoppte abrupt. Tosender Beifall wurde gespendet. Die Bauchtänzerin und ihr Herausforderer verbeugten sich.

„Zugabe … Zugabe … Zugabe", wurde gerufen.

Gschwendtner hob den Arm und nickte. Er wendete sich der Band zu. „Kennt ihr Bill Ramsey? Die Zuckerpuppe von der

Bauchtanztruppe?"

Zwei der Musiker beratschlagten sich kurz, dann kam ein nach oben gehobener Daumen. Zeitgleich wurde der Uralt-Schlager angespielt.

Die Bauchtänzerin verabschiedete sich. Wieder tosender Beifall. Sie zwinkerte Gschwendtner zu und verließ die Tanzfläche. Diese gehörte jetzt dem Lederhosen-Mann allein. Gschwendtner stimmte mit ein und sang lauthals mit: „Kennt ihr die Zuckerpuppe aus der Bauchtanzgruppe, von der ganz Marokko spricht? … Suleika … Suleika … heißt die kleine Maus, heißt die kleine Zuckerpuppe aus der Bauchtanzgruppe … da staunt der vordere Orient … "

Zusätzlich zur Gesangseinlage wippte und federte der Paradebayer an den Zuschauern entlang. Er schnitt Grimassen, wirbelte die Fülle seines Körpers erstaunlich gewandt herum und heimste nach dem letzten Takt des alten Schlagers wieder einen schier nicht enden wollenden Applaus ein.

Mit hochrotem Kopf und schweißig glänzendem Oberkörper, streifte er schließlich wieder Unterhemd und Hemd über. „Ein großes Glas Wasser für den Durst und ein Bier zum Genießen", rief er dem Barmann zu.

Mustafa kam angeschwirrt und stellte Gschwendtner einigen Damen vor, die den Tänzer anhimmelten. „Meine Schwestern", sagte der Türke stolz, kam näher an das Ohr des Bauchtänzers und flüsterte: „Zwei von ihnen sind wieder zu haben … wenn das mit deiner Frau … du weißt schon."

„Nein, danke. Ich bin glücklich verheiratet … und mehr als eine Frau verkrafte ich nicht. Meine ist in jeder Hinsicht ausreichend", winkte dieser sofort ab, konnte sich aber den restlichen Abend nicht mehr von seinen neuen Begleiterinnen befreien.

Montagmorgen. Emre und Mandy kamen gut gelaunt ins Büro. Gschwendtner war schon da. Er wirkte immer noch ein wenig schwach und blass. „Ich möchte kein Wort hören. Kein einziges Wort! Verstanden?"

„Ich wollte dich doch nur um ein Autogramm bitten", veräppelte Mandy ihren Kollegen.

„Ruhe, sagte ich!"

Emre fing sofort zu lachen an. „Du stehst in meiner Schuld, alter Mann."

„Ich bringe dich um! Warum schleifst du mich auf eine türkische Hochzeit, lässt mich abfüllen und zum Kasperl machen?"

Emre zuckte mit den Schultern. „Du hast mich nicht gefragt, du hast getrunken, getanzt und gefeiert."

„Nicht gefragt … nicht gefragt …", motzte Gschwendtner mit hoher Stimme nach. „Ich weiß immer noch nicht, wie ich nach Hause gekommen bin. Ich weiß nur, dass ich bei Sonnenschein, angeblich fürchterlich schnarchend, in meinem Garten in der Hängematte liegend, aufgeweckt wurde. Meine Nachbarn haben blöd geglotzt, meine Kinder gelacht und meine Frau hat symbolisch das Nudelholz ausgepackt. Sie ahnte, dass ich mich wohl wieder zum Affen gemacht hatte, warf mir vor, nicht zu wissen, wann Schluss ist und unterstellte mir, dass ich vergessen habe, wie alt ich bin."

„Wow! Klingt nach Stress", pfiff Mandy aus.

Der Oberkommissar winkte ab. „Halb so wild. Der Kater war viel schlimmer. Mir ging es hundeelend. Und als ich mich heute Morgen zu Hause verabschiedete, meinte meine Frau nur, dass ich entweder wieder im Normalzustand oder gar nicht mehr nach Hause kommen soll."

„Gut, dass ich schwul bin. Auf solch einen Hausdrachen kann ich verzichten."

„Wenn dein Alter mir nicht für jedes Kind einen Raki eingetrichtert hätte, wäre auch nichts passiert. Das war euer blöder Brauch."

„Welcher Brauch?"

„Für jedes Kind einen Schnaps zu saufen."

„Das ist kein Brauch, das war Gaudi von meinem Paps. Das sagt er immer, wenn er trinken möchte."

Gschwendtner ballte die Hände zu Fäusten. „Das bekommt

er in Form eines ausgiebigen Biergartenbesuchs zurück. Weißt du, wie oft ich wegen dieses Raki-Zeugs den Porzellangott angebetet habe?"

Emre schmunzelte. „Du meinst, vor der Kloschüssel gekniet?"

Mandy mokierte sich. „Könnt ihr das Thema wechseln? Ich würde gern noch etwas frühstücken, bevor wir nach Würzburg fahren."

Emre ließ nicht locker, seinen Kollegen aufzuziehen. „Welche von meinen Tanten hast du denn abgeschleppt?"

Gschwendtner schoss auf einen Schlag Farbe ins Gesicht. „Was heißt das? Ich habe 'nen Filmriss. Sag nicht, dass ich …"

„Ich habe Beweisfotos", lachte der Kommissar.

Gschwendtner war gar nicht zum Lachen zumute. „Was war da los?"

Emre zog sein Smartphone aus der Tasche und öffnete die Fotogalerie und hob das Handy hoch.

Gschwendtner stand an der Bar und war von mindestens drei oder vier Frauen umringt. Danach kam ein Foto von Gschwendtner, wie er mit zwei der Frauen zur Tanzfläche ging. Beide hatten sich eingehakt. Das dritte Bild zeigte ihn als John Travolta-Verschnitt, dem Tanz-Gott der 70er Jahre aus *Saturday Night Fever*.

Mandy kicherte. „Das Ganze habe ich auch gefilmt. Willst du es sehen?"

„Nein!"

„Die Qualität ist …"

„Ich sagte: NEIN!" Das letzte Wort war mehr geschrien als gesprochen.

Mandy räusperte sich. „Dann magst du wohl mein Filmchen von deinem Bauchtanz auch … nicht …"

„NEIN!"

Mandy und Emre brüllten voll los. Ihr verarschter Kollege verkroch sich schmollend hinter seinem PC-Bildschirm.

Die Ostdeutsche stellte schließlich eine Papiertüte auf den

Tisch. „Frische Croissants vom Bäcker. Als Friedensangebot."

Emre legte allerdings noch einmal einen drauf. „Meine Tanten wollten wissen, ob du noch zu haben bist. Ich soll dich zum nächsten Familientreffen unbedingt mitbringen."

Gschwendtner lugte auf die Papiertüte. „Was ist da drin?"

Emre stocherte noch einmal in der Wunde herum. „Welche Tante würde dir denn gefallen?"

Sein Kollege hob den Kopf nun ganz über den Bildschirm. „Wenn ich mich scheiden lassen würde, also ich meine, wenn ich die Scheidung überleben und mich meine Frau nicht vierteilen würde, dann hätte ich weniger Geld zur Verfügung, als ein verarmter, spielsüchtiger, alkoholabhängiger Hartz IV-Empfänger am vorletzten Tag eines Monats. Abgesehen davon, dass ich glücklich verheiratet bin und mich auch nicht für andere Weiber interessiere, wäre ich keine gute Partie."

Mandy deutete auf die Papiertüte. „Männer! Hallo! Ich war beim Bäcker. Da warten ofenwarme Croissants auf uns. Wer von euch macht Kaffee?"

„Sag deinen Tanten, dass sie mich ... warte ... nein, sag gar nichts."

„Schade. Onkel Gschwendtner hätte sich gut angehört."

„Du machst Kaffee!", schoss es ihm grimmig entgegen.

Emre grinste. „Ich nehme die Strafe an, aber du besorgst das Auto und die Unterlagen für die Dienstreise."

„Schon erledigt. Wir fahren nach dem Frühstück los. Fischer erwartet uns um 14 Uhr in seinem Büro. Dort besprechen wir alles Weitere."

„Wie viele Tassen für jeden?"

„Ich nehme zwei. Mandy bekommt eine halbe Tasse."

„Wieso bekomme ich nur 'ne halbe Tasse Kaffee?"

„Weil du eine Frau bist. Ich habe keine Lust bei jedem zweiten Parkplatz rauszufahren, weil du pinkeln musst."

„Emre, ich trinke eine große Tasse Kaffee!", kam es forsch. „Ich habe keine Konfirmanden-Blase", beharrte sie.

Sie fuhren auf die A 8 in Richtung Nürnberg. Emre saß hinter dem Steuer, Gschwendtner hinten, Mandy auf dem Beifahrersitz. Bereits bei Eching gab sie Emre ein Zeichen. „Fahr bitte mal raus. Ich muss mal." Sie drehte sich nach hinten um. „Das hat nichts mit dem Kaffee zu tun."

„Ich habe es gewusst", tönte es ihr entgegen.

„Das hat wirklich nichts mit dem Kaffee zu tun. Es ist … ich bin eben aufgeregt, weil du das gesagt hast. Sonst muss ich nie pinkeln."

„Du bist eben 'ne Frau."

Schmunzelnd setzte Emre den Blinker rechts.

Danach mussten sie noch zweimal anhalten.

„Der Tee, den ich zu Hause zum Frühstück getrunken habe, war wohl harntreibend."

„Ist recht. Passt schon."

Leichenschmaus mal anders

Die Autobahn war gut ausgelastet, aber der Verkehr rollte problemlos. Lediglich an den Baustellen war es vereinzelt zu kleineren Staus gekommen.

Mandy blätterte in einem Reiseführer. „Würzburg ist echt 'ne tolle Stadt. Habt ihr gewusst, dass in der Würzburger Residenz auch die alten Stuckateur-Meister aus Wessobrunn tätig waren."

„Echt?", fragte Emre erstaunt nach. „Wie klein doch die Welt ist."

„Weiß doch jedes Kind", brummte Gschwendtner.

„Jetzt sei nicht so mürrisch, Gschwendtner. Betrachte es doch mal praktisch. Ohne meine letzte Pinkelpause hätten wir keinen Reiseführer."

„Wozu benötigen wir einen Reiseführer?"

„Hallo?", Mandy warf einen Blick nach hinten. „Haben wir etwa 24 Stunden am Tag Dienst oder können wir nach der Arbeit auch mal etwas anschauen? Sightseeing ohne Urlaubstage."

Emre blickte in den Rückspiegel. „Hey Polizei-Opa, du machst wirklich ein Gesicht wie drei Tage Regenwetter. Was ist denn los?"

„Ich habe Hunger."

Emre lachte. „Dann bist du wieder vollkommen gesund."

„Ich trinke nie wieder Raki."

„Wenn du mir versprichst wieder normal zu sein, spendiere ich dir in der Polizeikantine ein Mittagessen", schlug Mandy vor.

„Abgemacht."

Mandy las weiter, blätterte ein paar Seiten vor, dann wieder zurück. „Die schönsten Orte sind entlang des Mains. Sommerhausen gehört dazu. Aber auch Eibelstadt und Randersacker."

Gschwendtner beugte sich leicht nach vorn. „Was steht

denn über Florian Geyer in deinem Buch?"

„Wer ist denn das?", hakte Emre nach.

„Klar, dass ihr das nicht wisst. Das war ein Ritter und Bauernführer im 16. Jahrhundert. Er befehligte den sog. Schwarzen Haufen. Seine Burg hatte Geyer in Giebelstadt. Das ist ein Ort bei Würzburg."

„Hab es gefunden", bestätigte Mandy. „Dort finden jedes Jahr Freilichtspiele statt. Die Florian-Geyer-Spiele sind ein Riesenspektakel und absolut sehenswert. Sollen wir hin?"

„Als Erstes kümmern wir uns um den Fall. Leinweber beharrt auf seinen täglichen Bericht. Ich kann nicht nur leere Seiten abschicken. Ich muss ihm Berichte mit Fakten zusenden, sonst sind wir schneller wieder zurück in München, als uns lieb ist", warf Emre ein.

Rechts der Autobahn öffnete sich ein Tal. Die Häuserdächer Würzburgs tauchten auf. Den LKA-Beamten bot sich eine traumhafte Kulisse. „Leute, wir sind da."

Die Universitätsstadt lag zu ihren Füßen. Mandy und Gschwendtner genossen das herrliche Panorama. Der Main schlängelte sich durch die Frankenmetropole. Ein Ausflugsdampfer begegnete einem voll beladenen Binnenschiff. Über allem thronte die Festung Marienberg, eines der Wahrzeichen Würzburgs. Emre fuhr von der Autobahn ab.

Die Mitglieder der Soko: weiß-blau-rosa waren in der Kaserne der III. bayrischen Bereitschaftspolizeiabteilung untergebracht. Mit Hilfe ihres Navigationssystems manövrierten sie sich schnell durch die City. Ein Teil der Strecke führte direkt am Main entlang.

„Schön hier", schwärmte Mandy.

„Mörderisch schön", kam es von Gschwendtner.

„Du bekommst gleich etwas zu essen. Bleib ruhig."

Gschwendtner lachte. „Ich bin ganz ruhig, ich fand nur das Wortspiel witzig."

Emre sagte gar nichts. Er konzentrierte sich auf den Verkehr und auf die Blech-Stimme des Navis. Gedanklich war er allerdings ganz woanders. Freddy spukte seit dem Frühstück in seinem Kopf herum. Verdammt, wenn er nur wüsste, was damals auf Rhodos alles passiert war. Anfangs war es ihm egal. Es handelte sich nur um einen Urlaubsflirt. Später kamen Zweifel auf. Emre war nackt aufgewacht, fand aber nirgendwo im Hotelzimmer ein Präservativ. Ungeschützter Sex? Angst begleitete ihn die nächsten Tage und Wochen. Als sich Freddy Tage später mit einer SMS meldete, fühlte sich Emre nicht wirklich besser. Erst als der Kontakt per WhatsApp und E-Mail intensiver wurde, verflüchtigte sich das flaue Gefühl allmählich.

Freddy war flippig. Hatte mal strohblondes, mal rosa und als letztes knallrotes Haar. Er strahlte Leichtigkeit und Lebensfreude aus. Freddys Welt war schräg und schrill. Einfach ausgedrückt: cool schwul.

Der Würzburger Friseur lebte seine Homosexualität ohne Wenn und Aber aus. Das imponierte Emre, der sich außer bei seinen engsten Freunden, wie Dr. Harry Pfänder, Gschwendtner und Mandy, sowie seiner Mutter, bisher nicht gänzlich geoutet hatte. Er war zwar auf dem richtigen Weg, wollte diesen aber nicht auf der Überholspur zurücklegen, sondern gemächlich und bedacht abwandern, um die richtigen Momente zu nutzen.

Mehr als einmal war er kurz davor Freddy zu fragen, was damals im Hotelzimmer abgelaufen war, doch jedes Mal, wenn er die Worte in die E-Mails würgte, gefielen sie ihm nicht und er löschte alles wieder. Schließlich ließ er es ganz bleiben. Ein prophylaktischer HIV-Test beim Arzt war negativ verlaufen. Sollte etwas zwischen ihnen passiert sein, so war Freddy scheinbar gesund. Als er seinem mutmaßlichen One-Night-Stand mitteilte, dass er dienstlich nach Würzburg kommen wird, war dessen Freude groß.

„Ruf mich an, sobald du Zeit hast. Sonntags und montags habe ich frei", hatte er geschrieben. Einem Treffen stand nichts im Weg. Heute Abend würde er ihn anrufen.

„Dort ist die Kaserne", sagte Mandy.

Die Einfahrt wurde bewacht. Eine Schranke versperrte die

Zufahrt in die Kaserne. Ein Polizist stand Wache. Emre ließ die Scheibe herunter. „LKA München – wir sind hier untergebracht", sagte er und zeigte seinen Dienstausweis.

„Kommissar Gümüs, Kriminalobermeisterin Hammerschmidt und Oberkommissar Gschwendtner?", fragte der junge Kollege.

„Richtig."

„Sie wurden angemeldet."

„Prima. Wo müssen wir hin?"

„Gebäude drei. Sie möchten sich doch bitte bei Hauptmeister Rodamer melden. Parken können sie dort drüben", deutete er auf eine markierte Parkfläche.

Gschwendtner betätigte ebenfalls den elektrischen Fensterheber. „Junger Kollege, hat die Kantine geöffnet?"

„Meinen Sie die Gemeinschaftsverpflegung oder die Wirtschaftskantine?"

„Die echte Kantine", grinste der Oberkommissar. „Dort, wo es auch Bier gibt."

„Ein Gebäude weiter. Sie hat geöffnet."

„Was kannst du empfehlen?"

„Currywurst, Schnitzel oder Schweinebraten. Alles andere können Sie vergessen."

„Du kannst mich ruhig duzen. Wir sind doch Kollegen", meinte der Oberkommissar.

Der anfänglich nervös wirkende junge Polizist wurde etwas lockerer. „Der Kartoffelsalat ist gut. Rosi, so heißt die Frau des Pächters, macht ihn selbst."

„Danke. Wenn das stimmt und wir uns in der Kantine sehen, spendiere ich dir ein Bier." Er ließ die Scheibe wieder hochfahren.

Die Schranke wurde geöffnet.

Rodamer war ein alter Haudegen und stand, optisch betrachtet, kurz vor der Pension. Mit dem lauten Mundwerk eines Spießes klärte er die LKA-Beamten über die Hausordnung auf.

„… die Räume sind frisch renoviert. Wenn ihr ein Saufgelage macht, räumt euer Zeug gefälligst wieder weg. Unsere Reinigungskraft ist nicht verpflichtet, extreme Verschmutzungen zu beseitigen."

„Wir sind hier um zu arbeiten."

Der Geschäftszimmerbeamte verzog grummelig das Gesicht. „Das haben andere auch schon gesagt. Hier, die Schlüssel. Zimmernummern stehen drauf. Ihr könnt ihr entweder mitnehmen oder sie beim Unterführer vom Dienst abgeben, wenn ihr die Kaserne verlasst. Der UvD ist rund um die Uhr da. Wenn ein Schlüssel verloren geht, werde ich mit euch Schlitten fahren!"

Mit dem Spieß war definitiv nicht gut Kirschen essen. Gschwendtner fühlte sich sofort um Jahre zurückversetzt. Ja, genau so war damals der Kasernenton. Als er nach der Schulbank den Polizeiberuf gewählt hatte, lernte er eine andere Welt kennen. Drill und unsinnige Befehle befolgen, gehörte zum harten Alltag. Alles war paramilitärisch. Aber er lernte dadurch auch Kameradschaft und Zusammenhalt kennen. Dieser Chorgeist hatte sie zusammengeschweißt.

Und geschadet hat es auch keinem, dachte er in diesem Moment.

Es hat sich zwar einiges im Vergleich zu seiner eigenen Ausbildungszeit geändert, doch dieser Rodamer verkörperte immer noch die alte Zeit. Damals mussten die jungen Polizisten marschieren, strammstehen, ein UvD kontrollierte die Sperrzeit. Und wer nicht um Mitternacht im Bett lag, konnte seine Sachen packen und gehen.

Wer aufmuckte, flog raus. Gnadenlos. Freitags war Stubenappell. Wenn nicht bei jedem alles in Ordnung war, fuhr die gesamte Zimmergemeinschaft verspätet ins Wochenende. Jeder kannte den berühmten Spruch, wenn der Unterführer vom Dienst durch die Stube ging, sich einen weißen Handschuh anzog und damit hinter den Heizkörper fuhr. Der verschmutzte Handschuh wurde angepustet. Es folgte der Satz: „Sehen Sie mich noch?"

Dann gab es meistens eine Stunde Nachappell, manchmal

auch länger. Die Uhrzeit war dem UvD egal, denn er hatte ohnehin 24 Stunden Dienst.

„Noch Fragen?"

Rodamers Stimme riss Gschwendtner aus den Gedanken. Beinahe wäre er strammgestanden und hätte Meldung gemacht. Wie in den guten alten Zeiten, schmunzelte er.

Emre und Mandy hatten Currywurst mit Pommes bestellt. Gschwendtner aß das Schnitzel mit Kartoffelsalat. Er war mehr als zufrieden und hoffte sich bei dem jungen Kollegen, der ihnen den Tipp gegeben hatte, mit einem Freibier bedanken zu können.

Die Panade hob sich gut vom zart geklopften Fleisch ab. Ein Zeichen, dass es frisch paniert und mit viel Öl herausgebraten war. Der Kartoffelsalat war nicht aus dem Eimer, sondern selbst gemacht. Und das schmeckte man. Auch die Portion war seinen Körpermaßen angeglichen. Kurzum, das Essen war ein Volltreffer.

Der Uhrzeiger rückte vor. Es war 13.30 Uhr. Der Oberkommissar drängte. „Auf geht's. Mein Kumpel Fischl wartet."

Mandy stand auf und kramte ihre Geldbörse hervor. „Ich gehe vor zur Theke und zahle. Versprochen ist versprochen."

„Ich komme mit", meinte Emre.

„Bleib sitzen. Dich lade ich auch ein."

„Womit habe ich das verdient?"

„War 'ne super Hochzeitsfeier. Ich habe mich seit Monaten nicht mehr so herrlich amüsiert."

Der Deutschtürke freute sich. „Danke."

Die Polizistin ging zur Theke, zahlte die komplette Rechnung und nahm noch drei Hanuta mit. „Nachtisch", bemerkte sie kurz, als sie ihren beiden Kollegen die knusprige Waffel mit der Schoko-Nuss Füllung zuschob.

„Ich esse mein Dessert später", beschloss Gschwendtner und steckte das Hanuta ein. „Das Schnitzel war doch sehr füllend", erklärte er und rieb sich dabei mit der flachen Hand über den Bauch. „Wenn ich auch nur eine witzige Kleinigkeit nachschiebe, zerreißt es mich."

„Hast recht, dann iss lieber später", kicherte Mandy. „Stell dir mal die Sauerei vor, wenn 120 Kilo ..."

„Moment mal. Meine Waage zeigte das letzte Mal 93 Kilo an", protestierte der füllige Bayer.

„Das war anno 1999", unkte Emre und alle drei Soko-Mitglieder lachten.

Gschwendtner räumte ein, dass er sich tatsächlich schon länger, also seit ein paar Jahren, nicht mehr gewogen hatte, bestand jedoch darauf, dass er sich seit dem letzten Wiegen äußerlich kaum verändert hat. „... bis vielleicht auf ein klein wenig Bauchumfang."

„Pünktlich wie die Feuerwehr", freute sich Peter Fischer. Er betrachtete staunend seinen alten Lehrgangskollegen, stieß einen verblüffend klingenden Pfiff aus und stemmte die Hände in die Hüften. „Sag mal, Pflastertreter, du warst mal rank und schlank, hattest gerade mal 65 Kilo auf der Waage und bist die 3000 Meter in weniger als 12 Minuten gelaufen. Wie hast du das gemacht?" Der Würzburger deutete auf den Bauch des Münchners.

Gschwendtner schmunzelte. „Ich war sechsmal solidaritätsschwanger und fraß mir die gleiche Ranzen-Größe an, die meine Frau vor sich hertrug."

„Sechs Kinder, ach du meine Güte. Da wundert's mich nicht, dass du kahl geworden bist", spielte der Würzburger nun auf die Halbglatze seines ehemaligen Stubenkollegen an.

Es kam zur Gegenmusterung. „Bei dir muss ich feststellen, dass du dich bis auf ein paar Falten im Gesicht kaum verändert hast. Das Haar ist etwas dünner und grauer geworden, aber sonst ..., meinen höchsten Respekt."

„Ich radle viel."

Ein abfälliges Winken. „Sport ist Mord", meinte der Oberkommissar und stellte seine beiden Teammitglieder vor.

Fischer machte die Soko anschließend mit seiner Sekretärin

Helga bekannt. „Ohne sie wäre ich verloren", gab er unumwunden zu.

Der offizielle Begrüßungsteil war beendet. Sie hatten sich alle auf das Duzen geeint.

„Wollt ihr einen Kaffee?", fragte Helga.

„Gern."

Während sich die Sekretärin um den Kaffee kümmerte, bot Peter Fischer seinen Kollegen einen Sitzplatz an, legte die Akten auf den Tisch und berichtete noch einmal ausführlich über den Sachstand der Ermittlungen. „… und heute Nachmittag wird die Wasserleiche obduziert. Wir müssen um 15.30 Uhr in der Rechtsmedizin sein."

„Wir sollen mit?", schluckte Mandy. Ihr war bei dem Gedanken an einer Obduktion beizuwohnen etwas mulmig zumute.

„Klar doch. Als ermittelnde Behörde müsst ihr doch dabei sein. Leute, ich kann euch sagen, dass die ganze Meute vom Fachkommissariat richtig Bausteine geglotzt hat, als ich die Kunde von der Soko verbreitet habe."

„Und die Führung? Wie hat der Leiter deines Kommissariats das aufgefasst?"

„Anfangs hat mein Chef ganz schön gemosert, aber als ihn dann der Leiter unserer Mordkommission darüber aufklärte, dass die Sachlage alles andere als einfach ist, kam er wieder auf sein normales Level herunter. Beeindruckt waren alle davon, wie schnell das mit der Soko ging. Ich habe natürlich nicht gesagt, dass ich auf dem kurzen Dienstweg vorgeprescht bin", schmunzelte er, „und deshalb vermutet das gesamte Kommissariat denkt, dass das etwas mit dem neuen Programm zu tun hat."

„Lassen wir sie in dem Glauben", schlug Emre vor.

„Steht die Identität der Wasserleiche schon fest?", wollte Mandy wissen.

Fischer schüttelte verneinend den Kopf. „Nicht gänzlich. Nur eine Vermutung. Heute kümmern wir uns um eine DNS-Probe und lassen an der Leiche DNA-fähiges Material entnehmen. Die Eltern des Vermissten Ioan Agulescu halten sich noch in der Nähe von Würzburg auf. Am Wochenende war die aufnehmende Polizistin im Dienst. Sie hat sich mit ihnen getroffen und durfte jeweils eine DNA-Probe für den Abgleich entnehmen. Die Auswertung wird beschleunigt vorgenommen."

„Sehr gut, dann hätten wir darüber Gewissheit", sagte Emre zufrieden. „Bei dem Toten handelt es sich um eine Wasserleiche?", schob der Leiter der Soko rhetorisch nach. „Was ich damit fragen möchte ist …"

Fischer ahnte, worauf der junge Kollege anspielte. „Du meinst den Zustand?"

Der türkeistämmige Kommissar nickte.

„Das sehen wir dann schon", schmetterte Gschwendtner ab. „Sag noch mal etwas über die Auffinde-Situation, Peter."

„Gefunden wurde die Leiche vom Schleusenwärter Helmut Klein." Fischer war aufgestanden, ging in die andere Zimmerecke und drehte ein Flipboard um. Mehrere Fotos waren an die weiße Tafel gepinnt. Neben den Bildern hatte der Würzburger Kriminalbeamte handschriftlich Daten und Namen notiert. Mittig an der Flipboard war ein roter Kreis gezeichnet. Darin stand ein Name: Aberle. Pfeile zeigten auf die ringsum verteilten Fotos. „Die Leiche steckte in einem Schlafsack, der sich wiederrum im Rechen der Goßmannsdorfer Staustufe verfangen hatte. Dort wurde der Körper aus dem Wasser gezogen." Fischer zeigte auf die Tafel. „Ich habe das hier auch auf Papier gebracht und kann euch anschließend ein Handout …", er grinste, „… so heißt das auf neudeutsch, überreichen. Die Akten sind alle kopiert. Ihr könnt sie mitnehmen und heute Abend in Ruhe studieren. Nach der Obduktion ist für heute erst einmal Feierabend. Morgen früh geben wir dann Vollgas. Einverstanden?"

Alle stimmten zu.

„Heute habe ich leider keine Zeit, aber morgen nach Dienst würde ich gern mit dir einen Schoppen trinken, Gschwendtner. Wir quatschen über alte Zeiten, essen etwas Gutes und gönnen uns zwei, drei Gläschen Frankenwein. Was hältst du davon?"

„Morgen passt prima. Heute benötige ich meine Ruhe.

Noch ein weiterer Tag Pause tut mir ganz gut. Ich habe anstrengendes Wochenende hinter mir."

Emre und Mandy tauschten nach dieser Bemerkung Blicke aus, verkniffen aber Anspielungen auf die ausgelassene Hochzeitsfeier und den Fetzenrausch, den ihr Kollege hatte.

Fischer klatschte einmal in die Hände und rieb sie kurz ineinander. „Sehr gut, dann hätten wir das auch fix gemacht. Übrigens könnt ihr euren Dienstwagen stehen lassen. Ich fahre euch zur Rechtsmedizin und anschließend wieder zurück."

Unterwegs klärte Fischer die Soko-Mitglieder über das Weingut Aberle auf. „Die Familie ist stinkreich, allerdings noch nicht sehr lange. Früher war das Weingut Aberle ein ganz normaler Winzerbetrieb. Von der Anbaufläche her nicht viel größer als die anderen Betriebe auch. Der Senior-Chef hat sich zurückgezogen. Sein Sohn, Gernot Aberle, hat die Familie reich gemacht. Er hat unter anderem Weinbau, oder wie immer das heißt, studiert und vor etwa 15 Jahren etwas Neues kreiert. Das Erfolgsrezept der Aberles heißt Fränkisches Blut und ist zum Renner geworden. Die Bocksbeutel aus dieser Rebensorte werden für fünfzehn Euro aufwärts verkauft. Die teuerste Flasche kostet um die 70 €. Schrittweise haben die Aberles die besten Weinberge erworben und dominieren zwischenzeitlich die ganze Gegend. Die Familie hat Einfluss bis in die höchsten Ämter. Egal, ob in ihrem Heimatort, hier in der Stadt, beim Landratsamt oder dem Polizeipräsidium. Die Kommunalpolitiker einer gewissen Partei erhalten regelmäßig großzügige Spenden. Gernot Aberles Feiern sind berüchtigt. Man munkelt, dass es leichter ist, an eine Karte zu den Wagner-Festspielen in Bayreuth zu kommen, als bei Aberle auf der Gästeliste zu stehen."

„Solche Gönner pinkelt man nicht gern an", antwortete Mandy.

„Richtig", murrte Gschwendtner. „Es lebe der gute, alte, bayrische Filz."

Sie waren am Ziel. Fischer parkte ein. „Vor zwanzig Jahren

ist unsere Rechtsmedizin vom Röntgenring hierhergezogen. Seit dem Neubau des Obduktionstraktes steht den Pathologen alles zur Verfügung, was sie sich wünschen. Hier wurde wirklich an nichts gespart."

Das Institut für Rechtsmedizin an der Universität Würzburg wurde bereits 1898 als Lehrstuhl für gerichtliche Medizin gegründet und genießt einen erstklassigen Ruf, sowohl in der forensischen Pathologie als auch im Bereich der forensischen Genetik.

Der Bau konnte noch so modern, neu und einladend wirken. Pathologie bleibt einfach Pathologie. Die Gebäudefassade ändert sich, die Aura nicht. Es war nicht der typische Krankenhausgeruch, der den Polizisten entgegenschlug, es war der unverkennbare Geruch des Todes. Natürlich nicht so penetrant und abstoßend, wie der von verwesenden Leichen. Insbesondere in geschlossenen Räumen, wenn sich Nachbarn über üblen Gestank und Myriaden von Insekten aufregten. Es war eher vergleichbar mit einem leicht ekelhaft-süßlichem Aroma, das wie eine Wolke über allem lag, in jede Pore und Ritze kroch und sich überall festsaugte.

Der Mief war in jedem Raum und dort in jedem Winkel vorhanden. Er legte sich wie ein hauchdünner Film über die Haut der Besucher und Pathologen, saugte sich in den Haaren fest und verwob sich mit den Fasern der Kleidung. Kaum war man länger als zwei oder drei Minuten in dem Gebäude, verspürte man den Drang, sich duschen zu müssen. Man sehnte sich nach Shampoo, Duschgel, einem Stück Kernseife und einer Bürste. Man wollte sich minutenlang die Zähne putzen und mindestens eine Stunde lang in einem Wald oder Park spazieren gehen. Dort konnten sich die Atemwege wieder vollends mit frischer Luft füllen und das Odeur der Verstorbenen komplett hinaus geschnauft werden.

Fischer kannte den Weg. Er war als alter Kriminalpolizist ein Routinier in Bezug auf Leichenschau. „Dr. Helmreich erwartet uns schon. Er ist eine Koryphäe auf dem Gebiet der Pathologie und wird die Autopsie durchführen."

Sie schlenderten einen langen Flur entlang, gingen durch eine doppelte Glas-Flügeltür und gelangten in den nächsten Flur. Der süßlich-ekelhafte Geruch verstärke sich etwas. Es war kühl. Mandy fröstelte ein wenig. Sie war zudem etwas blass geworden. Emre versuchte normal zu wirken, schwieg aber permanent. Dieser Ort war ihm unheimlich.

„Irgendwie sehen die Institute der Leichenfledderer alle gleich aus", sagte Gschwendtner und meinte damit den blauen Bodenbelag und die weiß gekachelten Wände. „Ich mag dieses sterile Zeug nicht. Sieht nach Schlachthaus aus."

„Hör auf", flüsterte Mandy.

Sie bogen noch einmal in einen Seitengang ab. Hier standen ein paar Bahren mit Leichen herum. Die Toten waren mal mehr und mal weniger mit grünen Tüchern abgedeckt. An den Zehen, soweit vorhanden, hingen beschriftete Zettel.

„Ich möchte einmal ganz normal sterben und nicht hier landen", stieß Emre aus. „Das ist einfach schockierend."

„Ich lasse mich definitiv einäschern", flüsterte Mandy zurück.

Während Fischer und Gschwendtner den Anblick gewohnt waren, schauderte es Mandy und Emre gleichermaßen. Die beiden jungen Soko-Mitglieder vermieden es auf die Bahren zu sehen. Ganz besonders, wenn Körperteile unter den Tüchern vorragten. Viele von ihnen waren wachsgelb verfärbt, einer sah ungewöhnlich dunkel aus.

Ihr Verhalten, besser das Unwohlsein, blieb von Gschwendtner nicht unbemerkt. „Ihr wart doch während der Ausbildung auch in der Rechtsmedizin, oder etwa nicht?"

„Ja, aber da habe ich das nicht so hautnah mitbekommen", gab Mandy zu. „Wir waren dreißig Leute, da kann man sich schon in die Mitte verdrücken."

„Bei mir war's ähnlich", räumte Emre ein.

„Na prima! Ihr wisst aber schon, was jetzt auf uns zukommt."

„Klar! Das ist auch kein Problem."

Mandy schloss zu Gschwendtner auf. „Graut es dir nicht?"
Der gewichtige Oberbayer wollte seine Kollegin etwas beruhigen. „Schön ist etwas anderes, aber Grauen … warum denn? Die sind doch alle tot."

„Eben."

„Nein, es graut mich nicht. Ich bin nur erschüttert, wenn ein Kind unter einem der Tücher liegt. Das packe ich nervlich nicht, aber die hier", er zeigte kurz auf die zugedeckten Leichen, „sind mir schnurzpiepegal."

Fischer blieb stehen. „Hier müssen wir rein."

Er öffnete eine Tür. Der Obduktionsraum war groß und hell. Hier waren nicht nur die Wände, sondern auch der Fußboden weiß gefliest. Vier Arbeitsplätze standen den Pathologen zur Verfügung. Drei der vier silberfarbenen Sezier-Tische waren mit Leichen belegt. Ganz links lag eine alte Frau, deren Torso geöffnet war. Die Innereien lagen in einer neben dem Tisch stehenden Schüssel. Auf dem mittleren Tisch befand sich ein verkohlter Leichnam in einer sogenannten Fechterstellung. Sie beschreibt in der Rechtsmedizin eine typische Haltung der Arme und Beine bei Brandleichen infolge der Hitzeschrumpfung der Muskulatur. Es kommt dadurch zu einer Beugung in Hand-, Ellenbogen-, Knie- und Hüftgelenken.

Der dritte Leichnam war zugedeckt.

Ein Arzt stand in einem Eck und wusch sich die Hände. Er blickte kurz über die Schulter. „Ah, Herr Fischer und Kollegen."

„Grüß Gott, Herr Doktor Helmreich."

„Ich bin so weit. Uns gehört die abgedeckte Leiche. Die alte Dame ganz hinten wird gleich wieder zugenäht. Die Kollegin ist nur schnell einen Kaffee trinken gegangen. Das Brandopfer werde ich anschließend bearbeiten. Ich hoffe, es stört sie nicht, dass die Leichen nicht abgedeckt sind."

Der Würzburger Polizist winkte ab. „Passt schon."

Mandy und Emre spürten, wie sich ihre Kehlen zuschnürten. Bei Emre begann auch der Mageninhalt zu rebellieren.

Gschwendtner taten die beiden leid. Er griff in seine Hosentasche, zog ein Päckchen Fishermans Friend heraus und bot jedem eine der Pastillen an. „Nehmt das. Es hilft."

Beide griffen zu. Die anfangs vornehme Blässe von Mandy hatte sich etwas ausgeweitet. Sie zwang sich normal zu wirken. „Danke."

„Du sagst, wenn es dir nicht gut geht."

Die Polizistin nickte. Emre sagte nichts.

Der Pathologe kam zum Sezier-Tisch, stellte fest, dass zwei unerfahrene Beobachter anwesend waren und erklärte aus diesem Grund jeden einzelnen seiner Schritte ziemlich genau. An dieser Stelle brach wohl der Dozent in ihm durch. Er zog mit einem geübten Handgriff das grüne Leintuch weg und ließ es auf den Boden fallen. Sofort zischte den Beamten ein heftiger Schwall Verwesungsgeruch entgegen. Alle vier atmeten fortan vornehmlich durch den Mund. Die Leiche sah fürchterlich aus.

„Wir haben es hier mit einer Wasserleiche zu tun. So werden Verstorbene bezeichnet, deren Körper sich in Gewässer befanden. Im Allgemeinen sind bei Wasserleichen, bedingt durch ihren Aufenthalt im Wasser, die Verwesungsvorgänge weit fortgeschritten. Das Phänomen der Waschhaut kennen Sie ja von sich selbst, z.B. wenn sie mal zu lange im Badewasser gelegen haben. Hier zieht sie sich über den ganzen Körper." Er lachte. „Das zweite Merkmal von Wasserleichen ist die Umbildung des Körperfetts zu Fettwachs. Das Fettwachs kann einen Leichnam konservieren. Sie sehen es am aufgedunsenen Körper. Die Verwesung selbst, also die Gewebsfäule, gehört im medizinischen Kontext zum Symptomenkomplex der Nekrosen, also dem Krankheitsbild der Organtode. Hört sich kompliziert an, ist es aber nicht", schmunzelte er.

Während der Pathologe sprach, ging er an das Kopfende des Sezier-Tisches und nahm eine Säge in die Hand.

„Der Leichnam lag in einem geschlossenen Schlafsack und war nackt. Ich kann nicht mit Sicherheit sagen, ob er bereits tot war, als er in den Schlafsack gesteckt wurde. Von außen kann ich momentan nur feststellen, dass der Leichnam einige Zeit unter Wasser lag und bereits teilweise von Fischen oder anderen Wassertieren ausgehöhlt wurde. Das rechte Bein ist gebrochen, mehr kann ich von außen nicht feststellen. Ich öffne jetzt die Schädeldecke."

Dr. Helmreich setzte die Säge an und schnitt die Schädeldecke des Leichnams auf. Haut riss auf, etwas undefinierbare Flüssigkeit spritzte zur Seite, dann griffen die Zacken der Säge und raspelten den Knochen auf.

Mandy schloss die Augen, Emre drehte sich weg. Gschwendtner schob die Fishermans Friend wieder in die Hosentasche zurück, spürte das Hanuta zwischen den Fingern und holte es heraus.

Der Rechtsmediziner legte die Säge beiseite. Die abgetrennte Schädeldecke gab er in eine bereitgestellte Schüssel. Aus dem geöffneten Kopf des Leichnams entnahm er das verbliebene Reststück Gehirn und legte es zum entfernten Schädelknochen. „Da ist nicht mehr allzu viel übrig. Ahh, da hatte jemand ordentlich Hunger. Fische und Krebse dinieren so etwas gern. Das sind definitiv postmortale Verletzungen, wenn ich das mal so nennen darf", kicherte Dr. Helmreich. „Kleiner Scherz am Rande."

Gschwendtner und Fischer gingen um den Tisch herum und betrachteten den ausgehöhlten Kopf.

„Sehen wir mal in den Patienten rein", schlug der Pathologe als Nächstes vor, schnappte sich ein Skalpell und schnitt den Leichnam vom Hals, bis zum Penisansatz auf. Er legte das Chirurgenwerkzeug weg, griff links und rechts zu und brach den Torso auf. Es knackte laut. Gleichzeitig strömte penetrant übler Geruch aus dem geöffneten Körper. Gschwendtner öffnete gelangweilt das Hanuta und biss hinein. Das Geräusch der brechenden knusprigen Waffel hörte sich ähnlich an, wie das Knacken der Rippen. Mandy wurde es schlecht. Als sie den Oberkommissar genüsslich kauen sah, musste sie würgen und rannte zum Waschbecken. Emre war zwischenzeitlich auch sehr blass geworden.

„Ist wohl besser, du bringst sie raus. Mandy benötigt frische Luft."

Keine Reaktion.

„Emre, hast du mich verstanden?"

Der Kommissar starrte auf den Leichnam. Gschwendtner wiederholte. „Bringst du Mandy raus oder soll ich sie vor die Tür begleiten?"

Jetzt reagierte Emre. „Nein, nein! Bleib du hier. Ich kümmere mich um sie", presste er mehr als erleichtert über die Lippen und ging zum Waschbecken.

„Ihr findet allein raus?", fragte Fischer.

„Ja, ist kein Problem", antwortete Emre und verließ mit seiner Kollegin den Obduktionsraum.

„Kein Wasser in der Lunge. Der Mann war also tot, bevor er in den Main geworfen wurde", war das Letzte, was Emre hörte, dann kippte er um.

„Toll", stieß Gschwendtner aus und eilte zur Tür. „Sie kotzt, er kollabiert und die ganze Arbeit bleibt an mir hängen." Er stopfte sich das restliche Hanuta in den Mund und kniete sich ab. Kauen und Schlucken glichen einem einzigen, schnellen Vorgang. „Emre! Wach auf, alter Junge", sagte er und tätschelte die Wangen des Bewusstlosen.

Emre schlug die Augen auf. „Geht schon wieder", kam es etwas leise.

Der türkeistämmige Polizist setzte sich hin.

„Junger Mann, Sie brauchen sich nicht zu schämen. Wenn man das nicht gewohnt ist, kann es einem schon mal die Beine unter dem Körper wegziehen. Und vielleicht ist es ein Trost, wenn ich Ihnen erzähle, dass ich als junger Medizinstudent bei einer einfachen Blutentnahme umgekippt bin. Das hat mich dermaßen geärgert, dass ich Pathologe geworden bin."

Das Abendessen in der Polizeikantine fiel spärlich aus. Gschwendtner war vom Mittagessen noch so gesättigt, dass sich lediglich zwei Wurstsemmeln mit Essiggurke gönnte. Emre und Mandy verzichteten ganz auf eine Mahlzeit. Beide tranken Tee.

Sie trafen sich anschließend in Emres Zimmer und wollten den Fall durchsprechen. Der Kommissar hatte die Akten schon bereitgelegt und das Laptop aufgebaut.

„Wie gehen wir vor?"

Mandy sah wieder normal aus. „War ein Scheißnachmittag", meinte sie kurz angebunden.

„Kann man wohl sagen. Wir beide haben uns nicht gerade mit Ruhm bekleckert."

„Vergesst es. Ihr seid nicht die Einzigen. Mindestens ein Drittel aller Kollegen und Kolleginnen haben das gleiche Syndrom. Obduktionen sind eben nicht jedermanns Sache und das ist auch gut so", beruhigte der erfahrene Oberkommissar und setzte sich hin. „Allerdings …", kam es nun in einem sehr sarkastisch-verschmitzten Tonfall, der die anderen beiden sofort aufhorchen ließ.

„Was ist?"

Gschwendtner winkte mit seinem Smartphone hin und her. „Ich habe mit diesem wunderbaren Teil ein paar hübsche Kotz- und Ohnmachtsaufnahmen gemacht", flunkerte er.

Starre, entsetzte Gesichter. „Das ist fies."

Der gewiefte Polizei-Oldie kostete den Moment aus. „Sollten diverse Tanz-Szenen im Kollegenkreis kursieren, könnte ich mir vorstellen …"

„Unentschieden. Keine türkische Hochzeit – keine Obduktion", schoss Mandy ab.

„Alles wird gelöscht", nickte Emre.

Gschwendtner war hochzufrieden. „Einverstanden."

„Jetzt zur Sache. Ich schlage vor, dass wir genauso vorgehen, wie damals in Weilheim. Wir lesen die Zusammenfassung der Fälle und prüfen, ob wir Ermittlungsansätze finden", begann Emre.

Mandy war sofort einverstanden. Gschwendtner auch. „Dann an die Arbeit, Kinder. Morgen Abend habe ich keine Zeit. Da gehe ich mit Fischl fein essen und quatsche über alte Zeiten", schob er nach.

„Passt doch prima. Ich treffe mich morgen mit Freddy", rutschte es Emre heraus.

Mandy zuckte mit den Achseln. „Und ich werde wohl ein paar einsame Runden auf der Aschenbahn drehen, um danach als Solo-Touristin Würzburg anzuschauen."

Beide Männer verzogen das Gesicht und bemitleideten verarschungsmäßig ihre Kollegin. „Ohhh, wie traurig."

„Ihr seid wirklich zwei mitfühlende Kasperln", grinste sie gut gelaunt, zeigte auf die vor ihnen liegenden Unterlagen und fragte: „Wo fangen wir an?"

„Bei dem da", entschied Gschwendtner und öffnete die älteste der drei Akten. „Thomas Zimmermann. Student. Suizid durch Erhängen. Der Selbstmord jährt sich heuer zum 15. Mal."

Der Oberkommissar las den Tatortbefundbericht, überflog ein paar Seiten und schüttelte dabei ständig seinen Kopf. „Wenn ich mir das hier so ansehe, finde ich keinen vernünftigen Grund, weshalb sich Zimmermann hätte aufhängen sollen. Es gab weder Hinweise auf Depressionen noch auf andere Probleme in seinem Leben. Seine Freundin, sie hieß Vera Grüschlinger, war nach einer Notiz des damaligen Sachbearbeiters völlig von der Rolle, als ihr Zimmermanns Freitod mitgeteilt wurde. Sie sagte, dass beide ihre Hochzeit planten und sie in den nächsten Semesterferien eine größere Reise machen wollten."

„Also scheiden finanzielle Gründe auch aus?", fragte Mandy erstaunt, während Emre sich Notizen machte.

„Zwölftausend Euro auf dem Sparbuch und ein Girokonto mit rund 6000 €. Für damals 'ne Menge Asche für einen Studenten. Geldsorgen hatte der Kerl nicht. Er war also kein Bettelstudent."

„Reiche Familie?", wollte Emre wissen.

„Gut bürgerlich, würde ich sagen. Sein Vater war Postbote,

die Mutter Verkäuferin in einer Parfümerie."

Mandy lehnte sich zurück. „Hatte er ein Geheimnis?"

Emre stutzte. „Woher kam das Geld? Ich meine als Postbeamter hat sein Vater ja nicht gerade Manager-Gehälter kassiert."

„Ganz recht, Emre. Das hat sich der Sachbearbeiter auch gedacht und den Weg des Geldes zu verfolgt."

„Ist etwas dabei herausgekommen?"

„Nur die Randbemerkung, dass Zimmermanns Freundin aussagte, dass das Geld angeblich im Spielcasino gewonnen wurde. Beim Roulette. Aber genau wusste sie es nicht. Die Kohle kann demnach von überall stammen."

„Hat er Mathematik studiert? So was soll's ja geben. Die Typen haben so kranke Gehirne, dass sie die Wahrscheinlichkeit von Glücksspielen ..."

„Quatsch", murrte der Gschwendtner. „Wenn die Kugel rollt, rollt sie. Wo sie landet, kann keiner vorherbestimmen."

„Mich interessiert trotzdem, was er studiert hat? Bestimmt Mathe! Ich würde jede Wette abschließen."

„Und verlieren. Zimmermann studierte Biochemie und Chemie. Er gehörte zu den Besten seiner Zeit. Zimmermann hatte nach Angaben seiner Professoren weder Prüfungs- noch Existenz-Ängste. Zumindest was seine Zukunft betraf. Der Typ wurde schon als Student von den Firmen umgarnt, bei denen er seine Praktika absolviert hatte."

Mandy war ratlos. „Prüfungsängste und dergleichen wäre meine nächste Vermutung gewesen."

„Warum knipst sich ein gesunder Mensch, der über beide Ohren verliebt ist, seine Hochzeit plant, keine Geldsorgen hat und dem eine rosige Zukunft winkt, aus dem Leben?"

„Angst?"

„Vor wem oder was?"

„Das müssen wir herausbekommen."

„Was hat das alles mit diesem Weingut zu tun?"

Gschwendtner lehnte sich zurück. „Zwei Punkte habe ich

111

mir bis zum Schluss aufgehoben. Erstens hat der damalige Sachbearbeiter nicht an einen Suizid geglaubt, konnte diesen aber nicht widerlegen und zweitens hatte Zimmermann die Visitenkarte des Weinguts Aberle dabei."

„Was ist an der Visitenkarte so besonders?", mokierte Mandy.

„Sie steckte in seinem Mund, und zwar im Ganzen. Es wirkt beinahe so, als wollte er damit noch etwas sagen."

Emre runzelte die Stirn. „Das ist absolut nicht normal."

„Denkst du das gleiche wie ich?", wollte Gschwendtner wissen.

„Lasst mich nicht dumm sterben", drängte Mandy.

Emre klopfte mit dem Kugelschreiber auf die Akte. „Ja, Gschwendtner, ich glaube auch, dass es ein Hinweis auf den oder diejenigen ist …"

Mandy sprach aus, was ihre Kollegen vermuteten. „… die ihn zum Suizid gezwungen haben? Also Richtung Mord?"

Emre überlegte. „Ja. Oder vielleicht eine Warnung."

Mandy grübelte ebenfalls. „So etwas, wie der Pferdekopf bei den Mafiosos?"

Gschwendtner stöhnte. „Ich mache da mal meinen eigenen Gehirnsturm."

Emre verbesserte. „Brainstorming! Es heißt: Brainstorming."

„Ich mag keine Anglizismen. Ich spreche Deutsch."

Mandy zischte verbal dazwischen. „Jetzt nicht, Jungs. Bleibt bitte beim Thema. Gschwendtner, du redest gerade so, als ob die Familie Aberle zur Mafia gehört."

„Nein, ich denke nur laut nach und lasse nichts außer Acht."

„Wurden Anzeichen auf Gewalt gefunden?"

„Bei Zimmermann?"

Emre nickte.

„Nein. Zumindest ist nichts vermerkt."

„Gezwungen?", sinnierte Emre laut.

„Ein guter Gedanke. Wir werden den Sachbearbeiter ausfindig machen und uns mit ihm unterhalten. Und falls er schon in Pension ist, besuchen wir ihn zu Hause. Wer kümmert sich darum?"

Mandy hob die Hand. „Mache ich!"

„Super."

„Nächster Fall", sagte Emre und schlug die Akte Rosellski auf. „Hier geht es um den polnischen Fuhrunternehmer Piotr Rosellski. Er wurde vermutlich Opfer eines Raubmordes. Den Leichnam verscharrten die oder der Täter in einem Acker. Dort fand ihn ein Zuckerrübenbauer. Beim Pflügen kam Rosellskis sterbliche Hülle zum Vorschein."

„Raubmord?"

„Richtig, Mandy. Es fehlten sämtliche Wertgegenstände sowie der Lieferwagen des Polen, ein Ducato. Die Tatzeit liegt ca. ein Jahr zurück. Der Ducato ist bis heute nicht aufgetaucht. Der Fall wurde auch in der Fernsehsendung Aktenzeichen xy-ungelöst ausgestrahlt. Es kamen aber kaum Hinweise. In der Innentasche von Rosellskis Jacke steckte die Visitenkarte des Weinguts Aberle."

„Interessant", murmelte die junge Polizistin.

„Es war eine Uhrzeit auf die Karte notiert. Seine Handschrift, wie sich später herausstellte."

„Und was sagten die Aberles dazu?" Mandy setzte sich aufrecht hin.

„Der Firmenchef gab an, dass er Rosellski weder gekannt hat, noch Geschäftsbeziehungen mit ihm unterhielt."

Mandy hakte ein. „Du hast gesagt, er war Fuhrunternehmer. Für wen hat er gearbeitet?"

„Für sich selbst. Er war selbstständig. Eine Ein-Mann-Firma. Nachforschungen in Polen ergaben, dass er dort nicht immer gesetzeskonform war."

Gschwendtner stand auf. „Und dann haben wir noch den Fall von Ioan Agulescu, der seiner Familie schrieb, dass er Arbeit gefunden hat und dabei die Adresse des Weinguts angab.

Auch ihn will dort keiner kennen. Wenn ihr mich fragt, stinkt die Sache gewaltig."

„Stimmt!"

Emre kratzte sich am Hinterkopf. „Im Zeitraum von 15 Jahren tauchen drei Tote auf, die jeweils Hinweise auf das Weingut Aberle geben."

Mandy übernahm das Wort. „Die Aberles gaben an, die letzten beiden Männer nicht gekannt zu haben. Was es mit diesem Zimmermann auf sich hat, wissen wir bislang nicht. Hierzu fehlt in den Akten ein Hinweis."

„Warum?", fragte Gschwendtner und wurde präziser. „Warum wird die Visitenkarte zwar im Bericht erwähnt, aber in den Ermittlungsakten ist nichts zu finden?"

Emre hob die Hand. „Weil nicht ermittelt wurde. Deshalb finden wir nichts. Das mit dem Zweifel am Suizid reichte damals wohl nicht aus, um ein Ermittlungsverfahren einzuleiten."

„Bingo", nickte Gschwendtner. „Das wird uns hoffentlich der ehemalige Sachbearbeiter näher erklären können."

„Ich kann mich gleich morgen Vormittag darum kümmern", schlug Mandy vor.

Emre filterte die gesamten Informationen im Kopf, um einen Bericht für Kriminaloberrat Leinweber zu erstellen. Plötzlich fiel ihm etwas auf. „Wartet mal. Wie war das mit dem Zeitrahmen? Also wann war Zimmermanns Suizid?"

„Vor 15 Jahren, wieso?",

„Weil dein Kumpel Fischer erzählt hat, dass das Weingut Aberle etwa vor rund 15 Jahren angefangen hat nach oben zu schießen. Zufall?"

Mandy schnippte mit den Fingern. „Hat er nicht auch gesagt, dass ein gewisser Aberle-Junior studiert hat?"

„Ja, das hat er gesagt. Und die Winzer-Dynastie der Aberles hat in diesem Zeitraum ihr Fränkisches Blut auf den Markt gebracht."

„Könnte es einen Zusammenhang geben?"

„Lasst uns nachbohren!"

114

Der junge Kommissar hatte Blut geleckt. „Soll ich den Aberles auf den Zahn fühlen?"

„Nein, Emre. Das würde ich gern machen, aber allein", intervenierte Gschwendtner. „Wer weiß, wozu es gut ist, wenn wir uns nicht alle drei gleichzeitig als LKA-Beamte ausgeben."

„Wie meinst du das?"

„Ich habe damals in meiner Zeit bei der Fahndung fallbezogen diverse Tarnungen ausgeübt. Ich war Postbeamter, Hausmeister am Bahnhof und so weiter. Ich möchte uns diesbezüglich noch Handlungsspielraum offen lassen. Vertraut mir einfach. Das ist so 'ne Bauchsache."

Mandy lachte und deutete auf Gschwendtners Bauch. „Da ist aber ganz schön drin ... an Bauchsachen."

Emre war natürlich einverstanden.

Gschwendtner sah auf die Uhr. „Leute, ich bin hundemüde. Es war heute ein anstrengender Tag. Ich weiß nicht, was ihr macht, aber ich hau' mich aufs Ohr." Gähnend schloss er die vor ihm liegende Akte.

„Ich lege mich auch hin und lese mir alles noch einmal in Ruhe durch. Vielleicht finde ich ja die Nadel im Heuhaufen, wie es so schön heißt", beschloss Mandy.

„Ich schreibe noch den Tagesbericht für Leinweber. Wann treffen wir uns zum Frühstück?", entgegnete Emre.

„Um sieben Uhr?"

Gschwendtner stimmte zu. „Passt gut, Mandy. Um acht sind wir dann bei Fischl im Büro."

Mandy gähnte. „Alles klar, Gschwendtner. Schlaft, gut, Gute Nacht zusammen."

Emre nahm sein Smartphone. „Ich werde für Leinweber noch die Fotos kurz abfotografieren und sie der Mail anhängen. Das macht optisch was her."

Gschwendtner stand auf und folgte Mandy zur Tür. „Gute Idee und gute Nacht."

Sie zogen die Tür zu.

Emre betrachtete die Akten, schnaufte kräftig durch und begann den Bericht zu schreiben.

warmer Asphalt

Nachdem Emre allein war, klappte das Notebook auf. Dank seiner Notizen schrieb er routinemäßig binnen weniger Minuten den Bericht für Kriminaloberrat Leinweber zusammen. Er tippte erst gegen Ende den Empfänger der E-Mail ein und schickte alles ab. Fast automatisch landete sein rechter Zeigefinger danach auf dem Aus-Knopf. Der Bildschirm wurde dunkel, das Laptop fuhr herunter. Leise summte des dabei ein letztes Mal. Stille kehrte ein. Mit der Ruhe schwammen die mitgeschleppten, unterschwelligen Gedanken wieder nach oben. Gedanken, die Emre seit geraumer Zeit verfolgten. Der homosexuelle Polizist war mit seinem Leben nicht zufrieden. Noch nicht!

Das Outing seiner Mutter gegenüber war Weltklasse. Das lag ein gutes halbes Jahr zurück. Eigentlich wollte der türkeistämmige Kommissar auch ein Gespräch mit seinem Vater führen, doch das hat sich einfach nicht ergeben. Das ständige Versteckspiel ging somit zwangsläufig weiter.

Gewohnheit? Angst vor möglichen Folgen? Lethargie des Alltags? Warum ließ er es nur so lange laufen?

Rückblick. Die ersten Jahre, in denen er seine Sexualität auslebte, waren lediglich unangenehm. Es fühlte sich wie ein dunkles Geheimnis an, dass er in sich trug. Seit geraumer Zeit nagte es jedoch in ihm. Es fraß Emre langsam auf. In seinem tiefsten Inneren lebte dieser Geheimnis-Moloch und ernährte sich von seiner Seele. Dieses Übel musste raus. Nur wann und wie? Es war die ewige Frage. Er hatte sich eine eigene Wohnung genommen. Dieser Schritt war ein erstes Loslösen und brachte Freiheit. Allerdings nur beschränkt. Er konnte diese Freiheit nie richtig ausleben. Gebrandmarkt von der alten, traditionell geprägten guten Welt, lag Emres sexuelle Neigung wie ein schwerer, dunkler Schatten auf ihm.

Was in aller Welt geht in den Köpfen der homophoben Menschen vor?

Diese Frage stellte er sich jeden Tag.

Warum ist es schlimm, wenn man jemanden von seinem eigenen Geschlecht liebt? Wem tut man damit weh?

Homosexualität gibt es seit es Menschen gibt. Mal war sie ganz normal, wie bei den alten Griechen, mal wurde man dafür verachtet oder sogar eingesperrt, wie bei den Nazis oder in Russland.

Was nutzte die gewonnene sexuelle Revolutionsfreiheit, wenn man sie nicht frei ausleben konnte? Immer noch lagen Steine, Schranken und Barrieren auf all seinen Wegen. Wenn Menschen, die man liebte, wie sein eigener Vater, ihn dafür umbringen würden, kann man dann wirklich frei sein? Emre suchte immer noch den richtigen Weg und nach den richtigen Worten, um frei und offen mit der gesamten Familie über seine Homosexualität zu sprechen. Und so lange das nicht passiert ist, wird er nicht frei sein.

Vorurteile, mittelalterliches Denken und menschenverachtende Einstellungen waren daran schuld, dass sich zigtausende Homosexueller noch verstecken müssen.

Wie kann man das Gros der Bevölkerung noch besser aufklären? Was kann man tun, damit Homosexualität als etwas ganz Natürlich-normales betrachtet wird?

Emre entdeckte auf der Fensterbank ein Radiogerät. Er stand auf und ging hin. Schnell fand er den On-Schalter. Es war ein örtlicher Privatsender eingestellt. Es lief ein Song von *Udo Lindenberg*. Die nikotinverwöhnte Stimme des in Hamburg lebenden Altrockers schmetterte *Vakuum*. Emre mochte das Lied. Es verbarg etwas traurig Wahres in sich. Phasenweise sang der Münchner Polizist leise mit. Wenn er mal nicht textsicher war, summte er die Melodie.

„Am Freitagabend steckt er sich ein bisschen Geld und eine Zahnbürste ein … ein herrliches Gefühl frei zu sein … in der Nacht probiert er fremde Betten aus … da da da da … manchmal ist das Ende schlimm …"

Der Blick aus dem Fenster zauberte für wenige Sekunden

ein Lächeln in das Gesicht des LKA-Beamten. Ein paar junge Kollegen blödelten herum, lachten und zogen in Richtung der Kantine davon. Sie würden sich ein oder zwei Bier kaufen und den harten Ausbildungs-Alltag hinunterspülen. Vielleicht spielten sie zum Zeitvertreib auch Karten oder Billard.

Lindenberg begann mit der Schlussphase des Songs. Emre stimmte wieder mit ein.

„… die Menschen hängen herum, manche schauen nur dumm, als hätten sie in ihren Köpfen leider nur ein Vakuum … da da da dadada"

Nahtlos wurde das nächste Lied gespielt. Der Österreicher *Wolfgang Ambros*, in Bayern ein Lokal-Matador, sang sein altes, schwermütiges kaputt *und munter*.

Das reichte aus, um Emre vollkommen in Melancholie zu versetzen. Etwas Unsichtbares legte sich um seine Kehle und drückte zu. Die Luft zum Atmen wurde knapp. Das trübsinnige Gefühl schnürte ihn allmählich ein. Er musste raus, benötigte Bewegung. Sofort!

Ob ich auf der Aschenbahn ein paar Runden drehen soll?

Nein! Etwas ganz anderes beschäftigte ihn. Das war es, was ihn herunterzog und mit eiserner Faust festhielt. Es war Freddy. Permanent surrte er in Emres Kopf herum und damit die ewige Frage, was damals zwischen ihnen passiert war.

Ob Freddy der richtige Mann für mich ist? Soll ich ihm schreiben? Quatsch! Ich lasse es laufen. Was sagt Gschwendtner immer? Das sitzen wir aus!

„Bleib cool, Junge", hörte er sich sagen, dann streifte er seine Kleider vom Körper. „Eine Dusche und ein kleiner Stadtbummel werden mir guttun."

Komisch. Die ganze Zeit hatte er sich auf den verrückten Friseur gefreut und jetzt lähmte etwas nicht Greifbares sein Handeln.

Es dämmerte bereits, als er die Polizeikaserne verließ. Der

Bahnhof lag fußläufig etwa fünfzehn, vielleicht zwanzig Minuten entfernt. Das war sein erstes Ziel. Von dort aus wollte Emre in die Innenstadt weiterschlendern. Seine auf dem Stadtplan ausgewählte Route führte ihn dann weiter durch die Fußgängerzone bis rüber zum Main. Entlang des Flusses würde er wieder zurück zur Kaserne gehen. Der junge Kommissar war mit der Streckenauswahl zufrieden.

Es war immer noch angenehm warm. Emre trug gemütliche Freizeitkleidung. Eine Bermuda-Short, bequeme Slipper ein T-Shirt mit V-Kragen und darüber ganz locker ein nicht zugeknöpftes Hemd.

Freddy, raste es durch seinen Kopf. *Ob ich ihn spontan anrufen soll?*

Auf den Straßen herrschte immer noch reger Verkehr. Im Westen verwob sich der vom Sonnenuntergang rötlich eingefärbte Himmel mit dem schwarzblauen Dunkel der einbrechenden Nacht. Der Mond kletterte sichtbar nach oben und übernahm die Regentschaft über das Himmelszelt.

Das dumpfe, künstliche Licht der Straßenlaternen hüllte Würzburg in ein neues Outfit. Es lockte lichtscheue Kreaturen aus ihren Behausungen. Sie schlüpften aus den Verstecken, um in der Dunkelheit umherzuschleichen.

Die City verändert ihr Gesicht.

Egal, ob Groß- oder Kleinstadt, ja sogar jedes noch so winzige Dorf besaß ein individuelles Eigenleben. Tagsüber war es anders als nachts.

Kurios, dachte Emre.

Obwohl während der Rush-Hour noch überall das Leben pulsierte, kroch eine Art Einsamkeit nach oben. Diese Emotionsstille war es, die den Kampf über jegliche Gefühle dominierte. Sie presste die Verlierer zurück in ihre Isolation. Zurück in ihr persönliches Vakuum. Zurück in eine Kampfarena, in der die Schreie nach Befreiung lautlos verhallten.

In größeren Städten spürte man diese abstruse Begebenheit ganz besonders. Hunderttausende wohnten Wand an Wand, doch statt aufeinander zuzugehen, verkümmerten sie in ihren Wohnungen. Sie hausten wie Gefangene in Einzelhaft. Diesem Schicksal wollte Emre trotzen und kämpfte dagegen an.

Er liebte es über warmen Asphalt zu schreiten. Trotz des lebhaften Straßenverkehrs spürte der Deutschtürke innere Ruhe. Die erdrückende Last, die er seit langem mitschleppte, löste sich allmählich von seinen Schultern. Er lächelte, fühlte sich gut. Kraft und Gelassenheit kehrten zurück. Es war die richtige Entscheidung durch die Stadt zu schlendern. Die neue Umgebung verlieh ihm die Anonymität. Genau das hatte er in München gesucht, aber nicht gefunden.

„Millionenstadt hin und her. München ist nichts weiter als ein großes Dorf", hatte er Freddy erzählt.

Hier in Würzburg fühlte der Polizist die von *Udo Lindenberg* besungene Freiheit. Hier in Würzburg könnte er losziehen, sich ins Gewühl stürzen und wenn er die Lust dazu verspürte, auch in fremden Betten nächtigen.

Ob es mir dann auch so geht, wie dem besungenen Liederhelden? Na ja, ich werde wohl nicht gerade neben Lady Horror, sondern vielmehr neben Mr. Horror aufwachen, lachte er.

Ekelhafter Gedanke. *Bareback* mit Gruseleffekt.

Würzburgs Hauptbahnhof war nicht groß. Zumindest nicht, wenn man ihn mit dem Münchner, Berliner oder Hamburger Gegenstücken verglich. Allerdings herrschte ein ähnlicher Flair. Jeder Bahnhof auf der ganzen Welt schien den gleichen Menschenschlag anzuziehen. Stadtstreicher, verruchte Typen, scheue und umherlaufende Reisende, Junkies, Freier, illegal arbeitende Prostituierte und Stricher.

Überwacht wurden sie alle lediglich von einer Handvoll Polizisten, die teils uniformiert, teils in ziviler Kleidung die Gegend bestreiften. Sie kannten ihr Klientel.

Emre ging an zwei zivilen Polizisten vorbei, die gerade drei Typen mit Rasterlocken filzten. Einer der Kerle hatte einen Beutel mit Pillen fallen lassen und bestritt auf Vorhalt, dass sie ihm gehörten. Es würde ihm nicht viel nutzen. Die Kollegen hatten den Deal sicherlich zuvor observiert. Während einer der Polizisten in unmissverständlicher Haltung das Tun seines Kollegen absicherte, durchsuchte der zweite Zivilbulle mit stoischer Routine der Reihe nach alle drei Gras-Gesichter.

Die Szene wurde auch von einem scheinbar rein zufällig vorkommenden Mann beobachtet. Allerdings hatte der Passant weniger die Polizeiaktion im Visier, sondern den gut aussehenden Südländer. Um nicht wie ein Gaffer zu wirken, war Emre nicht stehen geblieben. Emre hatte seinen Bewunderer nicht bemerkt. Mit ein wenig Abstand folgte er dem Südländer.

Der Kommissar weitete seine Runde aus. Er bog nicht nach rechts in die Würzburger Innenstadt ab, sondern ging erst nach links Richtung Bahnhof weiter. Dort angelangt, blieb er vor einem Schaufenster stehen und betrachtete die ausgestellte Ware.

Der heimliche Verfolger holte auf und stellte sich neben ihn. Ein kurzes Räuspern. Jetzt hatte er Emres Aufmerksamkeit. „Neu hier?"

Emre musterte den Mann nur kurz. „Tourist", kam es schnell und trocken, dann wendete er sich wieder dem Schaufenster zu.

Der Mann räusperte sich erneut. Dieses Mal reagierte Emre nicht, konnte aber im Spiegelbild des Schaufensters erkennen, dass der Kerl in anstarrte. Die Augen des Mannes flackerten mehr oder weniger wild umher. Er wirkte insgesamt sehr nervös. Dann kam er auf den Punkt. „Brauchst du etwas Geld? Ich hätte da einen Blow-Job zu vergeben."

Emre drehte sich ein zweites Mal um. Dieses Mal jedoch blitzschnell. Er sah den Mann mit leicht zusammengekniffenen Augen an. „Verpiss dich!", kam es klar, deutlich und unmissverständlich. In der Stimme des Deutschtürken lag nicht der geringste Zweifel, dass er bei nicht-befolgen der Aufforderung unverzüglich Handeln würde. Er ballte die rechte Hand zur Faust, setzte einen Fuß leicht zurück und hob die Faust leicht an. Die Stellung war vergleichbar mit der eines Boxers kurz vor dem Angriff. Das Signal war unübersehbar.

Emres Bruder Murat hätte es wohl so ausgedrückt: „Ey, Alta! Lass ein Loch in der Landschaft, sonst mach isch disch Krankenhaus!"

Emre wurde jedoch auch nonverbal verstanden. Ohne ein weiteres Wort zu verlieren, drehte sich der Freier erschrocken um, ging schnellen Schrittes zum Haupteingang des Bahnhofs und verschwand im Gebäudekomplex.

„Ich sehe doch nicht aus wie ein Stricher?", rief ihm Emre wütend hinterher. Plötzlich kam er ins Grübeln.

Stricher, wiederholte er im Gedanken.

Eine Idee reifte und nahm augenblicklich Formen an. Aus den Unterlagen des vermissten Ioan Agulescu ging hervor, dass er ein gut aussehender Typ war. Ein sportlicher Südländer.

Ob er sich hier prostituiert hat? Ging er anschaffen?

Verrückte Gefühlswelt. Von der anfänglich mitgeschleppten Schwermut war nichts mehr vorhanden. Emre hatte eine Idee. Er wollte sich auf dem Männerstrich umsehen. Vielleicht kannte jemand den Rumänen. Die Jagd war eröffnet, die Düsterheit der Seele verweht.

Emre folgte dem Freier und rannte zum Bahnhofsgebäude. Er betrat die Halle und suchte den Mann, der ihn das Blow-Job-Angebot gemacht hatte.

Der Kerl ist schwul und geil. Er sucht sich einen Stricher und wird mich zu den verborgenen Plätzen führen.

Die Bahnhofshalle war nur spärlich besucht. Schnelle Blicke. Der Kerl war weg. Emre ging zur Männertoilette. Der scharfe Geruch von abgestandenem Urin und billigen Klosteinen stieg in seine Nase. Niemand war zu sehen, die Kabinen standen alle offen.

„Leer", sagte er fast ein wenig enttäuscht und verließ den Raum. Es gab nur mögliche zwei Richtungen, in die der Freier hätte weggehen können. Entweder zu den Gleisen oder quer durch die Halle zum Seitenausgang. Emre entschied sich für die Bahnhofshalle. In jeden möglichen Winkel spähend, durchquerte er sie. Nichts. Er war verschwunden, als hätte er sich in

Luft aufgelöst?

Ein großes, beleuchtetes Werbeschild einer Brauerei schenkte neue Hoffnung. Die Bahnhofskneipe.

„Neben den Reisenden befinden in Bahnhofskneipen üblicherweise auch immer zwielichtige Typen aus der Halbwelt", hatte Gschwendtner ihm beigebracht. „Wenn du ins Milieu abtauchen willst, ist die Bahnhofskneipe so eine Art Eintrittstür. Ein Portal in die Unterwelt."

Emre betrat das Lokal. In der Kneipe hockten nur wenige Gäste. Keiner von ihnen schien nüchtern zu sein. Zwei Pils-Gesichter starrten den Südländer permanent an. Emre fühlte sich wie ein Alien, das auf einem fremden Planeten gelandet war. In seiner Hosentasche spürte er das Vibrieren seines Smartphones. Die eingestellte Anrufmelodie begann leise zu ertönen und schraubte mit jeder Vibration die Phonzahl nach oben. *All along the watchtower* von Jimi Hendrix. Gelegentlich ließ Emre das Smartphone länger als nötig läuten, um das Lied zu hören.

Geiler Song! Muss ich mir wieder mal reinziehen, dachte er.

Der junge Kommissar verließ das Lokal und holte sein Handy heraus. Auf dem Display erschien das lächelnde Foto von Freddy.

„Schicksal, er hat mir die Qual der Wahl abgenommen", stieß der Polizist aus und ging ran. „Hi!"

„Hallo Emre, hier ist der liebe Freddy." Ein kurzes, gut gelauntes Lachen folgte. „Ich dachte, du meldest dich bei mir, sobald du in Würzburg angekommen bist."

„Das hat sich bei uns alles hingezogen. Bis vorhin hatten wir dann auch noch eine Besprechung."

Auf Gleis drei fährt ein ... *der Intercity ...*, quakte es aus dem Lautsprecher.

„Wo bist du denn gerade?"

„Am Bahnhof."

Emre entdeckte den Seitenausgang und ging langsam darauf zu. „Ich hatte noch etwas zu erledigen und wollte dich anschließend anrufen", schob er nach um nicht zu kurz angebunden zu klingen. Er wollte Freddy keinesfalls vergraulen.

Dieser lachte erneut. „Ha, ha, ha. Da habe ich ja den richtigen Zeitpunkt erwischt. Und ich dachte schon, dass heute nichts mehr aus uns wird."

„Ich weiß nicht, ob …"

„Keine Widerrede", fiel ihm der Würzburger ins Wort. „Ich möchte dich unbedingt sehen. Und wenn es nur für eine Tasse Kaffee oder für einen Drink ist."

Kurzes Zögern. Eine Entscheidung musste gefällt werden. Sofort!

„Aber wirklich nur für einen Drink, okay? Treffpunkt in der Stadtmitte?"

„Gern und wenn ich ehrlich bin, dachte ich schon, dass wir anschließend zu mir gehen", kam es unverblümt und sehr direkt.

Emres Tonlage implizierte schon ein Nein. „Du, Freddy. Ich bin wirklich kaputt. Lass uns nachher ein Getränk schlürfen, etwas quatschen und dann für heute Schluss machen. Morgen oder die nächsten Tage habe ich sicher mehr Zeit. Wir haben hier gut zu tun."

Die Enttäuschung war dem Friseur deutlich anzuhören. „Na gut", klang es richtig traurig.

„Sei nicht sauer. Ich habe nur verdammt viel um die Ohren und möchte keine falschen Entscheidungen treffen."

„Verstehe", kam es stimmlich etwas aufgehellter.

„Wo treffen wir uns denn. Was finde ich leicht?"

„Wenn du am Bahnhof bist, würde ich vorschlagen, wir treffen uns in *Charlys Bar*. Das ist am Mainkai. Du musst einmal durch Innenstadt durch und immer Richtung Main gehen. Kannst du gar nicht verfehlen."

„Alles klar. Was ist das für ein Schuppen?"

„Genau das Richtige für uns. Das ist ein Nachtlokal. Ursprünglich für Schwule und Lesben, aber weil es dort so kultig ist, gehen in letzter Zeit auch vermehrt Hetis hin. Hauptsächlich

Studenten, Banker oder andere Krawatten-Schnösel."

„Ist es weit vom Bahnhof entfernt?"

„Zu Fuß und als Fremder bestimmt 'ne gute halbe Stunde. Mit dem Taxi bist du aber in fünf Minuten da."

Gefühlswallungen durchströmten den schwulen Polizisten. Wie lange hatte er darauf gebrannt, Freddy zu treffen und ihn näher kennenzulernen. Er wollte endlich das fehlende Puzzlestück von Rhodos in sein Urlaubsbild setzen und damit das Geheimnis der erinnerungslosen Nacht lösen. Und ausgerechnet jetzt, als sich das dienstliche Jagdfieber breit machte, war es so weit.

„Wohnst du dort in der Nähe? Oder benötigst du auch etwas Zeit um hinzukommen?", fragte Emre halbwegs verlegen.

„Nee, du. Ich wohne am Stadtrand. Ich werde in … sagen wir mal …, einer guten halben Stunde dort sein." Mit leichter Verzögerung kam: „Vielleicht ein paar Minuten später. Ich benötige vor dem Spiegel meistens ein Minütchen länger", lachte Freddy.

„Geht klar. Bis dann."

„Tschüss, ich freue mich schon. Und Emre …"

„Ja?"

„Solltest du es nicht finden, ruf mich einfach an."

„Logisch."

Emre schob das Smartphone wieder in die Hosentasche. Er schnaufte einmal kräftig durch, konzentrierte sich auf sein Vorhaben und verließ den Bahnhof durch den Seitenausgang. Er sah großflächig eingezeichnete Parkplätze und mehrere Wartehäuschen. Ein Linienbus fuhr gerade ein.

„Busbahnhof", registrierte er und blieb stehen.

Emre hatte beim Lesen der Akten das Bild von Ioan mit seinem Handy abfotografiert. Der Kommissar warf einen Blick auf eine der großen Uhren. Wenn er nachher ein Taxi nehmen würde, blieb ihm noch ausreichend Zeit, um den Freier ausfindig zu machen. Zwei Dinge bezweckte er damit. Er wollte er dem Kerl das Foto von Ioan vorhalten. Vielleicht kannte er ihn. Und er wollte durch den Freier die Strichjungen finden, um auch ihnen das Bild des Vermissten zu zeigen. Er hoffte, dass wenigstens einer der männlichen Prostituierten den Rumänen kannte. Emre war stehen geblieben und blickte sich suchen um. Hinter einem Bus kamen zwei Gestalten hervor. Die erste Person war untersetzt und etwas mollig.

Das könnte er sein.

Emre beschleunigte sein Tempo, ohne jedoch in einen Laufschritt zu fallen.

Die zweite Person war schlank und wirkte eher etwas sportlich.

Wenn das der Freier ist, ist der andere ein Strichjunge.

Je näher Emre kam, desto mehr verflüchtigte sich jedoch die Ähnlichkeit mit dem Freier.

Mist!

Die beiden Männer schieden definitiv aus. Der Kommissar schlenderte an ihnen vorbei. Sie unterhielten sich darüber, wie die Reise war und ob Tante Hilde immer noch so stark nach Achselschweiß roch wie letztes Jahr. Der Sportliche hatte eine Reisetasche geschultert. Die Sache war klar. Ein Vater holte seinen Sprössling ab.

Der Deutschtürke setzte sich in eines der Wartehäuschen und beobachtete die Gegend. Zehn Minuten verstrichen und es tat sich nichts, rein gar nichts. Er wollte schon aufgeben und zurück zum Haupteingang des Würzburger Bahnhofs gehen, als er im Augenwinkel eine Bewegung wahrnahm. Emre stand auf und drehte sich um.

„Volltreffer", murmelte er, als der Freier aus dem Dunkeln in das Lichtfeld einer Straßenlaterne schlenderte.

Der Polizist hatte seine Zielperson sofort wiedererkannt. Immer wieder drehte der Freier nach hinten um. Es schien, als ob er sich nach allen Seiten absichern wollte, um auf gar keinen Fall erkannt zu werden.

Er versteckt sich. Das ist das typische Verhalten von jemandem, der im Privatleben gut angesehen oder verheiratet ist und hier seiner unterdrückten Lust nachgeht.

Ein leichtes, kaum wahrzunehmendes Winken folgte. Ein junger Kerl trottete hinterher. Optisch um die achtzehn Jahre alt, südländische Erscheinung. Er folgte dem Freier im Abstand von rund zehn Metern. Sie gingen zügig in Emres Richtung. Um nicht erkannt zu werden, drehte er beiden den Rücken zu und täuschte das Lesen des Fahrplans vor.

Wo gehen sie hin? Zu dem Freier nach Hause? In dessen Auto? Nein. Kein Auto. Der Typ ist angetrunken.

Als er vorhin Emre angesprochen hatte, konnte der Kommissar eine deutliche Alkoholfahne wahrnehmen. Der Soko-Mann ließ sein Gedächtnis weiterarbeiten.

Was habe ich auf dem Weg hierher alles gesehen? Wo gehen Freier und Stricher hin?

Im Gedanken schritt der Polizist noch einmal den Weg von der Polizeikaserne zum Bahnhof ab.

Grünfläche, Bäume, der kleine Park. Das ist es.

Er war an einem Park vorbei gegangen. Das dürfte die nächstgelegene Örtlichkeit für eine schnelle Nummer sein. Außer beide würden in eine Wohnung oder in ein Hotel gehen.

Ob ich sie gleich hier anhalten und kontrollieren soll? Ich bin zwar unbewaffnet, aber meinen Dienstausweis habe ich dabei. Nein, nicht hier! Sie halten großen Abstand. Wenn ich einen von ihnen anhalte, läuft der andere weg. Ich muss ihnen folgen, wenn ich beide auf einmal festsetzen möchte.

Emre wartete bis die beiden an ihm vorbeigegangen waren. Der Freier war so in sein Vorhaben vertieft, dass er den Deutschtürken gar nicht bemerkt hatte. Emre hängte sich mit ausreichend Abstand an den Stricher. Schon nach drei Minuten war die Richtung klar. Es ging tatsächlich zu dem kleinen Park. Emre schloss etwas auf, um sie im dichten Grün nicht zu verlieren.

Der Asphalt strahlte immer noch die tagsüber gespeicherte Sonnenwärme ab. Der Straßenverkehr hatte sich etwas beruhigt. An einer Parkbank standen vier Betrunkene und stritten sich lautstark. Ein Pärchen wich den Streithähnen aus und ging Richtung Taxenstand weiter. Dort blieben sie stehen und knutschen herum.

Der Freier verschwand im Park. Emre beschleunigte etwas, ohne jedoch aufzufallen. Der Stricher hatte ebenfalls den Park erreicht und betrat ihn, ohne sich noch einmal umzudrehen. Emre rannte bis zum Eingang und fiel dort sofort wieder in normale Geschwindigkeit zurück. Er sah den jungen Stricher gerade noch in ein Gebüsch verschwinden und hielt auf die Stelle zu.

„Ein guter Fahnder hat immer seine Taschenlampe dabei. Auch tagsüber", war ein weiterer Rat, den er von Gschwendtner einmal erhalten hatte. „Du weißt nie, in welche dunkle Löcher du schlüpfen musst."

Nun, eine richtige Taschenlampe hatte er zwar nicht dabei, aber zumindest konnte er über die Taschenlampen-App seines Smartphones über ausreichend Licht verfügen, um etwas auszuleuchten. Emre warte eine gute Minute, dann schlüpfte an der gleichen Stelle ins Gebüsch, wie zuvor seine Zielpersonen. Das Smartphone hatte er für den Leuchteinsatz vorbereitet. Es fehlte nur noch der letzte Fingertipp auf dem wieder dunkel gewordenem Display.

Behutsam setzte er einen Fuß vor den anderen. Er bewegte sich so leise wie möglich. Schon nach ein paar Metern hörte er ein Flüstern. Harter Dialekt. Das kam vom Strichjungen.

„Ärst das Gääld."

„Hier."

Rascheln.

„Und jetzt fang endlich an."

Emre orientierte sich anhand der Stimmen. Die beiden Männer befanden sich rechts von ihm. Herzklopfen. Der Puls raste. Er fühlte sich wie ein Jäger, der sein Wild im Visier hatte und nur noch abdrücken musste.

Geschickt, ohne ein auffälliges Geräusch zu verursachen, in unmittelbare Nähe der Männer vorarbeiten. Sie hatten ihn bisher nicht bemerkt. Der Freier stand, der Stricher kniete sich gerade ab. Das Überraschungsmoment war Emres größter Trumpf. Er sprang er aus dem Unterholz.

„Polizei! Keine Bewegung!"

Beide Männer zuckten erschrocken zusammen.

„Wenn ihr weglauft, lasse ich den Diensthund los!", brüllte der Kommissar, um Eindruck zu schinden und schob zur Tarnung nach: „Leute, ich kontrolliere die beiden Männer hier. Ihr bleibt, wo ihr seid."

Die Finte schien zu funktionieren. Emre schaltete die Taschenlampenfunktion des Handys an. Der Stricher zitterte merklich, während er langsam aufstand und die Hände hob. Der Freier fummelte an seinem Hosenschlitz herum. Auch er wirkte sehr unsicher. Seine Augen waren vor Angst weit aufgerissen.

„Hersehen! Ich zeige das nur einmal", kam es im Befehlston. Emre zeigte seinen Dienstausweis und leuchtete ihn kurz an. Der Lichtstrahl wurde wieder auf die beiden Männer gerichtet. „Und jetzt möchte ich eure Ausweise sehen."

„Das ist ja … Sie haben mich zu Tode erschreckt", haspelte der Freier. Er erkannte Emre und begann sich offensichtlich unwohl zu fühlen. „Tschuldigung! Ich wusste vorhin nicht, dass … also, mir ist das peinlich."

„Nix Ausweis da", kam es kleinlaut von dem Strichjungen, der immer noch die Arme in die Luft streckte.

Emre nahm den Ausweis des Freiers entgegen. „Haben Sie keine Wohnung?"

Die Antwort blieb aus. Stattdessen fragte der Kontrollierte: „Werden Sie uns mitnehmen und ein Protokoll schreiben?"

„Ich überlege noch."

„Wenn Sie darauf verzichten könnten, wäre ich Ihnen sehr, sehr dankbar."

Emre wendete sich dem Stricher zu. „Name?"

„Mihail Mastea! Ich kommä aus Rumänien."

„Alter?"

„21 Jahrä!"

Der Lichtkegel der Handy-Behelfsleuchte glitt über das Gesicht des Rumänen. Möglicherweise log er mit dem Alter, vielleicht auch nicht. Das war allerdings in diesem Moment nicht von Bedeutung.

„Ich suche eine Person. Ich zeige Ihnen jetzt ein Foto, dann möchte ich wissen, ob Sie den Mann kennen oder nicht. Wenn ich das Gefühl habe, dass ich angelogen werde, lasse ich beide von meinen Kollegen aufs Präsidium bringen. Verstanden?"

„Jawohl!"

Auch der Stricher nickte.

Emre öffnete in der Fotogalerie das Bild von Ioan Agulescu und zeigte es dem Freier. Dieser betrachtete es sich genau und schüttelte anschließend mit dem Kopf. „Tut mir leid. Ich kenne diesen Mann nicht. Er wäre mir sicher aufgefallen und in Erinnerung geblieben. Das können Sie mir glauben, Herr Kommissar. Ich lüge Sie nicht an."

Wortlos schwenkte der Polizist das Handy zur zweiten Person weiter. Auch der Rumäne betrachtete das Bild äußerst genau.

„Lass dir Zeit. Ich möchte nur wissen, ob dieser Mann hier am Bahnhof arbeitete", umschrieb Emre das Anschaffen.

„Nix verkaufen sich selbär. Aber ich kenne Mann auf Bild. Arbeite in Weinberg. Wohnt in kleine Haus."

„Komm! Wir beide gehen zurück zum Bahnhof und unterhalten uns ein wenig. Du brauchst keine Angst zu haben. Ich werde dich nicht festnehmen." Emre drehte sich zu dem Freier um. „Sie können gehen!"

„Danke … und was ist mit …?"

„Womit?"

„Ich habe ihm Geld gegeben."

„Ach so verhält sich die Sache", sagte Emre nun in einem anderen Ton. „Sie fördern hier die verbotene Prostitution. Ich bin gespannt, wie alt dieser Junge wirklich ist. Womöglich ist er auch noch minderjährig. Möchten Sie auf dem Präsidium zu Protokoll geben, wofür Sie ihm Geld gegeben haben?"

„Äh … nein! Also, ich meine, es ist in Ordnung, wie es ist", beschwichtigte der Freier.

„Dann wünsche ich Ihnen eine gute Nacht."

Der unbefriedigte Kunde murmelte etwas Unverständliches und verließ schnellen Schrittes die Grünanlage.

Emre wendete sich dem Strichjungen zu. „Keine Angst", wiederholte er, „Du kannst das Geld behalten und nachher gleich nach Hause gehen. Ich möchte mich nur kurz mit dir unterhalten."

Sie gingen los. Der Rumäne begann zu erzählen.

„Ich habä getroffän Mann auf Foto ein oder zweimal."

„Hier auf dem Straßenstrich?"

„Nein! War in rumänisches Geschäft in Stadtteil Heidingsfääld. Ich habä dort gearbeität. Mann heißt Ioan! Habä gehört in Gäspräch, dass wohnen in kleine Haus in Weinberg. Mehr nix wissen."

„Stimmt! Er heißt Ioan."

Sie verließen den Park und gingen in Richtung Bahnhof weiter.

„Wann hast du ihn zuletzt gesehen?"

„Weiß nix! Habe aufgehört in Geschäft zu arbeitän. Wänig Gääld. Jetzt ich arbeitä hier bis ich habä Gääld für Rumänien."

„Das ist verbotene Prostitution. Ich müsste dich eigentlich anzeigen."

„Bittä nein."

„Keine Angst. Versprochen ist versprochen. Ich lasse dich gehen."

Der Stricher blickte sich um. „Wo anderä Polizei?"

„Das geht dich nichts an."

„Du allein?"

Emre ging nicht auf die Bemerkung ein. Ihm kam ein Gedankenblitz. Er holte noch einmal das Handy heraus und zeigte Mihail ein Foto von Freddy. Ihn interessierte es, ob sich Freddy sporadisch auch am Bahnhof herumtreibt. Nicht als Stricher, aber vielleicht als Freier. „Kennst du den auch?"

„Verrückte Friseur. Jädär kännt Freddy. Är ist eine gute Mann."

„Kauf er auch … Liebe?"

„Kundä? Nein! Freddy nix Kundä. Freddy ab und zu an Bahnhof. Suchän Leute. Fragen viel. Schneiden Haarä für nix Gäld."

„Warum macht er das?"

„Weiß nix. Freddy immer nett. Vielleicht Freddy suchän richtigä Freund. Nix nur sex. Freddy immär sagen Gummi nähmän und so. Er hälfän viel. Manchmal Freddy vermitteln gute Job. Aber sehr schwääre Job. Viel Gääld, aber hart. Viel Schmerz."

Emre dachte sich nichts dabei und vermutete, dass Freddy wohl gelegentlich eine Arbeit auf dem Bau oder Ähnliches vermittelte. Er sah auf die Uhr. „Verdammt, ich bin spät dran. Ich muss los. An deiner Stelle würde ich heute nicht mehr anschaffen gehen. Ein guter Rat von mir, verdiene dein Geld anders."

Mihail grinste. „Heutä war einfach verdient."

Emre notierte sich noch die Adresse des rumänischen Geschäftes, von dem der Stricher erzählt hatte, verabschiedete sich von Mihail und ging zum Taxenstand. Er öffnete die Beifahrertür des vordersten Wagens.

„Ich muss zu *Charlys Bar*. Kennen Sie die?"

Der Fahrer des beigefarbenen Mercedes klappte ein Taschenbuch zu, stopfte es ins Seitenfach der Tür und fragte: „Fremd hier?"

„Tourist."

„Klar kenne ich den Schuppen."

Emre legte den Sicherheitsgurt an. „Gut! Ich bin verabredet und spät dran."

„Kein Problem. Das ist nicht weit, junger Mann."

„Das ist doch irgendwo am Mainkai, oder?"

„So ist es."

„Können Sie mich am Mainkai aussteigen lassen. Die letzten Meter gehe ich dann zu Fuß."

„Sie sind der Chef", grinste der Taxifahrer.

„Befindet sich der *Alte Kranen* auch dort?"

„Richtig. Das ist sozusagen die Verlängerung. Sie stoßen direkt drauf, wenn Sie vom Mainkai aus immer dem Flusslauf folgen."

Es war nicht allzu viel Verkehr. Die Fahrt dauerte tatsächlich nur wenige Minuten. Am Ziel angekommen, gab Emre dem Taxifahrer einen Zehner, verzichtete auf Wechselgeld und stieg aus. Es folgte ein obligatorischer Blick auf Uhr.

Freddy wartet sicher schon. Die Besichtigung des Alten Kranen werde ich wohl nach hinten oder besser auf morgen verschieben müssen, dachte er.

Das Treffen hatte jetzt Vorrang. Der Polizist orientierte sich kurz. Die Neon-Reklame der Bar war nicht zu übersehen. Abwechselnd blinkte das Wort *Charlys*, dann das Wort *Bar*. Obwohl er etwas spät dran war, hatte es Emre auf einmal nicht mehr eilig. Langsam schlenderte er die letzten Meter zur Bar. In seinen Träumen hatte er sämtliche Szenarien durchgespielt. Wie würde die Begrüßung ablaufen? Was war Freddy wirklich für ein Typ? Konnte man mit ihm eine dauerhafte Beziehung eingehen? Und wenn ja, wo würde man leben? In München oder in Würzburg? Und dann stand immer noch die entscheidende Frage im Raum. Was war damals auf der Insel passiert?

Mit einem mulmigen Gefühl im Bauch betrat der Südländer das Lokal. Aus mehreren Lautsprechern war *Stairway to heaven* zu hören *Led Zeppelins* ewiger Klassiker. Die Lautstärke war angenehm. Emres Augen hatten sich schnell an das diffuse Licht gewöhnt. Die Bar war weder groß noch klein und für einen Montagabend recht gut besucht. Links vom Eingang zog sich eine Theke entlang, die zur Hälfte besetzt war. Von den Tischen war nur einer wirklich frei. Lachen und Getuschel war zu hören. Gläser klimperten. Ein Kellner wackelte mit vollem Tablett durch das Lokal. Er bewegte sich extravagant, mit anderen Worten, auffallend tuntig und hatte ein sympathisches Aussehen. Emre hatte nicht den Eindruck, dass er sich in einem ausgesprochenen

Männer-Etablissement befand. Er sah auf die Schnelle mindestens zwei oder drei Heteropärchen.

„Hier", rief jemand laut durch das Lokal, stand auf und winkte.

Es war Freddy. Emre erkannte den schwulen Friseur sofort. Der Polizist war froh, dass das Licht gedämpft war. Er spürte, wie Blut in sein Gesicht schoss und sich die Wangen röteten. Seine Handflächen wurden feucht.

„Huhu, Emre, hier bin ich."

Emre hob die Hand und signalisierte, dass er Freddy bereits gesichtet hatte. Das auffällige Getue mochte er nicht. Je näher er zu dem Friseur kam, desto nervöser wurde er. Freddy sah wieder etwas anders aus, als auf dem Foto. Und das, obwohl er es erst vor vier Tagen per WhatsApp verschickt hatte. Einige neugierige Köpfe flogen herum und verfolgten die Szene.

Egal, was sie denken. Ich bin hier nur Gast und mich kennt niemand, durchfuhr es den schwulen Kripo-Beamten.

Tatsächlich fühlte sich bei diesem Gedanken etwas besser und vor allem viel freier. In München hätte er sich womöglich umgedreht und wäre gegangen. Zumindest, wenn er das Gefühl gehabt hätte, es könnte ihn jemand kennen. Für ihn ein Zeichen, dass der richtige Zeitpunkt für das große Familien-Outing noch nicht gekommen war.

Freddy breitete die Arme aus, umschlang Emre und küsste ihn links und rechts auf die Wangen. „Hallo mein schwarzhaariger Goldengel. Wo warst du so lange? Ich habe schon zwei Gin-Tonic intus."

„Sorry, ich musste spontan noch etwas Dienstliches erledigen."

Freddy war schrill gekleidet. Er trug eine hellblaue Hose, weiße Ledermokassins und unter einem offen getragenem weiß-rosa getupftem Hemd ein knallgelbes T-Shirt mit zwei pinkfarbigen Smileys. Darunter stand: *Gay ... who cares?*

Emre imponierte es, dass Freddy seine Homosexualität frei lebte. Er versteckte sich vor nichts und niemanden.

„Wie auch immer. Jetzt bist du da. Wie war die Fahrt?"

„Ging problemlos."

„Setz dich! Was willst du trinken?"

„Weiß nicht? Vielleicht erst mal 'ne Cola."

„Papperlapapp. Mach' dich locker, Schätzchen. Auf Rhodos warst du auch kein Kostverächter. Einen *Havanna*? Oder doch lieber 'nen *Makers Mark*? Oder beides? Wie auf der Insel?", grinste der Friseur.

„Erinnere mich bloß nicht daran. Ich glaube, das war der größte Suff meines Lebens."

Freddy lachte und klopfte Emre auf die Schulter. „Das dachte ich mir. Du hast wirklich keinen blassen Schimmer mehr von der Nacht, oder?"

Emre schüttelte den Kopf.

Sein Gegenüber hob die Hand. „Michelle, Süße, einen doppelten *MM* für meinen Freund."

„Nicht so schnell", monierte Emre.

Der tuntige Kellner nickte und ging zur Bar.

„Komm schon. Ein doppelter *Makers Mark* ist doch ein Klacks. Du bist auch eingeladen."

„Darum geht's doch nicht."

„Bestellt ist bestellt", winkte Freddy den Einwand höflich ab. „Gefällt's dir hier?"

Emre sah sich noch einmal um. „Nicht schlecht."

„Die Kneipe gehört meinem Kumpel Charly. Ich hänge hier oft ab."

„Im Urlaub, also auf Rhodos", begann Emre zaghaft. Er benötigte unbedingt die Gewissheit.

„Was ist damit?"

Emre riss sich zusammen. Er legte all seinen Mut in eine simple Frage. „Was ist da eigentlich alles passiert?"

„Nichts. Wir haben uns amüsiert."

„Und weiter?"

„Du hattest also wirklich einen Blackout, oder? Das war kein hohles Gequatsche in deinen Mails und App-Messages?"

„Nein!" Emre war etwas entsetzt.

„Was willst du genau wissen? Ab welchen Zeitpunkt hast du den Filmriss?"

„Ich weiß noch, wie wir die Bar gewechselt haben."

„Auweia! Mehr nicht?"

„Nein! Wirklich nicht."

„Du warst der Disco-Gott, wolltest strippen, hast wiederholt Freiheit für Schwule gerufen, wolltest eine neue Partei gründen und an die Presse gehen."

Das Rot in den Wangen hatte sich längst verzogen und verkehrte sich gerade ins Gegenteil. Emre wurde immer blasser. „Du spinnst!"

Freddy lachte herzhaft.

Der Kellner kam und servierte den Drink. „Makers Mark, doppelte Portion für den hübschen jungen Mann", näselte er. „Freddy, du alte Schabracke. Wie kommst du immer nur an solche strammen Jungs?"

Ohne auf eine Antwort zu warten, takelte er wieder ab.

„Michelle ist Halbfranzose und lebt im falschen Körper, wenn du weißt, was ich meine. Er spart auf eine Geschlechtsumwandlung. Zumindest sagt er das immer. Wir glauben allerdings, dass er genau das sein will, was er gerade ist. Und er sein Ding behalten möchte."

Emre sah dem tuntigen Keller nach. „Er ist schon sehr ..., du weißt schon."

„Stimmt. Ist 'ne absolute Voll-Tunte, aber ein hammerguter Kerl, oder besser gesagt, Frau. Von ihm bekommst du einfach alles. Er ist der Typ Mensch, den du nachts um drei Uhr anrufen kannst, wenn du mit dem Auto liegen geblieben bist. Michelle springt aus dem Bett und holt dich ab."

„Sollte man ihn denn dann nicht mit als Frau bezeichnen? Also ... sie holt dich ab ... du kannst sie jederzeit anrufen ... usw."

Freddy lachte. „Probiere es und du bekommst eine Ohrfeige. Michelle ist einfach Michelle. Er sagt, solange er sein

Ding zwischen den Beinen hat, will er auch als Mann angesprochen werden."

„Komisch", wunderte sich Emre.

„Michelle ist eben ein wenig Gaga", lachte Freddy.

„Schön, wenn man solche Freunde hat", antwortete Emre. Sie hoben die Gläser. „Prost!"

Emre brauchte den Drink. Er spülte den ersten Schock hinunter. Der Bourbon schmeckte einzigartig. Emre wusste nicht, ob es der fehlende Roggenanteil beim Brennen war oder das Aroma von Vanille und Honig, das den unverkennbaren Geschmack dieses Whiskeys ausmachte. Wahrscheinlich war es beides, das *Makers Mark* so unverwechselbar sanft machte.

„War es wirklich so schlimm?"

Der Friseur lachte wieder. Er kicherte und brüllte so laut und schrill, dass sich ein paar Gäste umdrehten. Ein erster Akt von Abneigung wurde im tiefsten Inneren des Polizisten notiert.

So was geht gar nicht. Auffallen unter allen Umständen ist nicht mein Ding.

Ein Minuspunkt für eine Beziehung wurde gesetzt.

„Nein", prustete Freddy aus, „ich wollte dich nur auf den Arm nehmen. Natürlich haben wir getanzt und gesoffen, gelacht und geschimpft. Aber wir haben uns nicht mehr aufgeführt als alle anderen angetrunkenen Gäste auch."

„Und dann?"

„Dann habe ich dich ins Hotel gebracht."

„Weiter", drängte Emre.

Freddy grinste verholen. „Dann hast du dich ausgezogen, bist ins Bett gegangen und sofort eingepennt."

Eine erste Erleichterung wich einer sofortigen Skepsis. Die nächste Frage war dem LKA-Beamten sichtlich peinlich. Er nahm den Whisky und leerte das Glas in einem Zug.

„Oh, da hat einer aber richtig Durst bekommen. Noch einen?"

„Einen noch", nickte Emre.

Freddy hob den Arm. „Michelle!"

Der Kellner sah Freddys erhobene Hand und zwei Finger.

„Haben wir miteinander gepennt? Oder besser gesagt, als ich schlief ... hast du da ...?"

Jetzt ist es draußen. Mann, wie blöd, wie peinlich, wie doof. Ich bin so ein Idiot.

„Zusammen nicht, aber nebeneinander", zwinkerte Freddy. „Allerdings, was nicht war, kann noch werden."

Emre antwortete nicht. Die Aufdringlichkeit gefiel ihm nicht. Minuspunkt Nr. 2 war eingeloggt.

Ob Freddy heute besonders gut gelaunt ist? Er wirkt so aufgedreht. Wie auch immer. Nach dem nächsten Whiskey zahle ich und gehe. Heute ist kein Tag für Freundschaften.

Michelle kam. „Einmal ein doppelter Makers Mark und einmal ein Gin-Tonic für Freddy. Lasst es euch schmecken."

Die Tür ging auf. Freddys Gesichtsausdruck veränderte sich. Das Lachen verschwand. „Das ist Charly", flüsterte er.

Aus den Lautsprechern war Willie Nelsons Version von *Always on my mind* zu hören. Emre drehte sich um. Sein Blick saugte sich regelrecht an dem Hünen von Mann fest. Die überdimensionalen Oberarme lagen frei. Über dem Oberkörper trug Charly eine ärmellose schwarze Lederjacke, darunter pure Haut. Das Haar war kurz geschorenen, der Kopf mit einem *Muir Cap* bedeckt. Ein breiter Oberlippenbart komplettierte das Bild eines offenkundig homosexuellen Rockertypen.

Dieser Baumstamm von Mensch könnte in eine Nazi-Vollversammlung platzen und er würde nicht schwach angesprochen werden, durchfuhr es den Kriminalbeamten.

Charly drehte eine Runde durchs Lokal und begrüßte seine Gäste. Schließlich kam er auch zu Freddy und Emre an den Tisch.

„Grüß dich, Freddy."

„Hi Charly."

„Wen hast du denn da mitgebracht? Ist das einer von deinen Jungs?"

„Nein, Charly! Das ist ein Freund von mir. Er ist für ein

paar Tage zu Besuch, sonst nichts."

Freddy war sichtlich nervös.

„Ich benötige wieder mal einen. Geht es heute noch?"

„Ich weiß nicht!"

Der Wirt musterte Emre. „Den Süßen hier würde ich auch nehmen."

Emre verschlug es die Sprache. Schlagartig lag eine von Charlys Pranken auf seiner Schulter. Die Finger drückten fest zu. Der Polizist fühlte sich, als hätte man ihn in einem Schraubstock eingezwängt. Es fühlte sich widerlich an. Bevor er reagieren konnte, ließ der bullige Ledertyp wieder los. „Wir sehen uns nachher noch einmal und besprechen alles. Ich muss erst mal hinter den Tresen."

„Alles klar, Charly", heuchelte Freddy.

Emre schnaufte kräftig durch. „Ich muss mal auf die Toilette."

„Hinten rechts."

Der Südländer stand auf und ging durch das Lokal. In der Toilette suchte Emre eine Kabine auf und sperrte sich ein. Er schloss die Augen und atmete ein paarmal kräftig durch.

Was war das gerade, fragte er sich. *Es klang, als ob Freddy dem Typen junge Kerle vermitteln würde.*

Schon nach wenigen Augenblicken hatte er sich wieder gefangen. Ihm fiel das Gespräch mit Mihail ein. „Gutes Geld, schwerer Job. Freddy vermittelt."

Immer wieder knallte eine Frage durch Emres Kopf.

Besorgt Freddy vom Bahnhofsstrich Jungs für Charly? Waren das die Jobs, von denen Mihail berichtet hatte?

Die Tür zur Toilette ging auf. Ein Elvis-Song war zu hören. *In the Ghetto.* Zwei Männer unterhielten sich. Einer von ihnen sprach mit kaum verständlichem urfränkischem Dialekt.

„Dem Zöllner sollen wir es heute oder morgen Nacht besorgen."

„Wo?"

„Ich denke, in Giebelstadt. Er wohnt dort. Der Chef hat gesagt, wir sollen ihn zum Schweigen bringen. Er schnüffelt zu viel herum."

„Dann bekommt er eben einen Besuch abgestattet."

„Jo, Mann. Wir ziehen das durch. Dieses Mal allein. Der Chef fährt nicht mit."

„Kein Problem. Wir nehmen Kongo mit. Zu dritt besuchen wir den Dumm-Dödl."

„Ausgemacht."

Ein Stöhnen folgte. „Ah … Scheiß-Prostata. Ich muss immer mehr abschütteln, damit die Unterhose trocken bleibt."

Kurz hintereinander waren zwei Spülungen zu hören. Die Männer entfernten sich. Sekunden später wurde Tür zum Gastraum geöffnet. Dort trällerte zwischenzeitlich Abba einen ihrer Welthits aus den Boxen.

Was waren das für Vögel? Sie haben sich nicht einmal die Hände gewaschen.

Emre verließ die Toilette erst bewusst ein paar Minuten später.

Eine komische Kneipe. Lokalität und Musik sind super, der Betreiber zwielichtig und unsympathisch. Die Gästeliste reicht von Normalos zu Leuten aus dem Milieu. Ich muss weg hier. Aber vorher werde ich Freddy noch ein wenig auf den Zahn fühlen.

Zurück am Tisch.

Freddy begrüßte seine Rhodos-Bekanntschaft mit den Worten: „Ich wollte schon 'ne Vermisstenanzeige aufgeben."

„Mir ist was auf den Magen geschlagen. Leichter Durchfall und Kotzgrenze. Deshalb werde ich heute auch nicht so alt. Morgen oder übermorgen wird's mir bestimmt besser gehen", schob der Südländer vor.

Freddy rückte instinktiv etwas zur Seite, um Abstand zu halten. „Schade, schade, schade, aber mit einem kranken Mann kann ich auch nichts anfangen", sagte er, lächelte Emre aber an.

Der Polizist rang sich ein Schmunzeln ab. „Du Freddy, was

hat Charly vorhin gemeint?"

Das Lachen Gesicht des Friseurs verschwand. Sein Gesichtsausdruck wurde ernst. „Nichts!"

„Mach mir nichts vor."

Nun änderte sich aus Freddys lockere Art. „Lässt du jetzt den toughen Bullen heraushängen?"

Emre versuchte locker zu wirken. „Nein, so ein Schmarrn."

Freddy betrachtete Emre abschätzend. „Was machst du eigentlich bei der Polizei?"

„Habe ich das auf Rhodos im Suff nicht erzählt?"

„Nein! Ich kann mich jedenfalls nicht daran erinnern. Zudem war ich auch nicht mehr ganz nüchtern."

Das war ehrlich. Keine Mimik, keine Nervosität, nicht ein einziges Augenlidflackern war zu sehen. Emre sah seine Chance gekommen den Polizeidienst herunterzuspielen. Vielleicht bekam er dann mehr Informationen.

„Ich mache den ganzen IT-Kram."

Freddy lachte gellend. „Du bist gar kein richtiger Bulle?"

Emre nahm den Ball auf und schlug ihn zurück. „Du hast mich entlarvt. Ehrlicherweise bin ich gar kein Polizist. Ich bin Angestellter. Aber ich arbeite für die Polizei", beharrte er am Ende des Satzes, um so seine Glaubwürdigkeit zu behalten. „Ich gehe davon aus, es klingt interessant, wenn ich sage, dass ich für die Polizei arbeite. Jeder denkt dann, ich bin Polizist. Du weißt schon, Uniform, Handschellen und so Zeug."

Jetzt grinste Freddy wieder. Ein leichtes Blitzen war in seinen Augen zu erkennen. „Ein Computer-Fuzzi?"

„Wenn du es so bezeichnen willst, dann ja."

„Und was machst du dann hier in Würzburg? Haben die keinen eigenen IT-Fachmann?"

„Doch, aber es geht um so Vernetzungs-Zeug. Ziemlich kompliziert. Ich programmiere eine neue Software für Datenverwaltung und bin sozusagen einer der Multiplikatoren für Bayern."

Freddy machte eine abwertende Gestik. „Ach, wie langweilig. Und ich dachte schon, du bist so was wie ein Geheimagent."
Jetzt schäkerte Emre. „Um Gottes willen. Ich und Geheimagent. Da könnten sie gleich Mario Barth oder Otto Waalkes zum Außenminister ernennen. Das hätte den gleichen Erfolg."
Freddy klopfte sich auf die Schenkel. Er hatte den ausgelegten Köder gefressen. Sofort schaltete der Soko-Team-Leiter auf Angriff um.
„Und?", wiederholte er. „Was sollte das vorhin mit diesem Jungs-Gequatsche?"
Freddy war sichtlich lockerer. „Ich ziehe gelegentlich los und hole Charly auf Bestellung einen Stricher vom Bahnhof ins Haus. Er selbst möchte dort nicht gesehen werden. Ist schlecht fürs Image und damit fürs Geschäft, meint er. Und da er eben ein Kerl mit hohem Wiedererkennungsfaktor ist, mache ich das für ihn."
„Das ist alles?", verharmloste Emre die Sache, um so an mehr Informationen zu gelangen.
„Das ist alles. Er bezahlt die Jungs gut." Pause. „Also", kam es zögerlich, „gutes Geld, damit sie die Schnauze halten. Manchmal nimmt er sie richtig hart ran. Das tut eben weh, aber er zahlt dafür ordentlich. Ich denke, das ist fair."
Emre war angewidert, unterdrückte aber seine Gefühle und spielte weiterhin gute Laune vor. „Und auf was für Kerle steht der Büffel?" Er zwinkerte, um interessiert zu wirken.
„Auf so was wie dich. Jung, sportlich, südländisch."
Ihre Blicke klebten sekundenlang aneinander.
„Lust auf etwas Taschengeld?"
Kopfschütteln. „Nein danke. Kein Bedarf."
Abwehrende Handbewegungen folgten. „Ich hätte dich doch niemals vermittelt."
„Sag mal, bekommst du auch etwas dafür?"
Freddy druckste herum.
„Sag schon", drängte Emre äußerst charmant.

„Weißt du, als Friseur verdient man nicht so viel. Ich bessere mir nur meinen Lohn etwas auf."

Emre lehnte sich zurück. „Zahlt sich das aus?"

„Einmal die Woche ein extra-Fuffi. Manchmal bekomme ich auch 'nen Hunni."

„Und die Strichjungen? Ich meine, wenn sie tatsächlich gut verdienen, was bekommen sie denn?"

Es schien Freddy zu nerven. Er ging auf Abstand. „Du bist aber ziemlich neugierig. Wechseln wir das Thema! Geht's dir wieder besser? Sollen wir noch woanders hingehen? Lokalwechsel sozusagen."

Emre legte seine Hände auf den Bauch. „Ich spüre schon wieder meinen Magen", schob er vor. „Lass uns austrinken. Das ist mir lieber. Ich muss ins Bett. Morgen oder übermorgen bin ich bestimmt wieder fit."

„Also gut."

Die Enttäuschung war Freddy anzusehen.

Beide hoben ihre Gläser. Emre starrte seinen Urlaubsflirt permanent an. Etwas in ihm drängte dazu das Thema über die Strichjungen noch einmal aufzugreifen. Scheinbar verstand Freddy die Geste. Ohne dazu aufgefordert zu werden, fing er von selbst noch einmal an zu erzählen.

„Na gut, nicht dass du denkst, hier laufen krumme Dinger oder so. Er bezahlt die Jungs sehr gut. Ich glaube so zwischen 250 und 300 € für die Nacht. Sie bekommen vereinzelt einen Extrabonus, wenn es Charly übertrieben hat. Er steht auf harte Nummern. Es ist allerdings schwierig Neufleisch für ihn zu bekommen. Wenn einer mal da war, möchte er nicht noch einmal wiederkommen. Egal, wie viel Kohle man bietet", flüsterte er.

„Und deshalb spielst du den Lockvogel?"

Nicken. „Ich vermittle nur. Ich kläre die Kameraden aber vorher genau auf. Das kannst du mir glauben. Ein Fick mit Charly ist locker drei Freier wert. Dafür muss man eben etwas Schmerzen in Kauf nehmen."

„Schon gut."

Emre stand auf und sah sich suchend nach dem Kellner um. „Ich muss los, der Magen."

„Alles klar."

„Ich melde mich, okay?", meinte Emre, um Freddy etwas in Sicherheit zu wiegen.

Dieser grinste. „Da möchte ich doch schwer hoffen."

„Versprochen! Wo ist denn diese oder dieser Michelle?"

„Passt schon, Emre, du kannst gehen. Ich bezahle heute. Du bist herzlich eingeladen."

„Danke."

„Sorry, aber auf das Küsschen musst du verzichten", Freddy deutete auf Emres Bauch. „Ich möchte mich nicht anstecken."

Gute Miene zum bösen Spiel war angesagt. Emre setzte ein Lächeln auf. „Aber nächstes Mal."

Der Friseur war happy.

Es hatte zwar etwas abgekühlt, war aber immer noch angenehm warm. Emre war leicht durcheinander und freute sich auf den Spaziergang. Er benötigte Ruhe und frische Luft. Vor allem aber, musste er nachdenken und die gewonnenen Informationen verarbeiten.

Endlich war die Sache mit Freddy auf Rhodos geklärt. Das befreite unheimlich. Eine tonnenschwere Last viel von seinen Schultern. Das tat richtig gut. Allerdings waren nach diesem Treffen auch seine Zukunftspläne mit dem Würzburger Friseur auf den Kopf gestellt. Der Blick durch die rosa Brille war nun viel klarer. Emre musste er sich eingestehen, dass er seine Urlaubsbekanntschaft komplett anders in Erinnerung hatte. Freddy präsentierte sich heute als anderer Mensch. Der Zauber war verpufft. Zum jetzigen Zeitpunkt schloss Emre eine Beziehung mit ihm kategorisch aus. Diese Ernüchterung war einerseits enttäuschend, andererseits auch sehr befreiend.

Ein leichter Sommerwind wehte in das Gesicht des jungen

Kommissars. Emre betrachtete die beleuchtete Festung Marienberg. Seine Gedanken an Freddy, den Liebhaber, verschwammen und etwas anderes ploppte auf. Die Sache mit den Strichern beschäftigte ihn. Diese sexuelle Ausbeutung widerstrebte dem Polizisten. Die Jungs taten ihm leid, doch man konnte nichts tun. Sie waren in jeder größeren Stadt zu finden. Sie prostituierten sich aus verschiedenen Gründen. Manche boten sich aus purer Not an, andere finanzierten ihre Drogensucht damit und wieder andere wollten einfach nur schnelles Geld verdienen. Letztlich waren sie ausnahmslos gefallene Engel in einem schmutzigen Gewerbe.

Was hatte Freddy gesagt? Charly mochte es hart? Wie hart? Konnte er Ioan Agulescu auf dem Strich aufgegabelt haben? Ach nein. Ioan arbeitete bei dem Winzer. Ich werde mich in dem rumänischen Geschäft umsehen und ich muss Mihail noch einmal suchen mehr ihm Informationen über Freddy und Charly herauslocken, beschloss er.

Emre erreichte den *Alten Kranen* und betrachtete das Bauwerk. Er entdeckte ein am Denkmal angebrachtes Schild, leuchtete es mit der Handy-Taschenlampe an und las.

Es handelte sich bei dem Bauwerk um einen barocken Hafenkran mit Doppelausleger aus dem Jahr 1773. Einer der Ausleger erstreckte sich über die Uferseite, der andere ragte über den Main. Emre blickte nach oben. An diesem Teilstück hing die Leiche des Studenten, der eine Visitenkarte des Weinguts Aberle im Mund hatte.

„Bizarr", kam es aus dem Mund des Polizisten, als er sich die schaurige Szene im Nebel vorstellte. „Das Auffinden des Erhängten war wie ein Ausschnitt aus einem Horrorfilm."

Der Kommissar fühlte sich plötzlich wieder genauso wie vor ein paar Stunden, als er die Polizeikaserne für den Spaziergang verlassen hatte. Eine Leere war zu spüren. Etwas fehlte in seinem Leben. Es lief nicht rund. Dieser Zustand quälte den jungen Mann seit Wochen. Anfangs fragte er sich sogar, ob das an seiner ersten eigenen Wohnung lag? Machte diese so angestrebte

Selbstständigkeit einsam? Fehlte die Wärme seiner Familie? Konnte er nicht allein sein? War er wirklich frei?

Der Deutsche mit türkischem Blut in den Adern verharrte einen Moment. Er sah auf den Fluss. Ein Sprichwort kam ihm in den Sinn.

Wer zur Quelle will, muss gegen den Strom schwimmen.

Emre erkannte sein großes Problem. Es lag am Outing. Er wollte endlich komplett frei leben und sich nicht mehr verstecken müssen. Wollte seinem Vater entgegentreten und sich zu seiner Homosexualität bekennen? Genau das war es, was in ihm brannte. Zuerst war es nur ein kleiner, glimmender Funken. Allmählich setzte dieser jedoch die Gefühlswelt des Kriminalkommissars in Flammen. Das Feuer loderte immer heftiger und immer höher.

Es war herrlich, als er sich seiner Mutter gegenüber öffnete und sie ihn in den Arm nahm. Das war es, was er vermisste.

Wenn ich bei denen, die ich liebe, nicht ehrlich sein kann, bei wem kann ich es dann, fragte er sich und beschloss die Sache endgültig anzugehen.

Wie, das wusste Emre in diesem Moment noch nicht, aber allein die Entscheidung, die er soeben gefällt hatte, setzte positive Energie frei. Er ging weiter, lächelte und schöpfte Kraft. Jetzt konnte er sich dem Fall widmen.

Das mitgehörte Gespräch auf der Toilette fiel ihm wieder ein. Emre versuchte es zu rekonstruieren und den Dialekt zu entschlüsseln.

Konnte es sein, dass er Ohrenzeuge eines Mordkomplotts geworden war?

So ein Schmarrn. Das wäre ja wie eine Szene aus einem Krimi. So etwas gibt es nicht. Wer unterhält sich beim Pinkeln über einen Mord?

Emre glaubte zwar nicht daran, dennoch ließ ihn die Angelegenheit nicht gänzlich los. Er würde sich morgen beim Frühstück mit Gschwendtner und Mandy ohnehin über die gewonnenen Informationen unterhalten. In diesem Rahmen wollte er auch das Gespräch erwähnen und deren Meinung dazu einholen. *Mal sehen, was die beiden dazu sagen.*

Geyers letzte Vorstellung

Drei von Charlys Männern stiegen auf ihre Motorräder.

Günni fragte seinen Nebenmann: „Schnurri, wo finden wir den Zoll-Heini, den wir plätten sollen?"

„Er gehört zu den Geyer-Laien-Schauspielern. Du weißt schon, dieses Bühnenstück."

„Kenne ich."

„Wundert mich, dass du das kennst. Das ist Kultur", grinste der Dritte. Es war der Rocker mit dem Spitznamen *Kongo*.

„Halts Maul, du Halbaffe!"

„Sag noch einmal Halbaffe zu mir und ich steche dich ab, du Luftfurz!"

„Streitet nicht! Wir haben zu tun. Oder möchte sich einer von euch mit dem Chef anlegen?"

Beide Streithähne schwiegen.

„Gut, und jetzt passt mal kurz auf. Ich habe keine Lust alles dreimal zu erzählen."

„Schieß los."

„Ja man, das war nur ein Scherz von uns. Mach' mal 'ne Ansage", grummelte Günni.

„Ich habe mich umgehört. Ich kenne ein paar Jungs aus Giebelstadt. Die Geyer-Leute haben heute Probe. Anschließend gehen sie gewöhnlich zu ihrem Stammtisch. Dieses Arschloch ist auch immer dabei. Wir fangen den Schnüffler auf dem Nachhauseweg ab."

Kongo rieb sich die Hände. „Das wird ein Spaß."

„Keine Spielchen, Kongo! Du bist nicht mehr bei der Legion und deine Söldnerzeit ist auch vorbei."

Günni fuhr dazwischen. „Kongo ist bei der Legion rausgeflogen und nur knapp dem Knast entgangen. Und das mit der Söldnerzeit hat er auch nicht wirklich nachgewiesen."

Der dunkelhäutige Rocker grinste breit. „Neidisch, Günni? Weil ich in Afrika gekämpft habe?"

Günni zeigte den ausgestreckten Mittelfinger seiner rechten Hand, woraufhin Kongo noch lauter lachte.

Schnurri wurde wütend. „Wenn wir das versauen, wird Charly richtig sauer!"

Kongo riss sich am Riemen. „Welche Kneipe? Soviel ich weiß, gibt es in Giebelstadt mehrere Gasthäuser", fragte er sofort.

„Fahrt mir einfach hinterher. Ich weiß, in welcher Kneipe sie hocken. Und jetzt auf die Maschinen, sonst ist der Zöllner noch zu Hause, bevor wir in Giebel-City sind."

Die Bundesstraße 19 schlängelt sich von Würzburg kommend, wie ein Aal, in südlicher Richtung durch das flachwellige, fruchtbare Ackerland des Ochsenfurter Gaus. Links und rechts der Fahrbahn befinden sich Felder, so weit das Auge reicht. Neben Getreide und Mais werden hier vornehmlich Zuckerrüben angebaut. Ein Luftbild würde den Betrachter glauben lassen, eine bunte Patchwork-Decke läge unter ihm.

Die drei Biker genossen die Überlandfahrt. Trockene, warme Luft umströmte die in Lederkluft gehüllten Körper. Für sie gab es keinen schöneren Sound, als den Klang der PS-starken Motoren. Das war Musik in ihren Ohren. Sie fühlten sich wie die wahren Erben der Original-Easy-Rider. Und eines Tages würden sie die Route 66 rauf und runter cruisen und ihren Traum der Freiheit auf zwei Rädern im Land der unbegrenzten Möglichkeiten ausleben.

Nach etwa 15 Minuten Fahrt erreichten sie die Ortsgrenze der Marktgemeinde Giebelstadt. Die Kirchenglocke schlug dreimal. Es war 23.45 Uhr und die 5000-Seelen-Ortschaft war längst im Begriff sich gänzlich schlafen zu legen. Noch vor rund zwanzig oder dreißig Jahren, als der Giebelstädter Flugplatz von Raketeneinheiten und Hubschrauberverbänden der US-Army als Militärflughafen genutzt wurde, waren die Gasthäuser auch unter der Woche bis zur Sperrstunde proppenvoll. Nachdem die

Amerikaner abgezogen waren und der Flugplatz seither zivil genutzt wurde, saßen um diese Uhrzeit nur noch ein paar vereinzelte Stammtisch-Brüder in den Kneipen.

Schnurri, der tonangebende Biker, fuhr zielstrebig durch die Marktgemeinde. Etwa 50 Meter vor der gesuchten Gaststätte hielt er an, schaltete den tuckernden Motor der Harley Davidson ab und stieg vom Motorrad. Der Schalenhelm wurde abgenommen. Die rechte Hand wanderte an die Außentasche der Lederweste. Kurz darauf steckte eine Marlboro in seinem Mundwinkel.

Ratsch-klick

Eine blau-gelbe Flamme tanzte auf dem Docht seines Zippo-Feuerzeugs. Er hielt sie ans Ende der Zigarette. Beim Ziehen erhellte die Glut für einen kurzen Moment Schnurris Gesicht. Es war kantig und vernarbt. Er inhalierte den Rauch der Zigarette und pustete ihn stoßweise aus.

Günni und Kongo hatten ihre Motorräder ebenfalls abgestellt. Auch sie waren abgestiegen.

„Wo ist er?"

Schnurri zeigte auf die Lichter eines Gasthauses. „Dort."

„Ich denke, ich gehe gleich mal rein und sehe mich um."

„Günni, du sollst besser nicht denken. Du bleibst hier und tust genau das, was ich sage!"

„Warum?"

Schnurri rollte mit den Augen. „Kongo, sag du es ihm."

Dieser grinste wieder breit und legte eine Hand auf Günnis Schulter. „Alter, wenn wir mit dem Zoll-Heini fertig sind und er gefunden wird, kommen die Bullen. Sie werden die Leute befragen, ob ihnen etwas aufgefallen ist. Wenn du in die Kneipe gehst, erinnern sich diese Dorfdeppen an dich. Die Bullen erstellen ein wunderschönes Fahndungsporträt und du wanderst wieder in den Knast. Kapiert?"

Günni zündete sich ebenfalls eine Zigarette an. „Das ist mir klar. Ich bin doch nicht doof. Ich hätte schon aufgepasst. Aber bitte, dann warten wir eben bis er rauskommt."

„Genau das habe ich vor. Ich hoffe, sie schließen pünktlich“, erklärte Schnurri und zog an seiner Marlboro.

„Siehst du Kongo. Schnurri übernimmt meinen Plan.“

Lachen. „Alles klar, Günni.“

Willi Käutner war Zollbeamter aus Leidenschaft. Als er vor fünf Jahren von der Frankfurter Zollfahndung endlich auf einen Posten nach Unterfranken versetzt wurde, war er der glücklichste Mensch auf Erden. Er musste nicht mehr nach Frankfurt am Main pendeln, konnte die Zweitwohnung in der hessischen Metropole aufgeben und sich endlich mehr um seine Familie kümmern.

Das wiederum war seiner Ehefrau etwas zu viel Fürsorge und sie ließ sich zwei Jahre später von ihm scheiden. Seither gab es für Käutner nur noch zwei Dinge, für die es sich zu leben lohnte. Das eine waren die Geyer-Festspiele in Giebelstadt, das andere war sein Beruf. Mit seiner Versetzung war er als Zollbeamter zwar nicht mehr in der Fahndung tätig, doch der Jagdtrieb war immer noch vorhanden. Er schnüffelte hier und dort. Ging jedem Verdacht auf den Grund und hoffte auf den großen Treffer.

Eines Tages erhielt der leidenschaftliche Laiendarsteller einen interessanten Hinweis. Natürlich Anonym. Es war ein maschinell geschriebener und ausgedruckter Brief. Schriftart Arial, Größe 12. Der Text selbst war eine grammatikalische Katastrophe. Fehlerbehaftet von vorn bis hinten. Der Inhalt allerdings, war hochexplosiv. Auf dem Weingut Aberle sollte es nicht mit rechten Dingen zugehen. Es wurde von Schwarzarbeit und dubiosen Lieferungen aus dem Ausland gesprochen.

Käutner witterte den ganz großen Fall, doch die Beweislage war dünn. Und zwar so dünn, dass seine Behörde sämtliche Ermittlungen eingestellt hatte, bevor sie aus Käutners Sicht überhaupt losgingen. Das kratzte am Ego des Zollfahnders. Der Beamte ermittelte ohne Wissen seiner Vorgesetzten weiter. Er sammelte seither sämtliche Informationen, die er bekommen konnte.

Gernot Aberle, der Chef des Weinguts, wurde zum persönlichen Feind erklärt. Käunter hatte sogar schon versucht, das Anwesen zu observieren, war aber einigen Spaziergängern aufgefallen und brach das Vorhaben nach einer fast peinlichen Polizeikontrolle wieder ab. Sie hatten ihn tatsächlich für einen Spanner gehalten. Vollidioten! Er wusste, dass das fehlende Puzzlestück noch auftauchen würde. Er blieb an der Sache dran.

Sie waren die letzten Gäste. Der Wirt stellte bereits die Stühle hoch. Das Rumpeln im Hintergrund störte sie nicht. Es war schon beinahe ein Stammtisch-Ritual.

„Also, wenn die Margit weiterhin so textunsicher ist, müssen wir sie austauschen."

„Willi, jetzt mach aber einmal einen Punkt. Die Margit ist die perfekte Besetzung für diese Rolle."

„Ich bleibe bei meinem Standpunkt. Entweder sie lernt den Text oder ich stimme den Regisseur um. Du weißt, dass er auf mich hört."

„Und wer soll Margit ersetzen?"

„Die Evi."

Kopfschütteln.

„Das müssen wir in Ruhe noch einmal besprechen. Es ist spät geworden", Käutners Gesprächspartner legte seinen Geldbeutel auf den Tisch. „Zahlen", rief er laut.

„Du willst schon gehen?", fragte Käutner. Er hatte es heute nicht eilig. „Ich würde gern noch 'nen Schnitt trinken. Wie schaut's aus?"

„Hast du morgen frei?"

Käutner grinste. „Ja."

„Ich nicht. Und deshalb gehe ich jetzt heim."

Der Wirt kam und stellte zwei Obstler auf den Tisch. „Leute, Bier gibt es heute keines mehr. Aber ich spendiere euch einen Schnaps. Ich bin müde und möchte schließen."

„Besser als nichts", grummelte der Zollbeamte.

„Merci", bedankte sich sein Theater-Kollege.

Sie zahlten, kippten den Obstler hinunter und verließen ein paar Minuten später die Gaststätte. Die Wege der beiden angetrunkenen Giebelstädter trennten sich. Kräutner schwankte die Hauptstraße entlang, passierte das immer noch renovierungsbedürftige Zobel-Schloss und verschwand in einer dunklen Seitengasse. Der Zollbeamte merkte nicht, dass er verfolgt wurde.

„Schneller", keuchte Schnurri und trieb seine beiden Begleiter an.

Käutner machte einen Umweg. Er wollte noch einmal bei der Freilichtbühne vorbeigehen. Er liebte die Ruine des alten Geyer-Schlosses. Hier spürte er den Geist des Bauernführers. Hier tankte er Kraft.

Wer weiß, vielleicht bin ich ja ein Sprössling des alten Haudegens, grübelte er. *Warum nicht? Geyer stand selbstlos für seine Überzeugungen ein. Ich mache das ebenso. Wenn Florian Geyer tatsächlich die Person ist, die auf den alten Stichen dargestellt wird, besteht sogar eine gewisse Ähnlichkeit.*

Seine Auffassung unterstrich Käutner, indem er sich nach der Scheidung einen Vollbart wachsen ließ und ihn auf die gleiche Art trug, wie einst der Bauernführer aus dem 16. Jahrhundert.

Er strich mit den Fingern durch den Bart. „Ja, ja, Florian. Ich schätze, du bist mein Vorfahre."

Warum sonst spüre ich diese Verbundenheit in mir?

Bald war es so weit und würde sich für die Rolle des Geyer bewerben. Er war wie geschaffen für die Hauptrolle. Es lag eigentlich nur noch daran, dass er nicht reiten konnte. Aber auch diese Hürde würde er noch nehmen.

Nächstes Jahr nehme ich Reitunterricht.

Der Zollbeamte erreichte die Freilichtbühne. Jetzt war er wieder Florian Geyer, der Rebell und Ritter aus Giebelstadt. Man schrieb das Jahr 1525 und die Bauern begehrten auf. Geyer schlug sich auf ihre Seite.

Käutner schloss die Augen. Im Gedanken trug eine Rüstung und zückte das Schwert. Er ging zum großen hölzernen Tor und lehnte sich an.

„Hey, Käutner!"

Der Zollbeamte zuckte erschrocken zusammen. „Verdammt! Welcher Trottel schleicht sich mitten in der Nacht hier herum? Bist du das, Wolfi? Bist du mir nachgegangen und möchtest doch noch einen Absacker trinken?"

Zwei Männer tauchten aus dem Dunklen auf und betraten die Stufen der Freilichtbühne. Es war nicht sein Stammtischbruder. Langsam und bedrohlich gingen auf den Zollbeamten zu.

Käutner wich erst ein paar Schritte zurück, blieb dann aber stehen. Einen Florian Geyer brachte nichts aus der Fassung. „Wer seid ihr? Was ist los?"

„Du bist doch der Zoll-Heini Willi Käutner, oder?"

Käutner stellte sich aufrecht hin.

Zoll-Heini! Solch eine Frechheit! Geyer würde die beiden Schurken gnadenlos verprügeln, dessen war er sich ziemlich sicher.

Der Alkohol im Blut des Giebelstädter Laiendarstellers verlieh ihm nicht nur imaginäre Kraft, sondern senkte seine Reizschwelle gefährlich nach unten.

Denen werde ich es zeigen, dachte er und versuchte sich so groß wie möglich zu machen. „Noch so ein Spruch und ich fahre mitten im Sommer mit dir Schlitten! Du hast doch nur 'ne große Fresse, weil du nicht allein bist."

Die Männer kamen näher.

„Du riskierst 'ne ganz schön dicke Lippe, Arschloch."

Käutner ballte die Hände zu Fäusten. „Kommt her, ihr Wichser", presste er aus und stürmte mit explosionsartig aufkeimender Wut im Bauch auf die beiden Männer zu.

Seine Fäuste flogen nach vorn, wischten aber lediglich über die Schulter des ersten Kerls. Dem hatte ein kleiner Ausfallschritt nach links genügt, um den Angriff des Betrunkenen ins Leere laufen zu lassen.

Der Zollbeamte hatte zu viel Schwung in den Angriff gelegt und geriet ins Taumeln.

Scheiße, verfehlt, aber kein Problem!

Seines Erachtens drehte er sich gewandt und blitzschnell um, doch die Realität sah anders aus. Zwei Seitenschritte waren notwendig, um das Gleichgewicht wieder herzustellen. Erneut baute sich Käutner auf. Er hob die geballten Fäuste zur Deckung vor sein Gesicht, doch seine Gegner griffen nicht an. Im Gegenteil, sie machten ein paar Schritte zurück und lachten.

Sie lachen mich aus.

Er wurde noch wütender.

„Ihr Flachzangen", haspelte der stark angetrunkene Giebelstädter.

Er brauchte seines Erachtens wieder nur Bruchteile von Sekunden, um die nächste Attacke zu planen. Dieses Mal würde der Angriff sitzen.

Ich werde mir den kleineren der beiden Vollidioten zuerst vorknöpfen. Wenn der außer Gefecht gesetzt ist, schlage ich den zweiten Deppen zusammen.

Das war der Plan. Ein perfekter Plan!

Noch ein-, zweimal durchatmen, dann geht's los.

Das Opfer war bereits anvisiert, als Käutner plötzlich einen scharfen Schmerz spürte und zusammenklappte.

Jemand hatte sich von hinten unbemerkt genähert und ihm etwas Hartes gegen das rechte Knie geschlagen.

„Ahhh …", stieß er im Fallen aus.

Noch betäubte der Alkohol den größten Schmerz, doch bereits jetzt ahnte der Zollbeamte das Ausmaß der Verletzung. Er konnte das Bein nicht mehr bewegen. Ein pulsierendes Pochen kroch in seine Schläfen. Für einen kurzen Moment war er stocknüchtern. Die Kniescheibe war sicherlich gebrochen. Das würde mindestens zwei Monate Krankschreibung bedeuten. Käutner benötigte etwas Zeit, um sich neu zu orientieren.

Ein dritter Kerl war aufgetaucht. Er war dunkelhäutig und hielt einen Baseballschläger in der Hand.

Warum habe meine Dienstpistole nicht dabei? Ich würde sie alle umlegen.

„Du schnüffelst zu viel herum", sagte der Dunkelhäutige, schwang einen Baseballschläger und lachte dabei. „Das gefällt weder mir noch meinen Freunden und am allerwenigsten meinem kleinen Freund Basy."

Gedankenblitze. *Jimi Hendrix lebt. Das ist der Teufel.*

„Du Drecks-Junkie", stammelte der angeschlagene Laiendarsteller. „Statt Baseball solltest du lieber Tischtennis spielen? Setz dich auf dein Mofa und fahre nach Hause zu deiner Mama!" Käutner war stolz auf sich. Das war eines Florian Geyer würdig.

Kaum ausgesprochen, krachte der Baseballschläger ein zweites Mal auf Käutners rechte Kniescheibe. Sie zersplitterte endgültig in zig Teile. Dieses Mal half auch der hohe Blutalkoholwert nichts. Für diese Art von Schmerz gab es keine Betäubung. Er fuhr durch sämtliche Nervenbahnen des Zollbeamten. Noch bevor er den Mund aufreißen und einen gellenden Schrei ausstoßen konnte, kniete sich einer der Schläger auf seine Brust und legte zusätzlich eine Hand über Käutners Mund. Dieser rang nach Atem.

„Du hältst die Schnauze, sonst schlage ich dir sämtlich Zähne aus!"

Der Schmerzschrei verkümmerte zu einem wimmern. Käutner wollte sich wenden, drehen, befreien, doch er konnte sich nicht bewegen. Sein Gegner war zu schwer. Panik machte sich breit. Er bekam viel zu wenig Luft. Zudem pochte das zerschmetterte Knie unerträglich. Dort schoss Blut ins zerstörte Gewebe. Die malträtierte Stelle schwoll zusehends an.

Ein zweiter Schlägertyp kniete sich ab und packte zu. Käutner wurde regelrecht am Boden der Freilichtbühne fixiert. Jetzt stand nur noch der Farbige über ihm. Er schwang den Baseballschläger und ließ ihn provokant über dem Körper des Zollbeamten hin und her baumeln. „Mein Basy möchte dein anderes Knie auch kennenlernen. Ich werde dir gleich zeigen wie gut ich Baseball spielen kann, du stinkender Mülleimer."

Panikattacke. Furcht. Unaufhörlich ansteigender Schmerz.

Der brutale Schläger grinste breit. „Na, scheißt du gerade in die Hose?"

Käutner riss die Augen weit auf. Schweißperlen traten hervor. Kalter Schweiß, purer Angstschweiß. „Mmmhhh", stöhnte der Verletzte in die Hand, die immer noch über seinem Mund lag. Er versuchte den Kopf hin und her zu bewegen und ein Nein anzudeuten.

„Ich verstehe dich nicht!"

„Mmmmhhh … mmhh"

Die Hand wurde weggenommen.

„Nein … bitte nicht. Bitte nicht mehr … schlagen. Es tut … so weh."

„Wie zuvor erwähnt, du schnüffelst zu viel herum. Hast du Unterlagen oder so Zeug?"

„Ich weiß nicht, was Sie wollen?"

Der Schlag kam schnell und heftig. Aus dem Handgelenk heraus gewuchtet, landete der Baseballschläger auf dem Schienbein des Zollbeamten. Höllische Schmerzen im Doppelpack. Käutner zuckte zusammen. Wieder riss er den Mund auf, um einen befreienden Schrei auszustoßen und abermals verhallte der gellende Ton in der Hand eines der Kerle.

„Ich habe dich gewarnt", sagte der, der ihm die Hand über den Mund hielt. Er holte aus und donnerte die Faust der anderen Hand zweimal in Käutners Gesicht. Haut platzte auf. Blut verteilte sich über der verletzten Wange.

„Letzte Frage! Wo sind die Unterlagen über das Weingut Aberle?" Die Hand wurde vom Mund gezogen.

Käutner stammelte: „Keine Ermittlungen … alles eingestellt", kam die schnelle Antwort. Todesangst schwang mit.

Der Baseballschläger wurde gehoben.

Der Zollbeamte knickte ein. „Warte! Nicht schlagen! Ein Rest ist bei mir zu Hause", schweres Atmen, „Es liegt auf dem … Schreibtisch. Im Laptop! Ich hole ihn. Lasst mir nur in Ruhe."

„Alles auf PC? Keine Papiere?"

Käutner nickte. „Keine Papiere. Ich schwöre es."

Die beiden, die ihn am Boden fixierten, standen auf. „Klingt glaubhaft. Wo ist der Haustürschlüssel?"

„Rechte Hosentasche."

„Günni, hol ihn raus!"

„Und er?", fragte Kongo und zeigte auf Käutner. Der Baseballschläger ruhte lässig auf seiner Schulter.

Schnurri sah den Zollbeamten an. „Und du hast uns wirklich nicht angelogen?"

„Nein, ich schwöre es."

„Gefällt es dir hier auf der Bühne?"

„Ja."

„Der Typ, für den ihr das alles hier macht, heißt doch Geyer, oder?"

„Ja, Florian Geyer."

„Magst du ihn?"

Käutner verstand die Frage nicht richtig. „Ich weiß nicht, was Sie meinen?"

„Bist du ein Fan von ihm?"

„Ja, ich bin ein Fan von ihm."

„Gut, dann wirst du ihn gleich treffen. Grüße ihn von uns."

Schnurri lachte laut und gab Kongo ein Zeichen. „Er gehört dir, du kleiner Baumwollpflücker."

„Schnurri, du bist ein Arschloch!"

„Stammt nicht von mir, Kumpel. Du kannst dich an dem da rächen. Er hat dich so genannt."

Die Augenpaare der Kontrahenten trafen sich. Der Zollbeamte schickte ein stummes Betteln hinaus. Sein Blick war gequält, gebrochen und unterwürfig. Kongos Augen hingegen spiegelten Eiseskälte wider. Er würde alles gewähren, nur keine Gnade.

Schnurri keuchte ein: „Nun mach schon", aus und nickte Kongo abermals zu.

Dieser schwang den Baseballschläger mit einer Kreiselbewegung herum und schmetterte das Hartholz auf Käutners Kopf. Das Knacken der Schädeldecke war deutlich zu hören. Blut spritzte aus einer klaffenden Wunde. Zwei weitere Schläge folgten, doch Käutner spürte sie nicht mehr. Bereits der erste Treffer war tödlich.

„Du solltest besser auf deine Wortwahl achten. Der hier ist für deine Beleidigungen", keuchte er und hob seinen *Basy* noch einmal hoch.

„Ist gut, Kongo. Der ist erledigt."

„Keiner beleidigt mich ungestraft."

„Ab zum Haus von diesem Trottel."

Die drei Männer verließen die Freilichtbühne. Zurück blieb der geschundene Leichnam von Willi Käutner. Der Mann, der sich als Nachfolger des Bauernführers fühlte, war ebenso wie sein historisches Vorbild, in einen tödlichen Hinterhalt geraten.

Die Adresse ihres Opfers war bekannt. Das kleine Einfamilienhaus befand sich am Ende der Straße. Jägerzaun, dahinter eine mannshohe Thujenhecke. Rasen, statt Blumenbeete. Alles zusammen die typische billig-Architektur eines Neubaugebiets. Kein Glanz, nichts Gewachsenes. Sie blickten sich um. Die Straße war menschenleer. Das Gartentürchen war nicht versperrt. Alle drei huschten durch.

„Günni, du bleibst hier und passt auf, dass niemand kommt."

„Mach´ ich!"

„Wir beide gehen rein, schnappen uns den Laptop und hauen wieder ab. Der Rest geht uns nichts an. Wir lassen die Finger davon. Kapiert? Egal, was herumsteht. Wir nehmen nichts mit!"

„Aber wenn wir schon mal da sind, könnten wir …"

„Charly hat es so angeordnet. Willst du, dass er sauer auf dich ist?"

„Nein", kam es leicht mürrisch.

„Also, nur den Laptop!"

„Okay!"

„Einer sucht unten, der andere oben!"

„Ich bleibe unten im Erdgeschoss", entschied Kongo.

„In Ordnung", nickte Schnurri, schob den Schlüssel ins Schloss und öffnete die Haustür. Behutsam tastete er nach dem Lichtschalter.

Klick

Das Licht einer Deckenlampe erhellte den Flur. Wie fast in jedem Reihen- oder Doppelhaus, befand sich gleich rechts von ihnen die Gästetoilette. Geradeaus war ein weiteres Zimmer, dessen Tür geschlossen war. Zwischen diesem Raum und der Gästetoilette gelangte man durch einen offenen Rundbogendurchgang in die kleine Küche und das Esszimmer des Hauses.

Die Treppe nach oben befand links neben dem Eingang.

„Warum schaltest du das Licht an?", wollte Kongo wissen.

„Blöde Frage. Weil Käutner auch das Licht angeschaltet hätte. Taschenlampen würden nur auffallen."

„Gut mitgedacht, Schnurri."

„Ich hätte den Blödmann fragen sollen, wo sein Büro ist, dann würde es schneller gehen."

Kongo winkte verächtlich ab. „Das finden wir auch so. Los, fangen wir an."

Schnurri eilte die Treppe nach oben und öffnete die erste Tür. „Treffer", schmunzelte er, als er im Büro stand und auf dem Schreibtisch ein Laptop entdeckte. „Heute ist mein Glückstag. Ging schneller als erwartet. Kongo, wir können abdüsen", rief er nach unten.

Florian lag wie gewöhnlich im Wohnzimmer und schlief auf dem Sofa. Warum auch nicht? Sein Herrchen, Willi Käutner, war nicht zu Hause und der Weg zur Küche versperrt. Sobald die Haustür aufging, war immer noch genug Zeit, um von der Couch zu springen. Außerdem durfte er immer kurz in den Garten, wenn sein Herrchen nach Hause kam.

Käutner hatte seinem Vierbeiner den Namen des Ritters gegeben, den er so verehrte. „Ein Rottweiler namens Florian", lachte er damals, als er sich den Welpen aus der F-Linie des

Züchters herausgesucht hatte. Die Namensgebung war obligatorisch. „Wir beide sind füreinander bestimmt."

Der kleine Rottweiler-Welpe Florian war zwischenzeitlich ein ausgewachsener Rüde und brachte gute 50 Kilogramm auf die Waage. Das Meiste davon war pure Muskelmasse.

Als Florian das Öffnen der Haustür hörte, sprang er freudig vom Sofa und stellte sich zur Wohnzimmertür. Als diese aufgestoßen wurde und nicht sein Herrchen, sondern ein wildfremder Mensch vor ihm stand, gab es für den Rottweiler nur eine einzige Sache, die er tun musste. Den Eindringling packen und besiegen.

Das warnende Knurren war äußerst kurz und ging im Angriff beinahe unter. Blitzartig schnellten 50 Kilo Muskelmasse zähnefletschend nach oben. Aus dem weit aufgerissenen Maul des Hundes blitzten weiße Zähne wie Dolche hervor. Kongo schaffte es gerade noch reflexartig einen Arm nach oben zu reißen und schützend vor den Hals zu legen. Unmittelbar darauf bohrten sich Florians Reißzähne in das Fleisch des Einbrechers. In dem Biss lag so viel Kraft, dass der Unterarmknochen brach. Die Wucht des Angriffs riss den Eindringling zu Boden. Florian ließ seine Beute für einen Moment los. Wildes Knurren. Zurückgezogene Lefzen.

Warnung genug! Angriff! Er biss erneut zu. Wieder gruben sich Zähne in Fleisch. Der monströse Schädel schwenkte hin- und her. Haut und Muskelfleisch wurden weggerissen, als sei es dünnes Papier.

„Ahh … Schnuriiiii!"

Grrrrr

„Hiiilfeee …"

Immer wieder schnappte der Rottweiler zu und bohrte seine tödlichen Fangzähne in den Körper von Kongo. Das Ziel hieß Kehle. Das sich windende Opfer und der Geschmack dessen Blutes machten den kräftigen Wachhund immer wilder. Fausthiebe gegen den muskelbepackten Hundekörper blieben ergebnislos. Kongo versuchte den Rottweiler am Halsband zu packen, doch Florian war im Blutrausch und durch nichts aufzuhalten.

162

Einer der Bisse verletzte schließlich eine Schlagader. Mit jedem Pulsschlag sprühte eine kleine Fontäne des roten Lebenssaftes aus dem Körper des Einbrechers und schwächte diesen zusehends. Kongo war dabei den Kampf auf Leben und Tod zu verlieren. Der zerfetzte und gebrochene Arm war bereits taub. Bewegungen erfolgten nur noch reflexartig. Kongo schöpfte noch einmal Hoffnung, als er mit seinem halbwegs gesunden Arm doch noch das Halsband des Rottweilers zu fassen bekam und den Hund für einen Augenblick wegstemmen konnte, doch Florian war definitiv nicht mehr aufzuhalten. Es bedurfte lediglich ein paar Windungen und er hatte sich aus dem einarmigen Würgegriff befreit. Die Lefzen wackelten, Blut und Speichel trieften aus dem aufgerissenen Maul. Der wuchtige Kopf stieß nach vorn. Die Reißzähne gruben sich in Kinn und Hals des Einbrechers. Florian hatte den Kampf endgültig für sich entschieden.

Schnurri hatte die Hände am bereits Laptop, als er plötzlich polternde Geräusche aus dem Erdgeschoss hörte. Alles ging blitzschnell. Unverkennbar knurrte ein Hund. Es klang tief und wild. Ein großes Tier. Rumpeln. Kongos ausgestoßener Schmerzschrei trieb Gänsehaut über Schnurris Rücken. Für Sekundenbruchteile erstarrte er. Keuchen drang nach oben. Keuchen und Knurren.

Sie kämpfen, war ihm sofort klar.

Mann gegen Hund. Das bedeutete Zeitgewinn für ihn. Schnurri riss sämtliche Kabel aus dem Laptop, packte den Computer und rannte in den Flur. Am Treppenabsatz verharrte er und lugte hinunter. Kongo kämpfte mit einem kräftigen Rottweiler. Er stieß Hilferufe aus. Die Situation war verheerend. Der schwarze Hund zerfleischte seinen Mittäter. Schnurri schätzte die Situation eiskalt ab.

„Ich schaffe es.“

Geistesgegenwärtig rannte er die Treppe hinunter. Angst war in seinen Augen zu erkennen. Ein hastiger Blick über die Schulter folgte. Der Hund stieß seinen voluminösen Schädel nach unten. Das Maul war weit aufgerissen. Kopf und Halspartie seines Opfers verschwanden zwischen den Zähnen. Kongos gellendes Kreischen verwandelte sich zu einem Gurgeln, bevor es gänzlich verstummte.

„Scheiße", stieß Schnurri aus und zog die Haustür hinter sich ins Schloss.

„Was ist da drinnen los?", wollte der herbei gelaufene Günni wissen.

„Dieses Arschloch von Zöllner hat 'nen scharfen Rottweiler im Haus. Kongo hat es erwischt. Wir müssen abhauen!"

Günni hakte nach. „Was ist mit Kongo?"

„Tot!"

Günni riss die Augen weit auf. „Bist du sicher?"

„Schau doch selbst nach."

Von innen krachte etwas gegen die Tür. Das tiefe Gebell eines wild gewordenen Hundes war zu hören. Immer wieder sprang der Rottweiler gegen die Tür.

„Leck mich am Arsch. Wenn du sagst, dass Kongo tot ist, ist er tot. Ich gehe da nicht rein. Lass uns abhauen."

„Ich hasse Köter", fauchte Schnurri wütend. Er war heilfroh, dass es Kongo und nicht ihn erwischt hatte.

An einem der Nachbarhäuser wurde ein Licht angeschaltet. Sie flüchteten in Richtung Parkplatz der Motorräder.

Fliegende Fische

„Wer weiß, was du gehört hast", unkte Gschwendtner und schenkte sich Kaffee nach. „Wenn sich zwei angesoffene Franken beim Pinkeln unterhalten, werden sie wohl kaum einen Mord planen."

„Wir könnten höchstens mal beim Zollamt nachfragen, ob sie einen Kollegen haben, der in Giebelstadt wohnt", schlug Mandy vor.

Gschwendtner rollte mit den Augen und zog die Mundwinkel für einen kurzen Augenblick nach unten. „Bitte schön! Viel Spaß dabei", kam es leicht höhnisch, dann lenkte der Oberbayer ein. „Aber sicher ist sicher. Kannst du dich darum kümmern?"

Emre winkte ab. „Ich glaube, unser Grufti hat recht. Vielleicht habe ich da etwas nicht richtig verstanden."

Mandy war mit dieser Aussage überhaupt nicht zufrieden. „Jetzt tu das nicht so ab, Emre. Erst helfe ich dir, dann fällst du mir in den Rücken. Wenn an der Sache etwas dran ist, müssen wir dem nachgehen."

„Den Grufti möchte ich überhört haben", schmunzelte der Oberkommissar. „Wie war überhaupt das Treffen mit Freddy?"

„Geschickter Themenwechsel", zwinkerte Emre. „Du bist wohl neugierig."

Mandy räusperte sich. „Ich möchte es auch wissen."

Emre versuchte cool zu wirken. „Es war interessant."

Gschwendtner goss verbal betrachtet etwas Öl ins Feuer. „So, so! Interessant. Das sage ich immer, wenn mir etwas nicht schmeckt und ich höflich sein möchte."

„Grins nicht so blöd, Gschwendtner. Freddy ist eben nicht ganz mein Typ. Er ist etwas … zu schrill."

Gschwendtner zuckte mit den Achseln. „Und auf Rhodos war er das nicht?"

Emres Lockerheit ließ etwas nach. „Da ist nichts passiert."

Gschwendtner beugte sich vor. „Sagt er? Oder weißt du es?"

Die Fragerei nahm Formen an, die dem homosexuellen LKA-Beamten unangenehm waren. „Da ist nichts passiert. Basta!"

„Und was gab*s noch? Du hast vorhin gesagt, dass dir ein paar Sachen aufgefallen sind", streute Mandy ein.

Emre war beinahe etwas dankbar über die Frage. Er berichtete über sein Erlebnis am Bahnhof und die Idee, über die Stricher an Informationen über Ioan Agulescu zu gelangen. Dann erzählte er von Mihail und auch von diesem Charly. Anfangs wollte er die Sache von Freddys Verkupplungs-Service verschleiern, doch dann erzählte er auch diesen Part.

„Da schau her", meinte Gschwendtner, „dann wäre mir dieser Freddy auch zu schrill. Die ganze Sache ist auf alle Fälle einen Bericht an das Fachkommissariat wert", urteilte er. „Die Würzburger Kollegen von der Sitte sollen sich darum kümmern."

Mandy schüttelte den Kopf. „Lass uns erst einmal mit Fischer darüber sprechen. Solch ein Bericht hat keine Eile. Es wäre zu blöd, wenn uns ein übereifriger Kollege in die Suppe spucken würde."

Emre empfand Mandys Vorschlag als gut. „Können wir gerne so machen."

Auch Gschwendtner war einverstanden. „Fischl wird von den betreffenden Fachabteilungen schon jemanden kennen. Kurze Dienstwege führen oftmals schneller zum Erfolg", war seine Meinung. „Lasst uns fahren."

Die Begrüßung im Büro des Fachkommissariats für Vermisste fiel kurz und knapp aus. Hauptkommissar Fischer hatte zusammen mit Helga zig Unterlagen vorbereitet.

„Heute ist Aktenwälzen angesagt. Lasst uns alles noch einmal akribisch durchsehen. Irgendwo muss es einen Zusammenhang geben, der bislang übersehen wurde."

Mandy ächzte. Sie hatte bereits letzte Nacht alle Akten durchgesehen und nichts gefunden. Allerdings wollte sie dem Hauptkommissar nicht widersprechen, also schwieg sie.

Es lagen ein paar Süßigkeiten-Riegel, Gummibärchen und eine Packung Salzstangen auf dem Tisch. Daneben standen Getränke. Wasser, Cola und Spezi. „Eine Kanne Kaffee, Tassen, Zucker und Milch sind dort." Fischer zeigte zu einem Schränkchen, auf dem auch eine Kaffeemaschine stand.

Ohne zu murren, nahmen sich alle vier Kriminalbeamten jeweils Akte für Akte vor. Seite für Seite wurde gelesen. Jeder Bericht und jede Vernehmung durchgeforstet. Foto für Foto betrachtet und Notizen verglichen. Nichts! Es war zermürbend und zum fast zum Verzweifeln. Die Zeit raste dahin. Das anschließende Brainstorming beim Vergleich der Notizen verlief ebenfalls im Sand.

„Sollen wir eine Essenspause einlegen?", fragte Fischer entnervt. „Es ist schon halb eins durch."

„Gute Idee. Ich bin ohnehin ausgepowert", stöhnte Emre.

„Und wieder einmal haut die Realität der Hoffnung eine aufs Maul", kommentierte Gschwendtner. „Wir ackern und ackern, sind aber blind."

Als ihn alle drei anstarrten und eine Entscheidung erwarteten, stimmte schließlich auch er dem Vorschlag seines Lehrgangskameraden zu. „Essenspause klingt eindeutig gut."

Aus dem Nachbarbüro waren Geräusche zu hören. Dann tauchte Helga im Türrahmen auf. „Na endlich", grinste sie und deutete auf Fischer. „Er hat mich heute zum Metzger und zum Bäcker geschickt. Ich bringe das Zeug gleich rüber. Hab es in der Küche im Kühlschrank zwischengelagert."

Die von Hauptkommissar Fischer spendierte Brotzeit bestand aus Butterbrezen, Semmeln, Wurst, Schinken und Käse. Dazu servierte er je ein Glas Essiggurken, Senf und Meerrettich.

„Selbst eingelegte Gurken", erklärte der Würzburger. „Lasst es euch schmecken. Lauter fränkische Spezialitäten. Ich dachte, ein kleiner Imbiss reicht aus, da wir heute Abend fein

Essen gehen.“

„Imbiss?“, stieß Mandy überrascht aus. „Das ist doch kein Imbiss. Das reicht für 'ne ganze Kompanie. Also ich brauche heute Abend nichts mehr.“

Gschwendtner rieb sich mit der Hand über den stattlichen Bauch. „Mach´ dir mal keine Sorgen, junges Fräulein, ich bin aufnahmebereit. Jetzt und auch heute Abend.“

Alle lachten.

Nach dem Essen verglichen sie erneute ihre Notizen. Schon nach ein paar Minuten platzte Helga herein. „Das Labor hat angerufen“, sagte sie.

„Wann?“

„Jetzt gerade.“

„Und?“

„Die Leiche ist identifiziert. Die DNA stimmt mit den von Herrn und Frau Agulescu abgegebenen Proben überein. Der Tote ist zu 99,999 Prozent …“

Fischer sprang auf und unterbrach Helga. „Wir müssen unbedingt etwas finden! Wenn Ioan Agulescu tatsächlich auf dem Weingut Aberle gearbeitet hat, muss er Spuren hinterlassen haben. Ich muss mit dem Staatsanwalt sprechen. Wenn hier ein Mord vorliegt, dann müssen wir Beweise sichern, bevor sie ganz vernichtet werden oder anderweitig verschwinden.“

„Das ist genauso dünn, wie Emres belauschtes Mordkomplott gegen den Giebelstädter Zöllner.“

Helga erschrak sichtlich. „Was war das? Ein belauschtes Gespräch über einen Mord in Giebelstadt?“ Ihre Stimme klang leicht erregt.

„Was ist denn los, Helga?“ Fischer kannte seine Sekretärin nur allzu gut. Diese Frage hatte etwas zu bedeuten.

Emre antwortete. „Ach, nichts weiter. Ich war in einem Lokal auf der Toilette. Es kamen zwei Männer rein und unterhielten sich. Da glaubte ich etwas von Giebelstadt, einem Zöllner und plattmachen aufgeschnappt zu haben.“

Helgas Stimme war zittrig. „Ich weiß nicht, ob es im zusammen damit steht, aber unsere Mordkommission ist heute Vormittag nach Giebelstadt ausgerückt. Ich habe es vorhin in den dienstlichen Nachrichten gelesen. Ein Zollbeamter wurde tot aufgefunden. Man hat ihn erschlagen."

„Wieso sagst du das mit der verdächtigen Wahrnehmung nicht gleich?", fuhr Fischer den jungen Kommissar barsch an.

Gschwendtner nahm Emre in Schutz. „Langsam, Fischl! Erstens hat er nur die Hälfte von den zwei lallenden Franken verstanden und Zweites kann man solche Pissoir-Gespräche nicht immer ernst nehmen."

Emre war von sich selbst enttäuscht. „Ich hätte es melden müssen. Verdammt."

Gschwendtner stand auf und ging zu dem jungen Kollegen. Er legte eine Hand auf dessen Schulter. „Mach dir bloß keine Vorwürfe. Was hättest du den Kollegen gesagt? Ich war beim Pissen und jemand, den ich nicht gesehen habe, wollte einen Zöllner in Giebelstadt ausknipsen. Allerdings glaube ich das nur, weil diesen fränkischen Dialekt nicht wirklich gut verstanden habe. Toll! Dich hätte man ausgelacht und wieder weggeschickt."

Fischer konnte diese Begründung nachvollziehen und entschuldigte sich sofort. „Tut mir leid, Emre. Was Gschwendtner sagt, stimmt in jeder Hinsicht."

„Schon gut."

Die Stimmung knisterte. Es lag etwas in der Luft. Der Fall bekam Spannung, auch wenn noch keine Zusammenhänge erkennbar waren. Die Ermittler spürten instinktiv, dass sich etwas bewegte. Sie lechzten nach Informationen, um endlich aktiv handeln zu können.

Der Würzburger Hauptkommissar gab seiner Sekretärin einen Auftrag. „Helga, kannst du uns bitte noch mehr über die Sache besorgen? Du weißt schon", zwinkerte er. „Kurzer Dienstweg. Zudem möchte ich wissen, wer die Sachbearbeitung übernommen hat."

Sie nickte. „Das ist noch nicht alles."

Die Polizisten starrten die Angestellte an.

„Wie meinst du das?", hakte Fischer sofort nach.

„Der Leichnam wurde auf der Bühne der Geyer-Festspiele aufgefunden. Nachdem die aufnehmenden Kollegen zum Haus des Mordopfers gefahren sind, lief ein weiterer Unterstützungseinsatz an. Erstens benötigten sie einen Schlüsseldienst, da bei dem toten Wilhelm Käutner kein Schlüssel gefunden wurde, zweitens musste der Hundeführer anrücken. Käutner hatte einen Rottweiler. Die Tür wurde geöffnet, der Hund in Gewahrsam genommen."

„Ein Rottweiler, das war sicherlich nicht einfach", kam als Zwischenbemerkung.

„Das dachte sich der Einbrecher sicherlich auch, als er die Bekanntschaft des Hundes machte", schob Helga nach. „Im Flur des Hauses lag eine Leiche."

Emre stand auf. „Ich fasse es nicht!" Er griff sich an den Kopf. „Ich hätte das vielleicht …"

„Setz dich", forderte Gschwendtner ihn unmissverständlich auf. „In dieser Situation hätte jeder von uns genauso entschieden."

Fischer hakte nach. „Was hat es mit der zweiten Leiche auf sich?"

Helga zuckte mit den Achseln. „Keine Ahnung. Ich habe das Fernschreiben nicht zu Ende gelesen. Das war nicht unser Fall."

„Gut gemacht, Helga. Kümmere dich bitte um ein paar Fakten."

„Fischl, wo sitzt die Mordkommission?", wollte Gschwendtner wissen.

Der Hauptkommissar sah den LKA-Mann an. „Nur ein paar Bürotüren weiter."

„Dann lass uns doch schnell rübergehen und mit den Kollegen sprechen."

Im Gegensatz zu Fischers Büro war das von Kriminalhauptkommissar Josef Lemke spartanisch eingerichtet. Keine Pflanze, keine Bilder. Nichts. Ein Schreibtisch, ein PC mit zwei Bildschirmen, zwei Besucherstühle und ein Aktenschrank. Das Licht der kalten Neondeckenbeleuchtung war angeschaltet.

Der Sachbearbeiter des Würzburger Dezernats für Tötungsdelikte saß hinter seinem Schreibtisch und sprach ins Diktiergerät. „Punkt, zweimal schalten. Kriminaloberkommissar Schmidt übernahm die Spurensicherung ...", er stoppte, spulte zurück und ließ das Band noch einmal ablaufen. Indessen deutete er auf die beiden Besucherstühle. Dann hörte er sich den letzten Satz noch einmal an, ergänzte ihn und legte das Gerät zur Seite.

Fischer kannte er persönlich. „Womit kann ich dienen?", begrüßte er ihn und das Team der Soko weiß-blau-rosa. „Ich bin etwas im Stress. Wir hatten heute zwei Leichen und ..."

„Deshalb sind wir hier." Emre hatte sofort das Wort übernommen. Er stellte das Team und sich vor. Dann berichtete er von seinem Erlebnis auf der Herrentoilette in Charlys Bar.

Der Mordermittler hörte aufmerksam zu. Nachdem Emre seinen Bericht beendet hatte, kratzte sich Lemke am Hinterkopf und lehnte sich zurück. „Wir gehen zwar von einem Raubmord aus, aber an der Sache ist etwas faul. Da passt etwas nicht."

„Erzähl doch einfach mal frei Schnauze, was dir nicht gefällt. Du bist ein erfahrener Kriminaler. Was ist faul?", schlug Fischer vor.

„Das Mordopfer hieß Wilhelm Käutner. Er war Zollbeamter und lebte seit seiner Scheidung allein in seinem Haus. Dort fanden wir eine weitere Leiche. Der Tote betrat, nach bisherigem Ermittlungsstand, mit Käutners Schlüssel das Anwesen. Der Zollbeamte hielt einen scharfen Rottweiler. Das wusste der Einbrecher wohl nicht. Nachdem er ins Haus gelangt war, wurde er von dem Hund zerfleischt. Unser Hundeführer musste das Tier einfangen, bevor wir das Haus gefahrlos betreten konnten. Was uns dort erwartete, war kein schöner Anblick."

Mandy preschte mit einer Frage vor. „Dann haben Sie den

Mörder?"

Lemke machte eine verneinende Geste. „Nicht ganz richtige. Der Tote dürfte allerdings einer von ihnen sein. Die Spurenlage am alten Geyer-Schloss deutet auf zwei bis drei Täter hin." Der Beamte machte eine kurze Pause, blickte in die Runde und sprach weiter. „Der Tote in Käutners Haus ist für uns kein Unbekannter. Er hieß Timothy Müller. Spitzname: Kongo. Sein Vater war ein afroamerikanischer US-Soldat, die Mutter hieß Carmen Müller und stammte aus Versbach bei Würzburg. Der Vater ließ Mutter und Kind sitzen und verdünnisierte sich in die Vereinigten Staaten. Carmen Müller wurde zur Alkoholikerin und verstarb an Leberzirrhose, als Timothy 14 Jahre alt war."

„Makaber, dass er den Spitznamen *Kongo* verpasst bekommen hat", meinte Mandy.

„In diesem Fall verhält sich das anders", klärte der Kriminalbeamte auf. „Müller kam nach dem Tod seiner Mutter in ein Heim für schwer erziehbare Jugendliche. Er war gut gebaut und nahm sich alles, was er wollte mit Gewalt. Müller hatte mit 17 schon etliche Unterlagen quer durch das Strafgesetzbuch. Er saß wegen schweren Raubes sieben Monate im Jugendknast ab und ging nach seiner Entlassung zur französischen Fremdenlegion. Da war er gerade volljährig geworden. Dort flog er raus. Er hatte zwei Offiziere krankenhausreif geprügelt. Müller wurde unehrenhaft entlassen und entging durch Flucht dem Militärgefängnis. Sein Weg führte ihn in die Unterwelt von Marseille. Dort wurde er als Söldner angeworben und ging nach Afrika. Eines Tages tauchte er wieder in Würzburg auf."

„Was hat das alles mit seinem Spitznamen zu tun?"

Lemke nahm einen Schluck Wasser und stellte das Glas wieder ab. „Es gab in den 60er Jahren einen Söldner namens Siegfried Müller. Er war ein ehemaliger Oberfähnrich der Wehrmacht. Dieser Müller war unter anderem an der Niederschlagung des *Simba-Aufstandes* im Kongo beteiligt. Seither trug er den Spitznamen *Kongo-Müller*. Der echte Kongo-Müller starb 1983. Timothy war stolz auf seinen Spitznamen. Wenn sich allerdings jemand darüber lustig machte, wurde er verprügelt. Kongo galt als äußerst gewalttätig. Er gehörte zum Umfeld von Karl Möllenhauer, besser bekannt als *Charly*."

„Der Inhaber von *Charlys Bar*", entfuhr es Emre.

Lemke bestätigte die Vermutung. „Richtig."

Mandy stellte die nächste Frage. „Wieso hat so ein Kerl überhaupt eine Kneipenlizenz?"

„Möllenhauer selbst macht sich nie die Hände schmutzig. Dafür hat er seine Kettenhunde. Wenn man einen von ihnen erwischt, schweigt er wie ein Grab. Teure Anwälte tauchen auf und boxen sie meistens gegen geringe Strafen oder Auflagen wieder raus. Charly hat eine reine Weste und mächtige Freunde. Er geht unter anderem bei den Aberles ein und aus. Das ist eine in den vergangenen Jahren zur einflussreichsten Dynastie gewordene Winzer-Familie."

„Bingo! Der Kreis schließt sich", sagte Gschwendtner.

„Ich verstehe nicht?"

Fischer übernahm jetzt das Wort, berichtete von Ioan Agulescu und den beiden anderen Fällen der Soko weiß-blau-rosa.

„Schön, dass wir jetzt auch an Bord sind. Wir sollten mal der ganzen Sippe auf den Zahn fühlen", freute sich der Beamte der Würzburger Mordkommission.

„Das ist leider noch zu früh. Wenn wir ohne hieb- und stichfeste Beweise dort aufkreuzen, nageln uns Aberles Rechtsanwälte ans Kreuz und der Oberstaatsanwalt schließt die Akten, bevor wir sie überhaupt richtig geöffnet haben", warnte Fischer.

„Gehirnsturm, Leute", schlug Gschwendtner vor.

Fragende Blicke.

„Zu neudeutsch *Brainstorming*. Wenn Aberle tatsächlich so viel Einfluss hat, ist es wohl besser, dass das LKA die Ermittlungen übernimmt. Meine Führungs-Dienststelle ist weit weg und kein Schwein kennt Aberle. Er hat auf uns keinen Einfluss. Diese Ermittlungsakten und der Fall müssen so schnell wie möglich der Soko einverleibt werden. Ich telefoniere mit Leinweber. Er muss uns die Ermittlungshoheit für diese Fälle im Gesamten

übertragen und über die Staatsanwaltschaften absegnen lassen."
„Ich möchte aber mit an Bord bleiben", beharrte Lemke und streckte Gschwendtner seine Hand entgegen. „Ich heiße Josef."

Wie geplant saßen Gschwendtner und Peter Fischer am Abend im Stammrestaurant des Würzburgers, dem *Blauen Zipfel*. Ein Speiselokal der gehobenen Klasse. Die Sache mit Leinweber war am Laufen. Jetzt war Feierabend und endlich konnten sich die beiden Polizisten über die gute alte Zeit unterhalten.
„Zweimal im Monat gönne ich mir diesen Luxus", erklärte Fischer.
Als Aperitif hatte er *Martini on the Rocks* für beide bestellt.
Gschwendtner schossen einige Erinnerungen an ihre Ausbildungs- und Lehrgangszeit durch Kopf. „Weißt du noch? Damals in der Ausbildung bei der Bereitschaftspolizei, der eine Typ, der nie duschen wollte?"
Fischer klopfte sich auf die Schenkel und fing zu lachen an. „Na klar. Wir haben uns eines Nachts zu sechst an sein Bett geschlichen, die Matratze gepackt und sie mitsamt der Stinkmorchel unter die Dusche gezerrt."
„Man, der hatte vielleicht einen festen Schlaf."
„Kein Wunder. Wir hatten ihn doch zuvor in der Kantine richtig abgefüllt."
Beide lachten.
„Das waren Zeiten."
Gschwendtner studierte die Speisekarte. „Was kannst du empfehlen?"
„Die Karte legst du mal schön weg. Ich bestelle für uns."
„Meinetwegen. Ich bin kein Kostverächter. Die fränkische Küche mag ich fast genauso gerne, wie die südlich der Donau."
Fischer grinste. „Ihr Münchner und euer Weißwurst-Äquator."
„Die Donau ist eben ein Grenzfluss! Andere Kultur, anderer Dialekt, anderes Volk!"
„Klar. Bei euch waren die Römer. Bei uns trauten sie sich

174

nicht rein. Da stand der Limes als Grenze. Wir sind sozusagen Urgermanen und ihr Halb-Lateiner." Fischer freute sich über seinen Wortspiel-Sieg.

Bevor der Münchner zur verbalen Retourkutsche ausholen konnte, kam der Kellner an den Tisch.

„Zweimal *Fränkisches Blut*, ach bringen Sie gleich die ganze Flasche, und wir hätten gerne die *Livorneser Fischsuppe* nach Frankenart."

Gschwendtner zuckte zusammen. Der Bilderbuch-Bayer liebte Essen aller Art, aber zwei Dinge konnte er auf den Tod nicht ausstehen. Das eine waren Knorpel, das andere war Fisch mit Gräten.

„Moment, vielleicht …"

„Zweimal", beharrte Fischer. „Ich zahle, ich bestimme!"

Der Kellner notierte die Bestellung und ging Richtung Küche weg.

„Fischl, ich mag keinen Fisch."

„Ich hasse solche Wortspiele."

„Und ich hasse Gräten."

„Fahr runter, Junge. Hast du noch nie eine Livorneser Fischsuppe gegessen?"

„Spinnst du? Natürlich nicht. Da sind doch Gräten drin."

Fischer verzog das Gesicht. „Ein schwerer Gourmet-Fehler. Ich wette, dass du ab morgen einmal im Monat eine Livorneser Fischsuppe nach Frankenart essen wirst."

„Da halte ich dagegen", war sich Gschwendtner sicher.

„Vertrau mir."

„Klär mich auf", forderte der Münchner.

„Viel Zwiebeln, viel Knoblauch, ordentlich Rotwein, natürlich fränkischer Rebensaft, Tomaten und dazu Fisch, Fisch und nochmals Fisch. Vielleicht noch 'ne Muschel, eine Scampi und ein paar Garnelen sowie eine scharfe Peperoni obendrauf. Man legt geröstetes Weißbrot in den Teller und gibt die Suppe, na ja eigentlich ist es mehr ein Eintopf, darüber. Du wirst es lieben."

„Und Gräten?", erkundigte sich Gschwendtner explizit.

Eine abwertende Handbewegung. „Wirklich überschaubar. Versprochen."

„Wenn es nur halb so gut schmeckt, wie du es gerade geschildert hast, muss es tatsächlich gut sein. Passt. Aber jetzt mal etwas anderes."

„Was denn?", fragte der Würzburger neugierig.

„Du bestellst *Fränkisches Blut* und kannst die Aberle-Dynastie nicht leiden. Ist das nicht etwas schizophren?"

Fischer flüsterte. „Ich mag die Sippe nicht, das stimmt. Aber der Wein ist klasse."

„Also doch schizophren."

Der Keller brachte den Wein.

„Erst probieren, dann reden", monierte Fischer.

Gschwendtner hob das Glas, roch das Bukett und betrachtete die Farbe des Weines. Anschließend probierte er einen kleinen Schluck.

Fischer rutschte aufgeregt hin und her. „Und?"

Der Wein tanzte auf der Zunge. Das Aroma war weich und kräftig zugleich. Es war die pure Harmonie aus verschiedenen Geschmacksrichtungen. Hier ein wenig Beeren, dort ein Hauch Vanille, dann doch wieder leicht schokoladig. Alles in allem weich, zart und geschmackvoll im Gaumen und ein langer Abgang. Samtig und Seiden, so wie Gschwendtner Wein liebte. „Ein Traum. Der Wein schmeckt tatsächlich einmalig. Wie viel kostet eine Flasche?"

„Im Schnitt fünfzehn Euro. Es gibt aber auch welche für das Vierfache. Je nach Jahrgang. Hier im Lokal kostet der Genuss natürlich etwas mehr."

„Wie viel?"

„Für den hier … das ist der Günstigste, nehmen sie hier 'nen Fuffi."

„Der Wein schmeckt tatsächlich exklusiv, also sehr teuer. Diese Aberles sind mir zwar jetzt schon unsympathisch, aber ich glaube, was den Wein betrifft", der Münchner machte eine kurze Pause und betrachtete das Glas, „werde ich genauso schizophren wie du und nehme mir einen Karton mit nach Hause. Besondere Anlässe benötigen besondere Weine."

Fischer klatschte kurz in die Hände. „Ich habe es gewusst. Und mit der Suppe wird's dir genauso gehen."

Gespräche über die alte Zeit ließen die Wartezeit bis zum Servieren des Hauptgangs sehr kurzweilig erscheinen.

Es war endlich so weit. Die *Livorneser Fischsuppe, fränkischer Art* wurde serviert. Gschwendtner war gespannt, wie ein kleines Kind, das auf die Weihnachtsbescherung wartete. Als die Fischsuppe vor ihm stand, stockte dem Oberkommissar allerdings für einen Augenblick der Atem. „Das ist wirklich viel Fisch zu sehen."

Fischer grinste stolz. „Lecker."

Gschwendtners Blick wanderte vom Teller rüber zu seinem Kollegen und wieder zurück. „Ich meine richtige Fischbrocken."

Der Würzburger strahlte. „Hier bekommst du noch was für dein Geld."

„Was ich damit sagen möchte ist, dass üblicherweise in ganzen Fischen immer noch Gräten sind."

Fischer ignorierte Gschwendtner. „Guten Appetit. Die Schlacht kann beginnen." Er hatte nur Augen für seine Portion und überhörte auch weiterhin sämtliche Bedenken seines Kollegen.

Wenn ich das gewusst hätte, wäre ich vorher zu McDonalds gegangen, dachte Gschwendtner und nahm den Löffel in die Hand. Etwas mürrisch probierte der Oberbayer zuerst die blanke Suppe. Er achtete peinlich genau darauf, dass ja kein Stück Fisch auf dem Löffel lag. Unverkennbar griesgrämig schob er den Löffel in den Mund.

Wow!

Explosionsartig breitete sich der Geschmack des Südens, des Meeres und der dortigen Wärme aus. Mediterranes Flair im Gaumen. Sämtliche Geschmacksnerven reagierten positiv. Der oberbayrische Sturkopf musste zugeben, dass sein Kollege nicht übertrieben hatte. Und zwar nicht im Geringsten. Zumindest die pure Suppe war ein Traum.

Verdammt, schmeckt das gut.

Auf dem nächsten Löffel lag bereits ein Stück Tintenfisch. Bissig, aber weder zäh noch glitschig. Einfach nur lecker. Genuss pur. Gschwendtner hievte danach ein Stück des von ihm freigelegten, angerösteten Weißbrotes auf den Löffel. Auch das kam bei ihm gut an. Der leichte Hauch von Knoblauch traf exakt seinen Gusto. Die Essens-Laune des skeptischen Fisch-Feindes hatte sich wesentlich gebessert. Er griff zum Weinglas. „Fischl, ich muss zugeben, das ist wirklich Spitze. Eine ausgezeichnete Wahl."

„Na also", freute sich der zufriedene Gastgeber. „Zum Wohl."

Gschwendtners Löffel wanderte wieder in den Teller. Dieses Mal wagte sich der Münchner an ein großes Stück Lachs heran. Geschickt schnitt er mit der Kante seines Esswerkzeugs etwas vom rosa-rötlich schimmernden Leckerbissen ab. Auch dieses Filetstück war die reinste Gaumenfreude. Ab jetzt flutschte es richtig. Gschwendtner kam so richtig in Fahrt. Auch das mediterrane *Gemüse Julienne* war auf dem Punkt gegart. Damit waren alle Zweifel restlos verflogen. Gedankenlos, aber dennoch genussvoll, schaufelte der Oberkommissar Löffel für Löffel in seinen Mund.

Mitten im kulinarischen Hochgefühl, sozusagen auf der Traumwolke der Gourmets sitzend, zog plötzlich aus dem Nichts eine dunkle Gräten-Gewitterfront auf. Es passierte genau in dem Moment, als der eigentlich bekennende Fisch-Hasser gar nicht mehr damit gerechnet hatte. Er stieß während des Essens mit dem Löffel auf etwas Hartes. Fast enttäuscht blickte er in den Teller. Er hatte an einem Brocken Schellfisch das Teilstück einer Wirbelsäule freigelegt. Links und rechts davon ragten Gräten hervor, deren Spitzen ihn wie bedrohliche Nadeln anstarrten.

Das ist die Rache der Fische. Da bin ich mir sehr sicher, huschte durch seinen Kopf.

Binnen Sekundenbruchteilen analysierte Gschwendtner die

Situation.

Dieser Fisch leistet Widerstand, war sein erster Gedanke. *Gräten! Ausgerechnet jetzt! Ob ich den Rest stehen lassen soll? Nein, ich bin Gast. Fischl zahlt, also muss ich essen. Das gebietet die Höflichkeit. Außerdem schmeckt es spitzenhammermäßig lecker.*

Dieses Mal nahm der die Herausforderung an. Das Finale. Ein lang vor sich hergeschobener Kampf begann. Die Uhr schlug zwölf. *High Noon* war jetzt. Der Fisch gegen ihn.

Kapitän Ahab gegen Moby Dick.

Der überdimensionale Suppenteller war das weite Meer, der Löffel seine Harpune.

Er sprach sich gedanklich Mut zu. *Gschwendtner, ran an den Fisch. Du schaffst es.*

Zeitgleich fuhrwerkte er mit dem Löffel am Fisch herum. Nachdem der Schellfisch zum dritten Mal hintereinander unter dem Löffel wegrutschte und damit auf die andere Tellerseite flüchtete, wurde Gschwendtner wütend. Er gab sämtliche Vorsichtsmaßnahmen auf und holte postwendend zum Frontalangriff aus. Das Außenherum verschwamm. Das Gemurmel der anderen Gäste verkam zum Rauschen des Meeres. Klimpernde Gläser und klapperndes Besteck waren nichts weiter, als das Knarzen seines Walfängers und das Rauschen des Windes, der die Segel aufblähte. Mit der Harpune in der Hand stand er am Bug des Walfangschiffes *Pequod* und wartete auf das Auftauchen von *Moby Dick*. Das Stück Schellfisch starrte ihn an. Die Gräten schienen zu winken. Der Feind rasselte mit dem Säbel.

Jetzt bist du fällig, zischte der Walfänger im Gedanken aus.

Ohne nach links und rechts zu achten, wuchtete er den Löffel in den Teller, stieß an die Kante der Fischwirbelsäule, rutschte ab und katapultierte den Schellfisch durch diese Hebelbewegung in die Höhe. Der Fisch hatte dabei so viel Schwung, dass er mit spielender Leichtigkeit die Entfernung zum benachbarten Tisch zurücklegte. Dort setzte er zum Sturzflug an.

Oh Scheiße, durchfuhr es Gschwendtner, der die Flugbahn

wie im Zeitlupentempo mitverfolgte.

Der Schellfisch hatte sich zum Mäusebussard verwandelt und ein Opfer entdeckt. Der Kopf zeigte nach unten, die Flügel waren angelegt. Höchstgeschwindigkeit! Noch bevor der Oberkommissar ein warnendes Wort ausstoßen konnte, landete der Fisch mitten in der *Mousse au Chocolat* einer älteren Dame. Platschend schlug die Delikatesse der *Livorneser Fischsuppe* im dunkelbraunen Dessert ein.

Noch während sich aufgewirbelte Schoko-Pudding-Spritzer vulkanausbruchgleich im Umkreis von einem halben Meter im Lokal verteilten, versank *Moby Dick* langsam und leicht blubbernd in der cremigen Nachspeise. Nach wenigen Sekunden lugten nur noch ein paar Grätenspitzen hervor.

„Scheißdrecknoamoi! Bluat von ´ner toten Katz` am Säbel! Himmlherrgottkruzinesenscheißglumpvareckts! Ich hasse Fisch!", rutschte es dem genervten Pseudo-Gourmet zeitgleich ziemlich unkontrolliert und vor allem sehr lautstark über die Lippen. Jeder, der anderen Gäste wusste, dass es sich um Schimpfwörter handelte, keiner verstand jedoch auch nur ein Wort der Fluch-Kanonade. Der Kopf des Bayern lief hochrot an. Zu spät. Es war passiert. Er spürte, wie sich die Blicke aller anderen Gäste vereinten und alle Augen auf nur einen Menschen starrten. Auf ihn.

Nun, nicht alle Augen. Die von Peter Fischer waren geschlossen. Fischl stockte der Atem. Der entspannte Gesichtsausdruck des Würzburger Hauptkommissars war augenblicklich tiefgefroren. Er konnte es nicht fassen, was da gerade vorgefallen war.

Auch die Besitzerin der nunmehr richtigerweise als *Livorneser Fisch-Mousse* bezeichneten Köstlichkeit, hatte den Münchner Kriminalbeamten als Täter entlarvt. In Ihrem Blick schwelten Entsetzen und auch ein wenig Hass. Von ihrem rechten Brillenglas tropfte etwas *Mousse au Chocolat* herab. Ihre Lippen bebten vor Wut. Trotz eines geschätzten halben Kilogramms Make-up in ihrem Gesicht, das wohl die tiefen Falten übertünchen sollten, erkannte man Zornesröte.

„Sie ... Sie ... also ... mir fehlen die Worte", stammelte die vollkommen fassungslose aufgetakelte Land-Diva.

Ihr Kopf wackelte zurück in die Ausgangsstellung. Mit steinernem *ich-töte-dich-gleich-Blick* stierte sie ihren Begleiter an. Das war unverkennbar eine an ihn gerichtete Aufforderung etwas zu unternehmen. Sie erwartete sofortiges Einschreiten.

Der etwa gleich alte Herr erkannte das Ansinnen seiner Gattin und legte den Dessertlöffel zur Seite. „Ich habe es kommen sehen", raunzte er missgelaunt. „Meine Liebe, der Herr ist alles andere, als ein geübter Feinschmecker. Er hätte sich standesgemäß besser ein Holzfäller-Steak bestellen sollen."

„Ich habe es kommen sehen", äffte die Betroffene ihrem Begleiter nach. „Etwas anderes fällt dir hierzu nicht ein?"

„Nun, Teuerste, du hast den Beweis meiner mündlichen Ausführung am Brillenglas hängen. Nimmt man die Aussage als solche wörtlich und lässt die Metapher außer Acht, dann ...", deklarierte sich ihr Begleiter, wurde aber jäh unterbrochen.

„Tu etwas!", zischte sie ihm energisch entgegen.

„Was denn? Soll ich ihn an die Wand stellen lassen?"

„Eine gute Idee, Eberhard! Aber wir sind nicht mehr im Krieg. Löse es anders!"

„Ich könnte ihn auch zum Duell auffordern. Die Duellier-Pistolen meines Großvaters habe ich zu Hause im Waffenschrank deponiert. Da fällt mir ein, habe ich dir schon einmal erzählt, dass sie zum letzten Mal im Jahr 1873 ..."

Auch dieser Satz konnte nicht beendet werden.

„Nicht jetzt, Eberhard! Übrigens, dein Anzug ist auch bekleckert."

Er blickte an sich herab und entdeckte Mousse-Flecken. En Griff zur Serviette folgte. „Mon Dieu! Ich werde aufs Heftigste protestieren", sagte er und versuchte den Anzug einigermaßen zu reinigen.

Gschwendtner wäre am liebsten im Erdboden versunken.

Dieser Unfall schaffte es auf Anhieb in die Top-Ten seiner persönlichen Fehltritte.

Peter Fischer versteckte sich hinter seiner Stoffserviette, indem er unverhältnismäßig lange seine Lippen abtupfte.

Gschwendtner suchte fieberhaft nach einem Ausweg. „Fischl, was soll ich machen?", hauchte der König der Missgeschicke seinem Freud entgegen.

„Entschuldigen", murmelte Fischer.

Der Münchner Polizist nahm einen kräftigen Schluck *Fränkisches Blut*, stellte das Glas ab und erhob sich. Demütig stellte er sich vor sein *Schellfisch-Mousse au Chocolat-Opfer*. Er verbeugte sich. „Es tut mir aufrichtig leid. Ich wusste nicht, dass in dieser Fischsuppe auch *fliegende Fische* verkocht wurden." Kaum ausgesprochen, schimpfte er sofort mit sich selbst. *Idiot! Trottel! Fliegende Fische, wie kann man nur solch einen Schmarrn verzapfen?*

Wenn Blicke töten könnten, wäre der bullige Oberkommissar in diesem Moment nicht nur gestorben, sondern elendig in einer düsteren Folterkammer verreckt. Starre Augen, wobei das rechte durch ein aus verschmierter Schoko-Creme verursachtes nebelverschleiertes Brillenglas blicken musste, feuerten einen lautlosen Giftpfeil nach dem anderen ab. Die herabhängenden Mundwinkel der Dame verrieten einen gleichbleibend schlechten Gemütszustand.

Wenn ich sie umdrehe und auf den Kopf stelle, könnte man vielleicht meinen, sie lächelt, schoss es durch Gschwendtners Kopf. Innerlich lachte er, rief sich aber sofort wieder zur Räson. *Das ist keine Gaudi-Veranstaltung. Entschuldige dich, du Idiot.*

„Ich werde selbstverständlich für den Schaden aufkommen", er machte eine kurze Pause, dann kam ein: „Mein Gott, sehen Sie gut aus. Selbst mein unverzeihlicher Faux-pas schmälert ihre Ausstrahlung nicht. Diese Eleganz, wunderbar. Man könnte Sie glatt mit der jungen englischen Queen verwechseln. Und bei meinem Ehrenwort, ich meine nicht die Queen-Mom, sondern die Queen, zum Zeitpunkt ihrer Krönung." Er legte wiederum eine kurze Pause ein, um die Worte wirken zu lassen. „Und dann komme ich ungehobelter Südbajuware in dieses Feinschmecker-Restaurant und löse beinahe einen Krieg aus. Unverzeihlich …"

Während Gschwendtner sprach, bemerkte er im Augenwinkel, wie sich der Begleiter der Dame nachhaltig über den *fliegenden Fisch* in der Suppe amüsierte. Die für die Mundwinkel zuständigen Gesichtsmuskeln waren am Arbeiten und zuckten hin und her. Der Oberkörper hüpfte minimal auf und ab. Er schmunzelte und verkniff sich krampfhaft ins laute Lachen zu fallen.

Die blamierte Dame war offensichtlich von Gschwendtners übertrieben blöden Gesülze sehr angetan. Sie zeigte bei zwei Passagen positive Signale. Einmal war es bei *Ausstrahlung*, das andere Mal beim Vergleich mit der *jungen Queen*. Gschwendtner war auf dem richtigen Weg.

„… und der einzige Grund, weshalb ich den Fleck nicht von ihrer Brille … übrigens, habe ich schon erwähnt, dass Ihnen die Brille wirklich außerordentlich gut steht? Als ob sie nur für Sie designt worden wäre. Waren Sie mal in der Modebranche tätig oder sind Sie gar ein Model?"

Die schräg nach unten zeigendem Mundwinkel wurden angehoben. Jetzt zeigten sie eine Gerade an. Immer noch kühl und abweisend, aber dennoch eine Nuance entgegenkommender.

Gschwendtner musterte das Pärchen auf die Schnelle.

Gehobene Klasse, aristokratisch wirkend. Sie denken charakteristisch in Klassenunterschieden. Feinster Land-Adel. Attacke!

„Wissen Sie, ich bin Offizier in der königlich bayrischen Gendarmerie", umschrieb der Polizist seine berufliche Tätigkeit und erzielte damit einen weiteren Volltreffer. „Hätte ich die südlich der Donau berühmten Weißwürste oder ein Münchner Schnitzel diniert, wäre mir diese Blamage erspart geblieben, andererseits hoffe ich natürlich durch mein Ungeschick Ihre Bekanntschaft zu machen. Das wäre der einzige akzeptable Grund, dass ich mir selbst verzeihe. Ich kann Sie nur anflehen, meine Entschuldigung zu akzeptieren."

Kurze Pause. Er ließ die Worte wirken, bevor er mit gesenkter Stimme weitersprach. „Wenn ich aufgrund dieses nicht wieder gut zu machenden Fauxpas aus dem Lokal verwiesen werde, ist mein höchst geheimer Auftrag gefährdet und die Landessicherheit in Gefahr. Ihnen kann ich dies anvertrauen. Dessen bin ich mir sicher. Sie sind eine Lady, ihr Gatte ein Gentleman."

Der ältere Herr nutzte Gschwendtners nächste Satzpause. „Louise, ich habe meine Meinung geändert. Ich gehe nun davon aus, dass dieser Herr doch kein Prolet ist. Er verhält sich zumindest annähernd wie ein Adelsmann."

Die ältere Dame tupfte das Brillenglas sauber und betrachtete den *Mousse au Chocolat-Schaden*. „So schlimm ist es ja wirklich nicht. Ich nehme Ihre Entschuldigung an, junger Mann. Ihr Name?"

„Gschwendtner."

Fischer verkniff sich seit geraumer Zeit ein Lachen und bewunderte, wie charmant sein Kollege das Problem löste.

Der Bann war gebrochen.

„Fliegender Fisch", japste der Ehemann der *Mousse-Queen* urplötzlich. „Ich musste mich schon sehr beherrschen. Ein köstlicher Wortwitz. Weißt du noch, meine Liebste, als wir beim Hummeressen waren und mir ein ähnliches Malheur unterlief?"

Die Frau errötete. „Du meinst doch nicht die Geschichte, als ich plötzlich die Hummerschere im Dekolleté hatte?"

„Doch, ha ha ha … genau diese Geschichte meine ich", lachte er los.

Auch die Dame begann zu schmunzeln. „Wollen Sie sich nicht ein wenig zu uns setzen? Ihr Begleiter ist natürlich auch herzlich eingeladen."

Gschwendtner war überrascht, setzte sich aber sofort an den Tisch des älteren Pärchens. Fischer wechselte mit gemischten

Gefühlen den Sitzplatz. Der Hauptkommissar brachte die Flasche Wein und beide Gläser mit. Die Suppenteller ließ er stehen. Von der *Livorneser Fischsuppe* hatte er für heute genug.

„Wenn sie gestatten", sagte der Würzburger Polizist mit gedämpfter Stimme.

Der ältere Herr nickte und winkte dem Kellner. „Die beiden Herren sind unsere Gäste."

„Wie Sie wünschen Herr von Laufenbach."

Die Art und Weise, wie sich der Kellner verhielt, war sehr aussagekräftig. Es handelte sich bei diesem Ehepaar unverkennbar um zahlungskräftige Stammgäste.

„Gestatten, Freiherr von Laufenbach. Das ist meine Gattin Louise von Laufenbach, geborene Freiherrin von Elbersfelden. Wir haben standesgemäß geehelicht."

„Peter Fischer, Kripo Würzburg."

„Gschwendtner, bayrisches Landeskriminalamt", stellte er sich vor und nahm hierbei eine Art militärische Grundstellung ein.

„Sie haben Stil", entgegnete der Freiherr.

„Dann sind wir heute bestens beschützt", schmunzelte die Freifrau. „Und was für ein stattlicher Mann Sie sind", meinte sie augenzwinkernd.

Gschwendtner fühlte sich in seinem Element. „Wissen Sie, wenn man so eine Traumfigur haben möchte", deutete der Oberkommissar auf seinen Bauch, „muss man die Fähigkeit besitzen auch essen zu können, wenn man keinen Hunger hat."

Die Freifrau lachte. „Sie sind vielleicht ein Schelm. Schade, dass ich schon vergeben bin."

Gschwendtner schluckte. „In der Tat", würgte er heraus, „Wirklich schade."

Der Freiherr deutete auf die Weinflasche der Polizisten. „Ich sehe, Sie mögen Frankenwein."

Der Themenwechsel kam gelegen.

Fischer nickte. „Ein guter Tropfen."

Das Eis war gebrochen, der Fisch-Unfall vergeben. Einem

feuchtfröhlichen Abend schien nichts mehr im Weg zu stehen.

„Sie müssen einmal unseren *Traminer* probieren. Wir bauen diese Rebsorte seit dem 16. Jahrhundert hier an. Schon meine Vorfahren haben diese Trauben bevorzugt gekeltert. Er bietet intensive Aromen von Rosen und Veilchen. Im Geschmack ist er sehr blumig mit milder Säure und einprägsamer Aromata. Ein erstklassiger Wein zu Wild, aber auch zum Dessert." Der adelige Weinkenner schwelgte in seinem Metier. „Ich rieche förmlich die Rosen. Wissen Sie, diese alte Rebsorte bringt nur wenig Ertrag, ist dafür aber umso schmackhafter. Nicht für jedermanns Geldbeutel. Ich werde eine Flasche spendieren. Im Vergleich zum *Fränkischen Blut*, wirkt dieser alte Franke gegenüber seinem doch recht jungen Kontrahenten echt und ehrlich."

Gschwendtner wurde hellhörig. „Wie meinen Sie das?"

„Nun", grinste der Freiherr leicht überheblich. „Ich finde ihn nicht so gekünstelt, wenn ich das mal so formulieren darf. Im direkten Vergleich mit dem Traminer schmeckt das *Fränkische Blut* eher wie eine Probe aus dem Reagenzglas."

Augenblicklich knallte es im Gehirn des Polizisten. Einzelne Fakten, die bislang lose im Gewirr dieses Falles herumschwebten, wurden verknüpft, nahmen Gestalt an und boten zumindest eine Theorie. Dünn, aber zumindest ein Anfang.

Chemiestudent – Wein – Reagenzglas, surrte durch den Kopf des erfahrenen Ermittlers, wurde abgespeichert und sollte am nächsten Morgen auf dem Tisch der Tatsachen landen.

„Ich lasse mich liebend gerne überraschen."

Man sah es Freiherr von Laufenbach an, dass er nur auf diesen Moment gewartet hatte. Er kostete die Gunst der Stunde regelrecht aus. „Herr Ober", rief der großzügige Gastgeber und nahm Blickkontakt mit dem Kellner auf. „Eine Flasche Traminer Spätlese, aber vom guten Jahrgang! Sie wissen schon … meine Marke. Sie steht nicht auf der Karte."

„Sehr wohl, der Herr."

Der Abend war kurzweilig und informativ zugleich.

Gschwendtner und Fischer schlenderten zu später Stunde durch die Innenstadt der fränkischen Metropole. Das Missgeschick des fliegenden Fisches, gepaart mit Gschwendtners sofortiger Verteidigungs-Taktik hatte etwas Neues in den Fall gebracht. Zwar nur eine Theorie, aber zumindest ein Ermittlungsansatz.

„Ich dachte, ich kann nie wieder in mein Lieblings-Restaurant gehen", meinte Peter Fischer, nachdem sie sich vom Würzburger Land-Adel verabschiedet hatten.

„Was glaubst du, wie ich mich gefühlt habe? Es gibt doch nichts Peinlicheres, als das, was mir heute passiert ist, oder?"

Fischer lachte schallend. „Du hättest die Gesichter der anderen Gäste sehen sollen, als du losgeflucht hast."

„Und erst die alte Freifrau, als sie sich umdrehte und ihr das Mousse au Chocolat von der Brille tropfte."

Sie lachten schallend laut.

„Und ihr Oberschnösel sagte auch noch: Ich habe es kommen sehen. Ich musste mich so was von bremsen", geiferte der Münchner, blieb stehen und bekam vor lauter Lachen beinahe Schnappatmung. Tränen schossen in seine Augen.

Fischer wurde angesteckt. Minutenlang verharrten die beiden Kriminalbeamten an Ort und Stelle und lachten wie verrückt. Es dauerte einige Zeit, bis sie wieder weitergehen konnten.

„… und am Ende zahlte der Baron sogar unsere gesamte Zeche. Ich fasse es nicht, Gschwendtner. Jeder andere wäre im hohen Bogen aus dem Lokal geflogen. Du hingegen knallst der reichen Tussi ein Stück Fisch in den Nachtisch und wirst anschließend eingeladen."

„Glaube mir, ich wäre in diesem Moment am liebsten gestorben. Schleimen war der letzte Ausweg."

Sie erreichten den Marktplatz.

„Wenn du mal 'ne richtig gute Bratwurstsemmel möchtest, musst du dort vorn zu dem Stand gehen. Eigene Herstellung, beste Qualität und original fränkische Wurst."

Gschwendtner merkte sich den Stand. „Wenn ihr Franken

eines gut könnt, dann ist das …"

Fischl fiel ihm ins Wort: „Bratwurst, Wurst allgemein, Bier und Wein und natürlich Schäufele."

Gschwendtner blieb stehen. „Wurst und Wein kann ich nachvollziehen, aber Bier?"

Fischer grinst. „Ihr in München habt ein oder zwei gute Biere. Augustiner und bestimmt noch eins. Aber wir Franken haben die größte Brauereidichte Deutschlands."

Gschwendtner war baff. Er überlegte. „Klar. Mönchshof, Zwickl, Kauzen, Würzburger Hofbräu …"

„Junge, wenn du alle aufzählen möchtest, stehen wir morgen noch hier."

„Stimmt. Also, wo war der Bratwurststand?"

Fischer streckte den rechten Arm aus. „Genau der da. Sowohl die original Fränkische als auch die Bauern-Art … einfach klasse."

Gschwendtner spürte, wie es sich in seinem Magen regte. „Wein und Fisch waren vorzüglich, aber morgen werde ich mich wieder dem widmen, dem ich meinen Bauch verdanke. Bier und Wurst."

Fischer lachte. „Aber lecker war es schon, oder?"

„Ja, war gschmeidig guad!"

„Was war es? Ich habe kein Wort verstanden."

„Es war einsame Spitze! An dieses Fischgericht könnte sogar ich mich gewöhnen. Der Wein … hm … klasse. Allerdings habe ich heute Abend noch etwas anderes geschenkt bekommen."

„Was denn?"

„Einen dezenten Hinweis des Freiherrs."

Fischer war neugierig. „Jetzt spann mich nicht auf die Folter."

„Ich halte es in der Hand."

„Die angebrochene Flasche Fränkisches Blut? Was willst du damit?"

„Jedenfalls nicht austrinken. Den Rest erfährst du morgen."

188

Die Höhle des Löwen

Gschwendtner fühlte sich großartig. Kriminaloberrat Leinweber schien rund um die Uhr im Dienst zu sein. Er hatte ihr Ersuchen geprüft, war bei der Staatsanwaltschaft vorstellig geworden und bereits um 11 Uhr vormittags signalisierte er aus München grünes Licht. Die Staatsanwaltschaften Würzburg und München kooperierten mit dem LKA und die Soko weiß-blau-rosa hatte für alle infrage kommenden Fälle die benötigten Handlungsfreiheiten erhalten.

„Emre, du bist ein Traum", lobte er den jungen Leiter der Soko. „War wohl ein gelungener Bericht."

Dieser gab das Lob sofort weiter. „Mandy hat das Meiste geschrieben. Ich möchte mich nicht mit fremden Lorbeeren schmücken."

„Federn! Es heißt: sich mit fremden Federn schmücken", verbesserte Gschwendtner, lachte und fügte hinzu: „Klugscheißer-Modus Ende." Er wendete sich Mandy zu. „Fräulein Hammerschmidt, darf ich Sie heiraten? Sie sind eine Wucht", grinste er verschmitzt.

„Du bist ein alter Schleimer, aber das Lob eines erfahrenen Haudegens nehme ich gern an."

Kurze Zeit später saßen sie gemeinsam mit den örtlich zuständigen Kollegen Fischer und Lemke im Besprechungsraum der Würzburger Mordkommission. Der Raum sah aus, wie nahezu alle Besprechungsräume aussehen. Mittig stand großer, ovaler Tisch mit zehn Stühlen. An der Seite befand sich ein Regal mit Tassen und Untertellern. Die obligatorische 2-Liter Kaffeekanne, Milch und Zucker rundeten das Bild des Sideboards ab und erfüllten das erwartete Besprechungszimmerklischee.

An der Decke hing ein Beamer und in einer Ecke des Raumes standen ein kleiner Tisch mit PC und ein Flip-Board.

„Gschwendtner, ich gratuliere", tönte Lemke. Der Beamte der Würzburger Mordkommission räusperte sich. „Mhm hm. So schnell habe ich noch nie einen Fall abgegeben. Aber wie vorab schon erwähnt, möchte ich sehr gern mit an Bord bleiben. Geht das in Ordnung?"

„Er ist der Chef", deutete Gschwendtner auf Emre.

Mit großen Augen sah Lemke den Deutschtürken an. „Als junger Kommissar gleich als Leiter einer Sonderkommission eingesetzt zu werden ist schon eine Leistung. Da sage ich mal alle Achtung. Respekt, junger Kollege."

Fischer sprach sich für Lemkes Mithilfe aus. „Josef ist ein guter Ermittler und kennt viele Leute."

Emre musste erst gar nicht überlegen. Seine Antwort kam aus voller Überzeugung. „Ich glaube, wir benötigen jeden Kopf, um dieses wirre Puzzle zu lösen. Wenn wir alle an einem Strang ziehen, ist Verstärkung immer willkommen."

Allgemeines wohlwollendes Nicken.

Fischer suchte als Nächstes den Blickkontakt zu Gschwendtner. „Du hast gestern Abend erwähnt, dass der alte Freiherr von Laufenbach einen Hinweis gegeben hat. Was meinst du damit? Du wolltest das Rätsel heute auflösen."

Der ehemalige Zivilfahnder nickte. „Mir kam gestern ein Gedankenblitz. Ich habe über Nacht noch etwas über eine Aussage des alten Weinkenners gegrübelt. Ich denke, dass es zumindest eine Spur ist, in deren Richtung man mal ermitteln kann. Um es kurz zu machen. Der alte Adelsherr sagte gestern Abend, dass das *Fränkische Blut* im Vergleich zum *Traminer* wie eine Probe aus dem Reagenzglas schmeckt. Ich baute sofort eine Brücke zum suizidierten Chemiestudenten. Kurz nach dem möglichen Freitod von Thomas Zimmermann kam der neue Wein auf den Markt und eroberte die Gaumen der Weinliebhaber. Zufall? Zimmermann nahm sich ohne erkennbaren Grund das Leben. Oder war es doch Mord? Er hatte eine Visitenkarte des Weingutes Aberle im Mund. Warum? Nun, es ist nur eine Theorie, aber beim Brainstorming muss man alles beachten."

„Du hast eine Theorie? Ich bin ganz Ohr", stieß Mandy aus.

Lemke kratzte sich am Hinterkopf. „Da bin ich mal gespannt."

Gschwendtner holte aus. „Zimmermann war ein Ass in seinem Metier. Er war ein Chemie-Genie und Zimmermann hatte Verbindung zum Weingut Aberle. Soweit ist alles klar. Was wäre, wenn Zimmermann Angst hatte? Er wurde vielleicht in den Freitod getrieben. Oder es war kein Freitod, sondern Mord. Allerdings habe ich auch keine Erklärung, wie das ohne Verletzungen stattgefunden haben könnte. Wie gesagt, alles nur Theorie."

„Weiter", drängte Fischer. Er war, wie auch alle anderen im Raum, neugierig und sehr hellhörig geworden.

Gschwendtner war aufgestanden und holte sich eine Tasse Kaffee. Er verfeinerte ihn mit etwas Milch und ging zurück zu seinem Platz. „Bevor Zimmermann starb, genauer gesagt als er noch die Möglichkeit dazu hatte, steckte er sich mit letzter Kraft, sozusagen als Hinweis auf seine Mörder, die Visitenkarte des Weingutes in den Mund. Sie sollte der Polizei den Weg zeigen. Es war der letzte Tipp eines Sterbenden."

„Gewagt, gewagt, Herr Kollege", stieß Lemke aus. „Das zu Beweisen dürfte an ein mittleres Wunder grenzen."

Gschwendtner streckte die Unterarme aus und machte eine schwenkende Geste nach unten. „Sachte, sachte. Wir fangen ganz unten an. Ich habe gestern aus dem Lokal unsere angebrochene Flasche *Fränkisches Blut* mitgenommen. Ich möchte sie gern im Labor untersuchen lassen."

„Wir haben ein gutes Labor-Team", nickte Lemke zustimmend.

„Nein! Nicht hier. Ich habe mit Dr. Harry Pfänder vom LKA telefoniert. Er wartet auf die Flasche." Der Oberkommissar wendete sich Mandy zu. „Ich würde dich bitten, die Flasche einzupacken, nach München zu fahren und das Beweismittel persönlich bei Harry abzugeben. Es wäre wirklich wichtig."

„Kein Problem. Ich düse sofort los. Soll ich anschließend wieder nach Würzburg kommen?"

„Emre, was meinst du?"", gab Gschwendtner die Frage an den offiziellen Soko-Leiter weiter.

„Morgen reicht. Bleib eine Nacht zu Hause, mach es dir gemütlich und sei morgen gegen Mittag wieder hier."

„Okidoki! Wo ist der Wein?"

„Im Kühlschrank, drüben in der Teeküche."

Mandy verabschiedete sich, holte die Flasche *Fränkisches Blut* und machte sich auf den Weg, während ihre Kollegen die Besprechung fortsetzten.

Fischer schüttelte ungläubig mit dem Kopf. „Wie kommst du auf so eine irre Geschichte? Man kann doch Wein nicht jahrelang unentdeckt panschen." „Der Wein wird doch ständig geprüft."

Lemke stimmte zu. „Ich kann mir das auch nicht vorstellen."

Gschwendtner blieb bei seiner Theorie. „Ich habe zuerst im Internet recherchiert und dann mit Dr. Harry Pfänder telefoniert. Er glaubt zwar auch nicht daran, aber er ist ein Genie auf seinem Gebiet und er brennt darauf, den Wein zu untersuchen. Zudem gab er an, noch einen *Wiener Joker* in der Tasche zu haben. Unser LKA-Labor-Gott sagte mir, dass er sich vorab schon mal eine Flasche *Fränkisches Blut* aus dem Laden holt und sie parallel zu unserer Flasche untersucht."

„Das wäre meine Frage gewesen", runzelte Emre die Stirn. „Harry kann sich doch selbst eine Flasche besorgen. Das Zeug gibt es doch überall zu kaufen. Warum muss Mandy extra nach München fahren?"

Wieder ruhten alle Augen auf dem Oberkommissar. Dieser lehnte sich entspannt zurück. „Ganz einfach", begann er zu erklären. „Vielleicht hat Aberle zwei Produktionen im Umlauf. Eine für den Handel und eine für seine Direktabnehmer, für die High Society und natürlich für die Prüfungskommissionen oder wie immer das bei den Winzern heißt."

„Das ist doch alles Irrsinn. Der ganze Aufwand ist für die Katz'", tönte Lemke. „Glykol-Weine haben seit dem Skandal

Mitte der 1980er-Jahre keine Chance mehr. Die Untersuchungslabore der Kontrollstellen würden jeden Übeltäter sofort entlarven." Der Mordermittler wirkte leicht genervt.

Gschwendtner blieb gelassen. „Richtig! Das trifft zu, sobald Mittel zum Süßen verwendet werden oder wenn Diethylenglykol als Geschmacksverstärker verwendet wird. Diese Vorgehensweise ist allgemein bekannt und wird überall getestet. Damit kommt man nicht mehr durch. Sollte Aberle tatsächlich seinen Wein chemisch aufbereiten, also panschen, müsste er es anders machen."

„Und wie?"

„Wenn das so einfach wäre, würde es wohl jeder machen. Ich kann diese Frage leider nicht beantworten. Ich bin Bulle, kein Chemiker. Außerdem muss ich zugeben, dass ich wegen Mathe und Chemie in der Schule eine Ehrenrunde gedreht habe. Solche Fragen klären unsere Profis. Leute wie Dr. Harry Pfänder. Er wird herauffinden, ob Aberle seinen Wein chemisch veredelt oder nicht. Der Auftrag läuft. Wir dürfen auf das Ergebnis gespannt sein. Harrys *Wiener Joker* ist ein ehemaliger Studienkollege, der als junger Laborant maßgeblich an der Aufklärung der großen Glykol-Panscherei beteiligt war. Kurz gesagt, wohl das beste Pferd, dass man ins Rennen schicken kann."

„Das ist wirklich hanebüchen, Gschwendtner", meinte jetzt auch Fischer. „Aberle hat es nicht nötig Wein zu panschen."

Emre grübelte. „Kann es sein, dass er tatsächlich zwei verschiede Produktionen am Laufen hat?", fragte er laut in die Runde. „Eine saubere und eine gepanschte Version des *Fränkischen Blutes*?"

„Können wir mal auf die aktuellen Fälle zurückkommen?", drängte Lemke.

Emre hob die Hand zum Einspruch. „Langsam, ich muss schließlich Ergebnisse nach München schicken und nicht nur halb leere Weinflaschen. Gschwendtner, was soll ich unserem Chef schreiben, wenn er wissen möchte, in welche Richtungen wir ermitteln?"

Der Oberkommissar blieb immer noch gelassen. „Immer mit der Ruhe", beschwichtigte er. „Der ermordete Zollbeamte ist der Schlüssel zu Aberle. Dieser Winzer verbirgt ein dunkles Geheimnis und das decken wir auf."

„Wie?", grinste Lemke leicht überheblich. „Mit eingeschleusten Drohnen, die uns zum Geheimlabor führen", lachte er und blickte sich auf der Suche nach Bestätigung um. Keiner außer ihm empfand die Bemerkung als lustig.

Gschwendtner warf dem Mann von der Mordkommission einen schrägen Blick zu. „Ich habe mir von dir etwas mehr Professionalität erwartet. Oder stehst du auf der Gehaltsliste von Aberle?"

Lemke fuhr hoch. Seine Wangen färbten sich hochrot. „Also, das ist doch eine bodenlose Frechheit! Ihr kommt aus der fernen Landeshauptstadt daher gelaufen, steckt eure Nasen in meinen Fall und besitzt auch noch die Frechheit zu behaupten, dass ich bestechlich bin."

Fischer versuchte sofort zu schlichten. „Gschwendtner, Josef! Benehmt euch mal!"

„Es ist unser Fall, nicht deiner", schob Gschwendtner mürrisch nach.

„Leute, so kommen wir nicht weiter", übernahm Emre wieder das Wort. „Gschwendtner ist ein Polizist, der eben anders arbeitet als die meisten von uns es gewohnt sind. Ich durfte schon an seiner Seite ermitteln und kann das sehr wohl beurteilen. Wo andere der Straße folgen, geht unser Oldie querfeldein. Das mag holprig und fremd aussehen, führt aber in manchen Fällen schneller zum Ziel als der bequeme Weg."

„Ihr seid zwei sture Eselsköpfe! Könnt ihr jetzt miteinander arbeiten oder nicht?", stellte Fischer die entscheidende Frage.

Lemke schmollte. „Ich muss mich nicht beleidigen lassen."

Gschwendtner spielte *sturer Bock*. „Und ich muss mich nicht verarschen lassen."

Emre stand auf. „Geht es nun miteinander oder soll ich ein Machtwort sprechen?"

Während Gschwendtner noch herumdruckste, streckte Lemke seine Hand aus. „Ich habe heute wohl keinen guten Tag erwischt. Tut mir leid."

Jetzt lenkte auch der Münchner ein. „Ich habe mich reizen lassen. Tschuldigung!"

Händeschütteln.

„Nachdem das geklärt ist, würde ich gern wissen, wie es weitergeht", fuhr Emre ohne Umschweife fort.

Der junge Beamte hatte Führungspotential bewiesen und die Situation entschärft, bevor sie eskalierte. Jetzt ruhten seine Augen auf Gschwendtner. „Was schlägt der alte Fuchs vor?"

„Wir gehen in die Höhle des Löwen!"

Lemke pfiff verblüfft durch die Zähne und stieß ein: „Zu Aberle?", aus.

„Richtig, Josef."

„Wir beide könnten dort mal ein wenig auf den Busch klopfen", meinte Gschwendtner.

Emre war aufgestanden und ging auf und ab. Er wirkte leicht nervös. „Ich habe doch diesen Stricher befragt", begann er zu erzählen.

„Welchen Stricher?", hakte Fischer verblüfft nach.

„Um auf die Spur des vermissten Ioan Agulescu zu stoßen, habe ich das Umfeld des Hauptbahnhofs abgecheckt. Mir fiel ein Rumäne auf, der dort anschaffen ging. Den habe ich kontrolliert. Dabei stellte sich heraus, dass er sachdienliche Angaben machen konnte. Dieser Zeuge sagte mir, dass es in Heidingsfeld einen speziellen Treffpunkt für Arbeitssuchende ohne Papiere gibt. Angeblich hatte sich auch Ioan Agulescu dort aufgehalten. Ich werde mich auf dem sogenannten Arbeiterstrich mal ein wenig herumtreiben, gebe vor eine Stellung zu suchen und ... wer weiß, vielleicht habe ich Glück und werde auf der Suche nach einem Job eingestellt."

„Undercover?"

„Richtig! Ich werde in die Höhle des Löwen gehen, aber anders, als du denkst, Gschwendtner."

„Auf gar keinen Fall! Das ist zu gefährlich."

„Im Vergleich zum Wessobrunner russischen Roulette ist das ein Kindergeburtstag."

Die Anspielung auf den letzten Fall genügte. Gschwendtner ruderte zurück. „Also gut, aber du meldest dich mindestens dreimal täglich."

„Du bist schlimmer als meine Mutter."

„Ich finde die Idee gar nicht so schlecht", äußerte Lemke.

„Leute, wo gibt es hier ein Second-Hand-Geschäft für Klamotten? Ich benötige das richtige Outfit für meine Tarnung. Je mieser die Klamotten sind, desto glaubwürdiger wird meine Rolle."

„Du denkst wirklich an alles", lobte Fischer.

„Wann sprecht ihr bei den Aberles vor?", wollte der Soko-Leiter wissen.

Lemke meldete sich zu Wort. „Wir sollten Emre ein oder zwei Tage Vorlauf lassen. Das ist unauffälliger."

„Einverstanden. Er bekommt zwei Tage, dann locken wir den Löwen aus der Höhle", beschloss Gschwendtner.

„Gut, aber jetzt erst mal zu Emre und seinem Auftritt. Ich kenne da einen Laden, der genau richtig sein dürfte", meinte Fischer.

Emre trug eine zerschlissene Jeans, ausgelatschte Schuhe, die ihm etwas zu groß waren, ein T-Shirt und darüber ein ausgewaschenes Hemd. Um etwas schäbiger auszusehen, wälzte er sich im Hinterhof des Polizeipräsidiums unter einem Laubbaum auf der Erde herum. Einige vorbeikommende Kollegen sahen den Südländer ungläubig an. „Hat der 'n Rad ab?"

„Alles Tarnung", versuchte Gschwendtner zu erklären, gab es aber schnell auf.

„Sollen wir die Sanitäter holen?", oder: „Ist der Mann Epileptiker?", waren noch die harmlosen Fragen.

Gschwendtner verzichtete darauf, es als dienstlich notwendig zu erläutern. Er schwenkte um. „Der junge Kollege hat eine

Wette verloren."

Diese Erklärung wurde komischerweise nicht hinterfragt, sondern löste Schmunzeln und etwas Schadenfreude aus.

„Arme Sau", und: „Selbst schuld", wurde jetzt bemerkt.

Die Situation war für ihn nun wesentlich entspannter als zuvor. Mit verschränkten Armen stand der Münchner LKA-Beamte da und sah zu, wie sich sein Kollege vollends zum Affen machte.

Nachdem er genug eingesaut war, stand Emre auf stellte sich modelmäßig hin. „Und?"

Zufrieden betrachtete Gschwendtner seinen Vorgesetzten. „Du siehst aus, als hättest du drei Tage im Freien genächtigt und wochenlang keinen Tropfen Wasser an deine Haut gelassen."

„Genau das wollte ich damit bezwecken."

Ein Blick auf die Armbanduhr folgte. „Beeil dich! Fischer kommt gleich. Wir treffen uns an der Ausfahrt der Tiefgarage."

Fischer wartet schon. Die beiden Münchner stiegen ein.

„Hast du die Handys besorgt?"

„Zwei Stück. Modell uralt. Jeweils mit einer *Pre-Paid* Sim-Karte ausgestattet. Ein Mobiltelefon ist im Adressbuch mit den türkischen Handynummern bestückt, die du mir genannt hast. Das andere Handy ist leer. Falls es entdeckt wird, kann es so keine Hinweise auf unsere Telefonnummern geben. Du kennst unsere Nummern, oder?"

„Kann ich auswendig."

„Darf ich wissen, wozu du das Zeug benötigst?"

„Ein Handy sollen sie bei mir finden. Sie werden es abchecken und vielleicht damit telefonieren. Die Leute, die damit angerufen werden, verstehen kein einziges Wort Deutsch. Alles Verwandtschaft aus der tiefsten Türkei. Sie sprechen mit keinem Fremden und werden garantiert sofort auflegen, wenn sie den Anrufer nicht kennen. Das zweite Handy bunkere ich irgendwo. Das schaffe ich schon."

Fischer stand der Sache immer noch skeptisch gegenüber.

„Emre, du gehst wirklich von kriminellen Machenschaften aus?"

„Peter, entweder wird diese Aktion ein Volltreffer oder ich werde noch in zehn Jahren dafür verarscht. Das ist der Preis für Gschwendtners unkonventionelle Methoden."

Dieser räusperte sich nur kurz. „Jetzt bin wohl ich wieder schuld daran."

Emre lachte. „Du bist eben mein Lehrmeister."

„Wie beabsichtigst du vorzugehen?", drängte Fischer.

„Ich treibe mich in diesem Geschäft herum, gebe vor, illegal hier zu sein und spreche schlechter deutsch, als der Esel meines ostanatolischen Onkels. Mein gesamter Besitz befindet sich in dieser Aldi-Tüte."

„Ob das mal gut geht", seufzte Fischer und lenkte den Dienstwagen in Richtung des Würzburger Stadtteils Heidingsfeld.

Das Geschäft lag in einer Seitenstraße. Es sah schäbig aus und vermittelte den Eindruck, dass hier alles verkauft wird, nur nicht die im verschmutzten Schaufenster ausgelegte Ware.

Emre stellte sich ein Verkaufsgespräch bildlich vor.

„Was willst du?"

„Gras, Alta, hey."

„Eine Tüte kostet zehn Euro, nimm drei, dann bekommst du 'nen schwarzen Afghanen gratis dazu."

„Das ist voll lol! Hast du noch 'ne Knarre dazu?"

„Klar! Für dich hätte ich sogar ein Sonderangebot. Ne´ Hand-Wumme für 'nen Fuffi, inklusive Munition in der Trommel."

„Ich brauche 'ne Schrotflinte. Du weißt schon, wegen meiner Augen. Ich sehe nicht besonders gut."

„Eine *pump gun* gibt es ab 100 € aufwärts. Je nach Modell."

„Sprenggürtel?"

„Momentan nur auf Bestellung."

„Ihr solltet mal die Terror-Abteilung etwas weiter ausbauen, ist gerade voll im Kommen."

„Alles klar, Mann. Und? Was darf ich einpacken?"

„Dann nehme ich mal das Tüten-Angebot."

„Schwarzer Afghane, brauner Afghane, Öl, Piece?"

„Schmeiß einfach was rein, Kumpel. Ich liebe Wundertüten."

Ein imaginärer Zehner wanderte im Austausch der Tüte über den Tresen.

„Ey, Alta, warum tippst du das in die Kasse?"

„Ich bin ehrlich. Ich bescheiße doch kein Finanzamt. Dafür kommst du in den Knast. Bei Steuern verstehen die Deutschen keinen Spaß. Du kannst 'ne Bank ausrauben, jemanden halb tot prügeln oder sonst was machen. Dafür gibt's Bewährung oder so ähnlich, aber wenn du bei den Steuern fakest, wanderst du ein."

Emre unterdrückte ein Schmunzeln und verdrängte die Gedanken, während er die Straße überquerte und mit gespielter Unsicherheit das Geschäft betrat. Der Kommissar inkognito strengte sich an, um einfach und fremd zu wirken.

Im Ladenlokal herrschte ein eigenartiger Geruch, der an vergammelte Mottenkugeln erinnerte. Ein Großteil der Non-Food-Artikel war von einer dicken Staubschicht bedeckt. Mihail hatte die *Kundschaft* absolut treffend beschrieben. Ein paar Rumänen waren anwesend, aber auch zwei Türken und ein Bulgare hingen scheinbar belanglos herum. Emre streifte durch die muffigen Regalgänge. Vor einem extravagant dekorierten Teeservice blieb er stehen, nahm die Kanne in die Hand und betrachtete sie genauer. Er hob sie hoch und hielt sie gegen das kalte Licht der weißen Neonröhre. Hierbei drehte er die Kanne in der Hand. Emre spürte förmlich, dass er argwöhnisch beobachtet wurde und merkte sinnbildlich, wie sich fremde Augen in seinen Rücken bohrten. Sie saugten sich dort fest und ließen ihn nicht mehr los. Es wurde getuschelt. Er war mit Sicherheit das Gesprächsthema.

Nur wenig später wurde der fremde Kunde auf Rumänisch angequatscht. Emre reagierte nicht darauf, sondern drehte sich um und suchte Blickkontakt zu dem Mann hinter dem Verkaufstresen. „Wie viel kostet das?", fragte er in türkischer Sprache.

Der Kerl hinter der Kasse warf einem der anwesenden Männer einen Blick zu. Dieser setzte sich langsam in Bewegung und ging auf Emre zu. Er war unverkennbar türkischer Herkunft. Der Polizist blieb gelassen und lächelte höflich. Der Typ baute sich vor ihm auf und musterte Emre von oben nach unten und zurück.

„Hast du Geld dabei?", fragte er auf Türkisch.

„Nein, aber ich möchte das zurücklegen lassen. Ich suche Arbeit. Später kaufe ich das und schenke es der Mutter meiner Braut."

Ein Goldzahn funkelte, als der Kerl Emre breit angrinste. Der Fisch hatte den Köder am Angelhaken entdeckt.

„Wie lange bist du schon hier?"

Emre zuckte mit den Schultern. Sein gespielt verängstigter Blick schien zu wirken.

„Keine Angst. Ich bin Ali. Du kannst mir vertrauen. Hast du ein Visum?"

Wieder blieb Emre die Antwort schuldig. Stattdessen wich er mit einer Gegenfrage aus. „Ich habe meinen *Nüfus* verloren. Ist das ein Problem?"

Einer gleichgültigen Handbewegung, folgte eine Gegenfrage: „Wenn du deinen türkischen Personalausweis verloren hast, was ist denn dann mit deinem Pass passiert, mein Freund?"

„Alles weg. Die Leute, die mich über die Grenze …", mitten im Satz verstummte Emre, mimte Vorsicht.

Ali drehte sich zu dem Ladenbesitzer um und murmelte diesem etwas Unverständliches zu.

Rumänisch oder bulgarisch, mutmaßte Emre.

Ein kurzer Wortwechsel folgte, dann sah der Goldzahnträger wieder den in extrem-Second-Hand gekleideten Polizisten an. „Wo kommst du her?"

Emre reagiert bewusst leicht skeptisch. „Türkei", antwortete er unsicherer Stimme.

Eine Hand des Goldzahns lag plötzlich auf der Schulter des zurückhaltenden Neuankömmlings. Ein Hauch von Achselschweiß vermischt mit dem herb-männlichen Esprit von ungewaschen sein breitete sich aus. „Du brauchst keine Angst zu haben. Vielleicht habe ich Arbeit für dich. Was kannst du?"

Jetzt ließ der Kriminalpolizist ein Lächeln über sein Gesicht huschen. Nur kurz, um nicht den Part der Unsicherheit zu verlieren. Er musste glaubwürdig bleiben. „Ich stamme aus einer kleinen Provinz in Südostanatolien. Unser Dorf liegt in der Nähe von *Diyarbakir*. Ich habe dort ein paar Jahre im Weinbau gearbeitet."

„So, so", kam es leicht überlegend. „Ich kenne die Gegend. In dieser Provinz gibt es viele Kurden. Bist du Kurde?"

„Nein. Ein paar Dörfer sind türkisch."

„Ja, das stimmt. Wie heißt du?"

„Emre."

„Und wie noch?"

Zögern.

„Ich verstehe. Du traust uns nicht. Das ist gut so, mein Freund. Traue niemanden, dann wirst du niemals enttäuscht. Aber du musst wirklich keine Angst haben. Ich möchte nur wissen, wie du heißt. Sonst nichts."

Im Gedanken hatte sich der Polizist schon einen unverfänglichen Decknamen zurechtgelegt. „Yilmaz. Emre Yilmaz."

Dieser Nachname war in der Türkei so weitverbreitet, wie Müller, Meier und Schmidt in Deutschland oder Singh in Indien. Yilmaz war nahezu perfekt.

„Emre Yilmaz", wiederholte Ali abschätzend und schob eine weitere Frage nach. „Wie gut kennst du dich im Weinbau aus?"

Emre kramte in seinen tiefsten Kindheitserinnerungen und vermischte etwas Wahrheit mit seiner Legende. „Ich arbeitete gleich nach der Schule bei einem Onkel. Er baute hauptsächlich *Öküzgözü* und *Bogazkere* an. Das sind rote Trauben. Guter Landwein. Als Onkel Mohammed starb, verkauften seine Söhne das Land und ich hatte keine Arbeit mehr. Ich schlug mich mit Gelegenheitsarbeiten durch und lernte schließlich in Diyarbakir jemanden kennen, der mich nach Deutschland brachte. Ich möchte Geld verdienen und dann so schnell wie möglich heiraten. Meine Braut lebt noch zu Hause bei ihren Eltern. Ich kann auch ein paar Wörter deutsch. Willst du sie hören?"

„Nein, das ist nicht nötig. Also hast du keinen richtigen Beruf erlernt, oder?"

Kopfschütteln.

„Macht nichts. Willst du eine Tasse Tee?"

„Sehr gern."

„Komm mit."

Ali führte den vermeintlich Arbeitsuchenden in einen der hinteren Räume. Die Einrichtung bestand aus einem Tisch, zwei alten Holzstühlen, einer Eckbank mit abgewetztem Stoffbezug, einem völlig verdreckten Elektroherd und einem ehemals weißen und nun stark nikotinvergilbten Schrank, in dem Tassen und Teller standen. Das vergitterte Fenster führte zum Hof. Kein Vorhang, keine Gardine. Es roch nach kaltem Rauch. Zwei übervolle Aschenbecher sehnten sich nach Leerung.

„Setz dich und warte." Ali nahm eine Tasse aus dem Schrank, goss schwarzen Tee ein und stellte sie auf den Tisch. „Hast du ein Telefon?"

Emre nickte.

„Gib es mir für einen Moment."

Wieder der unsichere Blick.

Das wirkt! Die beiden Jahre Theaterkurs im Gymnasium machen sich jetzt bezahlt.

„Keine Angst. Ich muss nur kurz etwas prüfen, dann bekommst du es zurück."

Emre zog das uralte Mobiltelefon aus der Hosentasche und gab es Ali. Dieser verschwand in einem weiteren Nebenraum.

Es verging mehr als eine halbe Stunde, bevor Emre wieder den blinkenden Goldzahn sah. Er war die ganze Zeit über stillsitzen geblieben. Ein Grund dafür war die kleine, gut versteckte

Kamera, die den Bereich des Tisches erfasste und die Überwachungsbilder wohl auf einen der Bildschirme hinter den Tresen übertrug, der andere Grund war, dass es hier nichts zu suchen gab. Der Raum war nichts weiter als eine Küche.

Der Vermittler grinste. „Du hast großes Glück. Zufällig habe ich genau den richtigen Job für dich. Ich rede mit meinem Chef und vielleicht kannst du in dem Betrieb anfangen, in dem ich auch arbeite. Wir müssen nur noch einen kleinen Vertrag aufsetzen, dann bringe ich dich hin."

Emre täuschte Freude vor. „Wahnsinn! Ich kann es gar nicht glauben, ich …", er stockte. „Welche Arbeit?"

„Im Weinbau. Es wird dir gefallen."

„Weinbau. Das ist gut."

„Hier hast du dein Telefon zurück. Ich habe doch gesagt, dass du mir vertrauen kannst. Und nun zum Vertrag."

„Was für ein Vertrag? Ich habe doch keine Papiere."

„Mein Chef hat viel zu tun. Er ist ein deutscher Arbeitgeber, der es mit den Behörden nicht so genau nimmt. Du bekommst ein Bett, dein Essen und pro Tag 20 €. Du arbeitest sechs Tage in der Woche. Sonntag ist frei. Es kann sein, dass an einigen Tagen ein paar Stunden mehr zusammenkommen, aber das regeln wir hinterher. Dafür zahle ich dir einen Bonus."

„20 €?"

Der Goldzahn hob die Stirn und meinte überzeugend. „Viel Geld."

„Ich dachte, in Deutschland kann man mehr Geld verdienen."

Alis Blick verfinsterte sich. „Du hast ein Zimmer, ein Bett und schließlich musst du noch unsere Vermittlungsgebühr abbezahlen. Wir bekommen 1.500 € einmalig plus monatlich zehn Prozent von deinem Lohn. Nach einem Jahr bist du komplett schuldenfrei. Wir garantieren den Job für drei Jahre. Du kannst also nach dem ersten Jahr viel Geld verdienen und das Teeservice, dort draußen", er schwenkte mit dem Kopf in Richtung Laden, „das schenke ich dir, weil du so sympathisch bist. Du kannst es deiner Braut schicken und ihr schreiben, dass du sie in spätestens zwei Jahren, vielleicht auch früher", zwinkerte er, „heiraten kannst. Du wirst dir ein Auto kaufen können und … ach", winkte Ali ab, schob den ernsten Gesichtsausdruck beiseite und setzte wieder die schleimig-lächelnde Maske auf, „… ich möchte gar nicht daran denken, wie gut es dir gehen wird."

Emre mimte den Glücklichen. „Das Teeservice ist für meine künftige Schwiegermutter."

„Noch besser. Sie wird dich lieben, wie einen eigenen Sohn."

„Ich bin einverstanden."

„Sehr gut", freute sich Ali.

Emre konnte die imaginären Dollarzeichen in den Augen des modernen Sklavenvermittlers sehen.

„Ach ja, vielleicht gibst du mir doch dein Telefon" forderte Ali. „Ich traue den anderen Arbeitern nicht ganz und es wäre kein guter Anfang, wenn es dir gestohlen werden würde. Du kannst jeden Sonntag hier in den Laden kommen und mit deiner Familie telefonieren. Dort oben, in den Weinbergen, hast du ohnehin keinen Empfang."

Wortlos zog Emre das Mobiltelefon wieder aus der Hosentasche und gab es Ali erneut.

„Hast du Gepäck? Einen Koffer oder so etwas?"

„Nur das, was ich in der Tüte habe."

Zwei Stunden später stand der Undercover-Polizist vor einem kleinen, völlig heruntergekommenen schäbigen Haus. Es lag mitten in den fränkischen Weinbergen, kurz vor den Toren Würzburgs. Emre war zwischenzeitlich gänzlich in seiner Rolle als illegaler Arbeiter aufgegangen. Sogar die Gedanken in seinem Kopf spielten sich in türkischer Sprache ab.

Ein ziemlich beleibter Bulgare schlürfte hinter dem Haus hervor. Als er Ali sah, erhöhte der Arbeiter die Geschwindigkeit.

„He, du! Zeig dem Neuen mal sein Bett!"

Der Bulgare winkte Emre zu sich. Wortlos verschwanden

beide im Haus.

„Das ist dein Bett“, sagte er in gebrochenem Deutsch und deutete auf die ehemalige Schlafstätte von Ioan Agulescu.

„Danke.“

„Türke?“

„Ja.“

„Deutsch?“

„Wenig“, zeigte Emre an, indem er Zeigefinger und Daumen der rechten Hand zusammenzwickte und kurz vor der Berührung beider Kuppen stoppte.

Der Bulgare deutete auf seine eigene Brust. „Ich bin Stanomir. Ich spreche etwas türkisch und etwas rumänisch. Ich bin viel herumgekommen.“

„Ich heiße Emre.“

Ein Pkw näherte sich. Er fuhr eine schmale Straße entlang, die sich kaum sichtbar durch den Weinberg zog. Aufgewirbelter Staub zeigte die zurückgelegte Strecke an. Als die Reifen des geländegängigen BMW X 6 den Schotterbereich berührten, knirschte es. Direkt vor dem Häuschen blieb der Luxusschlitten stehen.

Stanomir warf einen Blick aus dem Fenster. „Cheffe“, sagte er und ging sofort aus dem Haus. Emre folgte ihm.

Ali unterhielt sich mit dem Fahrer des Luxusgefährts. Während der Bulgare wieder seine Schaufel packte, zeigte Ali auf den neu angeworbenen Arbeiter. Der Goldzahn blinkte in der Sonne. „Das ist der Neue. Er heißt Emre, kommt aus dem tiefsten Anatolien und kennt sich etwas im Weinbau aus. Er wird für den üblichen Tarif arbeiten.“

Der Mann, der neben dem BMW stand, war schätzungsweise 40 Jahre alt. Braun gebrannte Haut, Rolex am Handgelenk, Designer-Anzug. Emre ging davon aus, dass es sich um den Chef des Weingutes handelte.

„He du, komm her!“

Emre folgte der Aufforderung. Vor Ali und dem von Stanomir als Cheffe bezeichneten Mann blieb er stehen.

Gernot Aberle betrachtete Emre misstrauisch. „Er gefällt mir nicht."

„Was ist an ihm falsch?"

„Er soll mir seine Hände zeigen!"

Emre grinste und machte einen Diener.

„Warum grinst mich der Idiot so dumm an? Er soll mir die Hände zeigen, habe ich gesagt."

Ali zuckte mit den Schultern und zischte Emre in türkischer Sprache an: „Hör auf zu grinsen und zeige dem Boss die Hände!"

Aberle zog die Mundwinkel nach unten. „Was ist das für ein Trottel?"

„Er hat keine Papiere, spricht nicht gut Deutsch, hat keine Ausbildung und ist, so glaube ich zumindest, etwas einfältig."

„Und was war das mit dem Weinbau?"

Emre streckte die Hände aus. Die Handflächen zeigten nach unten. Der Dreck unter den Fingernägeln stach deutlich hervor. Auch waren drei Nägel eingerissen oder abgebrochen. Alles in allem sahen die Hände schmutzig und ungepflegt aus.

„Er arbeitete bei seinem Onkel in Südostanatolien. Dort wird Wein angebaut."

Immer noch musterte Aberle den vermeintlich neuen Schwarzarbeiter. „Der letzte Schlaumeier wurde zum Problem. Der hier sieht genauso Bauernschlau aus. Ich mag ihn nicht."

„Verzeihung, Chef, aber wir müssen die Laubarbeiten beenden und den Laubschnitt entfernen. Etliche Triebe müssen noch festgebunden werden, dann steht noch die grüne Lese an. Wir benötigen auf jeden Fall noch einen guten Mann, der sich zumindest etwas im Weinbau auskennt."

Aberle überlegte. Er blickte sich um, schließlich beugte er sich leicht nach vorn und flüsterte Ali zu: „Das stimmt, wir brauchen Leute. Wenn er …", mit einer abfälligen Kopfbewegung zeigte der Winzer auf Emre, „… sich im Weinbau auskennt, kann er dabei helfen, die erbsengroßen Beeren zu entfernen, damit die anderen besser reifen können. Also gut. Ich nehme ihn zum üblichen Tarif. Sollte wieder etwas schiefgehen, schicke ich Charly bei dir vorbei." Aberle grinste dabei überheblich. „Nur um das klarzustellen. Keine Fehler mehr!"

In Alis Augen funkelte es. Er konnte seine Frucht nicht verbergen und senkte den Blick. „Alles ist gut, Chef. Emre ist der richtige Mann. Ich habe ihn überprüft", äußerte er voller Stolz. Blinkend spiegelte sich die Sonne im Goldzahn.

„Du bürgst für ihn?"

Das Grinsen verschwand augenblicklich. Ali war zwischen Angst und Geldgier hin- und hergerissen.

Emre versuchte indessen so einfältig wie möglich zu wirken. „Problem?", fragte er.

Kopfschütteln. „Kein Problem!"

Aberle drängte. „Was ist jetzt? Kann ich mich dieses Mal auf dich verlassen?"

„Ja, Chef!"

„Gut, du bürgst und er kann sofort anfangen. Du zeigst ihm alles. Er soll seine Schnauze halten und wenn die Bullen kommen, abhauen. Erwischen sie ihn, hat er unbedingt zu schweigen. Sag ihm, wir zahlen dann sein Geld weiter und stellen ihm einen Anwalt. Sollte er dennoch quatschen, verpassen wir ihm Betonfüße und versenken ihn im Main!"

„Soll ich das wirklich sagen, Chef?"

„Sag ihm, was du willst. Ich habe nur keine Lust mehr auf Spielchen. Die Burschen sollen parieren! Kapiert?"

„Ja, Chef! Keine Angst, Chef, ich habe alles im Griff."

„Sag nicht immer Chef! Das regt mich auf."

„Mach' ich, Herr Aberle."

„Idiot! Alles Idioten", schimpfte der Besitzer des Winzer-Betriebes, stieg in den BMW und schlug die Tür zu. Nachdem der Sicherheitsgurt angelegt war, ließ er die Seitenscheibe herunter. „Komm am Samstagabend zu auf den Hof. Bei Einbruch der Nacht erwarte ich eine neue Lieferung. Bring zwei Leute mit!"

„Jawohl, Ch..., ähm, natürlich. Ich komme."

„Du kannst den Neuen mal mitbringen. Ich möchte mir ansehen, wie er arbeitet. Vielleicht checke ich ihn noch einmal durch."

Ali nickte und stellte eine Nachfrage: „Wegen Samstag … sollen wir kommen, wenn es dämmert oder wenn es stockdunkel ist?"

„Ihr seid wirklich alles Vollidioten. Ein Pfund Salz hat mehr Hirn als ihr dummen Kanaken", presste Aberle aus und fuhr weg.

Ali sah Emre an. Sein unterwürfiges Grinsen war verschwunden, eine Art Wut-Hass-Blick war zu erkennen, während der Sklavenvermittler der aufgewirbelten Staubwolke nachblickte. „Dieser deutsche Drecksack wird eines Tages die Rechnung bezahlen."

„Welche Rechnung?", fragte Emre neugierig.

„Vergiss es!"

Drei Tage später betraten Gschwendtner und die aus München zurückgekehrte Mandy Hammerschmidt das ihnen zur Verfügung gestellte Büro im Würzburger Polizeipräsidium.

„Guten Morgen", begrüßte der Münchner seine Kollegen Fischer und Lemke, die beide bei einer Tasse dampfenden Kaffee am Tisch saßen und je einen Teil der aktuellen Main-Post durchblätterten.

Fischer legte die Zeitung zur Seite. „Kaffee?"

„Nein, danke. Wir haben in der BePo-Kantine außerordentlich gut gefrühstückt", entgegnete Gschwendtner.

„Nicht so laut, bitte", kam es fast etwas launisch von Lemke. Er sah übernächtigt aus.

„War gestern wohl eine lange Nacht bei dir", stellte Mandy fest.

Nicken. „Stammtisch!"

„O wei, o wei, und jetzt brummt der Schädel, oder?"

„Geht so."

Fischer schüttelte den Kopf. „Eine Bierleiche und zwei aufgedrehte Pfaue. Das kann ein lustiger Tag werden. Sagt mal, waren in eurem Frühstück Pillen drin? Warum grinst ihr beide wie zwei Honigkuchenpferde?"

Gschwendtner berichtete: „Es war eine gute Idee doch noch länger mit dem Besuch bei den Aberles zu warten. Vorweg, Emre hat sich gemeldet. Er ist als Schwarzarbeiter untergekommen. Federführend ist ein Türke namens Ali. Dieser Ali fungiert als Vermittler von illegalen Arbeitssuchenden, kassiert dafür eine Provision und nimmt zusätzlich monatlich Gebühren von den Schwarzarbeitern. Vermutlich teilt er das Geld mit dem Betreiber des Ladens in Heidings…, wie heißt dieser Vorort gleich wieder?"

„Heidingsfeld."

„Richtig. Also die beiden scheinen Halbe-Halbe zu machen. Zusätzlich ist dieser Ali auch so eine Art Vorarbeiter bei Aberle. Emre ist Aberle Junior begegnet. Er fährt einen BMW X 6, ist braun gebrannt und ungefähr vierzig Jahre alt. Insgesamt ein protziges Erscheinungsbild."

„Das ist Gernot Aberle", bestätigte Fischer. „Eines der arrogantesten Arschlöcher unter Gottes Sonne."

„Kann ich bestätigen", tönte Lemke, dessen Stimme heute tatsächlich etwas bassartiger klang, als üblich.

„Momentan wird Emre für jeden Mist hergenommen. Er ist der Neue und muss entsprechend die Drecksarbeit machen. Allerdings wurde er von diesem Ali am Samstag für einen Extra-Job eingeteilt. Es geht zum Hof der Aberles. Dieser Junior-Chef laberte etwas von einer Lieferung, die er bekommt. Arbeitszeit nach Einbruch der Dunkelheit. Es klingt vielversprechend. Wir müssen abwarten und lassen uns mal überraschen."

„Hoffentlich enttarnen sie Emre nicht", sorgte sich Mandy.

„Keine Angst, sorg´ du lieber für deine eigene wasserdichte Legende."

Fischer und Lemke blickten erst sich, dann Mandy und am Ende Gschwendtner an.

„Wie meint ihr das?"

„Was für eine Legende?"

„Alle guten Dinge sind drei. Der erste Grund für unsere gute Laune ist, dass Emre es geschafft hat sich einzuschleusen. Der zweite Grund, dass unser Dr. Harry Pfänder angerufen hat und meinte, dass er mit den Proben etwas anfangen kann. Er hat Auffälligkeiten entdeckt und nun tatsächlich seinen *Wiener Joker* ins Spiel gebracht. Das ist, wie zuvor erwähnt, ein ausgesprochener Spezialist auf diesem Gebiet. Wir dürfen bald mit einem stichhaltigen Ergebnis rechnen."

„Wann?"

„Freitag, spätestens am Montag soll es so weit sein."

„Klingt gut. Da bin ich mal gespannt", bemerkte Lemke.

„Und das dritte Ding?", bohrte Fischer nach.

„Mandy wird als Putze bei den Aberles anfangen."

Stille.

„Das glaube ich jetzt nicht", quoll es in tiefstem fränkisch aus Peter Fischers Mund.

Lemke verschüttete Kaffee und stellte die Tasse wieder ab, ohne getrunken zu haben. „Wie um Gottes willen seid ihr auf diese Schnapsidee gekommen? Und überhaupt, warum läuft das so reibungslos? Wie ging das so schnell?", schoss er brummbärig ab.

„Weil unser Chef im LKA, Kriminaloberrat Leinweber, ein Goldfasan mit Hirn ist. Leinweber sitzt nicht umsonst auf dem Chef-Platz. Er besitzt neben jeder Menge Grips auch noch kriminalistischen Sachverstand, eine große Menge Empathie und glänzt bisweilen mit genialen Ideen. Leinweber durchstöberte die Jobbörse der Agentur für Arbeit in Würzburg und stolperte über eine Anzeige. Die Aberles suchen, genauer gesagt suchten, eine Zugehfrau. Leinweber telefonierte mit uns und steuerte anschließend die direkte Jobvermittlung über die Chef-Etagen aller involvierten Behörden. Die Anzeige wurde für andere blockiert. Mandy ist die einzige Bewerberin und wird heute Nachmittag vorsprechen."

„Sorry, aber du siehst nicht aus wie eine Putze. Du könntest als Model gehen oder als Werbe-Tussi für eine Umfrage-Aktion, aber nicht als Reinigungskraft", protestierte Lemke.

„Wir arbeiten an der Tarnung. Mandy wird sich auf übelste Art anziehen und ein verblödetes Ossi-Blondie-Girl mimen. Wir müssen diese Chance nutzen."

„Wieder in den Second-Hand-Shop?"

„Richtig, Peter!"

„Und was ist mit unserem Besuch bei den Aberles?", fragte Lemke nach.

„Ist nur verschoben."

„Schon wieder?"

„Wir fühlen stattdessen diesem Charly auf den Zahn und fragen hochoffiziell mal nach, ob er seinen Kumpel *Kongo* vermisst."

Lemke verzog das Gesicht „Karl *Charly* Möllenhauer ist ganz unbequemer Zeitgenosse."

„Prima, dann bin ich dort genau richtig. Unbequem kann ich auch sein", lachte der Oberkommissar und strich sich mit beiden Händen flach über den üppigen Bauch. „Oberbayrische Härte trifft auf unterfränkischen Sturkopf. Mal sehen, was wir aus dieser Nummer machen. Josef, bist du dabei?"

„Wird mir wohl nichts anderes übrig bleiben."

Jeder Tag war ein Martyrium, jede Nacht eine Qual. Um die Tageshitze einigermaßen auszuhalten, trug Emre bei den Arbeiten im Weinberg einen alten Strohhut, den er unter dem Stockbett gefunden hatte. Anfangs grub er tief in seinen Erinnerungen. Fuhr gedanklich zurück in seine Kindheit und befand sich wieder zwischen den Weinstöcken seines entfernten Verwandten. Alle halfen mit.

Das war alles, nur keine Ferien. Was habe ich damals gemacht? Was hat Papa mir immer erklärt?

Erinnerungen kehrten zurück. Emre wusste, worauf er achten musste.

Gekoppelt mit den Anweisungen von Ali fand sich der junge Kommissar schnell zurecht. Er arbeitete flink, genau und hart. Abends kehrte er todmüde in das kleine Haus zurück. Stanomir war für das Kochen zuständig. Egal, was der Bulgare auch zubereitete, es schmeckte nicht und war mehr als eintönig.

Es gab täglich billiges, fettiges Fleisch mit Zwiebeln, Tomatensoße und Reis oder Reis mit Zwiebeln, billigem, fettigem Fleisch in Tomatensoße und zur Abwechslung mal Tomatensoße mit Reis, billigem, fettigem Fleisch und Zwiebeln.

Mit anderen Worten ausgedrückt, gab es jeden Tag das gleiche, ekelhafte Gericht. Und jeden Tag löffelten die Arbeiter ihre Teller leer. Um nicht aufzufallen, würgte auch Emre jeden beschissenen Tag das Essen hinunter, um sich danach in sein Bett zu legen und auf den unvermeidlichen durchfallähnlichen Toilettengang zu warten.

An den üblen Geruch, der von der schweißgetränkten Matratze ausging, hatte er sich fast gewohnt. An den Gestank, der von den anderen Männern ausging, würde er sich nie gewöhnen. Sie spielten täglich bis tief in die Nacht Karten, rauchten und tranken billigen Wein aus dem Tetrapak und selbst gebrannten Fusel aus heimatlichen zwei-Liter-Flaschen.

Anfangs war Emre ständig bewacht worden. Zumindest kam es ihm so vor. Nur einmal war es ihm gelungen mit dem zweiten Handy zwischen den Weinreben zu verschwinden und mit Gschwendtner zu telefonieren.

Heute war es endlich so weit. Es war Samstag und die Lieferung, wovon auch immer, stand an. Egal, was sich auf dem Hof der Aberles abspielen würde, er war dabei.

Es dämmerte bereits. Stanomir stand in der Küche und stocherte mit einem Löffel in der bereits erkalteten Tomatensoße herum. „Emre, du heute nix mehr essen?", rief er in den Wohnraum.

„Danke, ich bin satt."

„Essen gut. Schade."

Emre stand auf und stellte sich in den Türrahmen der Küche. Er betrachtete den Koch. „Iss du meine Portion."

Das hätte er dem Bulgaren nicht extra sagen müssen. Stanomir fischte nacheinander drei Fleischbrocken heraus, schob sie in den Mund und schluckte sie beinahe ohne zu kauen hinunter. Ein obligatorisches Rülpsen folgte. „Ali bald hier. Du fertig?"

Emre nickte. „Ich bin fertig, sobald er da ist."

„Gut. Ich auch fertig. Ich helfen auch mit."

„Dauert es lange? Hast du das schon öfter gemacht?"

Stanomir legte den Löffel beiseite und wischte sich die Hände an der Hose ab. Er trug ein ehemals weißes Trägerunterhemd, das an der Frontseite rot besprenkelt war. Emre ersparte sich jeglichen Kommentar, denn im Vergleich mit dem Grauschleier, sowie etlichen weiteren Flecken auf dem Unterhemd, wirkte die Tomatensoße eher wie ein fröhlich-modischer Farbtupfer.

„Weiß nicht, wie lange dauern. Ist egal. Ali schreibt Stunden auf und zahlt."

„Machst du das zum ersten Mal? Also ich meine, diese Fahrt zum Hof vom Chef?"

„Wir arbeiten und fragen nicht."

Emre verstand den Hinweis. „Ich wollte nur wissen, wie lange es dauert."

„Dauert bis Ende."

Der Polizist hätte dieser Floskel so viele Phrasen entgegen schmettern können, entschied sich aber dazu Stanomir nicht zu reizen, sondern stattdessen eine gewisse Gleichgültigkeit an den Tag zu legen. „Hast recht, ist ja auch egal."

Der Bulgare zündete sich eine Zigarette an, setzte sich an den Tisch und sah den anderen Schwarzarbeitern beim Kartenspielen zu. Emre ging zu seinem Bett und legte sich hin. Er drehte sich in eine bequeme Position und wartete.

Sie saßen in einem alten VW-Bus mit Doppelbeifahrersitz. Ali lenkte das Fahrzeug, Stanomir hatte den Platz an der Tür,

Emre musste sich in die Mitte zwängen. Neben dem Bulgaren sitzen zu müssen, war geruchstechnischer Art schon eine Qual. Seine zusätzlichen Ausdünstungen, hervorgerufen durch die Zwiebeln in der Einheitssauce, trieben Emre jedoch an den Rand des Erträglichen. In regelmäßigen Abständen stieß der beleibte Schwarzarbeiter auf, verbreitete rülpsend übel riechenden Mundgeruch oder ließ einen Furz, dessen Geruch stark an verwestes Aas erinnerte.

Ali schien das nicht zu kümmern. Er hatte die Seitenscheibe etwas heruntergekurbelt und qualmte einen nach Pferdehaaren riechenden, billigen Zigarillo. Blauer Dunst schwebte nach oben, sammelte sich an der durch Nikotin dunkelgelb bis hellbraun gefärbten Fahrzeugdecke, kreiselte herum und wurde durch den Sog des Fahrtwindes durch den Schlitz der geöffneten Fensterscheibe hinaus gewirbelt. Die Sitzbänke hinter ihnen fehlten komplett. Auf der Ladefläche befanden sich mehrere große Plastikkanister, die mit Schnüren, Bändern oder Gummizügen rutschfest gesichert waren. In den Behältern schwappte Flüssigkeit.

Ali fuhr auf die Bundesstraße 13 und beschleunigte. Der Motor röhrte, einströmender Fahrtwind sorgte für leichte Linderung der Geruchssituation, die an ein überlaufendes Klärwerk erinnerte. Emre gierte förmlich nach der frischen Luft.

Nach zwei Kilometern fuhren sie rechts ab. Mit nunmehr geschätzten 70 km/h folgten sie der Landstraße. Ein Ortsschild tauchte auf. Goldzahn verringerte auf Tempo 30. Wie aus dem Nichts, stellte er plötzlich eine Frage. „Warst du schon mal hier, mein Freund?"

Emre wollte spontan antworten, konnte sich aber gerade noch beherrschen. Hätte er die letzten Tage nicht in seiner Rolle gelebt, wäre er auf den simplen Test des gewieften Goldzahnträgers hereingefallen. Ali hatte Deutsch gesprochen. Aufgrund dessen glotzte Emre den Fahrer an und zuckte mit den Schultern.

„Ach, habe ich ganz vergessen", tat Ali unschuldig. „Du sprichst nur türkisch", sagte er wieder in deutscher Sprache.

Emre reagierte wieder nicht. Ali war scheinbar zufrieden. Er sprach nun türkisch. „Wir sind gleich da. Wenn wir beim Chef auf den Hof fahren, wartet ihr im Bus."

„Gut."

Die Scheinwerfer huschten über ein gewaltiges Weinfass. Emre las die mit großen weißen Lettern angebrachte Aufschrift.

Weingut Aberle – im Herzen Weinfrankens – fließt das Fränkische Blut

Umrahmt war der Schriftzug mit Weintrauben, Rebstöcken und einem muskulös wirkenden Abbild von *Bacchus* dem Weingott.

Sie rumpelten über Pflastersteine und kamen mittig in einem prächtigen Hof zu stehen. Zwei altertümlich wirkende Laternen spendeten ausreichend Licht. Das Wohnhaus befand sich auf der linken Seite. Der Fachwerkbau spiegelte das Flair der Region wider.

Im Gegensatz zum sächsischen oder alemannischen Fachwerkhaus errichtete man beim fränkischen Bau die Häuser mit kleinen Pfostenabständen und gebogenen Kopfbändern. Häufig wurden Zierhölzer verwendet. Ein weiteres Erkennungsmerkmal des Stils ist, dass der Sturzriegel höher liegt als der Fachwerkriegel.

Die Hauptblütezeit dieser Bauart lag zwischen dem 14. und dem 18. Jahrhundert. Irgendwann in dieser Zeit wurde wohl auch der Grundstein des Aberle-Hauses gelegt.

Angrenzend an das Haupthaus befanden sich zwei Nebengebäude. Dicht gewachsener Efeu rankte sich an deren Wänden nach oben. Das Karree wurde von einer ehemaligen Scheune komplettiert. Eine Scheunenhälfte war zu einer großen Garage und die andere zu einer Art Privat-Gasthof umgestaltet worden. Die Garage hatte kein Tor und war zum Innenhof hin geöffnet. Neben dieser Scheune, soweit diese Bezeichnung überhaupt noch angebracht war, konnte man den Zugang zu einem Weinkeller erkennen. Eine wuchtige Eichentür war von schweren Bruchsteinen umrahmt.

Als Blickfang für Besucher waren zudem im gesamten Innenhof des Anwesens halbierte Weinfässer aufgestellt. Sie hatten frei nach dem Motto: *Weinkeller meets Blumengarten* als Pflanztröge neue Verwendung gefunden.

Hier werden also die First-Class-Kunden bewirtet und hier finden wohl auch die legendären Feiern von Gernot Aberle statt, dachte Emre und versuchte sich so viele Einzelheiten wie möglich einzuprägen. *Aberles BMW X 6 steht in der Garage.*

Dort, wo früher noch ein VW-Käfer, ein Fendt-Traktor und diverses Agrar-Zubehör standen, parkten jetzt der luxuriöse BMW, ein Jaguar, ein Elektor-Mercedes aus der gehobenen Preisklasse und ein Ferrari.

Als Stanomir wieder furzte und stolz über den üblen Geruch lachte, nutzte Emre die Gelegenheit und stieg aus.

„Wir sollen sitzen bleiben", murrte der Bulgare.

„Du stinkst schlimmer als eine Büffelherde in Anatolien. Ich brauche frische Luft."

Ein breites Grinsen zog sich über Stanomirs Gesicht. „Zwiebel gut für Bauch."

Emre schloss die Fahrzeugtür und blickte sich um. Am entgegengesetzten Ende des Innenhofes hatte die Familie ein paar Gartenmöbel aufgestellt. Zwei brennende Fackeln und ein paar Windlichter sorgten für romantische Stimmung. Es lag noch ein leichter Geruch von Gegrilltem in der Luft. Augenblicklich verspürte Emre den Drang etwas zu essen. Richtiges Essen, nicht diese Pampe aus Stanomirs Kochtopf.

Vier Leute saßen zusammen. Einer von ihnen stand auf und ging Ali entgegen. Von der Statur her musste es Gernot Aberle sein. Beide unterhielten sich. Die Tür des Haupthauses ging auf. Eine Frau trat ins Freie und überquerte den Hof. Emre war erstaunt und erschrocken zugleich, als er Mandy erkannte. Seine Kollegin trug einen Arbeitskittel. Darunter ragten eine viel zu weite Hose und ein unmögliches T-Shirt hervor. Gummi-Clogs bildeten den Abschluss einer mäßigen Tarnung.

Ihre langen, blonden Haare waren zu einem Dutt gebunden.

Mandy bewegte sich nicht wie üblich sportlich-elegant, sondern schlürfte etwas behäbig. Auf dem Weg zu den Nebengebäuden ging sie an Gernot Aberle und Ali vorbei. Beide gafften ihr nach.

Der junge Kommissar erfasste die Situation und konnte sich ein Schmunzeln nicht verkneifen. *Mandy, du kannst dich noch so schäbig herrichten, du verdrehst nach wie vor Männern den Kopf. Das ist also das geheime Ass, das Gschwendtner noch im Ärmel hatte. Er hat es mir nur nicht gesagt, um mich nicht zu beunruhigen.*

Ali kam zurück. „Was machst du da? Ich sagte, nicht aussteigen, du Esel!"

„Stanomir stinkt."

„Bist du ein Emir, dessen Nase nur an Rosenduft gewöhnt ist? Stell dich nicht so mädchenhaft an. Los, rein in die Karre! Wir fahren zum Depot."

Emre öffnete die Beifahrertür. Übler Gestank schlug ihm entgegen. Es kostete etwas Überwindung einzusteigen. Selbst als Ali die Fahrertür zum Einsteigen öffnete und ein kleiner Luftstrom durch die Fahrerkabine wehte, hielt sich der Gestank.

„Sag mal, du hast doch nicht etwa in die Hose gemacht?", entfuhr es Emre.

Stanomir lachte laut. „Noch nicht, mein kleiner Prinz."

Ali steckte sich einen Zigarillo in den Mund.

„Pass auf, dass der Bus nicht Feuer fängt", warnte Emre. „Stanomirs Gasgemisch ist garantiert explosiv."

Beim ersten Satzteil lugte der Türke kurz nach hinten auf die Kanister. Als Emre dann den Satz beendet hatte, lachte er laut. Er zündete den Zigarillo an und pustete den ersten kräftigen Lungenzug in Emres Richtung. „Besser?", fragte er und lachte wieder.

Emre musste husten und öffnet das Seitenfenster. „Fahr los. Ich brauche Fahrtwind."

Der Motor hustete zweimal und sprang beim dritten Startversuch an. Sie rollten langsam vom Hof. Gernot Aberle saß

wieder am Gartentisch und Mandy war im Nebengebäude verschwunden.

Hofgeflüster

Der ältere Herr, der die Tür öffnete, blickte Mandy fragend an. Sie plapperte einfach los. „Hallo, ich bin Mandy Müller. Wir hatten telefoniert", sagte die Polizistin. Neben ihr stand ein kleiner Koffer, den sie im Second-Hand-Shop entdeckt und für perfekt erklärt hatte. In ihrer Stimme lag der Slang Sachsens, ohne den Dialekt jedoch allzu stark zu betonen. Trotz des Versuchs sich unattraktiv zu gestalten, strahlte Mandy immer noch eine große Menge an Sympathie und einen Hauch natürlicher Schönheit aus. „Ich bin die neue Putze", grinste sie. „Also, Zugehfrau heißt das hier, oder? Bei uns im Osten heest det Putze! Cleaning-Management oder Facility-Service klingt doch ooch echt beschissen, oder?"

Ein Lächeln huschte über das Gesicht des Mittsiebzigers. „So frech und locker hat sich noch keine Hausangestellte vorgestellt."

„Wissen Sie, Herr Aberle", kurze Pause, „Sie sind doch Herr Aberle und nicht der Hausmeister, oder?"

Wieder schmunzelte Robert Aberle, der Senior-Chef des Weingutes. „Kommen Sie rein. Dann besprechen wir alles bei einer Tasse Kaffee."

„Damit eens mal klar ist. Ich putze alles rauf und runter und wieder zurück. Von mir aus auch abends und am Wochenende, aber bedienen tue ich keenen!"

„Für Ihr Alter sind Sie ja ziemlich kess."

Mandy ging ins Haus. „Soll ich die Schuhe ausziehen?"

Aberle winkte ab. „Das ist Terrakotta, kein Perserteppich."

„Nur mal 'ne Kleinigkeit vorweg. Mein letzter Arbeitgeber hat gemeint, ich bin für alles da. Putzen, kochen und anschließend auch für sein Bett. Dem habe ich eine geklebt, als er lange Finger machte und meinte, mein Dekolleté ist ein Selbstbedienungsladen."

„Keine Angst, Frau Müller. Wir sind ein sehr anständiges Haus. Unsere gute Frau Messlein ist letzten Monat in Rente gegangen. Wir benötigen einen adäquaten Ersatz."

„Was bin ich? Een Aquarium-Ersatz?"

„Nein, wir benötigen einen geeigneten Ersatz. Adäquat bedeutet so viel wie angemessen oder stimmig."

„Ah, okay. Ich weiß nicht, wie meine Vorgängerin so drauf war, aber ich bin multitaskfähig, wie es so schön heißt. Ich kann gleichzeitig putzen und atmen."

Jetzt hatte sie ihn. Aberle Senior lachte schallend.

„Ihre Kalauer sind richtig erfrischend. So etwas fehlt hier. Wissen Sie, seit dem tragischen Unfalltod meiner Frau und meiner Schwiegertochter, leben mein Sohn Gernot, meine Enkelin Sylvia und ich allein hier. Das heißt, wir haben eine Köchin und einen Hausmeister. Das Ehepaar Jovovic stammt aus Bosnien und wohnt in einem der Nebenhäuser."

„Da lag ich vorhin mit dem Hausmeister gar so falsch, oder? Es gibt schließlich eenen."

„Na ja, er ist schon etwas jünger als ich."

„Klaro!"

„Sie brauchen ein Zimmer, nicht wahr?"

Mandy nickte, nahm aber das Thema mit dem Tod von Frau Aberle nochmals auf. „Das mit Ihrer Frau und Schwiegertochter ist furchtbar schrecklich. Sie haben beide auf einmal verloren?"

„Der Unfall liegt schon mehr als zehn Jahre zurück. Sie fuhren im Nebel auf eine Militärkolonne auf. Sie waren einfach zu schnell und rasten ungebremst hinein. Beide waren sofort tot."

„Das tut mir so leid."

„Schon gut. Nun, wie verhält es sich mit dem Zimmer?"

„Ich habe noch keine Bude. Ein Zimmer wäre super toll. Wissen Sie, ich fahre so ein oder zweimal im Monat in den wilden Osten. Ansonsten bin ich immer hier."

„Wir mögen keine Herrenbesuche."

„Weder Herren noch Frauen haben zutritt", grinste Mandy. „Ich habe von Beziehungen erst mal die Nase gestrichen voll.

Mein Ex war Pilot bei der Bundeswehr. Seine Lehrgänge und Einsätze endeten immer in irgendwelchen Betten anderer Frauen. Den habe ich nach vier Jahren mitsamt dem Verlobungsring vor die Tür gesetzt und bin in den Westen marschiert. Ich fange neu an."

Sie spielte ihre Rolle sehr überzeugend.

„Eine gute Entscheidung. Was haben Sie sich denn als Gehalt vorgestellt?"

„Tariflohn. Nicht weniger, gern aber ein bisschen mehr."

„Haben Sie Ihre Papiere dabei?"

„Das ist 'n kleines Problem. Der ganze Sums ist mir am Bahnhof gestohlen worden. Hier …", Mandy winkte mit einer fingierten Anzeigebescheinigung der Polizei. „Ich hoffe, die Bul… äh, die Polizei erwischt den Drecksack bald. Ich habe zu Hause auf dem Amt schon angerufen. Es läuft alles. Darf ich die Papiere nachreichen? Ist das ein Problem?"

Aberle Senior nahm die Bestätigung der Anzeigenerstattung, setzte eine Brille auf, überflog das Papier und stellte dessen Echtheit fest. „Kein Problem, Frau Müller. Überhaupt kein Problem. Bei ihrer nächsten Fahrt in den …", er schmunzelte, „… wilden Osten besorgen Sie sich die Ersatzunterlagen und gut ist es. Sie haben die übliche Probezeit zu bestehen. Klappt das, verfügen Sie über ein Arbeitsverhältnis mit überdurchschnittlicher Bezahlung und sämtlichen Sozialleistungen. Das heißt, mein Sohn muss noch zustimmen. Ich habe ihm vor mehr als einem Jahrzehnt den Betrieb übertragen."

Mandy strahlte. „Ich könnte sie knutschen."

Der ältere Herr fühlte sich geschmeichelt. „Na na na!"

„Sinnbildlich natürlich."

„Das war mir klar." Ein gedachtes leider sprach er nicht aus.

„Ich muss nachher gleich Mama anrufen. Ich bin so happy."

„Kaffee mit Milch und Zucker?"

„Schwarz! Das macht schön."

„Dann haben Sie schon reichlich davon genossen."

„Vielen Dank."

„Nach dem Kaffee zeige ich Ihnen den Hof. Sie haben ein großes Revier zu betreuen."

„Das ist schön, ich arbeite gern", grinste Mandy und schob nach: „Wo sind eigentlich Ihr Sohn und Ihre Enkeltochter?"

Ein skeptischer Blick. „Warum fragen Sie?"

Mandy stieß einen Lacher aus. Zusätzlich machte sie eine kurze Geste, die eine Hand vor den Mund halten symbolisierte. Sie senkte ihre Stimme etwas und sagte leise. „Ich möchte nicht aufdringlich sein, aber mir ist es schon mal passiert, also bei einer meiner Anstellungen … ziemlich an Anfang meiner Karriere, da wollte ich zum Putzen ins Schlafzimmer …, und dann …", sie kicherte, „… Sie ahnen es vielleicht schon ... Uff, war mir das peinlich. Ich bin da voll in die Nummer reingerauscht. Die ritten zusammen gerade nach Buffalo und ich stand im Türrahmen. Das war derart peinlich, dass ich sofort gekündigt habe."

Aberle lachte lauthals. „Keine Sorge. Ich habe Ihnen schon bestätigt, dass wir ein anständiges Haus sind. Gernot kümmert sich um das Geschäft und Sylvia …, nun …", er stockte. Kleine Sorgenfalten waren zu erkennen. Sie tauchten ganz plötzlich aus dem Nichts auf, als der Name Sylvia ausgesprochen wurde.

Mandy glaubte auch ein leichtes Flackern in den Augen des alten Mannes wahrgenommen zu haben, tat aber weiterhin unbekümmert.

„… sie ist noch in einer Klinik. Mein Goldengelchen erlitt vor ein paar Wochen einen kleinen Nervenzusammenbruch. Gernot hat sie in einer Privatklinik an der Nordsee untergebracht." Jetzt erhellte sich das Mienenspiel von Robert Aberle wieder. „Sie wird diese Woche entlassen und kommt wieder nach Hause. Gernot möchte sie mit dem Ferrari abholen. Die Ärzte meinten, dass Sylvia in ihrer gewohnten Umgebung, also hier bei uns, am besten …, ach ich erzähle schon wieder langweiligen Familienquatsch. Jetzt genießen wir den Kaffee, dann drehen wir eine Runde durchs Haus und über den Hof. Ich zeige

Ihnen das gesamte Anwesen und natürlich Ihr Zimmer. Also, insofern wir uns einig werden."

„Liebend gern."

Sylvia Aberle war an diesem Vormittag der einzige First Class Passagier des Innlandfluges von Hamburg nach Frankfurt am Main. Ihr Blick glitt ausdruckslos über die spärlich verteilten Schäfchenwolken. Die letzten Wochen waren hart, der Schmerz unerträglich. Man hatte ihr Ioan weggenommen. Für immer. Sie hatte es schon länger geahnt und ihn gewarnt. Die traurige Gewissheit kam, als ihr Vater eines Morgens vor ihr stand und sagte, dass sich der Rumäne auf und davon gemacht hatte und garantiert nicht mehr zurückkäme. Sie flippte aus, verwüstete ihr Zimmer, schnappte sich den Jaguar und fuhr in den Weinberg. Es fehlte jede Spur von ihm. Die anderen Arbeiter wussten angeblich von nichts. Sylvia war jedoch nicht die Angst entgangen, die in den Augen der Männer geflackert hatte. Später warf sie ihrem Vater vor, dass er Charly und dessen Raufbolde auf Ioan angesetzt hatte, was dieser vehement verneinte. Danach drehte sie gänzlich durch. Der Hausarzt wurde gerufen und gab ihr eine Beruhigungsspritze.

Als sie wieder zu sich kam, lag sie in ihrem Bett. Sie fühlte sich leer, matt, erschlagen und schwebte auf einer Wolke. Bereits am nächsten Tag wurde sie in eine luxuriöse Privatklinik an der deutschen Küste gebracht. Dort fütterte man die junge Frau vergeblich mit Antidepressiva. Später steigen die Ärzte auf einen harten Monoaminooxidase-Hemmer um, der dann zum Einsatz kommt, wenn andere Medikamente keine Wirkung zeigen.

Zeitgleich führte man ellenlange Gespräche und isolierte sie von anderen Patienten. Anfangs schluckte Sylvia die Psychopharmaka freiwillig. Ihr war alles egal. Im Lauf der Behandlung besann sie sich aber eines Besseren und begann ihr eigenes Spiel zu spielen. Ihr Lebensgeist kehrte zurück und zeitgleich reifte ein perfider Racheplan heran. Die junge Frau fühlte sich wie die

Romanfigur im Stephen-King-Bestseller Misery. Sie war imaginär an ihr Bett gefesselt und wurde mit Medikamenten regelrecht gefüttert.

Sylvia stellte neue Spielregeln auf. Ihre eigenen. Sie lernte schnell und wusste binnen kürzester Zeit, wie oft und in welcher Dosis sie ihre Medikamente einnehmen, genauer gesagt weglassen musste, um dennoch ruhig gestellt zu wirken. Sie ging dazu über die gleichen medikamentösen Gemütszustände vorzugaukeln, ohne jedoch die Antidepressiva zu schlucken. Es klappte.

Schritt zwei bestand darin, auf die Gespräche der Psychologen sukzessive einzugehen, um nach geraumer Zeit als geheilt zu gelten.

Während dieser Zeit gaben Sylvia zwei Dinge Kraft. Ein Grund war die unbändige Liebe zu Ioan, den sie unbedingt wiederfinden wollte. Der zweite Grund war Rache. Sie galt der Person, die ihre große Liebe zerstört hat.

Sylvia wurde aus ihren Gedanken gerissen.

„Darf ich Ihnen noch etwas bringen?", fragte eine adrette Flugbegleiterin.

„Haben Sie Ginger Ale?"

„Ja."

„Einmal bitte, kalt!"

Die Maschine landete pünktlich um 10.30 Uhr auf den internationalen Flughafen in Frankfurt am Main. Da die Klinikleitung dafür sorgte, dass die Koffer der entlassenen First Class Patientin direkt zu ihr nach Hause gebracht wurden, hatte Sylvia nur ihr Handgepäck dabei. Die Converse-Tasche war geräumig. In einem der Seitenfächer befanden sich zig Kapseln mit gebunkerten Antidepressiva der härten Art.

Ihr Lächeln, dass sie ihrem Vater zuwarf, als er sie am Terminal abholte, war kalt. Kalt wie der Tod.

„Wie geht es dir?"

Eine flache, emotionslose Umarmung.

„Gut", heuchelte sie.

„Du siehst blendend aus, meine Kleine."

„Danke. Ich bin nur etwas müde."

Gernot Aberle wollte Sylvias Tasche tragen. „Musst du noch Medikamente nehmen?"

Sie hielt sie fest und verneinte. „Danke, das geht schon." Dann ging sie auf die Frage ein. „Medikamente? Nein, nicht wirklich. Aber ich habe ein Rezept bekommen. Sollte es mir wieder schlechter gehen, kann ich Tabletten aus der Apotheke holen."

„Das können wir auch gleich machen. Ich hätte die Medizin gern zu Hause. Nur für den Notfall", beharrte Gernot Aberle.

„Ist mir egal."

Sie kamen in der Parkgarage an und steuerten auf den Ferrari zu.

Während Sylvia gedankenversunken war, erzählte ihr Vater das Neueste vom Hof. „Wir haben wieder eine Reinigungskraft."

Sylvias Ausdrucksweise war eintönig und gemütslos. So hatte sie es gelernt. Unauffällig, emotionslos und einen Hauch Interesse zeigen. Sie hatte ihre Schauspielkunst perfektioniert. „Toll."

Gernot Aberle schwärmte ein wenig von Mandy. „Sie zeigt es nicht, aber sie ist wirklich hübsch. Sie wirkt wie Aschenputtel. Frau Müller ist nicht viel älter als du."

„Willst du sie durch einen Kuss zur Prinzessin machen?"

Er lachte. „Du hast deinen Humor wieder gefunden. Nein, sie putzt bei uns, sonst nichts."

„Und es macht dir Spaß ihr dabei zusehen, oder?", hakte Sylvia nach.

„Ich merke, du bist wirklich wieder gesund. Du hast auch nichts von deinem Sarkasmus verlernt. Du bist in der Tat die Tochter deiner Mutter."

Sie stiegen in den Luxus-Sportwagen und fuhren los. Schnell hatten sie Frankfurt hinter sich gelassen. Auf der Autobahn herrschte erstaunlich wenig Verkehr. Die Tachonadel des feuerroten Ferrari näherte sich der 260 km/h Marke und wanderte in Richtung der angestrebten 300 km/h weiter. Die Kraft des Motors war im minimalen Vibrieren der Karosserie zu spüren.

Nur ein schneller Griff ins Lenkrad und ich hätte es geschafft. Nein! Sie wollte nicht sterben. Sie musste Ioan wiederfinden. Koste es, was es wolle.

„Arschloch", meckerte Gernot Aberle und bremste ab.

Ein Porsche war auf die linke Spur gewechselt, um ein paar Fahrzeuge zu überholen. Gernot wurde richtig wütend und drückte wieder aufs Gaspedal. Der Abstand betrug nicht mal zwei Meter. Sylvia schloss die Augen.

„Immer diese Möchtegern-Sportwagenfahrer. Können sich keinen echten Flitzer leisten, denken aber, sie gehören dazu."

„Ja, Arschloch", wiederholte Sylvia laut, meinte damit aber ihren Vater.

Der Porschefahrer blinkte rechts.

„Na also, geht doch. Vollidiot!"

Mandy war über sich selbst hinausgewachsen. Sie hatte sich mächtig ins Zeug gelegt und auf ganzer Linie gewonnen. Bereits nach ihrem ersten Arbeitstag war auch Gernot Aberle von ihrer Putzkunst überzeugt. Die Polizistin hatte gekehrt, gesaugt, gewischt und abgestaubt. Anschließend waren die Fenster an der Reihe. Nachdem alles blitzte und blinkte, war sie, bewaffnet mit Eimer und Lumpen, zu den Gartenmöbeln geschlendert.

„Sie denken auch an alles", war Aberle-Seniors anerkennender Kommentar.

„Ich erinnere Sie gern daran, wenn mein übertariflicher Lohn fällig ist", kam die saloppe Antwort.

Schmunzelnd legte Robert Aberle seine Zeitung zusammen. „Auf den Mund sind wirklich Sie nicht gefallen."

„Nee, meine Air-Bags haben mich aufgefangen und den freien Fall abgefedert", zwinkerte Mandy und zeigte auf ihre Brüste.

Lachend wackelte der Senior-Chef ins Wohnhaus. „Air-Bags ...", kicherte er. Die neue Reinigungskraft hauchte Fröhlichkeit und richtig frischen Wind ins Leben auf dem Hof. Er würde dafür sorgen, dass sie angemessen bezahlt wird.

Nachdem Mandy den Schmutz der letzten Wochen von den Gartenmöbeln entfernt hatte, trumpfte sie auf. Sie pflegte die teuren Teak-Möbel mit einem speziellen Öl, welches sie zuvor beim Hausmeister ergattert hatte. Nach der Erfrischungskur sah die Sitzgruppe wie neu aus. „Bingo und Schluss für heute", atmete sie durch.

Abends zurückgezogen in ihrem Zimmer, telefonierte sie mit Gschwendtner. Neuigkeiten wurden ausgetauscht.

„... und du machst nichts weiter, als deine Ohren offenzuhalten. Hast du mich verstanden?"

„Klar doch."

„Morgen nach Sonnenuntergang ist es so weit."

„Nach Sonnenuntergang ist relativ, Gschwendtner. Kannst du das zeitlich nicht ein wenig genauer definieren? Ich meine ganz altmodisch. So mit Uhrzeit?"

Ein Stöhnen war zu hören. „Uff, bin ich Jesus? Mehr Infos habe ich von Emre nicht bekommen."

Jetzt war es Mandy, die stöhnte. „Uff, also gut. Sonnenuntergang."

„Das ist meistens der Moment, wenn es draußen dunkel wird", unkte Gschwendtner.

Mandy verzog das Gesicht. „Oh Mann, ich habe es kapiert."

„Kann ich weiterreden?"

„Ich höre."

Gschwendtners Stimme klang wieder ernst. „Emre wird für einen Job zum Hof kommen. Solltet ihr beide euch zufällig treffen, bleib ganz cool und relaxed. Ihr kennt euch nicht. Klar?"

„Keine Angst. Ich halte mich nur Hintergrund auf."

„Prima, Mandy." Er zögerte etwas. „Und pass auf dich auf. Mach bloß keinen Schmarrn", kam es mit mahnender Besorgnis.

„Soll ich eingreifen, wenn es rumst? Ich meine, wenn etwas

227

mit Emre passieren sollte?"

Schweres Schnaufen war zu hören.

Mandy wiederholte. „Wenn es tatsächlich brenzlig werden sollte … ich meine, wenn sie Emre entlarven. Soll ich dann eingreifen?"

„Es wird funktionieren."

„Und wenn doch nicht?"

„Hast du deine Wumme dabei?"

„Klar. Ohne meine beiden Freunde Heckler & Koch fühle ich mich nicht wohl."

„Verlass dich auf deinen Instinkt. Gib deine Tarnung nur auf, wenn es tatsächlich heiß wird. Also in absoluten Notwehr- oder Nothilfe-Situationen."

Der nächste Tag verlief nach Plan. Branko Jovovic, der Hausmeister, musste einen Pkw der Aberles zur Werkstatt bringen. „Kundendienst ist fällig", sagte er kurz angebunden. „Brauchst du was aus der Stadt? Ich gehe auch einkaufen?", fragte er Mandy.

Sie winkte ab. „Nein, Danke."

Marica Jovovic, die als Köchin angestellt war, gab ihrem Mann einen Einkaufszettel und sagte: „Mandy und ich trinken noch eine Tasse Kaffee. Branko, vergiss nicht die Kartoffeln zu kaufen. Sie stehen noch nicht auf der Liste."

„Alles klar."

Das Hausmeisterehepaar besaß eine sehr sympathische Ausstrahlung. Mandy schätzte beide auf Mitte vierzig. Branko verließ die Küche, schnappte sich den Autoschlüssel und ging zur Garage. Marica stellte zwei Tassen mit dampfendem Kaffee auf den Tisch.

„Seid ihr schon lange hier?", wollte Mandy wissen.

Marica setzte sich. „Seit fast fünf Jahren."

Mandy griff zum Kaffee. Sie hob die Tasse hoch, roch, lächelte und nahm einen Schluck. „Mmhh, lecker." Sie stellte die Tasse wieder ab. „Sag mal, habt ihr eigentlich Kinder?"

Kopfschütteln. „Nein."

Mandy sah traurige Augen und wollte das Thema daher nicht weiter vertiefen.

Marica machte eine Kopfbewegung in Richtung des großen Wohnhauses. „Sylvia ist wieder hier. Das arme Ding."

„Was hatte sie denn? Ich weiß nur, dass sie in einem Krankenhaus war."

„Etwas Psychisches. Ihr Freund hat sie sitzen lassen."

„Oh, das ist traurig. Hast du ihn gekannt?"

„Nein. Sie hat es geheim gehalten. Aber Branko hat sie einmal mit ihm gesehen. Sie war mit einem jungen Mann zusammen. Oben im Weinberg war das. Er sagte, dass es ein hübsches Paar war."

„Ihr Freund, war er ein Gigolo? Hat er sie nur ausgenutzt?"

Marica zuckte mit den Schultern. „Keine Ahnung. Das war alles ein großes Geheimnis. Aber ...", sie stockte.

„Was aber"

Marica atmete kräftig durch. „Es gab wohl seinetwegen einen fürchterlichen Streit zwischen dem Chef und ihr."

„Einen Streit?"

„Ja. Beide haben sich laut angeschrien. Dann rannte sie aus dem Haus. Er ging ins Büro. Ungefähr eine halbe Stunde später kam sie zurück, ging kurz ins Haus und anschließend in die Garage. Sie fuhr mit dem Jaguar in den Weinberg rauf. Weißt du, sie hat gar keinen Führerschein. Das Auto war danach ziemlich demoliert. Branko musste es am nächsten Tag in die Werkstatt bringen. Der Chef hat getobt."

„Auweia! Mit Chef meinst du ...?"

„Gernot Aberle."

Mandy nickte. „Ist klar."

Marica erzählte weiter. „Ich glaube, dass ihr Freund einer der Erntehelfer war. Die Männer wohnen oben im Weinberg. Dort steht ein kleines Haus."

„Und der Chef hatte etwas gegen die Liaison, also gegen die Freundschaft?", fragte Mandy und schob die Antwort gleich selbst nach: „Klar. Die Prinzessin und der arme Bauer. Das passt nicht zusammen."

Marica hielt mit beiden Händen die Kaffeetasse fest. Sie starrte vor sich hin. Es schien, als ob sich die Szene gedanklich wieder vor Augen abspielen würde. „Als sie damals das Auto genommen hatte, kam er aus seinem Büro gestürmt und rannte dabei Branko über den Haufen,

„Welches Büro?"

„Der Chef hat ein Büro hier im Haus und ein Büro drüben im umgebauten Stall. Dort darf aber niemand rein. Es ist immer zugesperrt. Branko hat damals extra das Schloss auswechseln müssen."

„Ist auch egal", winkte Mandy ab und tat uninteressiert.

Marica sah auf die Uhr. „Oh, so spät schon. Ich muss anfangen. Zeit für die Küche."

„Ich auch."

Beide tranken ihren Kaffee leer und standen auf.

Mandy entschloss sich im Wohnzimmer mit dem Putzen zu beginnen. Ihr eigentliches Ziel war allerdings das obere Stockwerk. Sie hoffte in Sylvias Zimmer mehr Informationen über die Aberle-Tochter herausfinden. Das zweite und wichtigere Ziel war jedoch Gernot Aberles Büro. Die Polizistin wollte einen günstigen Moment abwarten, um in Ruhe herumschnüffeln zu können. Die Information von Marica bezüglich eines weiteren, stets versperren Büros im Nebengebäude, schien den Erfolg allerdings von vornherein auf null zu setzen. Die Polizistin grübelte noch bezüglich der rechtlichen Lage. Diese war nicht nur sehr dünn, sondern gar nicht vorhanden. Würde sie Beweismittel finden, wären diese aus Sicht der gültigen Strafprozessordnung allesamt nicht gerichtlich verwertbar.

Was würde Gschwendtner machen, schwirrte es durch ihren Kopf.

Sie schmunzelte.

Er würde es durchziehen und auf die rechtliche Lage pfeifen.

Im Gedanken tauchte das Gesicht des Oberkommissars vor ihr auf. Er grinste und sagte: „Mach mal, wenn wir fündig werden, überlegen wir, wie wir es gerichtsverwertbar machen. Wir sind schließlich nicht von der Heilsarmee und zu den bösen Buben gehören wir auch nicht. Also machen wir es genau so. Andere denken, dass das Kacke ist und machen es dann anders. Das ist dann auch Kacke. Also ist es egal, welche Kacke wir veranstalten. Kacke bleibt Kacke. Basta und los!"

„Basta und los", wiederholte sie leise, lachte und räumte den Staubsauger beiseite.

Mandy ging in die Küche und füllte Wasser in ihren Wischeimer. Marcia schnitt gerade Gemüse. Sie sah Mandy lächelnd an. „Zu Mittag sind wir allein. Die beiden Ablerle-Männer sind vorhin nach Würzburg gefahren. Sie haben einen Termin."

„Und Sylvia?"

„Die isst mittags nie. Wahrscheinlich schläft sie noch."

Mandy drehte den Wasserhahn ab, schnappte den Griff des Eimers und ging in den Flur. Dort begann sie zu wischen. Nur fünf Minuten später stellte sie den Wischmopp beiseite. Ein schneller Blick in die Küche. Marica war beschäftigt. Der Zeitpunkt schien günstig zu sein. Leise schlich sich die Undercover arbeitende Polizistin nach oben. Vor dem Badezimmer blieb sie stehen. Sie hörte Geräusche. Es musste Sylvia sein. Sie schaltete die Dusche an und ließ das Wasser laufen.

Jetzt oder nie! Ich habe mindestens fünf bis zehn Minuten.

Die Tür zu Gernot Aberles Büro stand offen. Mandy huschte hinein. Auf den ersten Blick sah alles ganz normal aus. Der Schreibtisch war unaufgeräumt. Mehrere Briefe lagen herum. Ein Laptop war aufgeklappt, der Bildschirm jedoch schwarz. Rechts an der Wand hingen zwei Stoßzähne von Narwalen. Darunter ein Bild von Gernot Aberle auf einer Hochsee-Jacht.

„Neureiches Arschloch", zischte sie.

An der Wand gegenüber hing ein Bild von Aberle im Andy Warhol-Stil. Es zeigte viermal das gleiche Foto, jeweils mit anderen Komplementärfarben hinterlegt. Daneben prangerten etwas verloren zwei Zeichnungen, die mit dem Schriftzug von Pablo Picasso unterzeichnet waren.

Und Geschmack hat er auch keinen.

Mandy war aufgeregt. Ihr Herz pochte nicht nur, es trommelte richtig. Sie spürte, wie sich Schweiß unter ihren Achselhöhlen bildete. Die Polizistin streckte eine Hand aus und berührte eine Taste am Laptop. Keine Sperre. Der Bildschirmschoner leuchtete auf. Das Hintergrundbild war ein Ferrari.

Was sonst?

Bei den Icons konnte sie nichts Auffälliges entdecken. Als Nächstes betrachtete sie ein paar der offen herumliegenden Briefe. Bestellungen, Rechnungen und Anfragen.

Ein Geräusch ließ Mandy zusammenzucken. Sie lauschte. Fehlalarm. Es war nur Marica. Die Köchin war in den Keller gegangen.

Weiter!

An der rechten Seite des Schreibtischs befanden sich fünf Schubladen, links war eine Tür. Diese war Mandys nächstes Ziel. Zwei Cognacflaschen und eine Whiskeyflasche kamen zum Vorschein. Daneben standen entsprechende Kristallgläser. Sie schloss die Tür zur versteckten Mini-Bar und zog die erste Schublade auf. Büroklammern, Tesafilm und anderer Kleinkram kam zum Vorschein.

Nächste Schublade.

Diese war mit Briefpapier und Umschlägen gefüllt. Natürlich hochwertig mit Firmenaufdruck.

Zack – zu.

Der Griff zum dritten Schubfach folgte. Hier fand Mandy alte, in Leder gebundene Terminplaner. Sie schnappte sich den vom letzten Jahr und blätterte ihn schnell durch. Eine Tür war zu hören. Mandy blieb ruhig. Sie hatte sich das Geräusch von vorhin eingeprägt. Es war die Tür zum Keller. Marcia ging zurück in die Küche. Die Polizistin holte ihr Smartphone heraus und fotografierte im Schnelldurchlauf einen kompletten Monat ab.

„Hoffentlich ist etwas dabei", murmelte sie leise.

Die Zeit drängte. In der nächsten Schublade schien wieder nur Krimskrams zu liegen. Zwei alte Postkarten, ein paar Kugelschreiber, die Bedienungsanleitung eines iPhons und ein paar Schlüssel. Mandy wollte die Schublade schon wieder schließen, als ihr ein bestimmtes Schlüsselpaar auffiel. Am Schlüsselring, an dem sie befestigt waren, befand sich ein beschrifteter Anhänger. Die krakelige Schrift konnte sie als Büro-Stall entziffern. Der Pulsschlag erhöhte sich. Schweißperlen bildeten sich an Mandys Stirn. Blitzartig griff sie zu und buhlte einen der beiden Schlüssel herunter. In dem Moment, als sie den Schlüssel in die Hosentasche steckte und die Schublade mit der Hüfte zuschob, erschrak sie zu Tode. Im Türrahmen stand Sylvia Aberle. Die junge Frau betrachtete Mandy, ohne ein Wort zu sagen.

„Guten Morgen", grüßte die Polizistin spontan und zog ein Staubtuch aus der Seitentasche ihres Putzkittels. „Da weiß ich gar nicht, wo ich anfangen soll."

Sie ging um den Schreibtisch herum. „Ich bin Mandy Müller, die neue Reinigungskraft. Sie sind sicher Sylvia, die Tochter des Hauses."

„So schmutzig sieht es hier gar nicht aus."

Mandy blieb vor Sylvia stehen. „Ich habe gestern schon zum Generalputz ausgeholt. Der Staubsaugerbeutel war am Ende des Tages proppenvoll. Die Fenster sind auch wieder glasklar und heute wolle ich zur großen Staubtuchattacke blasen."

Sylvia starrte kurzzeitig auf die ihr entgegengestreckte Hand. Sie überlegte ganz kurz, erwiderte aber schließlich mit schwachem Druck den Gruß. „Hi! Ja, ich bin Sylvia Aberle. Wie war dein …, äh … ihr Name nochmal?"

Mandy versuchte so höflich wie nur möglich zu wirken, und lächelte. „Wir sind vom Alter gar nicht so weit auseinander.

Mandy wäre okay. Darf ich Sylvia sagen?"

Die Ausstrahlung der Polizistin schien sympathisch auf die junge Frau zu wirken. „Gern."

„Super", entgegnete Mandy. Sie spürte, dass sich die Situation entspannte. „Ich komme aus dem Osten und bin neu hier. Kannst du mir später, wenn ich mit der Arbeit fertig bin, ein paar Tipps und geben? Wo bekommt man gute Klamotten? Wo geht man hin, um nette Leute kennenzulernen? Lauter so Zeug."

„Keine Ahnung. Ich bin da wohl nicht die richtige Ansprechstation", kam es zögerlich und mit leichter Verunsicherung.

Sylvia sah blass und geschwächt aus.

„Fühlst du dich nicht gut? Kann ich dir helfen?"

„Nein – es passt schon."

„… sagte Rapunzel und verschwand in ihrem Turm", ergänzte Mandy mit einfühlsamer Stimme. „Ich spüre, dass da bei dir was nicht stimmt. Wir können gern mal zusammen ‘n bisschen quatschen. Ich tippe auf Liebeskummer. Kenne ich nur allzu gut. Mein Herz ist auch ziemlich vernarbt und ich weine immer noch regelmäßig, wenn eine dieser Wunden aufreißt …, ach …", stöhnte sie, wobei sie sich momentan in ihrer Undercover-Rolle etwas mies vorkam.

Mit Gefühlen anderer Menschen spielt man nicht!

Nur ihre professionelle Einstellung regelte die empathische Vorgehensweise. Mandy benötigte das Vertrauen von Sylvia Aberle. Mit schwacher Stimme beendete sie den Satz. „… ist auch egal."

Sylvia wirkte verunsichert. Etwas in den Augen der jungen Frau hatte sich verändert. Der Blick wirkte etwas wärmer. Es schien, als würde sie Verständnis für Mandys geschilderte Situation aufbringen. Zudem war sie bisher immer auf sich allein gestellt. Sie hatte niemanden, mit dem sie sprechen konnte. So etwas wie eine beste Freundin gab es in ihrem Leben nicht. Sylvia stellte sich zwei Fragen.

Kann ich dieser jungen, attraktiven Reinigungskraft vertrauen? Ist das nur eine raffiniert vorgehende Schlampe, die sich an meinen reichen Alten ranmachen will?

„Mein Vater sieht es nicht so gern, wenn ich zu den Angestellten des Hauses ein freundschaftliches Verhältnis aufbaue."

„So ein Quatsch. Dein Alter ist 'n kaltes Stück Fleisch mit schlechtem Geschmack. Sorry, aber Geld ist nicht alles", stieß Mandy aus und hielt sich dabei eine Hand vor den Mund. Sie ließ etwas Entsetzen durchklingen. „Auweia! Ich rede mich wohl gerade um meinen neuen, gut bezahlten Job. Tut mir leid. Es war doch keine gute Idee, dass wir uns mal ausquatschen."

Die Mimik von Sylvia Aberle änderte sich von teilnahmslos-neugierig in zutraulich-mitfühlend-neugierig. Ein kurzer Lacher schoss aus ihrem Mund. „Ha, ha.., endlich mal jemand, der die Wahrheit sagt."

Mandy rudert zurück. „Ich darf meinen Arbeitgeber nicht beleidigen."

„Keiner traut sich meinem Vater die Wahrheit ins Gesicht zu sagen. Er ist und bleibt ein Arschloch!"

„Na ja, die Wahrheit würde ich ihm jetzt auch nicht gern direkt ins Gesicht sagen. Sonst könnte ich wieder Hartz IV beziehen."

„Keine Angst. Von mir erfährt er nichts."

Beide sahen sich für einen Augenblick schweigend an. Mandy hoffte das Vertrauen von Sylvia Aberle gewonnen zu haben.

Sylvia legte eine Hand auf Mandys Schulter. „Ich würde übrigens ganz gern mit dir mal zusammen 'nen Kaffee trinken, oder auch mal weggehen."

Bingo! Jetzt habe ich sie auf meiner Seite!

„Wo sollen wir hin? Ich habe kein Auto."

Die junge Aberle-Tochter winkte ab. „Mein Alter hat die Scheune umbauen lassen. Sieht relativ gut aus und ist auch gemütlich. Du hast es sicher schon gesehen. Das Teil hat jetzt so 'nen rustikalen Café- oder Kneipen-Flair. Wir könnten uns heute

Nachmittag, so um 15 Uhr rum, dort treffen. Vater und Opa sind nicht vor 17 Uhr zurück. Und falls sie doch eher kommen und blöde Fragen stellen sollten, dann habe ich dir den Raum gezeigt und du kannst Putzen vortäuschen."

„Und was ist mit den Jovanovices?", fragte Mandy.

„Die sind nett und quatschen nicht. Ich meine, sie petzen nicht. Auf die beiden kann man sich verlassen."

Zustimmendes Nicken. „Den Eindruck habe ich auch. Marica ist ein Herz von Frau und Branko ein richtiger Knuddel-Teddy-Bär."

„So ist es", bestätigte Sonja. „Na dann, bis später. Ich gönne mir jetzt ein Müsli und frischen O-Saft."

Mandy wollte die Gelegenheit unauffällig nutzen. „Was dagegen, wenn ich inzwischen dein Zimmer aufräume? Ich meine durchlüften, Bett machen und so Zeug, nicht den Schrank durchwühlen."

Sylvia lachte. „Für das Schrank-Chaos bräuchtest du zwei Tage."

Jetzt lachten beide.

„Soll ich? Oder lieber nicht?", hakte Mandy nach.

Sylvia war einverstanden. „Nur zu. Du kannst hineingehen. Ich bin unten bei Frühstücken."

Mandy war froh über die Gelegenheit. Sie wollte die Zeit nutzen, um sich im Zimmer umzusehen. In Windeseile waren die notwendigsten Arbeiten erledigt. Alles sah gut und aufgeräumt aus. Jetzt kam der Ermittler-Instinkt zum Vorschein.

Wie bekomme ich von einer Frau schnelle und gute Informationen? Klar! Die Handtasche.

Mandy sah sich um. Im ganzen Raum gab es keine Handtasche. Nichts! Sie bückte sich, sah unter das Bett und entdeckte eine Converse-Tasche. Ein Hoffnungsschimmer. Schnell griff sie nach dem Schultergurt und zog die Umhänge-Tasche vor. Sie schlug die Klappe nach hinten. Der Inhalt war nicht vielversprechend. Ein Montblanc-Kugelschreiber, der den Namenszug von

Sylvia trug. Zwei Tampons, ein Päckchen Tic-Tac, Papierta-schentücher und ein paar Münzen. Das rechte vordere Fach war leer. Links hingegen lagen etliche Kapseln eines Medikaments. Mandy schätzte die Anzahl auf weit über 50 Stück.

Was hast du da für Pillchen?

Unter den Kapseln lag der Beipackzettel der Verpackung. Mandy schlug ihn auf und fotografierte ihn ab. Danach faltete sie ihn wieder zusammen. Stimmen waren zu hören. Sylvia und Marica unterhielten sich. Die Polizistin schloss die Tasche und schob sie wieder unter das Bett. Sie ging zum Fenster und schloss es. In diesem Moment kam Sylvia zurück.

Punktlandung, nur 10 Sekunden früher und sie hätte mich erwischt, atmete sie auf.

„Ah, schon fertig? Du bist ja blitzschnell."

„Gelernt ist gelernt", antwortete Mandy lächelnd und ver-ließ den Raum. „Bis später"

Bis zum Nachmittag war Mandys komplettes Arbeitspen-sum als Reinigungskraft erledigt. Sylvias Einschätzung stimmte. Robert und Gernot Aberle waren immer noch unterwegs. Sie hatten am späten Vormittag bei Marica angerufen und mitgeteilt, dass sie kein Mittagessen benötigen. Sie wollten aufgrund des schönen Wetters lieber am Abend im Kreis der Familie ein Bar-becue veranstalten. Gäste wurden keine erwartet. Gernot hatte Appetit auf Sparerips. Marica sollte nochmals losziehen und al-les besorgen. Diese Gelegenheit wollte die Köchin nutzen, um zusammen mit Branko in Würzburg Klamotten zu kaufen. „Ich möchte mir ein Sommerkleid zulegen und Branko braucht unbe-dingt neue Hosen", flüsterte sie Mandy gut gelaunt zu.

„Viel Spaß."

Marica schüttelte den Kopf. Ihre Miene war gespielt ernst. „Mit Branko Hosen kaufen macht keinen Spaß. Aber wenn wir später in einem Eiscafé sitzen", schwärmte sie, „werde ich für alles belohnt."

Dem Kaffee-Date der beiden jungen Frauen stand nichts im Weg. Sylvia war schon da. Sie stand hinter dem kleinen Tresen und bediente eine La Marzocco GS/3 MP Espressomaschine. „Café Latte? Cappuccino? Espresso? Normalen Kaffee? Was möchtest du gern? Dieses Ding hier rangiert in der 8.500 Euro-Klasse und der Kaffee schmeckt voll geil."

„Café-Latte wäre super", antwortete Mandy und sah sich um.

Die Aberles hatten nicht an Geld gespart. Exklusives Mobiliar. Tropenholz mit Lederbezügen. Tische mit Carrara-Marmorplatten.

Ein leises Summen war zu hören, als heißes Wasser durch das Kaffeesieb schoss. Schnell breitete sich der angenehme Duft von frischem Kaffee aus. Kurz darauf saßen sie an einem der Bistrotische und klopften sich verbal gegenseitig ab.

Mandy und Sylvia unterhielten sich über Gott und die Welt, fanden viele gemeinsame Vorlieben und lachten viel. Immer wieder wurden auch persönliche Fragen eingestreut.

Sylvia wollte wissen, wo Mandy zur Schule ging, ob sie Geschwister hat, wie der erste Freund so war und wie lange sie jetzt schon ihr Singledasein genießt.

Mandys Fragen gingen in eine ähnliche Richtung. Nach einem zweiten Kaffee wechselten sie zu Cola und Orangensaft. Danach teilten sie sich einen Piccolo. Wobei die Bezeichnung Piccolo hier gänzlich unangebracht war. Es handelte sich um eine 0,25 Liter Flasche Champagner der oberen Preisklasse.

Allmählich wuchs das Vertrauensverhältnis so weit, dass das Thema angerissen wurde, das beiden unter den Fingernägeln brannte. Sylvias wohl zerstörte Beziehung zu einem von Gernot Aberles Arbeitern. Mandy musste nicht nachbohren. Sylvia begann von sich aus über das Thema Beziehung zu sprechen. Sie löcherte Mandy erst mit Fragen aller Art zum Thema Liebeskummer. Die Polizistin ließ ihrer Fantasie freien Lauf, mischte ein paar Wahrheiten dazu und präsentierte sich sehr glaubwürdig. „Jetzt habe ich aber genug gelabert. Das tat richtig gut über die Sache zu quatschen. Schon vermisse ich diesen Dreckskerl gar nicht mehr so arg", schloss sie ihre Geschichte ab, was so viel bedeutete wie: Jetzt bist du dran.

Sylvia lehnte sich zurück und stöhnte. „Wenn ich das auch nur sagen könnte. Mir fehlt mein Freund so sehr. Ich liebe ihn einfach über alles."

Mandy streckte eine Hand aus und griff nach Sylvias. Sie hielten einander fest. „Wo ist er denn?", fragte die Polizistin.

Bange Sekunden. Es war eine scheinbar belanglose Frage mit dennoch großer Aussagekraft. Hatte das Vorgeplänkel ausgereicht? Würde Sylvia das große Geheimnis lösen und möglicherweise die Verbindung zu dem Toten herstellen? War Ioan Agulescu überhaupt der verschwundene Freund von Sylvia Aberle? Und wenn ja, wusste sie, dass er tot war?

Sylvias Lippen begannen zu zittern. Die Augen wurden feucht. Tränen kullerten über die Wangen der hübschen Blondine. Mandy zückte ein Taschentuch und reichte es Sylvia.

„Danke", schniefte sie, tupfte sich die Tränen ab und steckte das Taschentuch in ihre Jeans. Sie bekam sich in den Griff. Ihr Blick änderte sich. „Es war schon das dritte Mal. Ich wusste, dass so etwas passieren würde. Ich weiß auch, wer es macht", schoss es förmlich aus ihr heraus.

Mandy war überrascht. „Langsam. Ich kapiere es gerade nicht. Ich kann dir nicht ganz folgen. Wer macht was?"

Sylvia beugte sich wieder nach vorn. „Das erste Mal ist gut zwei Jahre her. Ich habe mich damals in einen jungen Arbeiter verknallt. Ich wollte ihn näher kennenlernen und habe gesagt, er soll abends zu uns auf den Hof kommen. Wir shakerten herum und ich habe mir nichts dabei gedacht, als ich ihm einen Kuss gab. Papa hat's gesehen und am nächsten Tag war mein Freund weg. Ich habe nie wieder etwas von ihm gehört. Die anderen Arbeiter wussten nichts. Zumindest haben sie nichts gesagt."

„Arbeiter? Wieso war er weg? Ich stehe immer noch etwas auf dem Schlauch."

„Wir haben in den Weinbergen ein kleines Haus. Dort wohnen unsere Saison-Arbeiter. Meistens sind es Südländer." Ihre Augen bekamen einen Glanz. Sie senkte die Stimme ganz leicht. „Ich stehe voll auf Südländer. Sie sehen so rassig aus."

In diesem Moment strahlte Sylvia. Sie dachte an Ioan und für einen winzigen Augenblick glücklich. Als sie weitererzählte, erlosch das Seelen-Feuer wieder und der Glanz in ihren Augen verschwand. „Anfang letzten Jahres war wieder ein richtig gut aussehender junger Mann da. Wir haben uns angefreundet. Ich dachte mir nichts dabei, als ich mit ihm Händchen haltend herumstolzierte. Ich war einfach glücklich. Beim Abendessen habe ich von ihm geschwärmt. Noch am selben Abend kam Charly zu uns. Ich glaube, mein Dad hat Charly und dessen Leute zum Weinberg geschickt."

Mandy versuchte sich so viele Details, wie nur möglich, einzuprägen. „Wer ist Charly?", hakte sie nach.

„Das ist ein Kumpel von meinem Alten", kam die kurze Erklärung. „Charly hat Ümit, so hieß meine Flamme, windelweich geprügelt. Er fuhr nachts mit seinen Rockerfreunden in den Weinberg und zog Ümit regelrecht aus dem Haus. Einer der anderen Arbeiter hat es mir erzählt. Sie haben Ümit dann mitgenommen. Er kam nie zurück. Ich habe Papa zur Rede gestellt und er hat gesagt, dass sie Ümit ins Krankenhaus gebracht haben Angeblich hat Papa ihm 5.000 Euro Schmerzensgeld angeboten. Die durfte er behalten, wenn er nicht wieder kommt. So war es dann auch." Kurze Pause. Sylvia atmete kräftig durch. „Wenn Charly auftaucht, flüchten alle. Keiner legt sich mit ihm und seinen Leuten an. Die haben Ümit verprügelt und verjagt. Ob mit oder ohne Schmerzensgeld. Er war weg und kam nicht zurück."

Mandy drückte Sylvias Hand ganz fest. „Und seitdem leidest du unter Liebeskummer?"

Kopfschütteln. Die Lippen begannen zu zittern. Tränen kullerten über die Wangen. Erst zwei, drei Minuten später war Sylvia wieder in der Lage weiterzuerzählen. „Das war alles nur Liebelei. Die große Liebe lernte ich erst danach kennen. Er heißt

Ioan. Ich habe aus meinen bitteren Erfahrungen gelernt und absolut aufgepasst. Wir haben alles geheim gehalten. Niemand wusste von uns. Zumindest habe ich es niemanden erzählt. Das mit Ioan ist ganz tief." Sie klopfte mit einer Hand auf ihren Brustkorb. „Ihm gehört mein Herz. Ioan und ich haben auch miteinander geschlafen. Wir wollten abhauen. Als dann Charly auf den Hof kam und mit meinem Alten quatschte, habe ich Angst bekommen und warnte Ioan. Ich sagte ihm, dass er aufpassen muss. Natürlich erzählte ich von Charly und dass sie nachts kommen würden, um ihn zu holen. Ich hatte solche Angst."

Mandy drückte Sylvias Hand wieder fest. „Du Ärmste."

Das Taschentuch wanderte von der Hosentasche wieder zu den Augen. Erneut flossen Tränen. „Am nächsten Tag war er weg. Einfach so. Nichts war mehr von ihm da. Keine Spur. Sie haben ihn geholt. Ich weiß es! Ioan wäre niemals ohne mich weggegangen. Niemals! Es muss etwas Schreckliches passiert sein", schluchzte sie.

Mandy schluckte. Sie hatte den berühmten Kloß im Hals. Ihr Job und die Undercover-Rolle kotzen sie in dieser Sekunde richtig an. Wie gern hätte sie Sylvia an sich gedrückt, Trost gespendet und die Schuldigen sofort zur Rechenschaft gezogen.

Behalte einen klaren Kopf! Das sind alles Indizien. Wichtige Hinweise. Bleib cool!

Sylvias Blick wurde wieder kalt. „Wenn Ioan etwas zugestoßen ist, werde ich meinen Alten dafür umbringen, das schwöre ich dir", zischte sie aus. Der Hass, den sie empfand, war unverkennbar. Sylvia zog die Hand zurück.

Am liebsten hätte Mandy gesagt, dass sicherlich alles nicht so schlimm sei und Ioan zu ihr zurückkehren würde, doch sie konnte es nicht. Dieser Satz wollte nicht über ihre Lippen kommen, denn sie wusste es besser. Ioan würde nie wieder zurückkommen. Er ist tot.

„Mach keinen Unsinn. Wenn tatsächlich etwas passiert ist, wird sich die Polizei schon um die Sache kümmern. Hast du eigentlich von Ümit wieder etwas gehört? Kennst du seine kompletten Personalien?"

Skeptische Blicke. „Du sprichst so anders."

„Ich wollte nur helfen. Vielleicht finde ich Ümit."

„Du?", fragte Sylvia skeptisch. „Wie denn? Außerdem ist mir Ümit egal. Ich liebe Ioan, sonst keinen."

„Ich habe es nur gut gemeint."

Sylvia blickte auf ihre Armbanduhr. „Ist schon spät geworden. Sicher kommt mein Alter gleich."

„Was machst du jetzt noch?", fragte Mandy. „Bist du okay?"

„Mehr als das. Mach dir keine Sorgen. Ich habe mich im Griff."

Sie standen auf.

„Mandy."

„Ja."

Sylvia lächelte wieder. „Mir hat es auch gutgetan darüber zu reden."

„Wir sollten es bei Gelegenheit wiederholen", erwiderte die Polizistin.

Sylvia nickte. „Sehr gern."

Mit Einbruch der Dunkelheit war das von Gernot Aberle gewünschte Barbecue beendet. Obwohl es nicht ihre Aufgabe war, half Mandy beim Abräumen.

„Das musst du nicht machen, das ist mein Job", meinte Marica. Die Köchin ließ aber gleichzeitig durchblicken, dass sie sich über die Hilfe freute. Sie wollte pünktlich Schluss machen und zu Branko aufs Sofa.

Mandy spielte Lockerheit vor. „Ist doch kaum der Rede wert."

„Wenn du mal Hilfe brauchst, musst du nur Bescheid sagen. Damit das klar ist."

„Mach´ ich."

Der Blick der Polizistin glitt durch das Küchenfenster nach

draußen. Ein Auto war in den Hof gefahren. Das Scheinwerferlicht streifte dabei das Küchenfenster.

Auch Marica warf einen Blick aus dem Fenster. „Das ist Ali. Er arbeitet für den Chef", sagte sie und schloss die Spülmaschine. „Fertig. Zu zweit war es ein Kinderspiel. Danke dir."

Mandy lächelte. „Habe ich doch gern gemacht." Sie gähnte. „Ich geh´ dann mal ins Bett", verabschiedete sie sich, ging nach draußen und schlürfte rüber zu den Nebengebäuden. Sie grüßte Gernot Aberle, der im Hof stand und sich mit einem Arbeiter unterhielt. Im Augenwinkel erkannte sie Emre. Ihr Kollege hielt sich neben dem klapprigen VW-Bus auf. Ohne sich nochmals nach ihm umzudrehen, betrat die Polizistin das Nebengebäude und ging in ihr Zimmer. Sie ließ das Licht aus und huschte sofort zum Fenster.

Gernot Aberle hatte die Unterhaltung mit diesem Mann schon beendet. Der Bus fuhr wieder vom Hof. Aberle verschwand im Gastraum-Gebäude und war dort vermutlich ins zweite, geheime Büro gegangen. Es dauerte etwa zwanzig Minuten, dann kam der Junior-Chef wieder in den Hof zurück, ging zur Garage und fuhr mit dem BMW weg. Mandy schaltete das Licht an und zog den Vorhang zu.

Marica und Branko befanden sich in ihrer Wohnung. Robert Aberle saß sicher vor dem Fernseher. Was Sylvia machte, wusste Mandy nicht. Deren Zimmer lag zur Straßenseite und konnte von ihrem Fenster aus nicht eingesehen werden.

Die Polizistin schlüpfte aus den Klamotten, zog sich eine schwarze Jeans und ein schwarzes T-Shirt an. Danach steckte sie ihr Smartphone und eine kleine Taschenlampe ein. Sie ging zu ihrem Schrank und sperrte einen Samsonite-Kosmetik-Koffer auf. Unter einem Fach mit Schminkutensilien lag ihre Dienstwaffe. Mandy zog das Holster auf den Gürtel, prüfte den Ladezustand ihrer Waffe und schob sie in das Holster.

So, jetzt nur noch die Trainingsjacke drüber und fertig ist das schwarze Phantom. War ein guter Hinweis von Gschwendtner, dass man für manche Tätigkeiten dunkle Klamotten benötigt. Ohne ihn hätte ich mir nie diesen farbarmen Trauer-Flor zugelegt, dachte sie, schaltete das Licht wieder aus und ging erneut zum Fenster. Mit einer Hand schob sie den Vorhang zur Seite. Alles unverändert. Ich warte noch zehn Minuten, dann gehe ich rüber.

Mandy war aufgeregt. Sie fühlte sich wie eine Diebin auf nächtlicher Einbruchstour. Ihr Puls raste, die Nerven waren zum Zerreißen angespannt.

So müssen sich meine eigentlichen Gegner fühlen, kam es ihr in den Sinn.

Ein paar Grillen zirpten. Eine Nachtigall war sichtlich bemüht diese Geräuschkulisse zu übertönen und zeigte ihr ganzes Können. Nachtfalter flatterten wild um die beiden Hoflaternen. Irgendwo in der Nähe bellte ein Hund. Ansonsten war alles ruhig. Ein letztes Durchatmen, dann huschte die in schwarz gehüllte Polizistin dicht an den Gebäudemauern entlang. Sie bewegte sich zielstrebig zur umgebauten Scheune. Vor dem Eingang blickte sie sich noch einmal sichernd um. Es war nichts Auffälliges zu sehen. Ihre Hand wanderte zur Türklinke und drückte sie langsam nach unten.

Offen! Genial!

Der Polizistin war erleichtert. Sie musste nichts aufbrechen, um in das Gebäude zu gelangen. Mandy betrat den Gastraum und schloss die Tür hinter sich. Das schummrige Hoflaternenlicht fiel durch die kleinen Fenster und spendete im Raum nur spärlich Licht. Mandy wartete, bis sich ihre Augen an die Dunkelheit gewöhnt hatten.

In der rechten Hand hielt sie den Schlüssel zum Büro. Als sie mit Sylvia am Nachmittag ihren Latte macchiato schlürfte, hatte sie sich alles genau eingeprägt. Sie wusste, wo sich das Büro befand.

Die Anspannung war nicht zu toppen. Schritt für Schritt näherte sie sich ihrem Ziel. Vor der Bürotür lauschte Mandy sicherheitshalber noch einmal. Kein Geräusch, kein Ton, kein Laut – nichts war zu hören. Sie schob den Schlüssel ins Schloss und drehte ihn herum.

Passt!

Die Polizistin war erleichtert. Das Wechselspiel von Fallenfeder, Zuhaltungsfeder und Konterfeder funktionierte reibungslos. Der Riegel schob sich zurück. Ein leises Klacken war zu hören, dann war die Tür offen.

Mandy wäre vor lauter Nervosität am liebsten sofort davongelaufen. Sie fragte sich noch einmal nach der Rechtmäßigkeit ihres Handels und was sie hier zu suchen hatte. Mit einem kurzen Kopfschütteln schob sie anschließend sämtliche Bedenken beiseite, gab sich einen Ruck und betrat das Büro.

Das Zimmer war nicht sonderlich groß. Zwölf, maximal 15 qm. Das einzige Fenster ging nach hinten raus. Dort befand sich der Apfelbaumgarten der Familie. Wenn sie ihre Taschenlampe benutzen würde, konnte also der Lichtschein nicht gesehen werden, außer jemand hielt sich auf der Streuwiese zwischen den Apfelbäumen auf. Das war allerdings sehr unwahrscheinlich.

Neben dem Fenster stand ein Paravent aus Rattan. Mandy fragte sich, wofür er gedacht war, stellte dann aber fest, dass am Fenster keine Gardinen angebracht waren. Vermutlich diente der Paravent als Sichtschutz und wurde bei Bedarf vor das Fenster geschoben.

Alles abgecheckt. Feuer frei!

Sie schaltete die Taschenlampe an. Der Lichtkegel huschte über einen Schreibtisch. Er war dem ähnlich, der im Wohnhaus im Büro stand.

Gleiche Serie, nur etwas kleiner.

Mandy leuchtete in jede Ecke. Außer dem Schreibtisch waren lediglich noch eine Bücherwand und ein Aktenschrank im Zimmer. Auf dem Schreibtisch selbst standen ein zusammengeklappter Laptop, eine Flasche Wasser, eine Flasche 25 Jahre alter Macallan Whisky und ein Whiskyglas.

Keine Papiere, keine Briefe. Nichts.

Mandy zog die Schubladen auf. Wie im Wohnhaus fand sie auch hier Büroutensilien und hochwertiges Briefpapier. In der untersten Schublade lag eine Mappe. Mandy holte sie heraus und öffnete sie. Der Lichtstrahl ihrer Taschenlampe streifte über die Papiere. Es waren fremdsprachige Lieferscheine.

Vermutlich irgendwo aus dem Osten – viele Konsonanten. Vielleicht polnisch.

Mandy konnte lediglich erkennen, dass es sich um Flüssigkeit handeln musste, da die Ware in Litern angegeben war.

Nicht wenig, stutzte sie, als sie auf die Liefermenge sah.

Sie knipste mit ihrem Smartphone ein paar Fotos und legte die Mappe zurück in die Schublade. Als Nächstes war der Aktenschrank an der Reihe. Sie wollte ihn gerade öffnen, als sie etwas Wahrnahm. Ein Geräusch ließ sie zusammenzucken. Sie schalte sofort die Taschenlampe aus. Ihr Herz schien stehen zu bleiben. Die Knie wurden weich. Jemand hatte den Gastraum betreten. Fieberhaft überlegte die Polizistin, wie sie reagieren sollte. Die rechte Hand fuhr automatisch zur Dienstwaffe.

Nein, verstecken ist besser.

Es gab nur zwei Möglichkeiten. Entweder sie duckte sich hinter dem Schreibtisch ab oder sie stellte sich hinter den Paravent. Die Entscheidung war schnell getroffen. Blitzschnell huschte Mandy zum Fenster, zog den Paravent ein Stück zur Seite und stellte sich dahinter. Er war gerade hoch genug, dass sie aufrecht stehen konnte. Angst legte sich wie ein Schleier über sie. Ihre Knie begannen unkontrolliert zu schlottern. Gänsehauteffekt. Es kribbelte überall. Mandy hörte Schritte. Jemand war hier und kam näher.

Wer ist das? Ihre Gedanken überschlugen sich. *Was soll ich als Ausrede benutzen, wenn ich entdeckt werde?* Sie schloss für wenige Sekunden die Augen. *Beruhige dich Mandy Hammerschmidt. Du schaffst das. Einatmen, ausatmen. Ganz ruhig bleiben. Sei bereit im Notfall zu kämpfen!*

Jemand drückte die Türklinke nach unten.

Die Clint Eastwood-Methode

Gschwendtner war auf dem Weg in Fischers Büro. Noch bevor er den Klingelton seines Smartphones hörte, spürte er dessen Vibration. Etwas umständlich fummelte der Oberkommissar das Telefon aus der Hosentasche. Als Klingelton war ein Song von Van Morrison eingestellt: *Brown Eyed Girl*. Gschwendtner gefiel der Gute-Laune-Sound und er war geneigt mitzusingen. Ein Blick aufs Display folgte. Der Anrufer wurde als unbekannt angezeigt. Der Polizist nahm das Gespräch an. „Gschwendtner!"

„Wird ja langsam Zeit. Ich wollte schon auflegen", röhrte die bekannte Stimme von Dr. Harry Pfänder durch den Mini-Lautlautsprecher.

„Grüß dich Harry. Von wo aus rufst du denn an? Mein Handy kennt deine Nummer nicht."

„Ich bin bei …", er hielt für eine Sekunde inne, „… ach, das ist doch jetzt wirklich egal."

„Bleib mal locker. Warum bist du aufgeregt?"

„Halt endlich deine Klappe, Gschwendtner. Ich habe es!"

Von einem auf den anderen Moment war der Ermittler des bayrischen Landeskriminalamts todernst. „Was hast du?"

„Ich bin hinter das Geheimnis vom Fränkischen Blut gekommen!"

„Wow! So schnell? Ich wusste ja, dass du gut bist, aber das war ja blitzartig."

„Ich muss ehrlicherweise zugeben, dass nicht ich, sondern mein alter Studienkollege, Professor Dr. Herbert Eglinger, das Ei des Kolumbus geknackt hat. Herbert arbeitet an der Universität für Bodenkultur in Wien. Die wiederum haben, gemeinsam mit der ARC Seibersdorf Research und deren wissenschaftlichem Know-How, sowie modernster Hightech, den Weinpantschern den Krieg angesagt hat. Die Jungs und Mädels, die dort tätig sind, setzen auf Isotopenanalyse. Damit können Zusätze, wie Wasser oder Zucker aufgespürt werden. Das Ergebnis unserer Untersuchung muss allerdings noch einer zweiten Gegenprüfung standhalten. Gleichwohl sagt das vorläufige Resultat aus, dass mit dem Fränkischen Blut tatsächlich zwei verschiedene Weine unter ein und demselben Level vermarktet werden."

Gschwendtner schnaufte einmal kräftig durch. „Also, wenn ich das ganze Professoren-Kauderwelsch auf einen Nenner herunterbreche, handelt es sich mit einem Wort gesagt um plumpe Panscherei. Wieso fiel das nicht früher auf?"

Harry intervenierte. „Eben keine plumpe Panscherei, mein Freund. Hier wurde etwas tiefer in die Schatulle der Wissenschaft und Forschung gegriffen als üblich."

Gschwendtner blieb stehen. „Jetzt mal langsam. Ich habe weder studiert noch bin ich Wissenschaftler. Ich trinke den Wein lediglich. Ich bin sozusagen der einfache Endverbraucher."

Dr. Pfänder räusperte sich und holte tief Luft. Er versuchte den komplexen Sachverhalt auf einfache Art zu erläutern. „Pass mal auf, Gschwendtner. Kriminalistisch betrachtet wird der Fingerabdruck des Weines genommen, genauer gesagt seine DNS ausgewertet. Du musst wissen, dass die Isotopen-Verhältnisse in den Elementen verschiedener Gesteine und geologischer Formationen in unterschiedlichen Regionen typisch und unverwechselbar sind. Diese kann man weitläufig mit einem Fingerabdruck vergleichen. Bestimmt werden hierbei die Nährstoffe, welche die Pflanzen aus dem Boden ziehen und speichern. Das nenne ich vereinfacht die DNS. Diese Isotope lassen exakte Rückschlüsse auf Herkunft und sogar das Klima zu. Das funktioniert natürlich auch bei Wein, denn jede Region hat eine bestimmte Zusammensetzung an Isotopen. Jegliche Veränderung, zum Beispiel durch Beimischen von Wasser, Zucker oder anderen Dingen, macht sich bemerkbar."

„Harry, ich verstehe nur Bahnhof. Was sind diese Isotope?"

„Das ist schnell erklärt. Atome desselben Elements können verschiedene Anzahlen von Neutronen besitzen. Die verschiedenen möglichen Varianten eines Elements heißen Isotope. Zum

Beispiel enthält das häufigste Isotop von Wasserstoff überhaupt keine Neutronen. Es gibt aber auch ein Wasserstoff-Isotop namens Deuterium mit einem Neutron und noch ein anderes, das Tritium, mit zwei Neutronen."

„Stopp! Ich komme da auf die Schnelle nicht mit. Vielleicht wiederhole ich mich, aber für mich sind deine Erklärungen böhmische Dörfer. Wegen Chemie und Mathe bin ich damals in der Schule durchgerauscht."

„Dann versuche ich es mal so." Eine kurze Pause folgte. „Pass auf, Gschwendtner", sagte Dr. Pfänder mit ruhiger Stimme und einem Tonfall, als ob er in einem Uni-Hörsaal vor eine Gruppe neuer Studenten stehen würde. „Verschiedene Isotope eines chemischen Elements haben zwar gleich viele positiv geladene Protonen im Atomkern, unterscheiden sich aber durch die Zahl der ungeladenen Neutronen. Deshalb sind sie chemisch vollkommen identisch, haben jedoch ein unterschiedliches Atomgewicht."

„Aha", nickte der Polizist. „Ich resümiere mal für den Laien. Der Wein sieht gleich aus, schmeckt gleich, ist aber von anderer Herkunft?"

„So kann man es auch sagen", bestätigte Harry.

„Dann sag es doch auch so. Warum müsst ihr Akademiker immer so kompliziert quatschen?"

Lachen. „Was war an meiner Ausführung kompliziert?"

Gschwendtner fiel in Harrys Lachen mit ein. „Ist schon gut, Harry. Ich habe es kapiert."

„Ich wollte dir die Sache eben im Ganzen explizieren. Du musst wissen, dass die Forschungsarbeiten seit Jahren laufen. Die Wissenschaftler hier in Wien analysieren vorrangig die Isotopen-Verhältnisse der Elemente Wasserstoff, Kohlenstoff und Sauerstoff. Sie erreichen damit eine Sicherheit von rund 90 Prozent bei deren Zuordnung."

„Harry, du bist einsame Spitze."

„Danke für das Lob. Ich gebe es gerne weiter."

„Ich frage mich, wie Aberle bei den ganzen Kontrollen ein

Schlupfloch finden konnte?", schob Gschwendtner nach.

„Das war der anfängliche Haken der Sache, der aber allmählich wegbricht. Anfangs gab es noch keine Referenzdatenbank mit gesicherten Vergleichsdaten der Regionen. Zwischenzeitlich hat sich das Verhältnis umgekehrt. Während vor zehn Jahren noch 90 % nicht erfasst waren, sind jetzt lediglich 10 % nicht erfasst. Für Aberle wird die Sache immer enger. Er steht massiv unter Druck. Wahrscheinlich musste er seine Produktion bereits empfindlich zurückfahren", schlussfolgerte Dr. Harry Pfänder. „Oder erhebliche Schmiergelder zahlen."

„Wir kriegen ihn", war sich der LKA-Beamte sicher.

Harrys Stimme veränderte sich wieder. Zu seinem Erklär-Tonfall mischte sich etwas Euphorisches. „Ich habe noch eine Information für dich. Vielleicht hilft es dir."

„Ich bin ganz Ohr."

„Hier in Österreich werden gerade Ermittlungen in großem Umfang getätigt. Jeder der Forscher wurde einer eingehenden Prüfung unterzogen. Es wird gemunkelt, dass Bestechungsgelder in sechsstelliger Höhe geflossen sind, um diverse Lücken in der Referenzdatenbank nicht zu füllen. Wer weiß, vielleicht findest du über den Weg des Geldes eine Spur zu Aberle."

„Danke für die Info. Harry, ich bin dir was schuldig."

„Denkst du da zufällig an einen Biergartenbesuch mit Brotzeit, Steckerlfisch und Freibier bis zum Abwinken?"

Lachen. „Ja, so etwas in der Art hatte ich angedacht."

„Einverstanden. Mit dir mache ich gerne Geschäfte."

Beide waren bestens gelaunt.

„Fährst du gleich zurück nach München oder bleibst du noch in Wien?"

„Ich bin doch gerade erst angekommen. Ich muss natürlich noch die Gegenprobe abwarten. Derweilen genieße ich die Stadt. Ich nehme mir einfach einen Tag frei und lasse mich durch die Wiener Kulinarik-Szene treiben."

„Hast recht. Man muss das Angenehme mit dem Nützlichen verbinden. Bis bald."

„Servus."

Gschwendtner schob das Smartphone zurück in die Hosentasche.

Das Telefonat steigerte die Laune des Oberkommissars ungemein. Mit leichter Verspätung traf er im Kommissariat ein. Fischer und Lemke warteten schon auf ihn. Im Gegensatz zu Gschwendtner, wirkten seine Kollegen leicht angespannt.

„Na endlich", stöhnte Fischer. „Wo warst du denn so lange? Du wolltest doch nur schnell in die Kantine gehen."

„Entspannt euch mal? Das hat doch nicht mal eine Stunde gedauert." Ein demonstrativer Blick auf die Uhr folgte. „Ihr hättet mitkommen sollen. Es gab Sauerbraten. Butterzart, sage ich euch."

Die Minen blieben ernst. Gschwendtner setzte sich. Peter Fischer tippte mit dem Finger auf eine vor ihm liegende Akte. „Es gibt Neuigkeiten."

Gschwendtner lehnte sich zurück. „Ihr wisst es schon?", fragte er mit einem leichten Grinsen und dachte an sein Telefonat mit dem Chemiker des Landeskriminalamts.

„Ich weiß nicht, was du meinst, aber meine Information ist brandaktuell und sehr heiß", sprudelte Josef Lemke aus.

Gschwendtner war augenblicklich hellhörig. „Da bin ich mal gespannt, denn ich bringe auch Neuigkeiten mit. Ich führte soeben ein Telefonat mit Dr. Harry Pfänder vom Labor des LKA."

Lemke begann: „Wir haben einen Hinweis in der Mordsache des Zollbeamten Willi Käutner, genauer gesagt dem Tod von Timothy Müller alias Kongo, erhalten."

Gschwendtner lehnte sich nach vorn und stützte seine Ellbogen auf den Tisch. „Was für einen Hinweis?", hakte er sofort nach.

Lemke deutete auf die Akte, die vor Peter Fischer lag. „Nachdem Käutner am Tatabend seine Stammkneipe verlassen hatte, rechnete der Wirt die Tageseinnahmen ab. Als fertig war und nach Hause ging, fiel ihm etwas auf."

„Interessant. Was denn?"

„Da unser Zeuge ein Motorrad-Narr ist, stachen ihm drei Maschinen ins Auge, die in Giebelstadt am Marktplatz abgestellt waren. Zwei von den schweren Motorrädern waren seinen Worten nach *aufgemotzt ohne Ende*. Das hat dem Wirt so gut gefallen, dass sie mit seinem Mobiltelefon fotografiert hat."

„Diese Smartphones hat der Teufel erfunden. Man kann mit diesen Taschencomputern wirklich alles machen", schwärmte Fischer.

„Ich bin immer noch ganz Ohr", meinte Gschwendtner.

„Am nächsten Tag waren zwei der Motorräder verschwunden, ein Bike blieb stehen. Es war die Maschine von Kongo. Man kann also davon ausgehen, dass die beiden anderen Maschinen Kongos Begleitern gehören. Der Wirt hat sich bei den Fotos auf Lenker, Motoren und Lackierung beschränkt. Die Kennzeichen haben ihn leider nicht interessiert. Dennoch konnten wir auf einem der Fotos ein Teilkennzeichen finden. Das wiederum war ausreichend, um den Halter zu ermitteln."

„Sehr gut. Um wen handelt es sich?"

Lemke holte aus. „Um Klaus Schnurbein, besser bekannt als Schnurri. Er gehört zum inneren Kreis von Möllenhauers Gruppe. Schnurbein erledigt für Möllenhauer die Drecksarbeit. Seine Vorstrafenliste ist so lang wie der Weg von hier bis zur Kantine. Er saß aufgrund von mehreren Gewaltdelikten insgesamt fünf Jahre ein. Ein übler Zeitgenosse."

„Der vermutlich nicht gerade zu sprudeln anfängt, wenn wir aufkreuzen und Wind machen", ergänzte Gschwendtner.

„Richtig. Aber das ist das Stichwort. Wir können mit dieser Information bei Charly anklopfen und etwas auf den Putz hauen."

Fischer lehnte sich zurück. „Das halte ich nicht für klug. Wir warnen die ganze Clique regelrecht. Zudem wird das dem abgebrühten Kerl nicht die Bohne jucken. Möllenhauer musst du mit hieb- und stichfesten Fakten festnageln und zur Festnahme mit dem Spezialeinsatzkommando anrücken."

Gschwendtner dachte kurz nach und widersprach schließlich seinem alten Lehrgangskumpel. „Ich halte die Idee für gut. Wenn Fliegen um einen Haufen Misthaufen herumschwirren und man verscheucht sie, schwirren sie direkt zum nächsten Misthaufen."

„Was willst du damit sagen?", fragte Fischer.

„Ich schätze, dass es in Würzburg nicht die Welt an sicheren Verstecken für diese Bande gibt."

„Drücke dich bitte etwas deutlicher aus. Was willst du damit sagen?", wiederholte Fischer.

„Weder Möllenhauer noch jemand aus seiner Gang werden bei sich zu Hause Beweismittel herumliegen haben. Ihre Wohnungen oder Häuser dürften so steril sein sie das Besteck eines Chirurgen. So intelligent sind selbst diese Auspuff-Köpfe."

Fischer schüttelte verneinend den Kopf. „Ich kann dir immer noch nicht ganz folgen."

Gschwendtner stand auf und ging auf und ab. „Der Haupttreffpunkt der Gruppierung um Möllenhauer ist dessen Bar. Charleys Bar ist meines Erachtens das Nest der Bande. Hier fühlen sie sich sicher, hier planen sie ihre Aktionen. Zumindest glaube ich das."

„Stimmt", nickte Fischer ab. „Da ist absolut etwas dran."

„Dann lasst uns doch dort einmal hingehen und ordentlich auf den Putz hauen. Wir füttern sie mit Halbwissen, jagen ihnen Angst und Schrecken ein und sehen zu, wohin sich diese Schmeißfliegen verdrücken. Ich möchte wissen, welchen Misthaufen sie als Nächstes anfliegen."

Lemke hakte nach. „Du willst sie observieren lassen?"

„So ähnlich."

„Okay", signalisierte Lemke sein Einverständnis.

„Gut, dann werde ich mal die rechtlichen Voraussetzungen prüfen und das MEK anfordern", schlug Fischer vor.

Gschwendtner winkte ab. „Das ist eine spontane Observation und die wird von mir angeordnet. Dazu brauche ich weder einen Richter noch einen Staatsanwalt und schon gar keine Armee von Polizisten."

„Wir, bei der Mordkommission...", wollte Lemke einwenden.

„Das LKA ist federführend und wir benötigen keine Verstärkung. Das machen wir allein. Basta! Viele Köche verderben den Brei."

Fischer und Lemke warfen sich Blicke zu.

„Bist du sicher?", fragte Lemke schließlich nach.

Gschwendtner setzte sich gegenüber von seinen beiden Kollegen wieder an den Schreibtisch. Er beugte sich nach vorn. Er senkte seine Stimme etwas. „Männer, denkt doch mal logisch nach. Die Beweiskette ist dünner als Pergamentpapier. Das abgestellte Motorrad ist alles andere als aussagekräftig. Was beweist es schon? Ich höre diesen Schnurri jetzt schon lachen, wenn wir ihn damit konfrontieren." Gschwendtner imitierte den Verdächtigen und sprach mit veränderter Stimme: „Natürlich war ich dort, Herr Bullenarsch. Ich habe mir ein Bier gekauft, eine Tussi gevögelt und eine Stange Wasser ins Eck gestellt. Dann bin ich von meinem Kumpel Charly abgeholt worden, weil ich mit einem Bier im Gesicht nicht mehr auf meine Maschine steige. Was dagegen? Nein? Dann kannst du mich mal! Verpiss dich, du Arschnelke!"

Fischer und Lemke wechselten erneut Blicke. Beide fragten sich, wie genau ihr Münchner Kollege vorgehen wollte.

Gschwendtner stand wieder auf. „Wenn ich auf und ab gehe, kann ich besser denken", erklärte er kurz. „Das Motorrad könnte tagelang dort gestanden haben oder auch nur fünfzehn Minuten. Wir wissen nur, dass sie zu einer gewissen Uhrzeit dort war. Sonst nichts! Wir müssen beweisen, dass auch Schnurri dort war. Das wird nicht einfach. Wir müssen ihn aus der Reserve locken und aufscheuchen. Wenn der Kerl erst einmal nervös ist, wird er auch Fehler machen. Wenn er Fehler macht, schlagen wir zu."

„Gschwendtner hat wohl recht", bestätigte Fischer, haderte

aber noch mit seinem Einverständnis.

„Das ist zwar ungewöhnlich für mich, aber ich bin dabei", beschloss Lemke.

Darauf schien Peter Fischer gewartet zu haben. „Na gut, dann ziehe ich auch mit."

Gschwendtner fiel ein Stein von Herzen. „Dann sind wir ein schlagkräftiges Dreiergespann. Das reicht."

„Hoffentlich. Ich sehe meine Karriere schon in den Mülleimer wandern", schob Fischer nach und ließ seine Skepsis weiterhin durchschimmern.

„Keine Bange. Wir bekommen das schon hin", beruhigte ihn sein ehemaliger Lehrgangskollege.

Lemke stimmte dem Oberkommissar zu. „Was haben wir zu verlieren?", stieß er aus und deutete auf Gschwendtner. „Das LKA hat sich über uns gesetzt und ist somit für alles verantwortlich. Wir beide können uns im Zweifelsfall fein aus der Sache herausreden."

Gschwendtner nickte zustimmend. „Mein Fall, meine Verantwortung! Es ist meine Zeche, also zahle ich auch die Rechnung."

Fischer lachte laut. „Es ist zwar deine Zeche, aber wir sind die Saufkumpane."

Die beiden anderen fielen ins Lachen mit ein.

„Also gut. Nachdem du uns überredet hast etwas … hm … sagen wir mal unkonventionell zu ermitteln, können wir weiter machen. Du sagtest vorhin auch etwas über Neuigkeiten", kam Fischer auf die Anfangseinlassung des LKA-Beamten zu sprechen.

Dieser ging sofort in die Vollen. „Der Wein ist gepanscht. Nach Angaben unseres Chemikers veredeln die Aberles billigen Wein und verkaufen ihn als Fränkisches Blut."

Die beiden Würzburger Hauptkommissare waren schockiert.

„Nein! Ich fasse es nicht", fuhr Lemke hoch.

„Das gibt es doch nicht. Das kann nicht sein. Ich hätte das

doch …", murmelte der sichtlich enttäuschte Weinliebhaber und Gourmet Peter Fischer.

„Aber genau so ist es! Harry hat es mir am Telefon reingedrückt. Ich kann euch den ganzen Isotopen-Krampf leider nicht näher erklären. Das könnt ihr später in Harrys Analyse-Bericht nachlesen. Fest steht jetzt schon, dass es zwei verschiede Arten vom Fränkischen Blut im Handel gibt. Einen echten und einen gepanschten Wein. Fränkisches Blut ist ein Rebensaft mit Nachgeschmack."

„Ist das bewiesen?"

„So gut wie. Eine zweite Probe ist gerade in Bearbeitung. Wir stehen hierzu im Kontakt mit der darauf spezialisierten Uni Wien."

Fischer lehnte sich zurück. Seine Gesichtsfarbe wechselte von blutrot zu leichenblass und zurück. Lemke dachte im selben Moment darüber nach, wie viel Geld er in den vergangenen Jahren für billigen Fusel ausgegeben hatte, der als teurer Frankenwein deklariert war. Zumindest kannte er jetzt den Grund für diverse Kopfschmerz-Tage.

Gschwendtner ließ die Information einen Moment lang wirken, dann kam er wieder zu ihrem Vorhaben zurück. „Wie sieht es mit Observations-Ausrüstung aus?"

Fischers Gesichtsfarbe hatte sich wieder normalisiert. „Kann ich besorgen."

Knapp zwei Stunden später waren sie am Einsatzort.

„Wir lassen den Wagen hier stehen. Peter, übernimmst du den Seiteneingang? Josef und ich gehen rein, klopfen auf den Busch und verschwinden wieder. Wir fahren um den Block und stellen uns vorn am Main auf."

„Und wenn sie fluchtartig die Kneipe verlassen?"

„Dann hängst du dich dran und gibst permanent die Positionen durch."

„Mein letzter Observations-Lehrgang liegt nicht nur Jahre, sondern Jahrzehnte zurück."

„Das ist wie Fahrradfahren. So etwas verlernt man nicht", grinste Gschwendtner und blockte den Ausredeversuch ab. „Fertig?"

Fischer nickte, hob dann aber noch einmal schulmäßig die Hand, um sich zu Wort zu melden. „Was ist, wenn sie zu zweit oder zu dritt rauskommen und sich trennen?"

„Wir saugen uns an diesem Schnurbart fest."

„Schnurbein."

„Auch gut."

„Alles klar", bestätigte Fischer. „Schnurri ist Zielperson Numero Uno."

„Dann los!"

Während der sichtlich nervöse Fischer zum Seiteneingang des Lokals verlegt hatte, schlenderten Gschwendtner und Lemke zum Haupteingang von Charlys Bar. Lemke stieß Gschwendtner kurz an. „Dort drüben stehen die Motorräder. Sie sind auf jeden Fall hier. Darauf verwette ich einen Karton Wein."

„Beste Voraussetzung", nahm Gschwendtner zur Kenntnis und fügte hinzu: „Und wetten wir lieber um Bier. Das wird nicht gepanscht."

Lemke überging den Wett-Einwand und blieb bei der Sache. „Ich habe mir das so vorgestellt. Ich weise mich als Beamter der Mordkommission Würzburg aus und werde dich als LKA-Beamten präsentieren, um …"

Während Lemke auf Gschwendtner einredete, erreichten sie den Eingang zum Lokal. Die Beleuchtung war aus. Die Bar hatte noch geschlossen.

Lemke redete immer noch. „… und dann könnten wir damit anfangen, dass …"

Gschwendtner öffnete die Tür. „Sehr gut, nicht abgesperrt."

Er betrat das Lokal.

„Hast du mir überhaupt zugehört? Was machst du da? Wir hätten klopfen sollen." Er folgte dem LKA-Beamten.

Am Tresen saßen drei Männer, einer stand hinter der Bar.

Gschwendtner war sofort klar, dass das Charly sein musste. Er war ein Hüne von Mann und hatte Oberarme, bei denen Arnold Schwarzenegger in seinen Glanzzeiten daneben schmal ausgesehen hätte. Alles in allem waren das Typen, um die man lieber einen Bogen machte.

„Wir haben geschlossen", wurde den beiden Kriminalbeamten entgegen geschmettert.

„Entschuldigung, wir sind …", begann Lemke, konnte jedoch nicht ausreden, da ihm Gschwendtner sofort ins Wort fiel.

„Ihr Mofa-Rocker haltet mal die Luft an. Gschwendtner, LKA Bayern", war sein Begrüßungsspruch. Er zeigte kurz seinen Dienstausweis und schob die Marke wieder ein.

Lemke erstarrte vor Schreck und blieb augenblicklich stehen. Ein „… aber ich wollte doch …", kam nur im Flüsterton über seine Lippen. Er fühlte sich unwohl.

Die drei Männer, die am Tresen saßen, standen auf. Ihre Blicke waren alles andere als freundlich.

„Spinnst du?", meinte einer.

Sein Nebenmann presste ein lang gezogenes: „Bullenschweine", über die Lippen.

Der Dritte grinste hinterhältig und schlug seine rechte Faust in die linke Handinnenfläche. „Ein echter Angstsucher. Schön, dass ich so etwas noch erleben darf."

Gschwendtner zeigte sich unbeeindruckt. „Wenn ich noch einmal so eine Arschloch-Bemerkung höre, lasse ich euch Wichser einsperren!"

Lemke wäre am liebsten aus dem Lokal gelaufen. Seine Knie begannen weich zu werden.

Der Rocker, der Gschwendtner einen Angstsucher nannte, stand auf und ging auf den Oberkommissar zu. „Dich Drecksack schlage ich windelweich."

Mit erstaunlicher Geschwindigkeit zog Gschwendtner seine Dienstwaffe. Er brachte die Heckler & Koch in Anschlag, zielte auf den Kopf Rockers. Zeitgleich sagte er mit lauter Stimme, die nicht die kleinste Spur Nervosität zeigte: „Probiere es, du geistige Flachzange. Trau dich!"

Lemke stierte in Richtung des Ausgangs. Er hatte sämtliche Farbe aus dem Gesicht verloren. Warum musste ausgerechnet er hier sein? Nächstes Mal würde er Fischer mitschicken und selbst die Observation übernehmen. Gab es überhaupt ein nächstes Mal?

„Günni!", donnerte der Mann hinter dem Tresen.

Jede Bewegung im Raum erstarrte.

„Chef, ich mach' den Typen fertig. Das verspreche ich dir!"

„Halts Maul!", schob Charly nach.

Günni schwieg und bewegte sich keinen Zentimeter mehr.

Gschwendtner war erleichtert. Innerlich hochnervös zeigte er nach außen keinerlei Regungen. Im Gegenteil, er wurde noch cooler. „Gut, dann hätten wir das auch geklärt. Ich bin nicht hier, um mit euch Murmeln zu spielen. Eines vorweg. Ich bin auch kein Kleinstadt-Kripo-Beamter. Das wollte ich nur noch einmal in aller Deutlichkeit gesagt haben. LKA Bayern. Sonderkommission. Mein Name ist Gschwendtner. Ich wiederhole das für die besonderen Hohlbirnen hier im Raum."

„Boss, ist das so eine Art James Bond?", fragte einer der beiden Männer, die noch am Tresen saßen.

Charly überhörte die Frage geflissentlich und musterte Gschwendtner. „Was willst du?", fragte er.

Gschwendtner achtete weiter auf Günni. Dieser bebte vor Wut. Die Lippen zitterten vor Aufregung, die Fäuste waren geballt.

„Steck die Wumme weg und ich zerlege dich wie ein Stück Fleisch beim Metzger."

„Noch so ein dummer Spruch und ich werde mein Zugriffs-Team hereinbitten. Danach tragen dich entweder meine Kollegen gefesselt aus dieser Kneipe und du kommst erst ein paar Wochen später wieder zurück oder die Bestattung trägt dich raus und du kommst gar nicht mehr zurück. Verstanden, du Vollpfosten?"

„Ich werde sofort meinen Anwalt anrufen", konterte der Mann hinter dem Tresen.

„Alle Hände bleiben da, wo ich sie sehen kann, sonst vermute ich einen Angriff und schieße. Somit habe ich rein offiziell den Schusswaffengebrauch angekündigt und angedroht. Das kannst du später deinen Anwalt sagen, damit der die Rechtmäßigkeit prüfen kann. Oder ist einer von euch Hirnlosen schlauer als ich?"

Charly griff in die Hosentasche. „Leck mich, Bulle!"

Gschwendtner senkte den Lauf seiner Dienstwaffe, zielte auf einen der Barhocker und drückte ab.

Wumm

Der Knall des Schusses war ohrenbetäubend. Das Projektil schlug in das Holz des Barhockers, der aufgrund des wuchtigen Einschlags umgeworfen wurde und über den Boden polterte. Eine kleine Pulverschmauchwolke schwebte über dem Oberkommissar. Sie zog sich langsam auseinander und waberte wie ein dünner Nebelschleier unter der Decke. Charly hob sofort seine Hände nach oben. Günni zuckte zusammen und ging rückwärts zurück zum Tresen. Dort stellte er sich zu seinen Kumpels.

„Was ist mit euch? Flossen hoch!"

Sofort hoben auch Charlys Männer ihre Hände nach oben.

„Das hat ein Nachspiel, Bulle!"

„Und noch eine Beleidigung mehr. Das wird meinen Schafkopf-Kumpel, den Untersuchungsrichter, aber sehr freuen."

„Der Kerl ist hochgradig verrückt", rief Günni.

„Halt endlich deine Fresse!", befahl Charly.

Lemke bewegte sich langsam in Richtung Ausgang. Er verfluchte es mit Gschwendtner mitgegangen zu sein.

„Bleib hier, Josef. Wir brauchen wohl doch keine Verstärkung. Das Zugriffs-Team kann sich zurückziehen. Ich glaube, unsere Freunde haben kapiert, wer hier der Chef im Ring ist."

Lemke blieb abrupt stehen. Er sagte kein Wort. Sein Adamsapfel hüpfte nervös hoch und runter als er Gschwendtners nächste Ansage hörte.

„Nochmal in die Runde. Ist jemand unter euch, der das Gesetz besser kennt, als ich? Vielleicht ein Anwalt oder ein Richter?"

Schweigen.

„Nein? Dann werde ich euch Dumpfbacken ganz kurz erklären, was ich darf und was nicht."

Der Polizist schwenkte seine Waffe hin und her. Er demonstrierte Macht und Entschlossenheit. Die Biker hielten unverändert ihre Hände nach oben.

„Ich bin hier, weil ich diesen verdammten Polizeiausweis bei mir trage, der mir auch das Recht verleiht, euch in Notwehr legal zu töten. Ich gehöre zu den Menschen, die grundsätzlich von ihrem Recht Gebrauch machen. Ich pflege zu tun, was ich sage. Ausnahmslos! Ich spiele keine Spiele, ich handle! Und ich bin hier, weil ich …", er machte eine kurze Pause. „Na, wer von euch kann die Frage beantworten?"

„Weil Sie jemanden verdächtigen?", brabbelte Günni fragend.

„Richtig mein fränkischer Freund. Weil ich jemanden verdächtige. Und weil ich dann, bei Gefahr in Verzug, überall einmarschieren kann, und zwar ohne irgend einen Beschluss. Ich brauche keinen Staatsanwalt und keinen Richter. Ich bin derjenige, der entscheidet. Alles Schriftliche liefert mir nachträglich wer?"

Der Lauf der Heckler & Koch zeigte auf Günni. Er wiederholte Gschwendtners vorherigen Satz. „Der Richter, der auch ihr Schafkopf-Kumpel ist."

„Gut aufgepasst. Das ist vollkommen richtig. Und damit scheiße ich auf jeden von euch kontaktierten Anwalt. Entweder wir arbeiten gut zusammen oder ich stelle euch kalt!"

„Wie lautet die Anklage?", knurrte Charly.

„Nachdem jetzt alle wissen, was ich darf und was nicht, kann ich endlich förmlich werden. Ich ermittle in einer Mordsache. Der Verdächtige, nach dem ich suche, heißt Klaus Schnurbein. Sein Motorrad steht vor diesem Laden. Wer von euch Pissnelken ist Schnurbein?"

Keiner meldete sich.

Charly starrte Gschwendtner hasserfüllt an. „Ich möchte mit meinem Anwalt telefonieren."

„Herr Möllenhauer, so heißen Sie doch, oder?"

„Ja."

„Wenn Sie meine Amtshandlung noch einmal stören, werde ich Sie vorläufig festnehmen und für exakt 47 Stunden, 59 Minuten und 59 Sekunden festhalten. Genau diese Zeitspanne räumt mir das Gesetz ein, bevor ich Sie einem Richter vorführen muss. Abgesehen davon habe ich das Gefühl, dass ich hier auch den einen oder anderen Mittäter zu der Mordsache finde, in der ich gerade ermittle. Ich überlege, ob ich nicht doch noch mehr Kollegen hole und die ganze Bude hier auf den Kopf stellen lasse. Vielleicht finde ich ja die Mordwaffe. Oder ich mache einen ganz anderen Zufallsfund. Vielleicht etwas Koks?"

„Schnurri ist nicht hier. Sein Bock steht vor der Tür, weil er gestern nicht nüchtern war. Wir sind anständige Bürger, achten das Gesetz und fahren nicht betrunken", sagte Charly.

„Das ist schön, Herr Möllenhauer. Das beruhigt mich unheimlich. Ich mag keine betrunkenen Motorradfahrer. Ach ja, nur zur Kenntnis. Ich habe natürlich von allem hier Aufzeichnungen gemacht. Sie fangen mit den Beleidigungen gegenüber meiner Person und damit gegen die Staatsgewalt an und enden mit der Todesdrohung, mich zu zerlegen wie ein Stück Fleisch beim Metzger. Aus diesem Grund musste ich fast in Notwehr schießen. Sagen Sie das Ihrem Anwalt, wenn Sie möchten. Es wird nur nicht allzu viel nutzen. Mein Freund, der Richter muss sich nur meine Aufnahme anhören und die Rechtslage ist geklärt."

Charly Möllenhauer konnte seine Wut kaum verbergen. Er atmete tief ein und wieder aus. „Ich möchte nur meine Ruhe haben", lenkte er plötzlich ein. Er spürte, dass Gschwendtner keiner der Bullen war, die man einschüchtern konnte. Dieser Bulle war verrückt und damit gefährlich. Charly war klar, dass er es mit einem anderen Kaliber zu tun hatte. So einen Cop konnte man nicht mit Anwälten drohen, so einen Cop musste man platt machen. „Schnurri ist wirklich nicht hier und wegen des zerschossenen Hockers werde ich keinen Aufstand machen. Ich glaube, der war ohnehin schon kaputt. Oder Jungs?", fragte er seine drei Kumpels.

Nicken. „Ja. Das Ding war schon kaputt."

„So sehe ich das auch", grinste Gschwendtner. „Richten Sie ihrem Kumpel Schnurri aus, dass ich ihn suche. Und wenn ich jemanden suche, werde ich ihn finden. Und wenn ich ihn gefunden habe, werde ich dafür sorgen, dass er redet. Ich komme ab jetzt jeden Tag hier vorbei. Das mache ich so lange, bis ich Schnurrbein habe. Ende der Veranstaltung!"

Gschwendtner ging rückwärts in Richtung Ausgang. „Vergessen Sie meinen Namen nicht. Gschwendtner. LKA Bayern. Wir sehen uns."

Er steckte die Dienstwaffe zurück ins Holster. „Und du, mein fränkischer Freund", rief er Günni zu, „darfst heute Geburtstag feiern. Normalerweise schieße ich zuerst und stelle danach meine Fragen. Beim nächsten Mal weißt du was auf dich zukommt. Es ist klein, kegelförmig und besitzt einen Durchmesser von 9 mm. Je nach meiner Tageslaune darfst du dann schnell sterben, musst leiden oder wirst ohne Eier weiterleben. Schönen Guten Tag die Herren."

Vom Verlassen des Lokals bis sie bei ihrem Dienstwagen ankamen, redete Lemke ununterbrochen auf Gschwendtner ein. Wortschwall über Wortschwall flog dem Münchner Polizisten entgegen. „Wie kannst du nur … unerlaubter Schusswaffengebrauch … Bedrohung … Hausfriedensbruch … Sachbeschädigung. Du kannst mich mal …. Ich bin aus der Nummer raus … das reinste Irrenhaus … wer fährt denn noch freiwillig mit dir … du bist wahnsinnig …", waren nur ein paar Wortfetzten davon, die Gschwendtner recht teilnahmslos heraushörte. Er öffnete die

Beifahrertür und setzte sich ins Fahrzeug. Lemke stieg auf der Fahrerseite ein.

Bevor der Würzburger Kriminalbeamte seine Schimpfkanonade im Dienstwagen fortsetzte, ergriff Gschwendtner das Wort. „Josef, wir waren gut, oder was meinst du? Ich nenne diese Art der Vorgehensweise meine Clint Eastwood-Tour. Ein paar von den Sprüchen habe ich aus seinen Filmen geklaut. Einer war ganz besonders irre. Die Filmszene war so ähnlich wie heute bei uns. Das war ...", er grübelte, „... verdammt, mir fällt nur der Titel gerade nicht ein. Da war er so ein Bulle und eine Frau. Also im richtigen Leben war sie sogar mit Eastwood verheiratet. Das war Sondra Locke. Kennst du den Film zufällig?"

Schweigen. Lemke sah seinen Beifahrer ungläubig an. Er konnte nicht glauben, was er da gerade gehört hatte. „Clint-Eastwood-Methode? Das ist real life! Das hier ist echt. Wir sind in Würzburg, nicht in Hollywood."

„Ja genau", erwiderte der Oberbayer. „Das ist nicht Hollywood. Das ist echt! Gut, dass du es einsiehst."

Lemke war sprachlos. „Ich ... äh ... also, das war anders rum gedacht ...". Er winkte ab. „Ach ... uferlos!"

Ein blubberndes Geräusch war aus Gschwendtners Bauchgegend zu hören.

„Ich glaube, mein Sauerbraten ist durchgefallen. Gut, dass ich mir in der Kantine noch etwas zum Essen gekauft habe. Erfahrungswerte aus meiner Zeit bei den Fahndern. Du brauchst immer was zum Essen und Trinken an Bord." Gschwendtner grinste. „Wenn es wieder mal etwas länger dauert ..."

Lemke war nach wie vor stinksauer. „Sag mal, hast du mir überhaupt zugehört? Ich mache nicht mehr mit!"

Gschwendtner öffnete eine große Papiertüte und fingerte ein in Silberfolie gewickeltes Teil heraus.

Sein Kollege redete sich derweilen wieder in Rage. „Für solch einen Schmarrn riskiere ich doch nicht meine Pension. Du bist hochgradig verrückt. Nicht auszudenken, wenn ..."

„Diese Fischsemmel hat mich einfach angelacht. Passt zwar

überhaupt nicht zum Sauerbraten, aber die sah so lecker aus. Ihr habt echt 'ne gute Kantine. Da müsste ich mal die Leute vom LKA vorbeischicken – also die Küchenmeister oder wie das heißt."

Lemke war am Verzweifeln. Der Münchner schien ihn komplett zu ignorieren. Entnervt drehte sich der Hauptkommissar zur Seite und starrte auf den Main.

Gschwendtner kaute genüsslich und schluckte den Bissen hinunter. „Wenn du so auf den Fluss glotzt, bekommst du dann auch Hunger auf Fisch? Schau her, ich habe zwei gekauft. Willst du eine?"

Eisiges Schweigen.

„Ich könnte mir dazu ein kaltes Jever-Pilschen gut vorstellen. Schön herb. Schmeckt noch Nordsee. Magst du Jever?"

Lemke fuhr herum. „Jetzt sag bloß nicht, dass du im Dienst auch Alkohol trinkst."

„Hier! Für dich."

Gschwendtner klatschte seinem Kollegen die zweite Fischsemmel direkt vors Gesicht. Der Geruch von saurem Hering, Essiggurke und Zwiebeln stieg Lemke in die Nase. Aus Angst, sein Nebenmann könnte loslassen, griff der Würzburger zu.

„Mmmhhh …", Gschwendtner biss ab und rollte mit den Augen. „Ein Traum. Nun iss doch schon", nuschelte er mit vollem Mund.

„Du bist … ich würde …", Kopfschütteln und Abwinken. „Ach, ich gebe es auf."

Immer noch schmollend begann Lemke zu essen.

„Na also."

Schweigen.

„Lecker, oder?"

Stoische Ruhe.

„Warum bist du denn so beleidigt? Ist doch echt super gelaufen."

Lemke versuchte es noch einmal zu erklären. „Weil wir hier

in Würzburg und nicht in Tombstone oder Oklahoma City sind. Und wir sind bayrische Polizeibeamte und keine Texas Ranger, die Jagd auf Jesse James machen."

„Das waren Leute von Pinkerton. Sie haben die ganze James-Younger-Bande gejagt. Es waren nicht die Texas Ranger."

Lemke errötete wieder. „Du … du …"

Gschwendtner lachte. „Hey, das war doch der Hammer, als dieses Arschloch auf mich zulief und plötzlich in die Mündung meiner Kanone starrte. Ich dachte, er bepisst sich vor Angst."

Schweigen. Augenpaare trafen sich. Gschwendtner grinste und biss in die Fischsemmel. Mit vollem Mund bohrte er nach. „Hat er doch, oder?"

„Ja", kam es halb gequält über Lemkes Lippen.

Gschwendtner schluckte runter. „Oder als dieser Charly telefonieren wollte … ha ha ha", lachte der Oberkommissar lauthals, um sofort nachzuschieben. „Mann, ist das ein Monster von Mensch. Da passen drei Schwergewichtsboxer rein. Von dem möchte ich keine geschallert bekommen."

„Stimmt", nickte Lemke.

„Also wie der aufgeblasene Luftballon so Möchtegern-cool das Telefon aus der Hosentasche holen wollte und ich den Barhocker abgeknallt habe … ha, ha, ha. Das Gesicht … als ob er eine voll auf die Zwölf bekommen hätte … ha ha ha."

In Lemkes Gesicht war ein leichtes Schmunzeln erkennbar. Er biss in die Semmel.

Gschwendtner sah seinen Kollegen an. „Du musst zugeben, dass du diese Fressen noch nie so sprachlos gesehen hast."

Kauen, schlucken, nicken.

Der Münchner bohrte nach. „Und? Habe ich recht?"

„Ja, ist auch richtig."

„Ich wette, Günni wird jetzt von den anderen verarscht."

Endlich! Jetzt musste auch Lemke lachen. „Na gut, 'ne coole Nummer war es schon. Vor allem, als du ihnen die Pseudo-Rechte erklärt hast. In Wirklichkeit würde uns ein Anwalt den Arsch so weit aufreißen, dass wir uns bis zur Pension nie wieder hinsetzen könnten."

„Und wie die Hände nach oben gingen. Lammfromm sahen die Burschen aus."

Die beiden Kriminalbeamten lachten schallend los.

„Ich bin mal auf die Aufnahme gespannt, die du gemacht hast", stieß Lemke glucksend aus.

„Welche Aufnahme?"

„Du kannst vielleicht dumme Fragen stellen. Natürlich die für den Richter, also die Aufnahme, die uns den Arsch rettet, wenn die tatsächlich mit einem Rechtsanwalt aufkreuzen."

Gschwendtner überlegte kurz, ob er Lemke beichten sollte, dass der Hinweis auf einen Gesprächsmitschnitt nichts weiter als ein Bluff war, entschied sich aber spontan dazu nichts zu sagen. Stattdessen zeigte der LKA-Mann auf die Eingangstür zu Charlys Bar. „Es geht los."

Günni trat auf die Straße, sah sich auffällig um und schlenderte zu den Motorrädern. Dort setzte er sich auf seine Maschine und zündete sich eine Zigarette an. Der Blick des Schlägers wanderte die Straße rauf und runter. Ein zweiter Typ von Charlys Truppe kam heraus, nickte Günni zu und überquerte die Straße. Dort spazierte er an den geparkten Fahrzeugreihen entlang.

„Sie starten eine Gegenobservation. Die Brüder trauen uns nicht", flüsterte Gschwendtner.

„Der Kerl geht in unsere Richtung", antwortete Lemke. Er wurde sichtlich nervös.

Am Handfunkgerät blinkte ein kleiner roter Knopf. Es knackste, dann ertönte Fischers Stimme. Sie klang etwas blechern und sehr leise. „Gschwendtner, Josef, hört ihr mich?"

Der Oberkommissar antwortete. „Klar und deutlich!"

„Hier geht's rund. Erst kam so ein Kerl aus dem Hintereingang, den ich nicht kenne, dann hat Charly seine Visage gezeigt."

„Pass auf! Hier vorn haben sie gerade eine Gegenobservation gestartet. Lass dich nicht sehen!"

„Keine Angst. Ich bin unsichtbar."

„Sitzt du im Auto?"

„Nein. Da war kein Parkplatz frei. Ich bin raus aus der Karre und hocke genau gegenüber des Hintereingangs zwischen ein paar Mülltonnen."

„Sehr gut. Bleib dran!"

Nach einer kurzen Pause meldete sich Gschwendtner noch einmal. „Fischl, für dich zur Kenntnis. Wir haben sie aufgescheucht. Dieser Schnurri war allerdings nicht im Lokal."

„Alles klar!"

Lemke rutschte immer tiefer in den Sitz hinein. „Er kommt direkt auf uns zu."

„Bleib ganz ruhig, Josef. Er sieht uns nicht."

„Was macht dich so sicher?"

„Erstens stehen wir gut, zweitens betrachtet er nur die einschlägigen Fahrzeugmarken der Polizei und drittens wird er gleich eine Kehrtwende einlegen und zurückmarschieren."

Lemke war aufgeregt. „Und wenn er uns doch entdeckt?"

„Bleib ganz locker."

Schweigend observierten sie den Mann, den Charly als Beobachter auf die Straße geschickt hatte. Gschwendtner behielt recht. Kurz vor ihrem Standort drehte das Bandenmitglied um und schlenderte zurück. Vor dem Lokal unterhielt er sich mit Günni. Beide rauchten drei oder vier Zigaretten hintereinander. Dann telefonierte Günni und fuchtelte dabei hektisch mit den Händen. Er schob das Telefon schließlich wieder ein und verschwand im Lokal.

Eine halbe Stunde später wurde auch der zweite Mann von seinem Posten abgezogen. Gschwendtner funkte Fischer an. Dieser hörte sich leicht abgehetzt an. „Nächstes Mal bin ich im Team und nicht solo. Mir sind die Haxen eingepennt, ich wusste nicht mehr wie ich mich hinhocken sollte und zu guter Letzt konnte ich wie ein verrückter zum Auto rennen und es herfahren, weil ein guter Parkplatz frei geworden ist."

„Steht bei dir jemand von Charlys Leuten Schmiere?"

„Ganz am Anfang war einer von den Kerlen ständig draußen, aber seit zwanzig Minuten bin ich mutterseelenallein."

„Danke. Melde dich, sobald sich was rührt."

„Natürlich!"

Die Bar öffnete pünktlich. Zeitgleich wurde die Neonbeleuchtung eingeschaltet. Gäste trudelten nur spärlich ein.

„Dauert wohl bis die Bude voll ist", meinte Gschwendtner."

„Es ist vermutlich noch zu früh für einen Barbesuch", entgegnete Lemke.

Es dämmerte bereits, als eine männliche Person aus Charlys Bar kam, schnurstracks zu den Motorrädern ging und auf die Maschine von Klaus Schnurbein stieg.

Lemke, der in eine Art Lethargie gefallen war, zuckte beinahe erschrocken zusammen, stieß Gschwendtner in die Seite und haspelte ein: „Das ist Schnurri. Dieser Drecksack war doch in dem Lokal."

„Das dachte ich mir, denn sonst hätte Charly anders reagiert. Er hatte Angst, dass wir mit den Sturmtruppen einmarschieren und Schnurri finden. Das wollte er nicht."

Lemke wurde nervös. „Er haut ab", stieß er aus und hantierte hektisch am Zündschlüssel.

„Warte!" Die Hand des erfahrenen Zivilfahnders schnellte nach vorn und verhinderte das Starten des Motors.

„Was soll das? Wir müssen ausparken. Mit dem Motorrad hängt er uns problemlos ab."

Gschwendtner hob sein Fernglas an die Augen. „Das ist 'ne Finte."

„Blödsinn. Die Jungs verleihen ihre Motorräder nicht. Sie lassen lieber ihre Frauen vom Nachbarn bumsen, bevor sie ihre Maschinen von einem anderen Kerl fahren lassen."

„Dann hat Schnurri gerade eine Ausnahme gemacht, denn der Typ, der auf Schnurbeins Motorrad sitzt, ist der gleiche, der vorhin hier entlang marschiert ist. Gleiche Jeans, gleiche Stiefel, gleiche Lederweste."

„Das kann man doch gar nicht erkennen."

Gschwendtner reichte das Fernglas weiter. „Sieh selbst."

Lemke visierte den Motorradfahrer an. „Könnte stimmen, aber sicher bin ich mir nicht. Zudem sieht jede Jeans gleich aus."

„Die hat ein Loch am rechten Knie. Außerdem trägt Charlys Marionette eine Kette am Geldbeutel, die an der linken Seite herum baumelt. Unter der Lederweste hat er immer noch das gleiche weiße T-Shirt an. Knapp unter dem Kragen ist ein Kaffeefleck."

„Wäre mir nicht aufgefallen. Wahnsinn, worauf du alles geachtet hast."

„War früher pure Routine, ich war 20 Jahre lang Zivilfahnder, bevor ich zum LKA wechselte."

„Was haben sie vor?", deutete der Würzburger Hauptkommissar nach vorn.

„Die Meute hat die Absicht, uns aus der Reserve zu locken."

Wieder quakte eine bekannte Stimme aus dem Funkgerät. „Gschwendtner von Fischl."

Der Oberkommissar antwortete. „Fischl, bitte kommen!"

„Hier rührt sich was. Jemand hat einen weißen Kastenwagen hergefahren. Ist so ein Ducato oder Sprinter. Der parkt direkt bei den Mülltonnen. Genau gegenüber dem Eingang. Dort, wo ich anfangs observiert habe."

„Hat das Bezug zum Lokal? Also eine Lieferung oder so etwas?"

„Warte mal kurz … der Fahrer ist 'ne Frau. Sie ist ausgestiegen und über die Straße gegangen. Jetzt klopft sie gerade an die Hintertür der Bar."

Gschwendtner hörte aufmerksam zu. Der Motorradfahrer vor dem Lokal fuhr zwischenzeitlich mit Schnurris Maschine weg. Günni stand wieder vor der Bar und rauchte. Er beobachtete sowohl die Straße als auch die geparkten Pkw.

Fischer berichtete derweilen permanent weiter. „Charly hat sie reingelassen."

Vor dem Haupteingang des Lokals warf Günni die Zigarette

weg. Statt zurück in die Kneipe zu gehen, schlenderte er am Anwesen entlang und huschte in die Seitengasse.

„Günni kommt zu dir rüber, Fischl."

„Kein Problem. Ich habe eine gute Stelle. Jetzt sehe ich ihn. Er geht zum Kastenwagen und steigt ein."

„Erzähle mir alles. Was passiert im Moment?"

„Jetzt wird die Hintertür des Lokals geöffnet. Jemand kommt raus. Das ist die Tussi von vorhin, noch ein Kerl und … warte mal, ich muss mich kurz vorbeugen. Einer flitzt über die Straße. Das könnte Schnurri sein."

„Ist er es oder nicht? Kennst du ihn."

„Ja, von den Fahndungsbildern. Jetzt sehe ich ihn gut. Ich bin mir ganz sicher. Schnurri ist in den Lieferwagen gesprungen. Günni lässt den Motor an. Charly steht noch am Hinterausgang der Bar. Günni fährt los."

„Häng dich dran!"

Fischer wollte den Motor starten, als er die Bremslichter des Lieferwagens sah. Seine rechte Hand schnellte vom Zündschlüssel zum Funkgerät. „Das Teil ist ein Mietwagen mit Hamburger Zulassung. Sie sind noch einmal stehen geblieben und quatschen mit Charly. Sie verabschieden sich. Charly ist im Lokal geblieben. Die Frau auch. Günni sitzt hinter dem Lenkrad und rollt los."

„Bist du dran?"

Stille.

„Hallo?"

Pause. Erdrückende Stille am Funk. Gschwendtner machte sich Sorgen. Wurde sein Kollege entdeckt?

„Fischl, was ist los?"

Das erlösende gequakte war wieder zu hören. „Kruzinesen nochmal! Ja, ich bin dran, aber ich kann nicht ausparken und zugleich das Funkgerät bedienen! Ich bin verflucht noch mal allein, falls ihr das vergessen habt", schimpfte der Hauptkommissar. „Der Kastenwagen ist drei Autos vor mir. Er biegt rechts ab. Wir fahren gleich vor zum Main."

„Auf uns zu?"

„Warte noch einen Moment. Wir stehen bei Rot an der Ampel. Und ... Bingo! Rechts. Ihr könnt euch dranhängen. Seht ihr ihn?"

Gschwendtner entdeckte den weißen Transporter. „Er kommt. Ich habe ihn im Visier. Josef, auf geht's!"

Der Lieferwagen rollte bei mittlerem Verkehrsaufkommen an ihnen vorbei. Lemke fuhr an und fädelte in den fließenden Verkehr ein.

„Schneller! Wir verlieren ihn sonst!"

Lemke war aufgebracht und sichtlich nervös. „Wie denn?"

„Vielleicht, indem du auf das Gaspedal trittst? Wir verfolgen einen mutmaßlichen Mörder und sind nicht auf Einkaufsfahrt."

Lemke schnaufte tief durch. „Schau dir doch mal diesen Verkehr an."

„Na und?"

Der Würzburger Mordermittler schnaufte entnervt durch und trat auf das Gaspedal. „Also bitte! Damit der Herr zufrieden ist."

Zwei waghalsige Überholmanöver später fuhren sie bereits hinter Fischer.

Fischer: „Wart ihr das?"

Gschwendtner: „Was denn?"

Fischer: „Die Chaoten, die so katastrophal vorgeschossen sind?"

Gschwendtner: „Pass lieber auf den Lieferwagen auf."

Fischer: „Zehn zu eins, dass er euch entdeckt hat."

Gschwendtner: „Die Wette gilt."

Günni lenkte sein Fahrzeug auf den Röntgenring, fuhr am Hauptbahnhof vorbei und erreichte den Berliner Platz. Im dortigen Kreisverkehr fuhr er drei Runden.

„Raus!", plärrte Gschwendtner ins Funkgerät, als Günni zur zweiten Runde ohne auszufahren ansetzte. „Er prüft, ob jemand an ihm dranhängt."

Fischer fuhr in die Martin-Luther-Straße ab, Lemke verließ den Ringverkehr bei der Ludwigstraße.

„Rechts ran", ordnete Gschwendtner an und blickte sich um. „Er hat die Ausfahrt zwischen uns und Fischl genommen."

„Das ist der Rennweger Ring", tönte Lemke und stieg aufs Gas, während Gschwendtner die Information an Fischer weitergab.

„Alles klar, Jungs, ich drück' auf die Tube, dann müsste ich ihn vorn am Rennweg wieder haben."

Zwei Minuten des Bangens vergingen, dann kam die erlösende Meldung. „Wir sind an der Residenz. Ich hänge zwei Autolängen hinter ihm. Der Motorradfahrer ist weg."

„Fischl, du bist ein Held!"

„Wie es aussieht, fährt er wieder zurück in die Innenstadt."

Fünf Minuten später kam die Gewissheit. „Wir sind jetzt am Oberen Mainkai. Ich glaube, der Kerl hat uns verarscht. Er fährt zum Alten Kranen hoch."

„Wieder zurück zu Charlys Bar?"

„Sieht ganz so aus."

Gschwendtner grübelte. „Josef, zeig, was du kannst. Wir müssen den Lieferwagen überholen, uns vor ihn setzen und die Karre anhalten. Ich rufe über Funk Verstärkung."

Lemke scherte aus. „Mit Musik?"

Der Fahrer eines Fords konnte einen Zusammenstoß nur vermeiden, indem sein Fahrzeug voll abbremste. Hubkonzerte folgten. Gschwendtner packte das im Fußraum versteckte Blaulicht, ließ die Seitenscheibe herunter, knallte das Blaulicht mit der Magnethalterung aufs Dach, schaltete den Frontblitzer, sowie das Martinshorn dazu und bestätigte: „Ja, mit Musik!"

Die Sondersignale waren hilfreich. Die Fahrzeuge vor ihnen bildeten eine Rettungsgasse und der zivile Polizei-Pkw konnte sich zügig durch den Straßenverkehr bewegen. Sie erreichten den Main.

Die hoch über ihnen thronende und gut beleuchtete Marienfestung war ein Augenschmaus. Das Bauwerk war eines der berühmten Wahrzeichen Würzburgs. Schon im 8. Jahrhundert befand sich an der Stelle ein Kastell der fränkisch-thüringischen Herzöge. Ab 1200 entstand eine große Burg, die bis zur Renaissance immer weiter ausgebaut wurde. Nachdem die Festung 1631 von den Schweden im Dreißigjährigen Krieg erstürmt worden war, ließ Johann Phillip von Schönborn, der Bischof von Würzburg, nochmals einen gewaltigen Kranz Bastionen um den Kernbau errichten. Die Bomben der Alliierten zerstörten das wehrhafte, gewaltige Gebäude, dessen neuerlicher Wiederaufbau im erst im Jahr 1990 beendet wurde.

Fischer meldete sich. „Ich sehe euch anschwirren. Günni scheint es aber auch gecheckt zu haben. Er gibt Gas!"

„Bleib dran. Wir schnappen ihn zusammen."

Fischer wurde hektisch. „Er fährt wie 'ne gesenkte Sau! Vollbremsung! Rechts in die Karmelitergasse!", schrie er ins Funkgerät.

„Wir sind jetzt genau hinter dir!"

Gschwendtner sah im selben Augenblick Bremslichter, stemmte sich in den Sitz und brüllte Lemke ein warnendes: „Achtung! Sie halten!", entgegen.

Kaum hatte Gschwendtner ausgesprochen, wurde er erst nach hinten gepresst und dann durch die Fliehkraft wieder nach vorn katapultiert. Der Sicherheitsgurt ihn hielt glücklicherweise im Sitz zurück. Die Reifen quietschten. Lemke zischte um Haaresbreite an Fischer vorbei, der ausgestiegen war und zwei Männern hinterherlief.

„Leck mich doch am Arsch! Ich hasse laufen", schimpfte Gschwendtner, löste den Gurt und sprang aus dem Wagen. „Josef, du bleibst beim Lieferwagen. Abchecken und auf Verstärkung warten", rief er seinem Kollegen noch zu, bevor der voluminöse Körper in Bewegung gesetzt wurde.

Fischer hetzte über die alte Mainbrücke, die seit dem 12. Jahrhundert das Stadtzentrum mit dem Mainviertel und dem Marienberg, auf dem die gleichnamige Festung steht, verbindet. Der

Abstand zu den beiden Flüchtenden betrug ungefähr 50 Meter. Zwölf steinerne Heiligenfiguren, jede über viereinhalb Meter hoch, zierten die Plattformen über den Brückensockeln. Auf bizarr-stumme weise standen sie Spalier.

Einer der beiden Schlägertypen aus Charlys Truppe wurde langsamer. Fischer holte auf. Gschwendtner keuchte wie ein Ochse, der einen Wagen voller Bierfässer allein ziehen musste. Der junge Mann, der ihm auf einem Mountainbike entgegenkam, wirkte auf den Oberkommissar wie ein Geschenk des Himmels. Der Münchner breitete die Arme aus: „Halt Polizei!", kam es gerade noch verständlich aus seinem Mund.

Hinter Gschwendtner zerpflückte immer noch das flackernde Blaulicht der zivilen Streifenwagen die Dunkelheit. Zeitgleich traf ein uniformierter Funkwagen ein. Neugierige Gaffer blieben stehen. Eine kleine Menschenmenge bildete sich am Brückenende.

Verunsichert hielt der Radfahrer an.

Gschwendtner rang nach Luft. „Polizei! Ich ... brauche dieses Fahrrad."

„Hey, spinnst du?", kam eine unwirsche Antwort.

Der LKA-Beamte wollte seinen Dienstausweis zücken, um der Forderung einerseits offiziellen Charakter, andererseits etwas mehr Nachdruck zu verleihen.

Der harte Knall eines Schusses peitschte durch die Luft. Einer der flüchtigen Verbrecher hatte auf Fischer geschossen. Statt des Dienstausweises zog der Polizist seine Waffe. Gschwendtner spähte nach vorn. Er erkannte den Schützen. Es war Günni. Der andere Kerl rannte immer noch, wenn auch viel langsamer als zuvor. „Geh in Deckung und gib mir das verdammte Ding", schrie Gschwendtner den Radfahrer an.

Zögern.

„Lass los", kam es nun unmissverständlich.

Kreidebleich stieg der Mountainbiker ab und überließ dem korpulenten Mann das Fahrrad. Gschwendtner schob seine Pistole wieder zurück ins Holster. Ohne Waffe in der Hand konnte er besser fahren. Zwischenzeitlich waren sowohl Fischer als auch Günni jeweils hinter eine der Heiligenfiguren in Deckung gegangen. Passanten, soweit sich noch welche auf der zur Fußgängerzone gehörenden Brücke aufhielten, lagen alle auf dem Boden und hielten ihre Hände über die Köpfe. Frauen kreischten.

Weitere Schüsse krachten.

Gschwendtner stieg auf. „Sieben...", zählte er im Gedanken mit. Wieder hallte das Echo von Schüssen durch die Nacht.

„Neun!"

Das Jagdfieber hatte den Mann vom LKA gepackt. Das war der Moment, den er liebte und zugleich hasste. Etwas in ihm trieb ihn unaufhaltsam nach vorn, während ein anderer Teil versuchte ihn auszubremsen. Keuchend fuhr er an Fischer vorbei. Dieser glaubte nicht, was er sah. Sein Lehrgangskumpel zischte auf einem Fahrrad an ihm vorbei. Gehetzter Blick. Weit aufgerissene Augen.

„Gschwendtner! Vorsicht! Er schießt!"

„Schieß zurück", war die saloppe Antwort. Der Münchner fuhr einfach weiter.

Fischer bekam Gänsehaut. Zitternd schob er seine Waffe seitlich an der Heiligenfigur vorbei. „So ein Idiot."

Wumm wumm wumm

Dreimal hintereinander zuckte die Heckler & Koch in der Faust des Würzburger Kriminalbeamten, dann war das Magazin leergeschossen.

„Zwölf", hämmerte es in Gschwendtners Kopf.

Günni lugte hinter einer der Heiligenfiguren hervor und erwiderte das Feuer. Der Verbrecher war so auf Fischer fixiert, dass er den Fahrradfahrer kaum wahrnahm. Gschwendtner wusste, dass beim Gebrauch von Schusswaffen unter Lebensgefahr oftmals der Blickwinkel des Betroffenen auf die Gefahrenquelle beschränkt ist. Aufgeregte Schützen entwickeln einen sogenannten Tunnelblick, der alles um sie herum verschwimmen und nur noch ihr Ziel wahrnehmen lässt.

Scheiß Theorie, hoffentlich stimmt sie in der Praxis.

Es fielen zwei weitere Schüsse, dann suchte Günni wieder hinter der übergroßen Sandsteinfigur Deckung. Schnurri war nicht mehr zu sehen. Er hatte die Brücke scheinbar überquert. Am anderen Ende begann es zu flackern. Blauer Lichtschein schimmerte nun beidseitig über die Konterfeis der steinernen Heiligen. Reifen quietschten. Günni registrierte, dass er eingeschlossen war. Es gab für ihn keine Fluchtmöglichkeit mehr. Nur der Sprung in den Main könnte ihn noch retten, doch das kam nicht infrage. Zu gefährlich. Da er nicht schwimmen konnte, würde er lieber in den Knast wandern, statt zu ertrinken.

Gschwendtner war auf der Höhe des Schwerverbrechers. Vierzehn, hatte er gezählt. Wenn ich mich nicht verzählt habe, muss er jetzt nachladen.

Der normale Menschenverstand verlor. Das Jagdfieber übertrumpfte die Vernunft. Der Münchner trat wild in die Pedale. Er näherte sich zusehends seinem Ziel und radelte direkt auf die Heiligenfigur zu, hinter der Günni kauerte. Er konnte ihn sehen.

Noch acht Meter, fünf Meter.

Gschwendtner riss den Mund zu einem Schrei auf. „Ahhhh…!", brüllte er.

Sekunden schienen sich auf Minutenlänge auszudehnen. Günni zuckte erschrocken zusammen. Mit beiden Händen fuchtelte er vor seinem Oberkörper herum.

Er lädt nach!

Erleichterung. Angriff. Vollbremsung. Absprung. Das Fahrrad überschlug sich und knallte gegen die Mauerbrüstung. Der Abstieg war nicht elegant, aber wirkungsvoll. 100 plus x Kilogramm schnellten auf Günni zu. Diesem blieb die Luft weg, als Gschwendtner auf ihm landete und mit vollem Gewicht gegen die Sandsteinfigur presste.

„Pfluff", zischte er aus.

Schusswaffe und Magazin fielen zu Boden. Beide Kontrahenten rollten über das harte Großpflaster aus Granit. Günni

schnellte erstaunlich schnell wieder hoch, während Gschwendtner sich erst fluchend herumrollte und orientieren musste.
„Himmelherrgottnoamoi!"

Suchende Blicke. Wo lag die Waffe?

„Ich leg' dich um, du Drecksack!"

Gschwendtner suchte hektisch seine Heckler & Koch. Er
verfluchte innerlich die Hollywood-Filmhelden, die in jeder Situation ziehen und schießen konnten. Egal, ob liegend oder ste-
hend, fliegend, schwimmend oder beim Herabstürzen aus großer
Höhe. Sie trafen immer.

Bruce Willis, Tom Cruise oder James Bond-Darsteller, ich
würde euch gern jetzt und hier sehen. Ihr würdet euch in die Hosen machen.

Peter Fischer konnte nicht glauben, was er sah. Nachdem
Gschwendtner auf den Rocker gesprungen war, lief er sofort los.

Günni entdeckte, wonach er fieberhaft Ausschau gehalten
hatte. Seine Waffe lag nur zwei Schritte vor ihm auf dem Boden.
Er bückte sich und griff zu. Im Augenwinkel registrierte er, dass
jemand auf ihn zulief. Er riss die Waffe nach oben und gab zwei
schnelle Schüsse ab. Sie galten Peter Fischer, verfehlten diesen
aber um einige Meter.

Diese Sekunden der Ablenkung reichten Gschwendtner, um
aufzustehen und sich auf seinen Gegner zu werfen. Mit eiserner
Faust hielt der Münchner Günnis Schussarm fest und schlug diesen mit aller Wucht gegen die Heiligenfigur. Am Handrücken
platzte die Haut auf. Blut trat aus. Mit der anderen Hand hatte
der gewichtige Polizist Günnis Haare gepackt und den Kopf
nach hinten gezogen. Zeitgleich erfolgte ein Tritt in dessen
Kniekehle.

Dieses beschissene dienstliche Pflicht-Training bringt doch
was, gestand sich der Fahnder in diesem Moment ein.

Günni brüllte vor Schmerzen auf und ging zwangsläufig in
die Knie. Die Schusswaffe fiel erneut zu Boden. Gschwendtner
drehte den festgehaltenen Arm nach hinten. Die Hebelwirkung
zeigte sofortige Wirkung.

„Au! Aua! Hör auf! Du brichst mir den Arm! Ahhhh!"
Gschwendtner bugsierte mittels des angewendeten Arm-
beugehebels seinen Gefangenen nach oben. Keuchend fragte er:
„Wer legt jetzt wen um, du Frankensack?"
„Aua! Das tut weh … hör auf!"
„Wohin wolltest du mit Schnurri fahren?"
„Leck mich am Arsch … ahhhh!"
Günni wurde zur Brückenbrüstung geschoben. Fischer war
nur noch wenige Meter entfernt. Von der anderen Seite rannten
zwei uniformierte Polizisten auf sie zu.
„Ich gebe dir zwei Sekunden, dann werfe ich dich in den
Main. Ich frage nicht noch einmal."
„Zur Talavera. Dort steht ein Auto. Ahhhh … hör auf, ich
kann nicht schwimmen."
Gschwendtner ging dicht an Günnis Ohr. „Dann lerne es
jetzt. Wo ist euer Versteck? Wo wolltet ihr von der Talavera aus
hinfahren?"
Das Hauptgewicht von Günnis Körper befand jetzt über
dem steinernen Geländer. Einzig Gschwendtners Griff hielt ihn
vor einem Sturz zurück.
„Ich weiß es nicht", plärrte er in panischer Angst.
„Viel Spaß beim Schwimmen", keuchte Gschwendtner.
„Warte … ich … rede schon."
„Was ist mit dem Rumänen passiert?"
Der Verbrecher bemerkte, dass sich die anderen Polizisten
schnell näherten. „Du kannst mich mal, Bulle. Hilfeeee …"
„Das war die falsche Antwort", flüsterte Gschwendtner ins
Ohr seines Gegners, dann ließ er los.
„Ahhhhhh!"
Mit rudernden Armen versuchte Günni das Gleichgewicht
zu halten, doch der Fall in die Tiefe war unvermeidbar. Er stürzte
schreiend ins Dunkle.
Platsch
Gschwendtner stieß ein kaum hörbares: „Arschloch", aus.
Blitzschnell drehte er sich zu seinen Kollegen um und rief laut:

„Schnell! Er ist mir entkommen."

Die beiden uniformierten Polizisten leuchteten mit ihren Taschenlampen nach unten. „Ich sehe ihn!"

Der LKA-Beamte warf einen Blick über die Brüstung und achtete auf den Lichtkegel der Taschenlampe. Günni zappelte wie wild. „Sieht aus, als ob er Nichtschwimmer wäre."

Sofort legte einer der Beamten die Waffe ab und sprang in den Fluss. Der andere Streifenpolizist lotste per Funk eine weitere Streife ans Ufer des Mains. Binnen kürzester Zeit waren sie dort. Aus dem Streifenwagen heraus erfasste der Lichtkegel des Suchscheinwerfers die Schwimmenden. Mittels an der Brücke gelagerter Rettungsstangen und Rettungsreifen konnten Günni und der ins Wasser gesprungene Kollege ans Ufer gezogen werden.

Gschwendtners Plan war zum Glück aufgegangen. Der Verbrecher wurde gerettet. Er war beruhigt.

Fischer stand neben ihm. „Was ist passiert?", haspelte er aufgeregt.

„Er wollte türmen und ich konnte ihn nicht halten."

„Woher weißt du, dass er Nichtschwimmer ist?"

„War nur so 'ne Ahnung", grinste Gschwendtner. „Er hat im Wasser wie wild gezappelt. Das sah nicht nach Schwimmen aus. Übrigens, die Jungs sollen ihn in vorläufig festnehmen und wegschließen. Wir müssen zur Talavera. Dort wartet ein Pkw auf Schnurri."

Fischer legte eine Hand auf die Schulter seines Lehrgangskameraden. „Jetzt komm mal auf den Boden der Tatsachen zurück. Was ist hier gerade passiert?"

„Genau das, was ich gesagt habe. Du hast es doch gesehen, oder?"

Fischer warf einen Blick über die Brüstung, musterte Gschwendtner und schüttelte den Kopf. „Nur zum Teil. Die Heiligenfigur hat einiges überdeckt. Für einen Moment hatte es den Anschein …", er überlegte, wie und ob er ansprechen sollte, was er vermutete.

Der zweite uniformierte Polizist atmete hörbar auf. „Sie haben ihn. Gottseidank. So ein Idiot. Reißt sich los und springt in den Main. Er dachte wohl, er kann uns entkommen. Und das, obwohl er Nichtschwimmer ist. Man, muss der eine Angst vor dem Knast haben."

Gschwendtner lächelte zufrieden. „Fischl, hast du gehört, was der Kollege gesagt hat? Dieser Grattler hat sich losgerissen und wollte durch sich durch einen Sprung in den Main der Festnahme entziehen." Demonstrativ schüttelte nun auch Gschwendtner mit dem Kopf. „Wie kann man nur so dumm sein? Er hätte ertrinken können."

Der uniformierte Polizist blickte die beiden Kriminalbeamten an. „Stimmt genau. So ein Idiot."

Die Routine holte Fischer ein. Er griff sich mit beiden Händen an den Kopf. „Oh mei, oh mei … Schusswaffengebrauch ... Flucht … Schadensersatzansprüche … ich darf gar nicht an die Schreibarbeiten denken."

Gschwendtner winkte ab. „Papier ist geduldig, Fischl. Jetzt erst mal zurück zu unserem Job. Wo und was ist die oder das Talavera?"

„Wieso?"

„Weil Schnurri dorthin unterwegs ist."

„Ein großer Platz. Nicht weit von der BePo entfernt. Dort findet immer das Kiliani statt. Das ist ein Volksfest. Vielleicht ein wenig vergleichbar mit eurem Oktoberfest. Eben nur etwas schlanker ausgelegt, aber dennoch das größte Volksfest Unterfrankens."

„Also die Münchner Theresienwiese im Kleinformat?"

„So kann man es auch ausdrücken."

„Wie kommen wir am schnellsten dorthin?"

Fischer zog den Autoschlüssel aus der Hosentasche und hob ihn hoch. „Damit. Auf geht's."

„Warte."

Gschwendtner ging zu dem Fahrrad, dass er sich zur Verfolgung mehr gewaltsam als freiwillig hatte. Er trug es zu Fischer. Durch sein überfallartiges Absteigen, war das Rad gegen die Bordsteinkante gerauscht, hatte sich überschlagen und wurde erst durch die Brüstung der Brücke gebremst.

„Das kurzfristig konfiszierte Teilchen möchte ich noch gern zurückgeben. Ich habe es mir nur kurz ausgeliehen."

Fischer betrachtete das Mountainbike. „Ein platter Reifen, Achter im Vorderrad, möglicherweise ist der Rahmen verbogen. Der Lack hat ordentliche Kratzer abbekommen. Weißt du, dass das ein Rotwild Fully ist? Diese Räder bekommst du ab 8.000 € aufwärts."

Der beleibte Polizist betrachtete das halb schrottreif gefahrene Mountainbike. „Nö, wusste ich nicht."

„Dann weißt du es jetzt."

Ein gewisses Unverständnis des Antisportlers kam zum Vorschein. „Welcher Trottel kauft sich ein lumpiges Fahrrad für 8.000 €?"

„Ich, zum Beispiel", wurde ihm entgegengeschleudert. „Deshalb weiß ich auch, was du ja gerade in den Händen hältst."

Abschätzende Blicke huschten über das Rad.

„Auweia! Jetzt ist mir klar, warum er den Drahtesel nicht hergeben wollte", zwinkerte Gschwendtner seinem Kollegen zu. „Na ja, immerhin bekommt er das gute Stück zurück. Ich werde ihm sagen, dass er wesentlich dazu beigetragen hat, die Sicherheit Würzburgs aufrechtzuerhalten. Sein Fahrrad ist ein so etwas, wie ein Held."

„Du spinnst komplett!"

„Meinst du, ihr könnt es reparieren lassen? Also in der Werkstatt eures Präsidiums?"

Fischer stöhnte laut. Das genügte als Antwort. Es war ein klassisch unausgesprochenes: Nein.

Beide gingen zurück. Gschwendtner trug das Mountainbike.

„Also, wenn ich so darüber nachdenke, empfinde ich es als schon schwach, dass man in der Werkstatt des Präsidiums keine

Fahrräder reparieren kann."

„Gschwendtner", holte Fischer aus. „Du weißt doch genau, wie das in den Präsidiumswerkstätten abläuft. Kleinere Schäden reparieren wir, für größere Dinge benötigt man die Fachwerkstatt."

„Schwach ist es trotzdem. So ein Radl ist doch im Nu repariert."

Fischer schwieg entnervt.

Als sie die Brücke überquert hatten, sah der Münchner Polizist den Besitzer des Rades. Dieser wartete geduldig am Straßenrand. Der Münchner Polizist ging zu ihm hin und klopfte dem jungen Mann auf die Schulter.

„Das war großartig. Ohne Sie wären heute Menschen gestorben. Ich denke, Ihr Name wird groß in der Presse erscheinen. Und Ihr Opfer war gar nicht mal so wild. Ein Fahrrad im Vergleich zu einem Menschenleben. Danke, man. Echt vielen Dank. Wenn ich Sie wieder mal irgendwo treffe, lade ich Sie zu einem Bier ein."

Der Besitzer des Rades war den Tränen nahe, als Gschwendtner ihm das Fahrrad gab. Er deutete auf die Schäden und japste. „Mein Rot... Rot ... Rotwild ..."

Gschwendtner ließ die Hand auf der Schulter des Radfahrers liegen. „Nett, dass ich Sie zu Tränen rühren konnte. Seien Sie stolz auf sich, junger Mann. Ich möchte mich nochmals im Namen des Freistaats Bayern herzlich bei Ihnen bedanken. Sie sind ein wahrer Held!" Er nahm seine Hand von der Schulter und reichte sie dem perplexen Mountainbiker. „Und da Sie es gerade erwähnen." Er rieb sich mit der anderen Hand über den Bauch. „Wenn Sie es sich wünschen, können wir gern Rotwild essen. Ich liebe Hirschgulasch. Oder so ein zarter Rehrücken ist auch nicht zu verachten. Kennen Sie ein gutes Lokal?"

Japsen. „Mein ... Rad ..."

„Also dann, mein Freund, wir müssen wieder los. Das Böse schläft nicht", zwinkerte Gschwendtner und drehte sich um. Er suchte seinen Kollegen, der sich fremdschämend etwas abseits hingestellt hatte. „Fischl, wir können los. Der Typ hier ist voll cool. Das passt. Ist ohnehin lediglich ein lumpiges Radl."

... und wieder mal Pulp Fiction

Freddy lag auf dem Sofa und zappte sich durch das Fernsehprogramm. Der Friseur hatte einen langen, harten Tag hinter sich. Etliche Kunden mit extravaganten Wünschen trieben ihn beinahe an den Rand seiner Leistungsfähigkeit. Tönen hier, föhnen dort. Permanente Fragen, welche Frisuren man aus immer dünner werdenden Haaren zaubern kann oder: „Ich möchte aussehen wie ein Hollywood-Star", haben ihn gänzlich fertig gemacht.

Zudem war er ziemlich von Emre genervt. Besser davon, dass er sich nicht meldete. Er wollte den rassigen Südländer unbedingt treffen, um ihn endlich ins Bett bekommen.

Die Melodie eines Schlagers von Jürgen Marcus aus den Siebzigern tönte aus Freddys Umhängetasche. Sie lag im Flur. Das Handy steckte noch im Seitenfach. Freddy pfiff die ersten Töne des neu eingestellten Klingeltons mit, stand auf und eilte in den Flur. Hoffnung keimte auf. Sicherlich war es Emre. Endlich. Freddy sang mit: „... ein Festival der Liebe ...“

Der Friseur fummelte umständlich das Smartphone aus dem Seitenfach und warf einen Blick aufs Display. Die Enttäuschung war ihm ins Gesicht gemeißelt, als Charley Nummer angezeigt wurde.

Der geile Bock braucht wohl schon wieder einen Boy vom Bahnhof. Ausgerechnet heute.

Widerwillig nahm der Friseur das Gespräch an. Kaum hatte er ein halbwegs schleimig-freundliches: „Hi, Charly", ausgepresst, prasselte es auf ihn ein.

„Freddy, schwing dich in deine Karre und komm sofort hierher! Es ist mir scheißegal, wo du gerade bist und was du machst. Ich möchte dich in Lasergeschwindigkeit in meiner Bar sehen. Am Hintereingang! Verstanden? Und vergiss nicht! Mit deiner Karre. Abflug!“

„Aber ich ...“

„Habe ich mich nicht deutlich genug ausgedrückt, du Wanze?"

„Brauchst du einen Bengel? Soll ich gleich zum Bahnhof fahren?"

Charly brüllte die Antwort so laut, dass Freddy sein Smartphone weit vom Ohr weg hielt und dennoch alles deutlich verstand. „Sofort! Du und dein Auto! Hintereingang! Jetzt!"

„Alles klar. Ich bin schon unterwegs", kam es zitternd und unterwürfig.

Der kleine Aussiedlerhof lag abseits der Straße. Er war von Weinbergen umrahmt und vereinte Idylle und Versteck. Hier fuhr man nie zufällig vorbei. Hier fuhr man nur hin, wenn man den Hof kannte und er auch das Fahrziel war.

Die letzte Wegstrecke dorthin war holprig und mit Schlaglöchern übersät. Entsprechend oft rumpelte es im Lieferwagen. Emre fragte sich, wie lange das die Federbeine der alten Karre noch mitmachen würden.

Als sie beim Hof ankamen und Ali angehalten und den Motor abgestellt hatte, wusste Emre, dass sie am Ziel waren. „Was machen wir hier?", fragte er mit vorsichtiger Neugier.

„Warten!"

„Kann ich aussteigen? Ich möchte mir die Beine vertreten."

„Stanomir, zeig dem Neuen was er zu tun hat!"

Mürrisch öffnete der Dicke die Beifahrertür. „Ich wollte in Ruhe noch eine Zigarette rauchen."

„Später. Der Cheffe wird gleich kommen. Der Fahrer des Tankwagens hat auch schon angerufen. In 'ner halben Stunde ist es so weit."

Stanomir stieg, ohne ein weiteres Wort zu verlieren, aus und öffnete die Schiebetür des Busses. „Los, komm her, Emre, wir müssen das Zeug hier in die Scheune bringen."

Emre stieg aus und knallte die Beifahrertür kräftig zu. Ali war ebenfalls ausgestiegen. Er ging rüber zur Scheune, sperrte eine Seitentür auf und verschwand darin. Kurz darauf erhellte eine an der Scheune angebrachte Außenlampe den Hof.

Stanomir packte zwei Kanister und trug sie zur Scheune. Emre machte es seinem Arbeitskollegen nach und griff ebenfalls zwei Kanister. Er folgte Stanomir.

Ali hatte zwischenzeitlich das große Scheunentor aufgeschoben. Emre sah einen kleineren und zwei riesige Container. Alle drei waren mit einem Schlauchsystem miteinander verbunden. Stanomir stellte seine Kanister neben dem kleinen Container ab.

„Schneller", trieb Ali den Bulgaren an.

Emre stellte seine beiden Kanister ebenfalls ab. In der Scheune roch es streng nach Chemikalien. Gegenüber der drei Container waren etliche leere Plastikbehälter aufgestapelt. Dahinter ragte das Heck eines großen Kastenwagens hervor. Emre war sich bezüglich der Fahrzeugmarke nicht ganz sicher. Es konnte sich um einen Fiat Ducato handeln.

Ali hatte Emres suchenden Blick bemerkt. „Was glotzt du so blöd? Du sollst den Bus ausladen!"

Emre reagierte schnell und deutete zum Lieferwagen. „Ist das Auto kaputt? Kann ich es kaufen?"

Ali lachte hämisch. „Du hast kein Geld, mein Freund. Wir sprechen nächstes Jahr darüber."

Der verdeckt arbeitende Polizist grinste den Goldzahn an. „Ich freue mich für euch zu arbeiten. Ich werde mir das Geld verdienen. Du musst den Wagen für mich aufheben." Kaum ausgesprochen, lief er eiligen Schrittes Stanomir nach, um Arbeitseifer vorzutäuschen.

Sie hatten etwas mehr als zwei Drittel der Lieferung ausgeladen, als Gernot Aberle angefahren kam. Hinter ihm kämpfte sich ein Tanklastwagen mit Anhänger über die schmale Straße. Aberle rollte auf Ali zu und blieb neben ihm stehen. Er ließ die Seitenscheibe seines X 6 herunter. „Beeilt euch! Die Lieferung ist hier. Deine Rostlaube muss weg."

„Wir sind schon nahezu fertig, Cheffe", schleimte der Türke.

Aberle war wie immer unsympathisch. „Lahmärsche seid ihr."

Emre und Stanomir hasteten hin und her. Ali war sauer, weil er von Aberle schwach angesprochen worden war und gab dies an seine beiden Helfer weiter. „Los, ihre Lahmärsche! Schneller!" Dann packte er aus Furcht vor Aberle selbst mit an.

Der Lastwagen stand mit laufendem Motor auf der Straße und wartete. Als Emre und Stanomir beiden letzten Behälter zur Scheune trugen, schob Ali die Seitentür zu, stieg in seinen VW-Bus ein und fuhr zum äußeren Rand des Anwesens.

Der Fahrer des Tanklastzuges rollte an. Emre betrachtete ihn. Keine Aufkleber, kein Hinweis auf eine Firma. Lediglich die Gefahrgutschilder seitlich und am Heck waren angebracht. Der Lkw hatte eine ungarische Zulassung. Ali hatte den Motor des alten Busses abgestellt, sprang aus dem Fahrzeug und lief eilig zur Scheune. „Los", trieb er seine beiden Helfer an. „Wir müssen alles für das Umpumpen klarmachen."

Sie waren in der Scheune. Emre half Stanomir einen festsitzenden Deckel am Einlassrohr des Stahlcontainers zu öffnen. Dann schlossen sie den Schlauch des Tankwagens an. Kurz darauf hatte der Fahrer des Lkw mit dem Auspumpten der flüssigen Ladung begonnen.

„Was ist das?", fragte Emre den Bulgaren.

Dieser lachte laut. „Ha, ha … weißt du das nicht?"

Emre zuckte mit den Schultern.

„Das ist guter Wein."

Scheinwerferlicht war zu sehen.

„Was zum Teufel ist jetzt los?", grunzte Aberle.

Ali zog eine Pistole, die er unter seinem weiten Hemd im Hosenbund versteckt hatte und huschte hinter das Scheunentor. Stanomirs Pranke lag auf Emres Schulter. „Wir sind dumm! Verstehst du? Wenn das Polizei ist, wissen wir von nichts."

„Alles klar. Wir sind dumm", bestätigte Emre nickend.

Ein Pkw näherte sich mit hoher Geschwindigkeit. Gernot Aberle ging zu seinem BMW. Dem Fahrer des Tankers raunzte er zu: „Weitermachen!"

Am Fahrzeug öffnete er die Beifahrertür, beugte sich hinein und öffnete das Handschuhfach. Dort zog er einen kurzläufigen Revolver heraus. „Kommt nur", flüsterte er, als er das Modell 19 der Marke Smith & Wesson in den Händen hielt. Aberle erwartete niemanden. Entweder waren es Halbstarke, die einen ruhigen Platz zum Saufen, Kiffen oder Vögeln suchten oder es waren Bullen. Wer auch immer, Aberle würde sie verscheuchen. Entweder mit Worten oder mit Gewalt.

Freddy parkte direkt vor dem Hintereingang von Charlys Bar. Er war sichtlich nervös als er ausstieg. Der Friseur mochte Charly nicht. Er hatte Angst vor diesem Despoten. Charly hatte für ihn nur einen einzigen Vorteil. Er zahlte gut und wer in der Szene als Charlys Freund bekannt war, dem passierte nichts. Man stand unter dem Schutzschild des Hünen.

Freddy ging zur Tür und klopfte. Einer von der Gang öffnete. „Er erwartet dich."

„Wird langsam Zeit!", brummte Charly aus einem Hinterzimmer. „Du fährst jetzt erst nach Veitshöchheim. Dort holen wir Schnurri ab. Danach sage ich dir, wohin die Reise geht."

„Eigentlich wollte ich …", fing Freddy an. Als er dann dem Hünen gegenüberstand, schluckte er. „Alles klar. Das geht in Ordnung."

Charly war offensichtlich nicht gut gelaunt. „Ich komme mit."

Freddy fühlte sich unwohl. „Alles klar."

Kurz darauf saßen sie in Freddys Auto. Der Friseur startete den Motor fuhr los. Immer wieder drehte sich Charly um und achtete auf den nachfolgenden Verkehr.

„Ist was?", fragte Freddy vorsichtig. Er wollte seinen Beifahrer nicht reizen.

„Ich will nur sichergehen, dass uns keine Bullen folgen."

„Sollte ich etwas wissen?"

„Nein! Du sollst fahren und die Schnauze halten."

„Alles klar."

Charly sah Freddy an. „Hör mit dem blöden alles klar auf. Das nervt."

„All .. äh .. okay."

Eine Viertelstunde riss Schnurri die hintere Fahrzeugtür auf und setzte sich auf die Rückbank. Er sprudelte sofort los. „Die Bullen haben uns eine Falle gestellt. Günni ist gefahren wie ein Henker, aber an der Alten Mainbrücke haben sie uns *gecatcht*. Wir sind dann zu Fuß getürmt. Günni ist mitten auf der Brücke stehen geblieben und hat zum Ballern angefangen. Ich bin gerannt wie ein Schwein. Ehrlich, so knapp war's noch nie."

„Diese Wichser!"

„Ja, blöde Bullenärsche. Ich habe es zur Talavera geschafft, bin dort in die Fluchtkarre gesprungen und sofort hierhergefahren. Alles wie ausgemacht."

„Was ist mit Günni?"

Schnurri zuckte mit den Schultern. „Keine Ahnung. Es hat hinter mir ständig geknallt. War 'ne richtige Schießerei. Ich habe nicht auf ihn gewartet. Die Bullen waren plötzlich überall."

„War dieser Dicke dabei? Ich meine den, der uns in der Bar besucht hat?"

„Der Verrückte, der sofort geschossen hat?"

„Wer sonst? Es war nur einer, der 'ne dicke Lippe gemacht hat."

„Keine Ahnung, ob der dabei war. Ich habe ihn nicht gesehen." Schnurri geriet in Panik. „Mensch, Charly, die sind uns auf der Spur. Dieses LKA-Arschloch weiß was. Kannst du dem nicht Aberles Anwälte auf den Hals hetzen?"

Charly überlegte kurz. „Nein, der ist aus einem anderen Kaliber. Mit Anwälten kann man dem Arsch nicht drohen. Er versteht nur eine Sprache. Den müssen wir klassisch kalt stellen."

Freddy wurde immer nervöser. Er war nicht an dieser Art von Informationen interessiert und wollte auch nirgends mit hineingezogen werden. „Ihr …", wisperte er zaghaft, „… könnt auch gern mein Auto haben. Ich fahre dann öffentlich …"

„Schnauze, du Schwuchtel! Los, schmeiß endlich diese Scheißkarre an und düse in Richtung Randersacker ab. Zwischen Eibelstadt und Sommerhausen sag´ ich dir, wie es weitergeht", zischte Charly.

Freddy startete mit zittrigen Fingern den Motor.

„Was machen wir jetzt?", stöhnte Schnurri.

„Keine Sorge. Das *Fränkische Blut* wird uns schützen."

„Wie meinst du das?"

„Bis sich die Lage beruhigt hat, verstecken wir uns auf Aberles geheimen Hof. Du weißt schon, dort wo der billige Fusel hergestellt wird."

„Eine gute Idee. Ich hoffe, Aberle stimmt dem zu."

„Lass das mal meine Sorge sein. Er steckt genauso drin, wie wir."

Freddy wollte in den spärlichen Verkehr einscheren und warte auf eine Lücke. Für ihn war klar, dass er nach dieser Nacht seinen Job in *Lorenzos Hairstyle* kündigen würde. Er fühlte sich in Würzburg nicht mehr wohl. Für Charly zu arbeiten, auch wenn es nur Gelegenheits-Gefälligkeiten waren, ist einfach gefährlich. Er hatte keine Lust mehr darauf. Er fuhr an. Jemand hupte. Freddy bremste. Das andere Auto fuhr vorbei.

„Wo kommt der denn her?", stieß Freddy perplex aus.

Charly wurde sauer. „Bist du zu blöd zum Fahren?"

„Der war ziemlich schnell."

Freddy schnaufte durch, reihte sich in den Verkehr ein und fuhr in die vorgegebene Richtung.

Schnurri beugte sich nach vorn. „Und jetzt?"

„Bist du gar nicht angeschnallt?", fragte der Friseur.

„Schnauze!", pulverte Schnurri.

„Alles kl... äh ... okay."

Charly wendete sich seinem Bandenmitglied zu. „Gernot muss seine Quellen anzapfen. Wir müssen unbedingt erfahren, was die Bullen herausgefunden haben und sie stoppen."

„Nur dass du es weißt, ich gehe nicht mehr in den Knast", zischte Schnurri energisch und zog einen Revolver.

„Keine Angst. Keiner von uns muss in den Knast wandern. Steck das Ding wieder weg."

Freddy fühlte sich vollends unwohl. „Ihr wisst ja, dass ich schweige wie ein Grab."

Er erhielt keine Antwort. Stattdessen kam ein: „Fahr über die Autobahn!"

„Hoffentlich hat es Günni geschafft", jammerte Schnurri.

„Wenn sie ihn geschnappt haben, wird er das Maul halten. Auf Günni kann man sich verlassen."

„Und wenn nicht?"

„Dann bekommt derjenige, der für uns im Knast das Problem löst, jeden Monat zehn Stangen Zigaretten und nach der Haft einen gut bezahlten Job. Und wenn Günni den Knast überleben würde …", Charly zog eine großkalibrige Automatikpistole aus einem Schulterholster, „… werde ich auf ihn warten."

Schnurri lachte laut. „Das ist gut."

Freddy schwieg und folgte den Anweisungen seines Beifahrers. Sie hatten die Autobahn hinter sich gelassen und fuhren auf der Landstraße.

„… und jetzt rechts abbiegen."

Der Friseur blinkte.

„Keiner fährt hinter uns. Warum blinkst du? Oder hängt uns jemand am Arsch?"

„Nur so. Ich blinke immer, wenn ich abbiege."

Schnurri starrte immer wieder aus dem Heckfenster. „Ich bekomme noch 'ne Halsstarre. Alles sauber. Wir sind allein! Gib Gas, bevor noch jemand kommt."

Freddy trat aufs Pedal. Der Wagen hoppelte über die schlechte Fahrbahn. Sie näherten sich einem Aussiedlerhof.

„Da steht 'n Tanklaster. Sie bekommen wohl gerade 'ne Lieferung. Prima, dann können wir gleich mit Gernot reden."

Das Auto blieb stehen. Da es kein Streifenwagen der Polizei war, zeigte Aberle den Revolver. Charly stieg aus. Als Aberle ihn erkannte, atmete er zwar erleichtert auf, geriet aber sofort wieder in Rage. Er jagte auf den Hünen zu. „Was zur Hölle hast du hier zu suchen?"

Schnurri stieg als Nächstes aus.

Beschwichtigend hob Charly die Hände. „Langsam, langsam. Wir haben ein Problem." Er deutete auf den Revolver, den Aberle in der Hand hielt. „Pass damit lieber auf. Die Dinger können leicht losgehen."

Der Winzer schob die Schusswaffe in den Gürtel seiner Hose. „Charly, was habt ihr hier zu suchen?"

Der Hüne kam direkt auf den Punkt. „Ich brauche ein sicheres Versteck."

Aberle war außer sich. „Und dann kommst du hierher?"

„Hier ist es sicher. Lass uns darüber reden."

Der Winzer deutete auf den Lastwagen. „Wie du siehst, bekomme ich gerade eine Lieferung. Ich muss das ganze Zeug noch veredeln. Die Chemikalien untermischen dauert seine Zeit."

Charly konnte nicht abgewiesen werden. „Ich warte gern."

Aberle warf einen Blick auf die Begleiter seines Freundes. Er kannte zwar Schnurri, aber nicht den Mann am Steuer des Kleinwagens. Er deutete auf Freddy. „Wer ist das?"

„Nur ein Kumpel."

„Ich hasse es, wenn man wildfremde Leute hierher bringt. Wie verlässlich ist er?"

Der Hüne sah kurz in den Pkw. „Nun, er beliefert mich gelegentlich mit Frischfleisch", grinste er breit. „Und er sorgt dafür, dass mich die Bullen nicht damit in Verbindung bringen, wenn einer von den Bengels mal im Krankenhaus landet."

„Wie verschwiegen ist er?", hakte Aberle nach und musterte Freddy.

Charly passte Aberles Art nicht. „Was soll die blöde Fragerei?"

„Es passieren momentan Dinge, die ich nicht mag. Mir ist zu Ohren gekommen, dass sich das LKA hier herumtreibt. Das gefällt mir ganz und gar nicht."

„Und genau aus diesem Grund müssen wir ein wenig abtauchen."

Aberle drehte sich zu Ali um, der hinter dem Scheunentor hervorlugte und gab diesem ein Zeichen. Daraufhin schob auch Ali seine Pistole wieder ein. Er drehte sich zu Emre und Stanomir um. „Entwarnung! Das sind unsere Leute. Los, bringt die leeren Kanister in den Bus. Wir müssen noch einmal Nachschub holen. Heute wird eine Großlieferung veredelt."

Stanomir packte zwei Behälter und ging voraus. Emre griff ebenfalls zu und folgte dem beleibten Bulgaren. Als der verdeckte Ermittler Charly erkannte, senkte er den Kopf und wendete sich ab.

Verdammter Mist!

Mit schnellen Schritten schloss er zu Stanomir auf und nutzte dessen Statur als Sichtschutz. Der Bulgare öffnete die Schiebetür des VW-Busses. „Du bringst die Kanister her, ich staple sie."

„Komm, wir gehen zusammen, dann sind wir schneller fertig", schlug Emre vor.

Stanomir schüttelte den Kopf. „Ich habe vorhin mehr geschleppt als du. Jetzt bist du dran."

Ali machte Druck. „Was ist los? Emre, Stanomir! Los, ihr faulen Esel, beeilt euch!"

„Du gehst, ich staple!", kam es vom Bulgaren etwas lauter.

Um noch mehr Aufsehen zu vermeiden, eilte Emre mit schnellen Schritten zurück zur Scheune. Er war fast am Ziel, als er plötzlich Charlys tiefe Stimme hörte. „Hey, du da. Kennen wir uns?"

Emre zuckte zusammen. Gänsehaut überzog seinen Körper. Er spürte im Sekundentakt abwechselnd heiße und kalte Schauer, die sich von seinem Nacken abwärts bis zu den Kniekehlen zogen.

Reicht die Mischung aus Mond- und Laternenlicht für eine Wiedererkennung aus? Ein letzter Hoffnungsschimmer keimte auf. *Vielleicht hat er Ali oder Stanomir angesprochen und meint gar nicht mich.*

Er ignorierte Charly und ging einfach weiter. Zielstrebig steuerte Emre auf die leeren Plastikbehälter zu, bückte sich und packte zwei Kanister.

Die bassartige Stimme des Hünen donnerte etwas lauter. „Ich rede mit dir!"

Aberle drehte sich verdutzt um. „Meinst du den da?"

In diesem Moment wusste Emre definitiv, dass er gemeint war. Sein Puls erhöhte sich auf Trommelwirbelgeschwindigkeit. Die Gedankenwelt des Polizisten arbeitete fieberhaft an einem Ausweg.

Aberle redete immer noch: „Der Kanake ist neu. Ali hat sich für ihn verbürgt."

„Ich bin mir sicher, dass ich ihn kenne."

Aberle sah Emre an. „Ist es vielleicht einer von deinen Strichern?"

Charly kratzte sich am Hinterkopf. „Nein, ich denke nicht. Er soll mal herkommen."

Ali lauschte der Unterhaltung und hielt den Zeitpunkt für gekommen, um Emre anzusprechen. „He, Emre. Du sollst zum Cheffe gehen."

Der Undercover-Polizist suchte auf der Rückseite der Scheune vergeblich nach einem Fluchtweg.

Keine Tür, kein Fenster, kein Schlupfloch. Verfluchter Mist. Herzrasen stellte sich ein.

Es half alles nichts, er musste vorn raus.

Augen zu und durch. Er hat mich im Lokal nur ganz kurz gesehen und da war ich besser gekleidet als heute.

Emre ließ die Kanister stehen und ging langsam auf Gernot Aberle und Charly zu. Ali kam hinterher getrottet. „Er spricht nur türkisch. Soll ich übersetzen?"

Charly schien in auf Anhieb nicht zu erkennen. Der Hüne grinste hämisch. „Gute Figur. Ganz mein Geschmack. Kann ich ihn mir mal ausleihen?"

Aberle verzog das Gesicht. „Was meine Arbeiter in ihrer

Freizeit machen, ist mir scheißegal. Jetzt arbeitet er für mich und damit …"

„Emre? Was machst du hier?", schmetterte Freddy erstaunt über den Hof.

Der Leiter der Soko weiß-blau-rosa schloss die Augen und öffnete sie wieder. Nein, es war kein Albtraum, aus dem er erwachen konnte. Es war pure Realität. Er gab augenblicklich jede Hoffnung auf Wahrung seiner Legende auf. Es fühlte sich an wie ein Vulkanausbruch mit gleichzeitigem Erdbeben, inklusive eines anrollenden Tsunamis.

Freddy hatte ihn erkannt und war ausgestiegen. An Emres Gesichtsausdruck erkannte der Friseur zwar, dass er soeben einen schweren Fehler begangen hatte, doch es war zu spät. Aufgeregt redete er weiter. „Emre, wie siehst du denn aus? Ich dachte, du musst ein paar Computer reparieren oder so was."

Emre spürte instinktiv Gefahr in seinem Rücken. Ein schneller Blick über die Schulter folgte. Ali hatte wieder seine Pistole in der Hand. Der Lauf war auf den Undercover-Polizisten gerichtet.

„Einer von uns beiden ist wohl ein Verräter und ich bin es nicht." Ali hatte Deutsch gesprochen.

Gernot Aberles Gesicht färbte sich dunkelrot. An seinem Hals war das Pochen der Schlagader deutlich zu sehen. „Ali, was hat das zu bedeuten?"

„Weiß nicht, Cheffe", krakelte Ali. Im nächsten Augenblick drehte er sich zu Emre und sagte in türkischer Sprache: „Hier bei uns wird Ungeziefer erschlagen."

Charlys Bass donnerte los. „Freddy, schwing deinen Arsch hierher! Ich will wissen, wer dieser Kanake ist."

Der Friseur zitterte wie Espenlaub. Mit weichen Knien umkreiste er die Motorhaube seines Wagens. Stotternd gab er Antwort. „D… d… das ist Emre. Wir kennen uns aus einem Urlaub auf Rhodos."

Charly baute sich vor Freddy auf, was ihn noch bulliger erscheinen ließ. „Was macht dein Kumpel hier?"

„Ich weiß es nicht", jammerte der Friseur ängstlich.

„Knebelt die Ratte", forderte Aberle wütend. „Ich hatte gleich so ein Scheißgefühl bei diesem Arschloch. Ali, das wird ein Nachspiel haben."

Freddy war den Tränen nahe. Er hatte fürchterliche Angst. „Charly, ich habe davon nichts gewusst. Ehrlich. Ich schwöre!"

Angewidert betrachtete Aberle den Friseur. „Charly, du weißt, was du zu tun hast. Den auch!"

Der Hüne sah den Friseur an. „Ich glaube Freddy. Er ist 'ne ausgesprochene Lusche und garantiert nicht fähig, uns zu hintergehen."

Aberle war stinksauer. „Ich möchte, dass beide befragt werden. Habe ich mich klar und deutlich ausgedrückt? Und mit Befragen meine ich, dass ich alles, aber auch absolut alles erfahren möchte. Es darf ruhig wehtun." Aberles Hand lag bedrohlich auf dem Griff des Revolvers, der immer noch im Gürtel steckte.

Freddy begann zu weinen. „Tu mir bitte nicht weh, Charly. Du kannst mich fragen, was du möchtest. Ich werde alles erzählen."

„Schnauze Freddy!"

Stanomir kam mit Seilen und Klebeband angelaufen. Seine vom Rauchen mit Teer und Nikotin verklebten Lungenbläschen sorgten für einen permanent vorhandenen Schleifton beim Atmen. Sein schnelles Schnaufen hörte sich an, als käme eine alte, schnaubende Dampflok angerollt. Dicke Schweißperlen verklebten die spärlich nachwachsenden schwarzen Kopfhaare. Das T-Shirt wies jetzt nicht nur unter den Achseln dunkle Flecken auf, sondern schien beinahe aus purem Schweiß zu bestehen.

Aberle schnauzte den Fahrer des Tanklastwagens an: „Wie lange dauert das umfüllen noch?"

„Vielleicht 20 Minuten. Wenn Schlauch fertig", kam es in gebrochenem Deutsch.

Charly machte ein paar Schritte nach vorn und legte eine seiner klobigen Hände auf die Schulter des Ungarn. „Hast du ein Problem mit dem, was du hier gesehen hast?"

„Ich nix gesehen."

Aberle beruhigte seinen Vollstrecker. „Lass gut sein. Die Leute, die er uns schickt, sind alle verschwiegen. Sie werden gut dafür bezahlt, dass sie blind sind. Du weißt schon, was ich meine."

Der Hüne nahm die Hand wieder weg. „Gut."

Aberle fauchte nun Ali an. „Wir beide unterhalten uns noch und jetzt kümmert euch um die beiden Ratten."

„Ich … ich … gehöre doch zu Charly", stammelte Freddy.

Fragend sah Ali erst Aberle, dann Charly und dann wieder Aberle an.

Der Winzer war jetzt richtig wütend. „So eine verdammte Kacke. Mich nerven diese Maden hier. Der eine Wichser meint Spielchen mit uns treiben zu können, der andere Penner kennt ihn und flennt uns was vor. Los, habe ich mich undeutlich ausgedrückt oder was? Weg mit den beiden falschen Schlangen."

Ali stieß Stanomir an und zeigte auf Freddy. „Fessle ihn auch."

Aberle wendete sich Charly zu. „Hängt sie in der Scheune an einen Balken. Wenn der Lastwagen weggefahren ist, werden wir sie mal intensiver befragen und uns anhören, was sie zu sagen haben."

„Prima", der Hüne rieb sich freudig die Hände. „Ich habe da eine spezielle Methode. Eine leicht abgeänderte Version aus Pulp Fiction." Er warf Emre und Freddy kurze Blicke zu. „Keine Angst, Gernot. Die beiden Bengelchen werden singen. Sie werden ganze Arien heraus jaulen."

Freddy zitterte am ganzen Leib. Bilder von missbrauchten Strichern tauchten in seinem Kopf auf. „Charly, ich schwöre …", weiter kam der Friseur nicht, da ihn Stanomir mitten im Satz Klebeband über den Mund zog.

Beide Gefangene waren an Händen und Füßen gefesselt. Sie lagen auf dem Boden. Stanomir und Ali packten Emre, hoben ihn am Oberkörper hoch und schleiften ihn in die Scheune. Schnurri packte Freddy und machte es den beiden Arbeitern nach.

In der Scheune wurden Emre und Freddy je an einen Stützbalken gestellt und festgebunden. Danach warf Schnurri ein Seil
über einen der Querbalken über ihnen. „Vielleicht hängen wir
euch daran auf", lachte er und knüpfte an einem Seilende eine
Schlinge. Das andere Ende befestigte er mit zwei Knoten an einem Stützbalken. „Der Galgen wäre aufnahmebereit", lachte er
hämisch. Die Schlinge schwang hin und her.

Freddy begann zu weinen. Dicke Tränen kullerten über das
Gesicht des homosexuellen Friseurs. Sein ganzer Körper zitterte.

Schnurri ging zu Freddy, beugte sich an dessen Ohr und
flüsterte: „Keine Angst, Schwuchtel, noch lege ich das Seil nicht
um deinen Hals. Ihr habt eine gute halbe Stunde Schonfrist."

Schnurri baute sich als Nächstes vor Emre auf. „Du hast
doppeltes Pech, du kleiner Sozialschmarotzer. Charly steht auf
hellbraune Jungs. Er wird dich regelrecht spalten, wenn er sich
mit dir vergnügt. Danach wird dich kein Arzt auf der Welt mehr
zusammenflicken können. Glaube mir, ich habe das schon einmal gesehen. Mir ist heute noch schlecht, wenn ich daran
denke." Kaum ausgesprochen, brach er in schallendes Gelächter
aus.

Emre schloss angewidert und voller Furcht die Augen. Er
hätte Gschwendtner und Mandy unbedingt eine Nachricht senden müssen. Wie konnte es nur passieren, dass er in solch eine
Situation geraten war?

Aberle war in die Scheune gekommen. Er stand am kleineren der beiden Container. „Sind genügend Chemikalien da?"

Ali nickte schleimig. „Alles gut, Cheffe. Die Maschine läuft
schon an."

Oberkommissar Gschwendtner und sein Würzburger Kollege Peter Fischer standen bei ihrem Fahrzeug und betrachteten
die Szenerie. Der Würzburger Talavera-Parkplatz war komplett
umstellt. Mit Maschinenpistolen bewaffnete Polizeibeamte gin-

gen von Fahrzeug zu Fahrzeug. Ein angeforderter Polizeihubschrauber kreiste über dem Einsatzort und leuchtete mit seinem Scheinwerfer die Örtlichkeit aus. Polizeihunde stöberten unter jeden Pkw. Sämtliche Winkel wurden abgesucht. Das Ergebnis war niederschmetternd.

Fischer legte den Sprechhörer des Funkgeräts weg. „Nichts, Gschwendtner. Wir sind zu spät gekommen. Er ist weg."

„Er hatte maximal zehn Minuten Vorsprung", raunte der Münchner. „Jetzt hängen wir bereits eine Stunde hinterher. Das gefällt mir nicht."

„Ich habe veranlasst, dass sie den Parkplatz noch einmal abgehen, aber meine Hoffnung, dass sich Schnurri hier aufhält, tendiert gegen null."

Der Münchner Polizist war mehr als unzufrieden. Die Observation und ein möglicher Zugriff waren gescheitert. Fieberhaft überlegte er, wie sie weiter vorgehen sollten. „Wir müssen uns diesen Günni vorknöpfen."

Fischer verzog ein wenig das Gesicht. „Was diesen Günni betrifft ... also ..."

„Was also?", hakte Gschwendtner nach.

„Lemke hat mich vor ein paar Minuten angerufen. Der ganze Fall gerät aus dem Ruder und ich denke, wir sollten uns zurückziehen Günni besteht auf einen Arzt, verlangt einen Anwalt zu sprechen und möchte dich wegen Mordversuch anzeigen. Unsere Führungsetage dreht hohl."

Gschwendtner blieb unbeeindruckt. Sie hatten nicht mehr viele Optionen und er wollte keine der wenigen Möglichkeiten, die ihnen verblieben waren, auslassen. „Wunderbar, dann soll er mir das persönlich sagen. Wir fahren zum Präsidium und knöpfen uns diesen Günni vor. Ich leite die Vernehmung."

Fischer wusste, dass er sich ein Veto sparen konnte. „Einverstanden, aber ich kann dir gleich sagen, dass wir in Würzburg sauber und ordentlich arbeiten. Was ich damit sagen möchte ist, dass ..."

Gschwendtner fiel ihm ins Wort, blieb aber sachlich.

„Keine Angst, Fischl. Ich halte mich streng an die Gesetze."

Fischer konnte seine Bedenken nicht gänzlich verbergen. „An welche?"

„An die unseres Staates, an die der Gerechtigkeit und manchmal an meine eigenen", kam als Antwort, wobei der zweite Halbsatz flüsternd nachgeschoben wurde.

Sie stiegen ein.

Gschwendtner grübelte. „Lass uns vorher noch einmal bei Charlys Bar vorbeifahren. Ich denke, es gibt einige Ungereimtheiten."

Fischer fuhr los. Nur wenige Minuten später war die Leuchtreklame des Lokals zu sehen.

Gschwendtner registrierte Fischer suchenden Blick. „Lass mich aussteigen. Es dauert nicht lange. Ich bin gleich wieder hier. Du kannst im Auto warten. So sparst du dir die Parkplatzsuche", schlug er vor.

Fischer hielt an, sein Münchner Kollege stieg aus. Gschwendtner marschierte schnurstracks zum Eingang, betrat die Bar und ging sofort zum Tresen. Das Lokal war relativ schwach besucht. Lediglich drei Tische waren besetzt. An der Bar saß ein einzelner Gast vor einem halb leeren Bierglas. Von den Männern, die der Beamte am Nachmittag hier angetroffen hatte, war keiner da. Ohne sich vorzustellen, fragte Gschwendtner den Barkeeper: „Wo ist Charly?"

Der Polizist wurde schräg angesehen. „Nicht hier", kam es gelangweilt.

Da ihm die Antwort nicht sonderlich gefiel, ging der bullige Bayer um den Tresen herum und baute seine 100 Kilo plus X vor dem schlanken Barkeeper auf.

Dessen Einwand: „Moment, hier ist nur für Angestellte", überhörte er dabei geflissentlich.

„Ich habe nicht gefragt, wo er nicht ist, ich habe gefragt wo er ist."

„Ich weiß es nicht. Ich rufe die Polizei, wenn Sie …"

„Ich bin die Polizei und wenn ich Fragen stelle, möchte ich

Antworten bekommen. Also, wann ist er weg?"

Gschwendtner hob sein offen getragenes Hemd kurz zur Seite und gab einen Blick auf seine Dienstwaffe frei. Das genügte. Vermutlich wusste der Barkeeper zwischenzeitlich vom Besuch des LKA-Beamten und dem Schuss auf den Barhocker.

„Vor ungefähr zwanzig Minuten. Er ist hinten raus. Charly wurde abgeholt", berichtete er.

„Von wem?"

„Ich weiß es nicht."

Gschwendtner trat so nah an den Barkeeper heran, dass dieser seinen Körper dicht an die Wand presste. „Ich weiß nur, dass er vorher mit Freddy telefoniert hat. Freddy ist der schwule Friseur, der öfter hier ist. Er ist Charlys Kumpel. Mehr weiß ich wirklich nicht."

Der Bauch des Polizisten berührte den des Barkeepers. „Wenn ich noch näher kommen an dich rankommen muss, schallert es. Weißt du, was das bedeutet?"

Kopfschütteln.

„Ich klatsch' dir eine, weil du meine Fragen nicht beantwortest."

Diese letzte Warnung war ausreichend. „Freddy musste mit dem Auto kommen. Er sollte Charly irgendwohin fahren, um jemanden abzuholen und diesen jemanden zu einem anderen Ort bringen. Mehr kann ich wirklich nicht sagen, wenn ich meinen Job nicht verlieren möchte."

Gschwendtner machten einen Schritt zurück. „Na also. Das kann man ja gleich sagen, wenn man höflich gefragt wird, oder?"

Der Mann am Tresen trank aus. „Zahlen bitte."

Gschwendtner sah ihn an. „Ich gehe jetzt, wenn du noch Durst hast, kannst du gerne bleiben."

Der Gast war sichtlich nervös. „Dann … äh … ich hätte noch gern ein Pils."

Der Barkeeper nickte und ging zum Zapfhahn.

Gschwendtner grinste. „Schönen Abend noch alle zusammen."

Im Polizeipräsidium war die Hölle los. Die Schießerei hatte sämtliche Personen, die Rang und Namen hatten, zurück an ihre Schreibtische geholt. Erste Berichte wurden eingeholt. Telefone liefen heiß, Pressevertreter warteten auf eine erste Stellungnahme.

Auch Fischers Handy stand nicht mehr still. Immer wieder musste er seinen Vorgesetzten Rede und Antwort stehen. „… ja, ich werde mich unverzüglich im Büro melden. Wir sind schon hier im Haus. Ich betrete gerade den Fahrstuhl. … ja … ich habe verstanden. Gut, bis gleich." Fischer beendete entnervt das Gespräch. Der Stress war dem Hauptkommissar förmlich ins Gesicht gemeißelt. „Leck mich am Arsch, Gschwendtner, die wollen es uns kochen. Ich habe ein saublödes Gefühl in der Magengegend. Das eben war der Leiter des Präsidialbüros. Er ruft sonst nie an. Der Typ ist gewissermaßen ein Halbgott auf dem Olymp und er ist angefressen. Er hat auch die Bemerkung fallen lassen, dass die Nummer 1 auch ins Haus kommt."

„Wenn das der Olymp ist, meint er dann Zeus?", grinste Gschwendtner.

Fischer nickte.

„Wenn der Präsident kommt, ist in der Provinz endlich was los", meinte der Münchner süffisant.

Fischer war alles andere als entspannt. „Mir wächst das alles über den Kopf. Was haben wir nur gemacht? Wie konnte das alles nur aus dem Ruder geraten? Die interne Ermittlung möchte meine Dienstwaffe, wegen des Schusswaffengebrauches, die Pressestelle verlangt eine Stellungnahme, die gesamte Chef-Etage ist aufgebracht."

Gschwendtner blieb eher gelassen und versuchte die Situation etwas zu verharmlosen. „Habe die Ehre, wegen so einem Schmarrn hockt sich der Präsident ins Auto und fährt nachts noch einmal zurück ins Büro."

Fischer nickte. „Mir wurde am Telefon vorgeworfen, dass wir bürgerkriegsähnliche Zustände verursacht hätten."

Gschwendtner winkte ab. „Hosenlatzgebabbel! Ein Schwerverbrecher wurde gestellt. Mit Schusswaffengebrauch war vorher nicht zu rechnen. Keine Sorge. Das bekommen wir locker hin."

„Es ist nicht üblich, dass ein Beamter nach einem Schusswaffengebrauch weiterhin Dienst verrichtet. Sie erwarten mich unverzüglich zu einer ersten Anhörung."

Fischer drückte auf den Button mit der Nummer vier. Die Schiebetür des Fahrstuhls schloss sich. Gschwendtner fegte schnell mit einer Hand durch die Lichtschleuse. Die Schiebetür öffnete sich wieder. Fischer sah seinen Münchner Kollegen fragend an. Bevor er etwas sagen konnte, fragte Gschwendtner: „Wo sitzt Günni ein?"

„Die Haftzellen sind im Keller."

„Wo ist Lemke?"

„Er wird gerade angehört und steht seinem Chef Rede und Antwort."

„Dann sollten wir uns um Günni kümmern."

„Aber ich soll mich unverzüglich oben im Vierten melden. Sie warten dort auf mich."

Grinsen und Achselzucken. „Wozu? Sie hören doch gerade Lemke an."

Peter Fischer war leicht genervt. „Deine oberbayrische Verschmitztheit ist hier nicht gefragt."

„Wenn das so ist, dann gehen wir eben mit deiner fränkischen Beharrlichkeit an die Sache ran." Es folgte ein eindringlicher Blick. „Fischl, wenn wir jetzt aufgeben, gefährden wir Emre und Mandy!"

Die Aufzugstür bewegte sich zum dritten Mal vor und zurück. Fischer zögerte immer noch.

Gschwendtner drängte. „Es geht nur ganz oder gar nicht. Komm, alter Junge, was haben wir schon zu verlieren, wenn wir für ein paar Minuten zu Günni in die Zelle gehen?"

„Also gut", schnaufte Fischer, „das ist jetzt auch schon egal."

Gschwendtner stieg aus. „Komm, wir nehmen die Treppe." Fischer folgte. Die Aufzugstür schloss sich. Der Fahrstuhl fuhr ohne sie nach oben.

Der Beamte vom Vorführdienst der Würzburger Haftanstalt schien von dem Aufruhr im Haus nichts mitbekommen zu haben. Er hockte vor einer Zeitung und las. Als die beiden Kriminalbeamten den durch eine Stahltür gesicherten Raum betraten, hob er leicht genervt den Kopf. „Bitte?", fragte er kurz angebunden.

Fischer wies sich aus und forderte den Zugang zu Günnis Zelle.

„Kein Problem. Die Waffen müssen hier bleiben, Zelle Nummer drei, den Schlüssel bekommt ihr von mir. Worum geht's?"

„Wozu musst du das wissen?", fragte Gschwendtner.

„Weil ich es hineinschreiben muss, du Schlaumeier."

Fischer übernahm das Wort. „Wir holen nur ein paar Auskünfte ein. Zum Beispiel welchen Anwalt wir für die Vernehmung konsultieren sollen."

„Sagt es halt gleich. Das dumme Getue kann ich nicht leiden. Hier, der Schlüssel."

Fischer nahm den Schlüssel und ging vor. Gschwendtner folgte ihm. Der Beamte der Haftanstalt widmete sich wieder seiner Zeitung.

Als die Zellentür geöffnet wurde, stand der Schlägertyp auf. Er trug Häftlingskleidung, da seine persönlichen Sachen gänzlich durchnässt waren.

„Ist mein Anwalt endlich hier? Diesen Fettsack-Bullen mache ich fertig. Das war aalglatter Mordversuch. Ich …", als statt des erwarteten Rechtsanwalts Gschwendtner im Türrahmen auftauchte, verstummte der Häftling abrupt.

„Hallo Günni", grinste Gschwendtner.

„Raus hier, oder ich rufe um Hilfe!"

„Entweder du hältst sofort die Schnauze oder ich rufe den Notarzt, der nur noch deinen kümmerlichen Tod feststellen wird. Meine Aussage wird dann lauten, dass du auf mich losgegangen bist, um mich zu erwürgen." Gschwendtner zog die Augenbrauen zusammen, als ob er nachdenken würde. „Oder noch besser, es wird wie ein Selbstmord aussehen", sinnierte er laut.

Fischer hatte damit gerechnet. Es war ihm zwischenzeitlich egal, wie sein Kollege vorgehen würde. „Ich warte dann mal draußen", sagte er beinahe gelangweilt und schloss die Tür von außen.

„Halt! Lasst mich mit diesem Verrückten nicht allein", rief Günni und zwängte sich in die hinterste Ecke der Zelle.

Gschwendtner verschränkte seine Arme vor der Brust. „Hinsetzen!"

Günni überlegte kurz, ob ein: „Leck mich!", oder ein: „Fick dich, Bulle", besser war. Dann fiel ihm die Situation auf der Alten Mainbrücke ein. Dieser Kerl war anders als alle anderen Bullen. Er hatte ihn in den Fluss fallen lassen.

Dieser Bulle ist unberechenbar.

Er setzte sich.

Gschwendtner deutete auf seinen Hosengürtel. „Kein Mensch wird wissen, wie du an diesen Gürtel gekommen bist. Sie finden dich daran ... erhängt. Außer du kooperierst mit mir."

„Das ist Erpressung. Das ist verboten. Ich möchte sofort meinen Anwalt spr..."

„Solch böse Worte aus dem Mund eines Verbrechers?", kam es fragend. „Du hast deine Rechte verwirkt, als du deine Verbrecherlaufbahn eingeschlagen hast. Deine Opfer hatten auch keine Rechte. Auge um Auge, Zahn um Zahn. Das ist meine Devise. Du hast nur eine einzige Chance. Beantworte meine Fragen und ich gehe mit dem Gürtel wieder raus. Stell dich dumm und ich lasse ihn hier zurück, und zwar um deinen Hals gewickelt. Ich scherze nicht, ich gehe keine Kompromisse ein und du entscheidest, ob wir beide Freunde oder Feinde sind. Ich zähle bis drei. Eins ... zwei ..."

Günni riss die Augen weit. „Freunde", presste er aus. „Wir sind Freunde."

„Gute Entscheidung."

„Du bist kein normaler Bulle, du bist wahnsinnig."

„Was ist heute schon noch normal, mein Freund?", grinste der Oberkommissar. „Du wirst dein Gesicht nicht verlieren. Das Gespräch bleibt unter uns. Das verspreche ich dir, sonst verspreche ich nichts. Mein Wort zählt. Bist du einverstanden?"

Stummes nicken.

„Wohin ist Schnurri abgehauen?"

„Ich sollte euch foppen und ihn dann an der Talavera absetzen. Dort hat 'ne Freundin von Charly 'ne Karre abgestellt."

„Charlys Braut?"

„Nee, Charly ist stockschwul. Von Weibern will der nichts wissen. Er steht auf junge Südländer. Freddy, der schwule Friseur, bringt sporadisch Stricher vorbei. Charly zahlt gut, aber keiner der Stricher ist jemals ein zweites Mal gekommen. Der Boss nimmt die Jungs immer hart ran."

Gschwendtner bekam ein mulmiges Gefühl in der Bauchgegend. Er dachte an Emre und dessen Treffen mit Freddy.

„Was hat Charly mit den Aberles zu tun?"

Kurzes zögern.

Gschwendtner zeigte auf den Gürtel.

„Er und Gernot Aberle kennen sich von früher. Die spielten schon im Sandkasten zusammen. Aberle war der Kopf, Charly die Faust. Charly erledigt hin und wieder 'nen Job für Aberle. Das heißt, wir machen es für Charly. Es wird immer gut bezahlt."

„Wer ist *wir*?"

„Die Gang."

„Welche Jobs?"

Schweigen.

Gschwendtner warf einen Blick auf seine Armbanduhr. Er wollte den Redefluss nicht stoppen und stellte sofort die nächste Frage: „Wie sollte es weitergehen, ich meine mit der Flucht?"

„Schnurri sollte aus der Stadt fahren. Charly hat gesagt, dass er ihn dann später abholt und zum sicheren Versteck bringt. Er wollte sich von Freddy fahren lassen."

„Sicheres Versteck?"

Kopfschütteln. „Wenn ich singe, werde ich ein Wiedersehen mit meinen Kumpels nicht überleben."

„Wenn du nicht singst, wirst du unser Treffen nicht überleben!"

Schweigen.

„Ich habe dir meine Verschwiegenheit zugesichert und halte mich daran. Wie du schon selbst festgestellt hast, bin ich kein normaler Bulle. Mein Wort gilt!"

Günni glaubte seinem Gegenüber. „Aberle hat vor ein paar Jahren einen alten Aussiedlerhof gekauft. Dort panscht er Wein im großen Stil."

Alarmglocken schrillten im Innern des Polizisten. Emre war in Gefahr. Sollte Freddy ihn an diesem Hof antreffen, könnte die Tarnung auffliegen. „Wo genau ist dieser Hof?"

„Ich kann es aufzeichnen. Ist 'ne kleine Straße, die dorthin führt."

„Sehe ich aus wie ein Schreibwarenladen?"

„Ich kann es auch auf Google Maps zeigen."

Gschwendtner zog sein Smartphone aus der Hosentasche, öffnete die App und zeigte sie Günni. Dieser zog die Karte groß und zeigte mit einem Finger darauf. „Hier."

„Was habt ihr mit dem Tod von Käutner zu tun?"

„Wer das?"

„Der Zollbeamte aus Giebelstadt."

„Ich weiß von nichts."

„Was habt ihr mit Ioan Agulescu gemacht?"

„Wer zum Teufel ist das schon wieder?"

„Ein junger Rumäne, der wohl für Aberle gearbeitet hat."

Günni kratzte sich nervös am Hinterkopf. „Die Schwarzarbeiter aus dem Haus in den Reben? Also die im Weinberg?"

Ohne nähere Einzelheiten zu kennen, nickte Gschwendtner.

„Gernot Aberle hasst Kanaken. Er ist diesbezüglich leicht rechts eingestellt. Du weißt schon ...“

„Weiter!“

„Die Tochter von Gernot Aberle steht auf Kanaken, er hasst sie. Hat´s jetzt geklingelt? Das passt nicht zusammen.“

„War das so ein Job?“

„Ja, richtig! Das war schon zwei oder dreimal der Fall. Wir holen die Jungs aus dem Bau, verprügeln sie anständig und jagen sie davon.“

„Und was lief bei Ioan Agulescu schief?“

„Der Boss wollte sein Vergnügen haben, hat sich in Rage gevögelt und ihn dabei abgemurkst. Wir haben ihn dann verschnürt und in den Main geworfen.“ Günni überlegte kurz. „Nur damit das wirklich klar ist, was ich gerade erzählt habe, ist kein Geständnis oder so was in dieser Richtung. Ich habe dein Wort.“

Gschwendtner sah Günni mit strengem Blick an: „Du wirst nie wieder rauskommen. An deiner Stelle würde ich darüber nachdenken, komplett auszupacken und mit der Staatsanwaltschaft einen Deal einzugehen. Machst du das nicht, kann es sein, dass du bis zu deinem Lebensende mit Charly in einer Zelle hockst und ihm als Lustknabe dienst.“

Günni wurde kreidebleich. Gschwendtner klopfte gegen die Tür. „Fischl, ich bin fertig.“

„Bulle!“

Der Oberkommissar drehte sich um. „Was ist?“

Günni zeigte auf Gschwendtners Hüfte. „Hättest du das mit dem Gürtel gemacht?“

Der LKA-Beamte sah Günni an. „Das möchte keiner von uns beiden wirklich wissen.“

Fischer öffnete die Tür und ließ seinen Kollegen raus. Die schwere Eisentür fiel zurück ins Schloss.

„Lebt er noch?“, wurde er von Fischer begrüßt.

„Er ist putzmunter, absolut unversehrt und im Moment nur ein wenig nachdenklich. Er überlegt gerade, ob er es vorzieht, lieber eine Plaudertasche für die Staatsanwaltschaft zu werden oder sich für sein Erspartes eine große Menge an Gleit-Gel zu kaufen, falls er mit Charly in eine Zelle kommt."

„Verstehe ich nicht."

„Musst du auch nicht. Wir beide haben keine Zeit zu verlieren. Wir müssen los."

„Wie, wir müssen los? Wohin?"

„Wir stechen ins Herz des Übels und lassen das *Fränkische Blut* ein für alle Mal versickern!"

„Und das Präsidialbüro? Wir sollen …"

„Die Herren müssen warten. Entweder wir kommen mit einem gelösten Fall zurück oder du wirst bis zu deiner Pension dem Kollegen in der Haftanstalt Gesellschaft leisten."

„Hätte ich dich doch bloß nie angerufen", seufzte Fischer und eilte mit Gschwendtner zurück ins Treppenhaus.

Der Schlauch des Tanklastzuges wurde abgezogen und aufgerollt. Der Fahrer sicherte das Endrohr und zog seine Arbeitshandschuhe aus. Aberle übergab einen prall gefüllten Umschlag. Der Ungar schob ihn ein, ohne die Summe nachzuzählen. Beide wechselten noch ein paar Worte und gaben sich die Hand. Dann stieg der Trucker ein, startete den Motor, wendete mit wenigen Zügen und fuhr vom Hof.

Ali war noch dabei die restlichen Kanister in den kleinen Container zu füllen. Aberle ging zu ihm, hantierte an der Schalttafel herum, deutete schließlich auf die Anzeigetafel des vom Tankwagen gefüllten großen Containers und schien zufrieden zu sein.

„Beide voll und bereit", zeigte er mit Daumen nach oben an. „Wir müssen doch nicht mehr losfahren und mehr holen. Die Kanister reichen."

Als der letzte Kanister mit Chemikalien geleert war, entfernte Ali den Einfüllstutzen, schraubte den Einlass zu und drückte auf einen Schalter. Das Summen eines kleinen Motors war zu hören. Dieser trieb eine Art Umwälzpumpe an. Der angelieferte Wein wurde über mehrere Schläuche durch den kleinen Container geschleust, dort mit den Chemikalien vermischt und anschließend in den zweiten riesigen Stahlbehälter gepumpt.

Aberle warf einen verächtlichen Blick auf Emre und Freddy, schüttelte mit dem Kopf und verließ die Scheune. Es vergingen etliche Minuten, dann fuhr er weg. Charly und Schnurri kamen herein.

„Ali, wie lange braucht ihr noch?"

„Wir sind soweit fertig. Die Maschine läuft die ganze Nacht. Morgen früh muss ich wieder herkommen und sie abschalten. Denke so gegen 6 Uhr."

Charly grinste breit. „Dann pack deinen fetten Kumpel ein und zisch ab. Wir haben noch etwas zu erledigen."

Der Türke und Stanomir trugen die letzten leeren Kanister zum alten VW-Bus, luden ein und knallten im Anschluss die Türen zu. Ali startete den Motor. Der Bulgare stieg ein und sie fuhren mit knatterndem Geräusch vom Hof. Schnurri schob das große Scheunentor zu.

„Geschafft", stöhnte er. „Hier findet uns erst mal niemand."

„Richtig. Und jetzt kommen wir zur Sache. Ich habe mich schon die ganze Zeit auf diesen Moment gefreut", donnerte Charleys Bassstimme. Er kostete jede Sekunde aus. Langsam schritt er auf die Gefesselten zu. „Ob wir noch eine Zigarette rauchen sollen?", fragte er Schnurri.

Freddy begann wieder heftiger zu zittern. Emre fühlte sich mehr als unwohl. Er versuchte in eine sichere Gedankenwelt zu flüchten. Der Kommissar schloss die Augen und hoffte zu Hause in seinem Bett aufzuwachen, doch es war kein Albtraum. Es war Realität. Er befand sich hier in dieser Scheune, war gefesselt und würde wohl in wenigen Minuten gefoltert und vergewaltigt werden. Emre würde am liebsten weinen. Noch vor einem Jahr saß er auf der Schulbank der Beamtenfachhochschule in Fürstenfeldbruck und jetzt harrte er einem schrecklichen Schicksal entgegen. Vielleicht würde er hier und heute sterben.

Nein! Ich muss stark bleiben. Nicht daran denken, was passiert. Suche eine Lösung, Emre. Lass dir etwas einfallen.

Die Situation war hoffnungslos. Er stand hier in dieser Scheune. Er war gefesselt, geknebelt und an einem Balken festgezurrt. Vor ihm stand Charly, fies grinsend und ein Blick, der pure, sadistische Geilheit verriet.

Der Hüne sprach langsam, was die Tonlage seiner Stimme noch tiefer klingen ließ. „Ich bin mal gespannt, was mir diese beiden Vögel gleich zu zwitschern werden."

„Wer kommt zuerst dran?", wollte Schnurri wissen.

„Nimm ihnen erst mal die Knebel ab."

Die Klebebänder wurden nacheinander unsanft weggerissen. Emre steckte den kurzen schmerzhaften Moment weg, während Freddy laut aufschrie. Der Friseur begann sofort zu jammern und winselte: „Charly, bitte. Ich kenne Emre kaum. Wir haben uns letzten Urlaub auf Rhodos kennengelernt und sind dort eine Nacht lang um die Häuser gezogen. Emre kommt aus München und arbeitet für die Polizei."

„Ein Bulle", stieß Schnurri aus und ballte die Hände zu Fäusten.

Charly blieb ruhig und hörte aufmerksam zu.

Freddy revidierte Schnurris Vermutung. „Nein, er ist kein Polizist. Er ist Computerfachmann und kümmert sich um das IT-Zeug. Emre arbeitet bloß bei der Polizei. Ich schwöre es. Genau das hat er mir erzählt. Wirklich! Warum er hier ist, weiß ich nicht."

„Freddy, Freddy, Freddy", sagte Charly mit ruhigem Ton. Der beigemischte Unterton gefiel Emre ganz und gar nicht. Der Ausdruck in Charlys Augen hatte sich verändert. Sie wirkten kalt. Eiskalt. Es war der Blick eines Wahnsinnigen. „Ich habe dir vertraut. Ich habe dich für deine Dienste immer gut bezahlt und dann bringst du Bullen in meine Bar. Erst den hier …", er deutete auf Emre, „… und danach einen völlig durchgeknallten Cop, der einfach seine Wumme zieht und wie wild losballert. Bullen, die sich nicht an die Regeln halten, sind gefährlich. Ich mag keine Gefahr. Ich könnte tot sein. Dieser crazy Motherfucker hätte mich durchlöchern können. Ist dir das klar, Freddylein?"

Weinen, schluchzen. Aus Freddys Nase floss Rotz.

„Kommt nie wieder vor, Charly."

„Ich weiß, mein Süßer."

„Ich werde auch künftig kein Geld mehr nehmen. Die Jungs hole ich dir kostenlos ins Haus. Das macht mir gar nichts aus."

Charly bückte sich vor Freddy leicht ab. Er stand nun Nasenspitze an Nasenspitze vor ihm. Beide Augenpaare hingen aneinander. Während Charly vollkommen ruhig und eiskalt war, zitterte der Freddy wie Espenlaub und weinte bitterlich.

„Charly, lassen Sie Freddy in Ruhe. Er hat die Wahrheit gesagt. Ich bin IT-Fachmann und arbeite für die Polizei. Aber ich bin kein Polizist. Ich richte Computersysteme ein. Das mit diesem Job im Weinberg war ein Zufall. Ich habe einfach aus Blödsinn mitgemacht und dachte, ich könnte für die Zeitung ..."

Klatsch

Die Rückhand von Charly landete in Emres Gesicht. Der Schlag tat fürchterlich weh. Aus einem Nasenloch floss Blut.

„Mit dir rede ich nachher. Wenn du noch einmal dein dummes Maul aufmachst, reiße ich dir mit einer Zange sämtliche Zähne aus der Fresse! Hast du mich verstanden?"

Emre nickte. Der Ausdruck in Charlys Augen jagte ihm Furcht ein. Der Blick des Hünen war starr und wirr. Er würde definitiv das umsetzen, was er androhte.

„Schnurri, mach Freddy los. Nicht die Fesseln binde ihn nur vom Balken los. Dann legst du ihm die Schlinge um den Hals und gibst mir das andere Ende vom Seil."

„Ch... Cha... Charly, bitte", jammerte der Friseur unter Tränen.

„Wehr dich und du kannst deine eigenen Eingeweide betrachten, du Wurm."

Schnurri band Freddy los, schubste ihn rüber zum Seil und legte die Schlinge um den Hals des Friseurs. „Bleib ganz ruhig stehen, sonst wird es böse für dich enden", hauchte er in Freddys

313

Ohr.

Schnurri ging zurück zum Balken und band das andere Ende des Seils los und gab es Charly.

Freddys Beine wackelten wie Pudding. „Bitte, bitte …", schluchzte er. „Ich habe es verstanden. Ich habe einen großen Fehler gemacht. Das wird nie wieder vorkommen. Ich habe es kapiert, Charly, bitte."

„Bleib stehen, Freddy. Keine Angst. Ich ziehe dich nicht ganz rauf. Ich möchte, dass du siehst, was ich mit deinem Freund anstelle."

Kaum ausgesprochen, zog er das Seil so straff, dass Freddy auf Zehenspitzen stehen musste, um nicht stranguliert zu werden. Aus dem Jammern war ein Röcheln geworden. Charly band das Seilende wieder am Balken fest. Dann stellte er sich vor Freddy und tatschte mit einer Hand Freddys Wangen. „Mein Freund, ich hätte lieber die Szene aus *Spiel mir das Lied vom Tod* nachgespielt, du weißt schon. Der Vater steht auf den Schultern des Jungen mit der Mundharmonika. Aber dazu haben wir zu wenig Statisten", lachte der Sadist. „So ist es aber auch nicht schlecht. Bin mal gespannt, wann du müde wirst oder einen Krampf in den Waden bekommst."

Das Blut unter Emres Nase begann zu verkrusten. Es war grausam zuzusehen, wie der eiskalte Verbrecher sein Opfer quälte. Charly ließ von Freddy ab und ging die paar Schritte zu Emre rüber.

„Jetzt zu dir, Kanake. *Pulp Fiction* – aber neu verfilmt. Sozusagen der *Director's Cut*. Kennst du den Film? Einer meiner Lieblingsstreifen. Wir springen mitten in den Film rein und spielen die Szene, wo Marcellus im Keller vergewaltigt wird. Du bist *Ving Rhames*, der Marcellus spielt. Ich bin *Bruce Willis*, doch dieses Mal rette ich dich nicht, sondern mache da weiter, wo der Bulle aufgehört hat, ha ha ha", schallendes, krankes Gelächter. „Und wenn ich fertig bin, wirst du meine Faust spüren."

Emre war schockiert. Angst durchfloss ihn. Er hatte unbändige Furcht vor dem, was Charly gerade angekündigt hatte. Der

Kommissar rang nach den richtigen Worten. „Charly, wir können reden. Es gibt immer einen Ausweg."

„Schnurri, kneble ihn wieder. Er labert mir zu viel."

Der Angesprochene nahm das Klebeband, riss ein Stück ab und pappte es über Emres Mund. Er wirkte teilnahmslos. Es schien, als kannte er die Spiele seines Bosses.

„Und jetzt bring ein leeres Fass her. Ich möchte, dass er sich drüber legt."

„Charly, nicht schon wieder diese Nummer. Das hatten wir schon einmal. Das war ekelhaft."

„Wenn es dir nicht passt, kannst du dich gern über das Fass legen."

Schnurri verzog das Gesicht. Wortlos ging er in ein Eck der Scheune und rollte ein leeres Weinfass zu Emre.

„Hol ihn her, aber pass auf! Halte den Burschen schön fest, kapiert?"

„Schon gut Boss, ich weiß, was ich zu tun habe."

Emre wurde vom Stützbalken losgebunden, blieb aber an Händen und über den Knöcheln an den Beinen gefesselt.

„Wehr dich nicht, sonst wird es schlimmer. Glaube mir", flüsterte ihm Schnurri ins Ohr.

„Zieh ihm die Hose runter und leg ihn übers Fass."

Freddy meldete sich wieder zu Wort. Die Stimme klang dumpf und krächzend. „Charly, ich kann ... nicht mehr. Binde mich ... bitte los. Ich habe ... meine Lektion ... gelernt. Bitte, Charly."

Grinsen, lachen, triumphieren. „Jaaaa, ich habe es gern, wenn man mich anfleht."

„Charly ... ich kann nicht wirklich ... nicht mehr."

Der Muskelberg zog Hose und Unterhose aus. „Freddy, wenn du noch einmal deinen Mund aufmachst und mir damit meinen Spaß verdirbst, breche ich dir die Kniescheiben! Kneif deine Arschbacken zusammen und sieh her. Du kannst etwas lernen."

Emre Hose und Slip waren bis zu den Kniekehlen herunter-gezogen. Er wurde von Schnurri zum Fass bugsiert und bäuch-lings darüber gelegt. Schnurri stand auf Emres Kopfseite und hielt die gefesselten Hände fest. „Wenn du dich wehrst, reißt er dir mit bloßen Händen die Eier ab. Denke einfach an etwas Schö-nes."

Der Polizist wollte weinen, schreien, weglaufen, doch er war wie gelähmt. Grenzenlose Furcht raubte ihm die Fähigkeit zu reagieren. So musste es zu Tode verurteilten Gefangenen er-gehen, die sich ihrem Schicksal ergeben hatten. Zudem wuchs ein anderes Gefühl heran. Etwas, das Emre bislang nicht gekannt hatte. Hass! Unbändiger Hass. Würde man ihn jetzt losbinden und eine Waffe in die Hand geben, er würde schießen. Eiskalt würde er auf seinen Peiniger anlegen und abdrücken. Emre kannte den Film *Pulp Fiction* und er kannte natürlich auch die Vergewaltigungsszene. Das Kopfkino lief an.

Butch rettet Marcellus. Marcellus erschießt den Vergewal-tiger.

Jetzt, genau in diesem Moment, verspürte der junge Kom-missar so viel Feindschaft und Wut, dass er nur ein Ziel vor Au-gen hatte. Er wollte Charly töten. Er wollte sich vor den Hünen stellen, ihn von Mann zu Mann in die Augen blicken und ein ganzes Magazin auf ihn abfeuern. Er wollte sehen, wie die Pro-jektile die Haut aufreißen, sich ins Fleisch bohren, die Organe zerfetzen und an Knochen aufpilzen oder wieder durch klaffende Wunden aus dem Körper austreten.

Emre wollte weinen, doch er konnte nicht. Er war machtlos. Er war gefesselt und Schnurri war ein Kraftprotz. Emre harrte chancenlos seinem Schicksal entgegen. Wie in Trance hörte er Charlys dröhnende Worte.

„Du kleiner Südländer-Bulle. Ich werde dir jetzt zeigen, wie wir mit Verrätern umgehen. Magst du vorher noch ein Glas Fränkisches Blut? Ha, ha, ha ...", lachte er hämisch. „Der Tod trinkt gerne Frankenwein."

Ein gutes Tröpfen in Ehren ...

Mandy war mehr als angespannt. Jeder Muskel, jede Sehne und jeder Nervenstrang standen unter Druck. Die Handinnenflächen waren so feucht, dass sie befürchtete, die Dienstwaffe könnte ihr entgleiten. Sie hörte schnelles, hastiges Atmen. Wer auch immer hier war, er war aufgeregt.

Klack

Die Tür zum Büro wurde wieder ins Schloss gedrückt. Mandy stellte sich die Frage, ob das von innen oder von außen geschah.

Klick

Die Frage erübrigte sich. Der nächtliche Besucher hatte das Licht angeschaltet. Mandy fühlte sich entdeckt, verharrte dennoch weiter hinter dem Paravent.

Die Hoffnung stirbt zuletzt. Vielleicht hat er mich bis jetzt nicht bemerkt.

Die Person ging zum Schreibtisch. Dem Geräusch nach zu urteilen wurde die Whiskeyflasche geöffnet.

Es ist Gernot Aberle. Verdammt, ich bin verloren.

Papier raschelte, etwas fiel herunter. „Mist", wurde geflucht.

Jetzt war der Polizistin klar, wer ins Büro eingedrungen war. Es war nicht Gernot Aberle, es war Sylvia.

Was macht sie hier?

Mandy wagte es und lugte seitlich am Paravent vorbei. Sylvia stand mit dem Rücken zu ihr. Sie hantierte mit einem Blatt Papier herum und versuchte einen Trichter zu falten. Die junge Frau war so aufgeregt, dass sie drei Anläufe benötigte, bevor ein einigermaßen brauchbares Ergebnis zustande kam. Als Nächstes steckte Sylvia den Papiertrichter in die Öffnung der Whiskeyflasche. Danach griff sie nach einem Glas. Es war nicht das Whiskeyglas vom Schreibtisch. Sie musste es mitgebracht zu haben. In dem Glas befand sich eine pulverähnliche Substanz. Sylvia schüttete vorsichtig einen Teil des Pulvers in den Trichter. Von dort rieselte es in die Whiskeyflasche. Der Vorgang wurde dreimal wiederholt, dann war das Glas leer. Sie zerknüllte den Papiertrichter und legte den Knäuel in das mitgebrachte Glas. Anschließend schüttelte sie den sündhaft teuren Macallan-Whisky so lange, bis sich das Pulver gänzlich aufgelöst hatte.

Mandy wollte ihre Position etwas verändern und stieß versehentlich gegen den Paravent. Sylvia fuhr herum, die Polizistin steckte die Dienstwaffe weg und verließ ihr Versteck.

„Du? Was machst du hier?", zischte die junge Frau der Polizistin entgegen.

„Das könnte ich dich auch fragen."

Sylvia machte einen Schritt zur Tür. „Ich werde mit meinem Großvater reden. Er wird dich sofort entlassen. Du bist eine Enttäuschung. Schnüffelst herum, um alles zu stehlen, was nicht niet- und nagelfest ist. Du bist eine Diebin."

Mandy rief sämtliche Informationen ab, die sie in ihrem Gedächtnis gespeichert hatte und setzte sie neu zusammen.

Medikamente in der Handtasche, Hass auf den Vater, Herumschleichen in der Nacht.

„Soweit ich die Sache hier beurteile, hast du deinem Vater gerade etwas ins Getränk gemischt. Und ich gehe davon aus, dass es nicht gesund ist."

Sylvia fegte auf den Absätzen herum und stürmte auf Mandy zu. „Du Schlampe!"

Die Polizistin konnte in dem kleinen Raum nicht ausweichen, riss die Arme nach oben und blockte zwei Faustschläge ab. Dann umklammerte sie die Angreiferin und ging mit ihr zu Boden. Beide wälzten ineinander verschlungen im kleinen Büro herum. Sylvia wehrte sich heftig, doch der Klammergriff lockerte sich nicht. Schließlich kam sie bäuchlings zum Liegen und schnappte abgekämpft nach Luft. Mandy nutzte die Gelegenheit, löste die Umklammerung und kam auf dem Rücken ihrer Gegnerin zum Sitzen. Blitzschnell griff sie nach einen von Sylvias Armen und wuchtete diesen herum. Zwar versuchte die junge Frau sich aus dieser misslichen Lage zu befreien, doch der häufig trainierte Griff, den die Polizistin anwendete, zeigte Wirkung.

„Aua! Das … tut … weh, verdammt.“

Keuchen, heftiges Atmen. Beide rangen nach Luft.

„Bleib … ganz … ruhig.“

Durchatmen. Sie erholten sich. Die Brustkörbe bewegten sich nach ein paar Augenblicken beim Ein- und Ausatmen wieder normal.

„Lass mich los oder ich schreie!“

„Und dann? Was ist dann? Sollen meine Kollegen kommen und den Whisky untersuchen?“

„Wen meinst du? Die Hausmeister-Familie?“

„Ich bin Polizistin“, klärte Mandy auf.

„Faule Ausrede. Du bist ’ne miese Putze, die ihre Arbeitgeber beklaut“, fauchte Sylvia hasserfüllt.

„Sylvia, hör mir mal genau zu. Ich bin Kriminalobermeisterin Mandy Hammerschmidt und gehöre zu einer Sonderkommission des LKA Bayern. Ich arbeite Undercover und untersuche unter anderem auch den Tod von Ioan Agulescu.“

Die Worte trafen ihr Ziel mit der Wucht des Faustschlages eines Boxers. Sämtliche Gegenwehr erstarb augenblicklich.

„Was sagst du da?“

„Ich bin Polizistin.“

„Nein! Das mit Ioan. Was ist mit Ioan?“

Mandy war sich erst jetzt bewusst, was sie gesagt hatte. Ihre Stimme wurde sanfter. Sie lockerte den Griff. „Sylvia. Ioan ist tot.“

„Du lügst!“

Die Stimme der jungen Frau überschlug sich, klang schrill. Sie begann leise zu schluchzen. Auch den Rhythmusbewegungen ihres Körpers war zu entnehmen, dass sie weinte. Mandy ließ gänzlich los und setzte sich neben Sylvia. Sie streichelte über ihr Haar. „Es tut mir so leid.“

Erst nach einigen Minuten war Sylvia wieder in der Verfassung sprechen zu können. Sie setzte sich ebenfalls auf und lehnte sich in ihrer Verzweiflung an Mandy. „Was ist passiert?"

„Wir wissen es nicht genau, aber er wurde nach seinem Tod in einen Schlafsack gepackt und in den Main geworfen."

Sylvia begann wieder zu weinen. Mandy gab ihr ein paar Minuten. Schließlich fragte sie: „Was hast du in den Whisky getan?"

Schluchzen. Verweinte Augen sahen Mandy an. Die Stimme war brüchig und klang schwach. „Meine Medikamente", kam leise. Sie schniefte. „Das sind Monoaminooxidase-Hemmer. Äußerst üble Dinger. Die darf man nicht zusammen mit Alkohol einnehmen, da es sonst zu einem lebensgefährlichen Serotonin-Syndrom kommen kann. Was das ist, weiß ich nicht. Die Ärzte haben das andauernd gesagt und mich gewarnt."

Mandy zeigte Verständnis. Sie war im Zwiespalt mit sich selbst, kämpfte innerlich mit Recht, Gesetz und Gerechtigkeit. Sollte sie tatsächlich die Tat vertuschen? War es überhaupt ein rechtlich verwertbarer Mordversuch oder nur ein im rechtlichen Sinn untauglicher Versuch?

„Ich glaube, wir schütten den Whisky weg. Was hältst du davon?"

Ein Vorstoß in die richtige Richtung. Ging Sylvia darauf ein, könnte Mandy das absolut mit ihrem Gewissen vereinbaren und die Sache unter den Tisch fallen lassen.

„Muss ja keiner erfahren, oder? Wie siehst du die Sache?"

„Nein, niemand soll es erfahren", weinte sie, „ich hatte Wut, aber schon, nachdem das Pulver in der Flasche war, wollte ich den Whisky wegschütten. Trotz meines Hasses kann ich es nicht tun."

„Das ist gut so." Mandy nahm die junge Frau in den Arm. „Weine nur. Lass es raus. Lehn dich an mich."

Sie saßen da und schwiegen sich an. Zeit wurde zur Nebensache. Irgendwann fing Sylvia an zu erzählen. Zaghaft berichtete sie vom ersten Treffen, den schüchternen Annäherungsversuchen und vom ersten Kuss. Sie erzählte von ihren heimlichen Treffen und von großen Plänen. Sie ließ ihren Gefühlen freien Lauf. Mandy hörte aufmerksam zu, ohne die Erzählerin auch nur einmal zu unterbrechen. Ioan musste ein wunderbarer Mann gewesen sein. Er war die große Liebe im jungen Leben von Sylvia Aberle.

Gernot Aberle drückte auf Gaspedal. Seine Gedanken kreisten permanent um die ungebetenen Besucher. Kurz vor der Bundesstraße 13 bremste er den BMW X 6 bis zum Stillstand ab, sprang aus dem Fahrzeug und plärrte ein: „Scheiße", hinaus. Wütend trat er gegen den Vorderreifen, ging zweimal um das Fahrzeug herum, stieg wieder ein und fuhr weiter.

Der zum Millionär gewordenen Winzer spürte, dass etwas eingetreten war, dass sein Geschäft gefährdete.

Was wissen die Bullen? Hat sich Charly noch unter Kontrolle?

Die Sache mit dem Zöllner war zwar erledigt, doch dieses Mal hatte Aberles Vollstrecker gepatzt. Die Schlagzeile in der *Main Post* hatte viel Wind aufgewirbelt. Dann noch dieser Kanake, der sich unter die Arbeiter geschlichen hatte. Aberle wusste, dass Ali doppelt kassierte, doch es war ihm bislang egal. Auf Ali war Verlass.

Er erreichte die Ortschaft. Seine Gedanken klarten auf.

Die Firma steht im Vordergrund. Charly muss den Kanaken und diesen komischen Freddy beseitigen. Sollten die Bullen zum Herumschnüffeln anfangen, muss ich Charly in eine Falle locken und ihn ausschalten. Dann schiebe ich die ganze Schuld auf ihn. Mich kriegen sie nie.

Er war zu Hause. Auf dem Hof war alles ruhig. Ein gutes Zeichen. Wenn die Bullen ihn im Visier hätten, wären sie längst hier. Gernot Aberle parkte den BMW und stieg aus. Etwas war anders. Im Unterbewusstsein hatte er es registriert. Aberle blieb stehen und ließ seinen Blick schweifen. Die Tür zum Bewirtungsraum war nicht ganz ins Schloss gezogen. Er ging zurück zu seinem Fahrzeug und holte die im Handschuhfach verstaute Faustfeuerwaffe. Zum wiederholten Mal an diesem Abend musste er seinen Lieblingsrevolver in die Hand nehmen. Obwohl er wusste, dass 6 Patronen des Kalibers 357 Magnum in der Trommel steckten, öffnete er diese, warf einen prüfenden Blick darauf und ließ die Trommel schwungvoll wieder einrasten. Von Überraschungen hatte er die Nase voll. Wer auch immer sich in seiner Privatkneipe befand, er würde nicht mehr lange Freude daran haben. Entschlossen schritt der Winzer zur Tür. Alles war dunkel. Er spannte den Hahn des Revolvers und wollte gerade einen Warnruf loslassen, als er bei der Bürotür, am schmalen Spalt zwischen Ende des Türblatts und Fußboden, einen Lichtschimmer erkannte.

Einbrecher! Diese Drecksau! Ich habe ihn in flagranti erwischt und in Notwehr erschossen.

Er grinste.

Das wird eine geile Schlagzeile und alle meine Feinde werden gewarnt sein. Mit dem Aberle spielt man nicht. Einen Aberle reizt man nicht. Das ist die Botschaft, die ich damit versende.

Wieder kochte Gernot Aberle vor Wut. Leise schlich er am Tresen vorbei. Er erreichte die Bürotür. Stimmen waren hören. Sehr leise, aber jemand unterhielt sich. Seine linke Hand ging zum Türgriff. Mit voller Wucht stieß der Winzer die Tür auf und brüllte: „Keine Bewegung!"

Mandy und Sylvia erschraken beinahe zu Tode. Vor ihnen stand Gernot Aberle und richtete einen Revolver auf sie.

„Was habt ihr hier zu suchen?"

Aberle sah die Waffe an Mandys Seite. „Wer bist du?"

„Ich?"

„Noch so eine saudumme Bemerkung und ich knall' dich über den Haufen, du Schlampe!"

„Ich bin Mandy Hammerschmidt und arbeite für das Bayerische Landeskriminalamt. Ich bin Polizistin."

„Papa, leg die Knarre weg."

„Mein Schatz, du bleibst auf deinem Arsch sitzen und hältst die Klappe! Ich hätte dich doch noch etwas länger in der Klinik lassen sollen."

Der Tonfall in Aberles Stimme war es, der seine Tochter wie auf Knopfdruck sofort schweigen ließ. Sie kannte ihren Vater. Er war in solchen Momenten zu allem fähig.

„Du hast dich hier hereingeschlichen, stimmt's? Du hast keinen Durchsuchungsbefehl oder so etwas in der Art und deshalb bist illegal hier eingedrungen."

„Ich bin …"

„Schnauze, Bullenweib! Du nimmst jetzt mit zwei Fingern der linken Hand deine Kanone und schiebst sie zu mir rüber."

„Geht nicht", antwortete Mandy ohne provokativ zu wirken.

„Was soll der Scheiß?"

„Ich bekomme sie so nicht aus dem Holster."

„Abschnallen! Komplett! Und dann rüber mit der Wumme. Keine Sperenzchen, sonst muss ich dich in Notwehr erschießen. Verstanden?"

Mandy öffnete den Gürtel und schnallte ihre Waffe ab. Sie suchte nach einer Lösung, einem Ausweg, doch es tat sich nirgends eine Lücke auf. Ihr blieb nichts weiter übrig, als mit Gernot Aberle zu diskutieren und auf Sylvias Hilfe zu hoffen.

Aberle war neugierig. „Was wisst ihr?"

„Ich weiß nicht, was Sie meinen?"

„Meine Warnung war wohl nicht deutlich genug", zischte der Winzer und zielte auf Mandy.

„Wir untersuchen den Fall eines vermissten Rumänen. Man hat eine Leiche aus dem Main gezogen und wir hatten Hinweise, dass er auf dem Weingut …"

Sylvia begann wieder zu weinen. „Du hast ihn umgebracht", rief sie mit schriller, sich überschlagender Stimme, blieb jedoch sitzen.

Aberle ging zu seiner Tochter, holte mit der linken Hand

aus und gab ihr eine kräftige Ohrfeige. „Du bist keine Kanaken-Schlampe. Unser Blut ist rein. In dir fließt fränkisches Blut und genau das wird auch in den Adern meiner Enkel fließen. Kapiert? In meine Familie wird sich kein schmarotzender Kanake einschleichen. Reines fränkisches Blut ist unser persönliches Erfolgsrezept. Sowohl beim Wein als auch in der Familie."

Sylvias Körper bebte. Sie zitterte.

„Ich muss dich gleich morgen noch einmal in eine Klinik einweisen. Diesmal sollen sie dir den Kopf ordentlich zurechtrücken. So wie es jetzt ist, hat es keinen Sinn."

„Herr Aberle ...", wollte Mandy helfend eingreifen. Sie sprach sehr devot und mit sanfter Stimme, dennoch konnte sie den Satz nicht einmal ansatzweise ausführen.

„Ruhe!", brüllte der Winzer und rollte dabei mit seinen flackernden Augen.

Mandy wusste, dass sich dieser Mann nicht mehr im Griff hatte und dem Wahnsinn näher als der Normalität war. Die Situation konnte jede Sekunde tödlich enden.

„Ruhe", wiederholte Aberle etwas ruhiger. „Ich muss nachdenken."

Er ging zu seinem Schreibtisch und setzte sich. „Du wirst mir alles erzählen, was ihr Bullen wisst. Dann werde ich dich erschießen. Du bist hier eingebrochen, hast mich mit deiner Waffe bedroht und ich habe dich in Notwehr erschossen."

Mandy versuchte noch einmal Aberle zu besänftigen. „Wir haben doch nur nach einem Vermissten gesucht. Es liegt doch gar nichts gegen Sie vor."

„Und so wird es auch bleiben", lachte der Winzer, griff zu seinem Whiskyglas und schob es vor sich. Dann schraubte er geschickt mit einer Hand die Flasche auf.

Sylvia konnte die Situation nicht länger ertragen. Sie war keine Mörderin, wollte aber auch nicht, dass ihr Vater zu einem wurde. Es war, als säßen Engel und Teufel auf ihrer Schulter. Beide fochten den Kampf zwischen Gut und Böse. „Nein, Papa", kam es zaghaft über ihre Lippen. Nur einen Augenwimpernschlag später wusste sie, dass es vergebens war. Ihr Vater zeigte das Gesicht, dass sie mehr hasste, als den Tod. In dieser Sekunde brach alles wieder auf. Allen voran der unsichtbare Schmerz der verletzten Gefühle.

„Schweig", brüllte Gernot Aberle seine Tochter an. „Noch ein Wort und ich vergesse mich. Hast du verstanden? Ich werde dich zur Not bis zum Sankt-Nimmerleinstag in eine Klinik einweisen lassen. Das verspreche ich dir."

Sylvia schwieg. *Soll dieses Arschloch doch verrecken!*

Aberles Stimme bekam einen gefährlichen Unterton. „Ich möchte nur noch in Ruhe einen Drink zu mir nehmen und mir dabei die Story von dieser blöden Bullenschlampe anhören."

Der Macallan-Whisky blubberte mehr als zwei-Finger-breit ins Glas. „Ein guter Stoff."

Mandy startete den nächsten Rettungsversuch. „Sie sollten wirklich nicht trinken. Das Zeug ist pures Gift."

„Schnauze", stieß Aberle aus. Hämisches Lachen folgte. Der Lauf des Revolvers zeigte immer noch auf Mandy. „Ich trinke, wann und so viel ich will. Und heute wirst du sterben, du dumme Pute. Das steht fest. Erzähle mir, was ich wissen möchte und ich schenke dir einen schnellen Tod. Laberst du nur Müll, stanze ich dir ein Loch in den Bauch. Dann lasse ich dich hier elendig verrecken. Du wirst langsam und unter höllischen Schmerzen verbluten, während ich noch ein oder zwei Macallan auf dein Wohl trinke, bevor ich deine Kollegen anrufe."

Mandy verstummte. Sie betrachtete ihr Schweigen ab diesem Augenblick als Notwehr.

Aberle hob das Glas, prostete den beiden Frauen zu und trank es in einem Zug leer. Anschließend griff er wieder zur Flasche und schenkte nach. „Gutes Zeug. Ich glaube, ich habe heute noch einen zweiten Drink verdient." Wieder erklang sein verrücktes Lachen. „Meine Kehle ist staubig. Ich habe Durst. Ha, ha, ha …"

Aberle schien sich in einer anderen Welt zu befinden. Er

war völlig durchgeknallt.

„Das wollte ich schon immer sagen. In den alten Western kamen die Cowboys halb verdurstet aus der Wüste, schleppten sich in den Saloon und was verlangten sie? Wasser? Nein! Bier? Nein! Sie wollten Whisky. Ne ganze Flasche."

Aberle trank das Glas aus, schob es zur Seite, packte mit der linken Hand die Flasche und setzte an. Er nahm ein paar kräftige Schlucke. Der Adamsapfel wanderte hierbei von oben nach unten und zurück. Schleichend und unmerklich raste das mit Alkohol verbundene Methylendioxy-N-methylamphetamin durch die Blutbahn des Winzers, erreichte das Herz und die Nervenzellen. Dort entfaltete die tödliche Dosis der Serotonin-Konzentration unaufhaltsam seine Wirkung.

Mandy und Sylvia sahen sich an. Beide stellten sich in diesem Moment die gleiche stumme Frage.

Wie lange wird es dauern?

Krachend stellte Aberle die Flasche auf dem Schreibtisch ab. Er genoss die Situation. Er war römischer Kaiser in der Arena voller Gladiatoren und musste nur den Daumen in eine bestimmte Richtung heben, um über Tod und Leben zu bestimmen. Er besaß Macht, war gottgleich.

„Es hat schon einmal jemand versucht mich zu verarschen. Das ist lange her."

„War das ihr Studienfreund?"

„Woher weißt du das? Das ging damals als Selbstmord durch."

„Ich habe nur geraten."

„Thomas Zimmermann ist der eigentliche Vater des *Fränkischen Blutes*. Dieser Hornochse wollte es für die Wissenschaft verwenden und seine Entdeckung ausplaudern. Er war den Forschern um Jahrzehnte voraus."

Mandy hakte nach. „Deshalb haben Sie ihn in den Selbstmord getrieben?"

Aberle grinste. „Nein, mein Schätzchen. Mein Schulfreund

Charly brauchte wieder mal Geld. Er hat sich um Thomas gekümmert. Wir haben Zimmermann vorgegaukelt, seine Freundin entführt zu haben. Ihm haben wir dann gesagt, dass wir sie zu Tode vergewaltigen, wenn er nicht Suizid begeht. Zunächst wollte er nicht, dann hat Charly gesagt, dass er als nächstes Zimmermanns Familie ausknipsen würde. Daraufhin hat er sich umgebracht. Wir haben dabei zugesehen."

„Und Ioan?", setzte Mandy nach.

„Was Charly mit den Kanaken gemacht hat, die er dauerhaft vertreiben sollte, war mir egal." Er blickte seine Tochter an. „Ich habe dir immer wieder gesagt, dass du dich nicht dort herumtreiben sollst. Aber nein, meine oberschlaue Tochter hört einfach nicht auf mich. Du hättest alle Jungs aus deiner Schule haben können, du hättest alle aus dem Sportverein haben können. Zum Beispiel Torsten Schröder. Dann hätten wir unsere Betriebe vereint und doppelt Kohle gemacht. Ich hätte den Laden geschmissen." Er redete sich in Rage. „Und diese Kanakenbrut wollte nur eines. Geld. Sie haben durch dich die große Kohle gewittert." Er nahm einen Schluck Whisky und stellte die Flasche wieder ab. „Sie dachten, dass sie dich schwängern und dann als Junior-Chefs einsteigen können, aber ich habe sie durchschaut. Ich habe alle durchschaut." Er lachte. „Charly hat gute Arbeit geleistet."

„Du hast gesagt, dass du 5.000 € Schmerzensgeld gezahlt hast", stammelte Sylvia.

Lachen. „Ich habe diesen Pennern doch kein Geld gegeben. Ich bin doch nicht blöd. Charly hat sie dermaßen vermöbelt, dass sie sich wie geprügelte Hunde davongeschlichen haben."

Sylvia schluchzte. Aberle lehnte sich zurück. „Heul nur, das geht vorbei."

Wieder dieses hässliche Lachen. „Ich war immer der Mann mit der sauberen Weste. Nur einmal, da war es eng. Bei dem Polen fragte ich mich, ob man seine Spur zu mir zurückverfolgen kann. Er war schließlich mit seiner Karre auf meinem Hof. Da habe ich kurz geschwitzt. Es ging aber alles gut. Charly hat den gierigen Polaken umgebracht. Der Typ dachte, er kann mich wegen der Panscherei erpressen. Das war meine Chemie-Quelle. Gut, dass die Ungarn übernommen haben die blöde Karre von dem kleinen Erpresser steht immer noch bei mir in der Scheune." Er stockte kurz, überlegte, dann sprach er weiter. „Gut daran erinnert zu werden. Ich werde sie demnächst wegschaffen lassen."

„Du hast Ioan umgebracht", schluchzte Sylvia.

Kopfschütteln. „Ich nicht, wenn, dann Charly. Und wie ich feststelle, hat er wohl einen Fehler begangen. Ich werde mir neue Leute suchen müssen. Welche, die zuverlässiger sind und spurenlos arbeiten."

Mandy graute es. „Sie sind eiskalt."

„Nennen wir es doch beim englischen Wort. Ich bin *cool*. Ich bin so cool, dass mich keiner schnappt. Ich bin der weltweit coolste Typ."

Der Winzer betrachtete seine Opfer. Er beschloss Sylvia ruhigzustellen, bevor er sich um die Bullenschlampe kümmern würde. Seine Augen wanderten an Mandys Körper entlang.

Nicht schlecht gebaut. Ob ich ihr ein wenig an den Hupen herumspielen soll? Quatsch! Sie würde sich wehren und mein Plan wäre im Arsch. Ich knall' sie einfach nur ab.

Es wurde plötzlich warm in dem Raum. Zumindest kam es Aberle so vor. Er bekam einen heftigen Schweißausbruch. Der Winzer fühlte sich nicht wohl. Er spürte, wie sich die Farbe seines Gesichts schlagartig änderte. Für einen Augenblick ließ er die Revolverhand nach unten sinken.

Ein Schwächeanfall? Ausgerechnet jetzt.

Schwarze Punkte tanzten vor seinen Augen, wurden immer breiter und verwandelten sein Blickfeld in eine Nebelwand.

Konzentration! Das ist gleich vorbei. War wohl alles zu viel in den vergangenen Stunden, alter Junge, versuchte er sich einzureden, doch das schleichende Unwohlsein steigerte sich immens schnell.

Aberle bekam eine Panikattacke. Er spürte sein Herz rasen, schob es aber immer noch der Stresssituation zu, in der er sich befand. Erst als es zu spät war und er die Kontrolle über seinen Körper gänzlich verloren hatte, kam die gestammelte Frage über seine Lippen: „Was … ist … los?"

Plötzliches Muskelzucken setzte ein. Der Revolver fiel herunter. Der Winzer kippte mitsamt dem Bürosessel zu Boden. Sein ganzer Körper krampfte.

Reaktionslos, halb geschockt und halb erleichtert, saßen Mandy und Sylvia da. Sie beobachteten entsetzt und gespannt das Schauspiel. Beiden war die durchlebte Todesangst immer noch deutlich anzusehen. Erst als gespenstische Ruhe eingekehrt war, sprang Mandy auf und lief um den Schreibtisch herum. Sie kniete sich neben Gernot Aberle ab und suchte an der Halsschlagader den Puls.

„Nichts zu spüren."

Die Augen des Leblosen waren halb geöffnet, der Blick gebrochen und leer.

Dein Körper kühlt langsam aus. Jetzt bist du wirklich cool, dachte sich Mandy.

„Sylvia", sagte die Polizistin mit brüchiger Stimme. „Dein Vater ist tot."

Weinend stand Sylvia auf und trat näher. „Er war ein Scheusal, aber ich wollte ihn nicht ermorden. Das musst du mir glauben. Ich möchte nicht ins Gefängnis."

„Das musst du auch nicht", presste Mandy entschlossen über ihre Lippen. „Das war pure Notwehr."

Sie stand auf und stellte sich vor Sylvia.

„Aber ich …"

„Nein." Mandy nahm Sylvias Hände und drückte sie. „Du wolltest den Whisky wegschütten. Wir beide haben versucht, deinen Vater zu warnen. Er selbst hat es verhindert. Er wollte uns beseitigen, indem er mich töten und dich in eine Nervenklinik einweisen lassen wollte. Wenn er den Whisky nicht getrunken hätte, wäre ich jetzt tot. Das war pure Notwehr."

Sylvia starrte auf die Leiche ihres Vaters. Sie nickte. „Ja, er hätte dich umgebracht. Ich habe es in seinen Augen gesehen. Es war wirklich Notwehr."

Beide schwiegen für eine Minute, dann nahm Mandy ihr Smartphone und wählte den Notruf.

Regiewechsel

Fischer raste wie verrückt durch Würzburgs Straßen. Die Sondersignale waren eingeschaltet, das Blaulicht mit Magnetbefestigung haftete auf dem Dach des 3er BMWs. Riskante Überholvorgänge und heftiges Bremsen wechselten sich ab. Gschwendtner hatte schon zig Einsatzfahrten mitgemacht, doch diese gehörte zu den riskantesten. Bereits zweimal wäre es zu einem Fast-Zusammenstoß gekommen. Der Oberkommissar klebte förmlich auf dem Beifahrersitz. Fischer war grantig. Er ließ seiner Laune freien Lauf, indem er wie ein Henker fuhr und zeitgleich auf seinen Kollegen und dessen Methoden loshämmerte.

„Hätte ich dich doch bloß nie angerufen. Ich glaube, du hast in den 80er Jahren zu viel *Dirty Harry-Filme* gesehen. Nur zum Verständnis. Die wilde Zeit ist vorbei. Damals, in den Bauernkriegen, das wäre deine Zeit gewesen. Du hättest Florian Geyers Fahnenträger sein können, du Hornochse. Du bist ein paar Jahrhunderte zu spät geboren. Weißt du, wie viele Seiten Bericht wir noch tippen müssen? Das wird bis zum Ende des nächsten Jahres dauern. Vermutlich werden Sie uns ohnehin entlassen. Oder wir werden angeklagt und wandern in den Knast. Ich sage dir …"

Gschwendtner war überzeugt, dass seinem Lehrgangskumpel dieser Adrenalinstoß guttat. Er war endlich aufgewacht und hatte den Schreibtisch-Modus abgelegt. Während Peter Fischer pausenlos auf ihn schimpfte, sah er auf sein Smartphone. Google Maps lief. „An der B 13 darfst du die Abzweigung nicht verfehlen", unterbrach er die Schimpfkanonade mit ruhigem Ton.

Fischer bremste an einer Rotlicht zeigenden Ampel ab und tastete sich in den Kreuzungsbereich vor. Der Querverkehr hatte das Einsatzfahrzeug wahrgenommen und der Kriminalbeamte beschleunigte wieder. Er warf seinem Beifahrer einen kurzen Blick zu. „Kapierst du eigentlich, was ich sage?"

„Klar!"

Fischer war jetzt richtig stinkig und brüllte: „Was habe ich gesagt?"

Gschwendtner blieb gelassen. „Du kommst mir schon vor, wie meine Frau."

Das reichte, um Fischer völlig ausrasten zu lassen. „Du bist vollkommen verrückt. Die können sämtliche Fernseh-Serien mit coolen Bullen in die Tonne treten. Ich kenne einen, der alles toppt. Er ist dümmer und verblödeter als alles zusammen, was im Fernsehen und Kino läuft. Und das bist du! Deine Aktionen müsste man verfilmen, aber das geht nicht, weil es keine Drehbuchautoren gibt, die den ganzen Mist zusammenschreiben können, du produzierst. Das glaubt doch kein Mensch."

„Kann sein, aber denke an die Abzweigung."

„Und wenn es einer fertigbrächte, dann würde es kein Regisseur verfilmen, weil es kein Krimi, sondern pure Science-Fiction wäre."

„Komm wieder runter und vergiss nicht abzubiegen."

„Komm wieder runter, komm wieder runter", äffte Fischer nach und bog mit quietschenden Reifen ab. „Verrate mir mal, wer den ganzen Müll zusammenschreiben soll?"

Gschwendtner blieb stoisch ruhig. „Mach dir deshalb keine Sorgen. Je mehr los ist und vor allem, wenn du ganz dick mit drin hängst, musst du am wenigsten Schreiben. Das ist zumindest meine Erfahrung."

Fischer schwieg. Er ließ die Worte seines Kollegen sacken. Sie hatten die Stadtgrenze erreicht. Er schaltete die Sondersignale ab und das Radio an. „Such mir 'nen Klassik-Radio-Sender. Ich muss mich abregen."

„Wieso ich?"

„Weil ich mich auf den verdammten Verkehr konzentrieren muss! Ich habe das Martinshorn und das Blaulicht abgeschaltet, falls du das nicht mitbekommen hast. Wir wollen nicht meilenweit erkennbar sein, oder?"

„Nö, wollen wir nicht."

„Dann suche mir bitte einen Klassik-Sender."

„Oldie-Classics? So als Kompromiss?"

Das: „Nein!", war nicht misszuverstehen. Also suchte Gschwendtner wunschgemäß nach einem passenden Sender. Als die ersten Klänge von *Tomaso Albinonis Sonata Opus II N. 3 for Strings* aus den Boxen krochen, beruhigte sich der Würzburger Hauptkommissar allmählich.

„Ah, schönes Stück."

Ein paar Minuten später pfiff Fischer die Melodie mit.

Gschwendtner war erstaunt. „Das ging ja schnell."

„Ich habe gesagt, was gesagt werden musste."

„Hat dir doch gefallen, oder?", hakte der Münchner nach.

„Was?"

„Wieder mal mit dem Streifenwagen die Sau rauszulassen und zu fahren wie ein Henker."

Schweigen.

„Also habe ich recht", grinste Gschwendtner.

Fischer verringerte das Tempo etwas. „Na ja, das Herumrasen war schon klasse."

Er setzte den Blinker und verließ die Bundesstraße. „Ab jetzt müssen wir aufpassen. Irgendwo auf dieser Landstraße gib es eine kleine Abzweigung."

Gschwendtner bestätigte nach einem Blick auf das Navi-Programm seines Smartphones. Nach zwei Kilometern entdeckten sie die kleine, unscheinbare Seitenstraße und bogen abermals ab.

„Licht aus", forderte Gschwendtner, um das Risiko einer Entdeckung zu minimieren.

Sie fuhren in ein tiefes Schlagloch. Fischer verringerte das Tempo auf Schrittgeschwindigkeit.

„Die Straße ist die reinste Katastrophe. Wir werden bei den Schlaglöchern noch 'nen Plattfuß einfahren", antwortete Fischer, schalte aber das Licht aus.

Mit gedrosselter Geschwindigkeit rollten sie die Straße entlang. Beide suchten in der Dunkelheit nach dem von Günni beschriebenen Versteck. Nach kurzer Fahrtstrecke entdeckten die

Kriminalpolizisten die Umrisse des Aussiedlerhofs. Fischer blieb stehen, indem er den Wagen mittels der Handbremse stoppte. Er umging damit das Leuchten der Bremslichter.

„Das muss es sein."

„Das mit dem Bremsen hast du tatsächlich gut gemacht. Du hast doch nicht alles in Bezug auf Observation vergessen. Und jetzt mach Karre aus."

Sie versuchten durch das Fernglas mehr zu erkennen.

„Negativ. Sieht alles dunkel aus."

„Dann gehen wir mal hin und statten dem Teil einen Besuch ab."

Die letzten fünfhundert Meter legten sie zu Fuß zurück.

„Hoffentlich haben die keinen Hofhund", flüsterte Gschwendtner.

„Und wenn?"

„Dann musst du dich um ihn kümmern."

„Wieso ich?"

„Weil ich das nicht machen möchte."

Schweigen.

„Ich auch nicht", kam es nach ein paar Metern.

„Egal. Ich habe es zuerst gesagt. Und jetzt Silentium", forderte Gschwendtner.

Sie kamen am Gebäude an.

„Im Haus ist alles dunkel."

Fischer tippte Gschwendtner an.

„Was ist?"

„Es ist kein Hund hier."

„Dann hast du Glück gehabt."

Gschwendtner deutete zur Scheune. „Dort brennt Licht."

„Wie gehen wir vor?"

„Ich gehe in die Vollen, du kannst etwas Sicherheitsabstand halten. Falls sie eine Wache oder Ähnliches aufgestellt haben oder mein Überrumpelung-Angriff nicht klappt, bist du mein Trumpf. Gib alles, Fischl. Du bist das Ass im Ärmel. Ich verlasse mich auf dich."

In Fischer war der Instinkt des Jägers geweckt. Erinnerungen an alte Zeiten wurden geweckt. Das hatte er tatsächlich vermisst. „Ich werde gleich mal telefonieren und Verstärkung anfordern."

„Ich schlage vor, zuerst mal einen Blick reinzuwerfen. Wenn das hier 'ne Nullnummer ist und uns der Knastbruder verarscht hat, wäre es ein direkter Hohn, wenn die Kavallerie anrückt. Dann könntest du überlegen, wie du das begründest."

Fischer war kurz ratlos. „Ich kann deine Logik nicht ganz nachvollziehen."

Gschwendtner machte eine abwertende Handbewegung. „Hast recht. Ist auch schon scheißegal. Mach einfach das, was du für richtig hältst. Ich gehe jetzt dort rein und du kommst mit entsprechendem Sicherheitsabstand nach."

„Ich halte nur …", mitten im Satz brach Fischer ab. Er konnte es nicht fassen. Gschwendtner war ohne die Einsatzbesprechung abzuschließen, in der Dunkelheit verschwunden. „Dieser oberbayrische Betonschädel."

Gschwendtner eilte zielstrebig zur Scheune. Fischer befand sich etwa fünfzig Meter hinter ihm. Der Oberkommissar stellte fest, dass man sowohl durch das große Scheunentor als auch durch eine daneben befindliche Seitentür das Gebäude betreten konnte. Er entschied sich für die Tür und hoffte, dass sie nicht versperrt war. Der gewichtige Polizist bewegte sich recht geschmeidig an der Gebäudewand entlang und erreichte die Tür. Er lauschte. Ein summendes Motorengeräusch, Stimmen und Lachen war zu hören. Es klang allerdings nicht wie das Lachen, das man aus einer geselligen Runde kannte, es war ein überhebliches, einseitiges Gelächter. Dieses Lachen war es, dass sämtliche Alarmglocken in Gschwendtners Unterbewusstsein gleichzeitig läuten ließen. Ein Satz ließ das Blut in Gschwendtners Adern beinahe gefrieren.

„Du kleiner Südländer-Bulle. Ich werde dir jetzt zeigen, wie wir mit Verrätern umgehen."

Die Heckler & Koch lag in Gschwendtners Hand. Sein Puls war längst nach oben geschnellt. Er spürte seinen trommelnden Herzschlag.

Es hat sich nichts geändert. Immer wieder dieses Jagdfieber, immer wieder diese Nervenanspannung, immer wieder dieser Trommel-Puls, durchfuhr es ihn.

Er konnte sich noch an das erste Mal erinnern, an dem er das alles bewusst wahrgenommen hatte. Damals war er Zivilfahnder, lag auf der Lauer und ein Einbrecher kam. Sein Herz hatte seinem Empfinden nach so laut und heftig gepumpt, dass er befürchtete, der Einbrecher könnte ihn hören. Das war natürlich völliger Quatsch. Diese schwer zu beschreibende Angespanntheit, die Körper und Kopf gleichermaßen vereinnahmte, ließ erst im Moment des erfolgreichen Zugriffs nach. Entwischte die Zielperson, verwandelte sich dieses Gefühl in pure, tiefe Enttäuschung und manchmal sogar in tagelange Niedergeschlagenheit.

Gschwendtner kannte beides. Erfolg und Misserfolg. Dieses Mal durfte es keinen Misserfolg geben. Majestix aus den Asterix-Comics kam ihm in den Sinn. Er hatte die große Niederlage der Gallier gegen die Römer stehts mit einem Satz weggeredet: „Es gibt kein Alesia!"

Behalte einen klaren Kopf, mahnte er sich. *Emre befindet sich in Gefahr.*

Der Oberkommissar konzentrierte sich. Atmete einmal kräftig durch, griff an die schwere Eisenklinke der Scheunentür und drückte sie herunter. Schwungvoll stieß er die Tür auf und stürmte in Raum.

„Polizei! Hände hoch!", brüllte er so laut er nur konnte, um die gewünschte Schockwirkung zu erreichen.

Was er sah, war das Grauen pur. Freddy hing gefesselt und stranguliert an einem Seil. Der Körper zuckte offensichtlich im Todeskampf. Emre lag über einem Weinfass. Sein Unterkörper war entkleidet. Über dem Mund lag Klebeband. Schnurri stand vor dem Fass und hielt das Seil fest, mit dem Emres Arme zusammengebunden waren. Hinter Emre stand Charly. Dieser war gänzlich nackt. Gschwendtner wusste sofort, was hier vor sich ging.

Hoffentlich bin ich nicht zu spät gekommen, war sein erster Gedanke.

Charly reagierte rasch. Der muskelbepackte Koloss von Mann schnellte mit einem sehenswerten Hechtsprung zu seiner Kleidung, die neben ihm auf dem Boden lag. Schnurri ließ das Seil los und zog eine Waffe. Gschwendtner gab zwei Schüsse auf ihn ab, traf aber nicht. Emre rollte zur Seite weg, um sich aus der Schusslinie zu bringen.

Schnurri erwiderte das Feuer. Während er schoss, kniete er sich hinter dem Weinfass ab, um es als Deckung zu benutzen.

Gschwendtner musste seine Position wechseln, da Schnurris Projektile haarscharf an ihm vorbeipfiffen. Krachend durchschlugen sie die Holzwand der Scheune. Faustgroße Löcher wurden heraus gefetzt.

Großes Kaliber. Revolver 44 Magnum, vermutete Gschwendtner.

„Fischl", plärrte er und leerte sein Magazin in Richtung des Weinfasses, um Schnurri in Deckung zu halten.

Charly wurde zur nächsten tödlichen Gefahr. Der nackte Muskelprotz fand schnell, wonach er suchte, nahm seine Schusswaffe in die linke Hand und zielte auf Gschwendtner. Emre, der sich in Charlys Rücken befand, hatte die Situation frühzeitig erkannt, hüpfte gefesselt auf Charly zu und sprang dem Hünen in den Rücken. Charly taumelte, der abgefeuerte Schuss krachte in einen der beiden Stahlcontainer. Roter Wein strömte aus. Emre fiel zu Boden. Charly erkannte seine Chance.

Fischer stürmte in die Scheune. Gschwendtner wechselte blitzartig das Magazin und ließ den Verschluss seiner Pistole vorschnellen. Sie war wieder einsatzbereit.

Schnurri schoss nicht mehr. Der Körper des Verbrechers lag hinter dem Fass. Stöhnen war zu hören. Instinktiv wirbelte

Gschwendtner herum, um sich auf Charly zu konzentrieren. Im Augenwinkel erkannte er, wie Fischer seine Waffe sinken ließ.

In dem Moment, als der Oberkommissar seine Waffe hochriss, um auf Charly zu zielen, kam der Schock. Der Muskelprotz hielt Emre als Schutzschild vor sich. Der Lauf seiner Waffe zeigte auf den Kopf des Soko-Mitglieds. Seine Bassstimme dröhnte nervös: „Ihr blöden Bullen-Arschlöcher! Waffen weg oder blase diesem Scheißhaufen hier das Gehirn aus dem Kopf!" Es war unmissverständlich, dass Charly seine Drohung umsetzen würde. Emre schwebte in höchster Lebensgefahr.

„Kein Problem", entgegnete Fischer besonnen und legte seine Waffe langsam auf den Boden. Anschließend streckte er beide Arme nach oben.

Es waren nur Sekundenbruchteile, in denen die Entscheidung gefallen war. Es glich mehr einem Reflex statt überlegtem Handeln. Als Charly für einen winzigen Moment zu Fischer blinzelte und das Ablegen der Waffe beobachte, riss Gschwendtner den Schussarm nach oben und gab zwei schnelle Schüsse ab.

Blut spritzte. Charly ließ Emre los und taumelte geschockt nach hinten. Ein Projektil hatte den linken Oberarm gestreift, eines war in die Schulter eingeschlagen und hatte die Arteria axillaris, zerfetzt. Sie versorgt die gesamte Schulter und den Oberarm mit ihren sechs Ästen mit Blut. Mit jedem Herzschlag schoss schwallartig der rote Lebenssaft aus der offenen Wunde.

„Du bist verrückt", stammelte Charly, sah verwundert auf die Verletzung und konnte nicht glauben, was soeben passiert war. Voller Wut und Hass richtete er die Waffe auf Gschwendtner. Fischer warf sich zu Boden und griff nach seiner Dienstpistole. Er legte auf den Verbrecher an und plärrte: „Waffe weg!"

„Stirb", zischte Charly und krümmte den Zeigefinger. Mündungsfeuer blitzte auf. Eine Hülse wurde ausgeworfen, das Projektil zischte ins Leere. Zeitgleich hatten Fischer und Gschwendtner gefeuert. Drei weitere Projektile klatschten in Charlys Körper. Die Waffenhand sank nach unten.

„Das … glaube ich … jetzt nicht", stammelte er, machte zwei wackelige Schritte zur Seite, ging in die Knie, spuckte Blut und kippte um. Karl „Charly" Möllenhauer blieb in unnatürlicher Haltung liegen.

Gschwendtner schnellte nach oben. „Pass auf ihn auf", rief er Fischer zu und eilte zu Freddy.

Der Friseur hatte kaum mehr Kraft. Mehrfach spürte er schon, wie das Seil um seinen Hals die Kehle abschnürte. Er wollte nicht sterben, bäumte sich auf, stemmte sich gegen den Tod, kippte um, röchelte und wehrte sich. Immer häufiger hatten die Wadenkrämpfe eingesetzt. Als Charly dabei war Emre als Schutzschild zu benutzten, hatte Freddy innerlich aufgegeben. Er schloss die Augen, wartete auf ein letztes Versagen seiner Kraft und spürte bereits den todbringenden Druck der Schlinge. Dieses Mal konnte er sich nicht mehr retten. Röcheln, ein letzter Atemzug. Es brannte in der Lunge. Er hatte Schmerzen. Sterne tanzten vor seinen Augen. Der Körper zitterte. Plötzlich hob ihn jemand hoch. Die Schlinge wurde abgenommen. Freddy saugte den lebensnotwendigen Sauerstoff ein. Seine Lungen füllten sich mit Luft. Er lebte.

„Ganz ruhig", flüsterte Gschwendtner.

Freddy weinte.

Fischer löste Emres Fesseln. Wortlos zog sich der Kommissar die Hose hoch. Er stand neben dem sterbenden Charly. „Du hattest recht, du Wichser. *Pulp Fiction* ist ein guter Film, doch deine Regiearbeit wurde abgelehnt. Es hat einen weiteren Regiewechsel gegeben."

Die Worte des Polizisten waren die letzten, die Karl Möllenhauer in seinem Leben wahrgenommen hatte. Der Satz war kaum ausgesprochen, als das Herz des Hünen aufhörte zu schlagen.

Fischer kniete neben Schnurri. „Er lebt noch. Deine Geschosse haben das Weinfass durchschlagen und ihm zwei Bauchtreffer beschert. Wir benötigen sofort einen Notarzt", rief er aufgeregt.

Gschwendtner zog sein Smartphone aus der Hosentasche. „Bin schon dabei."

Fischer starrte seinen alten Lehrgangskumpel an. „Gschwendtner, du Irrer. Warum hast du auf Möllenhauer geschossen? Du hast das Leben deines Kollegen aufs Äußerste gefährdet?", schimpfte er. „Du bist wirklich wahnsinnig!"

Der Oberkommissar tippte 110 auf das Tastenfeld und hielt das Handy an sein Ohr. Er erwiderte Fischers Blick. „Er hatte eine SIG Sauer Scorpion. Kaliber 45. Das ist 'ne heftige Wumme, mit der er garantiert Emres Gehirn breitflächig in der Scheune verteilt hätte, aber …"

„Was aber?", fuhr ihm der Würzburger Beamte ins Wort.

„Aber er hätte dazu die Waffe entsichern müssen. Ein Blick auf den Sicherungsflügel hat genügt. Ich wusste, dass er nicht abdrücken konnte. Das war meine Chance."

Fischer setzte sich auf den Boden. „Das hast du gesehen?"

„Purer Zufall. Ich durfte mit dieser Waffe beim letzten Schießtraining etwas üben. Er hat die Waffe erst entsichert, als er schon getroffen war."

Fischer grinste und schüttelte dabei leicht den Kopf. „Du bist nicht wahnsinnig, du bist genial." Er blickte sich um. „Wenn ich mir das hier so ansehe, schlagen zwei Herzen in meiner Brust. Ich bin einerseits froh, dass wir diese Bande ausgeschaltet haben und andererseits möchte ich dich dienstlich nie wieder zur Unterstützung anrufen. Das ist mir zu abenteuerlich."

Emre saß schweigend neben Freddy. „Die Rettungskräfte werden bald hier sein."

Epilog

Sie standen an einem Bratwurststand in der Würzburger Fußgängerzone. Peter Fischer war nicht nur gut, sondern bestens gelaunt. Der Schlag gegen Gernot Aberle und dessen Machenschaften war ein großer Erfolg. Seit zwei Tagen zierte der gelöste Fall die Titelseite der Main Post.

„Ich bekam heute einen Anruf aus dem Krankenhaus. Schnurri wird überleben. Ob ihm das gefällt, wird sich zeigen."

„Er wird für längere Zeit in den Knast wandern", entgegnete Gschwendtner.

„Stimmt", bestätigte Fischer. „Das liegt auch an Günni. Was immer du ihm in der Zelle erzählt hast, es hat gewirkt. Günni hat sich bereit erklärt, ein umfassendes Geständnis abzulegen. Er belastet Klaus „Schnurri" Schnurbein schwer."

Gschwendtner war zufrieden.

Fischer sprach weiter. „Und Dank Mandys Ermittlungen, besser gesagt, Aberles unfreiwilligem Geständnis, konnten die ganzen Altfälle restlos aufgeklärt werden." Er sah Mandy an. „Sag mal, wie geht es eigentlich Sylvia?"

Mandy schluckte ihren Bissen hinunter. „Sie und ihr Großvater haben sich zusammengetan. Der gesamte Betrieb wurde auf null heruntergefahren und die Produktion des *Fränkischen Blutes* eingestellt. Beide hatten mit den Geschäftspraktiken von Gernot nichts zu tun. Sie haben lange überlegt, wie es mit ihnen weitergehen soll. Aus Liebe zu ihrem Großvater und um die Familientradition ehrenhaft weiterzuführen, werden sie noch einmal von vorn beginnen. Sie möchten sich auf die üblichen Rebsorten Silvaner und Domina beschränken und das erzeugen, was die Qualität der fränkischen Weine wirklich ausmacht."

Emre stellte eine Zwischenfrage. „Wie verkraften sie die ganze Sache?"

„Sie arbeiten mit den Behörden zusammen und bestehen auf lückenlose Aufklärung. Der alte Aberle sagte, dass es nur so Sinn macht den Betrieb weiter zu führen."

„Prima", freute sich Fischer. „Vielleicht bleibe ich den Aberles als Kunde treu. Mal sehen, was sie so auf den Markt zaubern." Er wendete sich Emre zu. „Übrigens wurden Ali und dessen Geschäftsfreunde auch hochgenommen. Er sowie drei weitere Köpfe der Bande sitzen bereits in U-Haft. Sylvia hat mit den Eltern von Ioan Agulescu gesprochen. Der Leichnam wird nach Rumänien überführt und dort beigesetzt. Sie übernimmt sämtliche Kosten."

„Sehr gut", antwortete der Kommissar.

Fischer ergänzte. „Gegen Sylvia wird übrigens keine Anklage wegen versuchter Tötung ihres Vaters erhoben. Ihr Handeln wurde als untauglicher Versuch eingestuft, bzw. als Rücktritt gewertet."

„Das freut mich", sagte Mandy und stieß Emre an. „Hast du noch was von Freddy gehört?"

„Er ist fix und fertig mit der Welt. Als man ihn aus dem Krankenhaus entlassen hat, rief er mich an und verabschiedete sich. Er plant nach seiner Genesung seinen Job hier in Würzburg zu kündigen, um sich seelisch auf den aufreibenden Prozess vorzubereiten. Wenn das alles vorbei ist, möchte er nach Mallorca auswandern und sich dort als Friseur selbständig machen."

Fischer übernahm wieder das Wort. „Gschwendtner, du hattest übrigens recht. Ich hatte noch nie so wenig Schreibkram, wie mit diesem großen Fall."

„Sagte ich doch", zwinkerte der gewichtige Oberbayer.

Als Letztes stellte Peter Fischer eine Frage an die gesamte Soko. „Was meint ihr? Sollen wir zum Abschied nochmal ausgehen?"

Gschwendtner hob abwehrend die Hände. „In dein Weinlokal? Nein Danke. Weißt du, mit Wein ist es genauso wie mit der Politik. Man merkt erst hinterher, welche Flaschen man gewählt hat."

Alle lachten.

Fischer blieb stur. „Und was ist mit einem guten Essen?"

„Genau das tun doch gerade. Die Bratwürste hier auf dem

Markt sind einsame Spitze. Wenn ihr Franken eines könnt, dann gute Wurst machen."

Fischer hob sein Bier und prostete Gschwendtner zu. „Und gutes Bier. In Franken gibt es schließlich nicht nur gute Wurst und berühmten Wein. Wir haben auch fantastisches Bier", schwärmte er.

„Na dann Prost."

ENDE

...*der erste Fall der Soko weiß-blau-rosa*

Heimatkrimi
Der Tod kommt aus dem Jenseits

regional - humorvoll – spannend

Wolfgang Wallenda

Verlag: Books on Demand, 2020
ISBN: 978-3-7519-8157-6

Paperback: 284 Seiten, € 9,99

E-Book: € 4,99

„Der Tod kommt aus dem Jenseits" ist ein schräg-lockerer Heimatkrimi, der von der ersten bis zur letzten Seite subtile Spannung bietet und die Leser abwechselnd mit Thrill und Comedy an sich fesselt.

Ein grandioses Lesevergnügen, nicht nur für Krimi-Fans.